汪曾祺谈艺录

汪曾祺

著

人民文学出版社

图书在版编目(CIP)数据

汪曾祺谈艺录/汪曾祺著.—北京:人民文学出版社,2022
(汪曾祺散文小丛书)
ISBN 978-7-02-017402-7

Ⅰ.①汪… Ⅱ.①汪… Ⅲ.①散文集—中国—当代 Ⅳ.①I267

中国版本图书馆 CIP 数据核字(2022)第 151914 号

责任编辑　刘　伟
装帧设计　陶　雷
责任印制　任　祎

出版发行　人民文学出版社
社　　址　北京市朝内大街 166 号
邮政编码　100705

印　　刷　三河市宏盛印务有限公司
经　　销　全国新华书店等

字　　数　254 千字
开　　本　850 毫米×1168 毫米　1/32
印　　张　13.375　插页 10
印　　数　1—5000
版　　次　2022 年 9 月北京第 1 版
印　　次　2022 年 9 月第 1 次印刷

书　　号　978-7-02-017402-7
定　　价　58.00 元

如有印装质量问题,请与本社图书销售中心调换。电话:010-65233595

乞貌风鬟陪我坐，他生来作水仙王

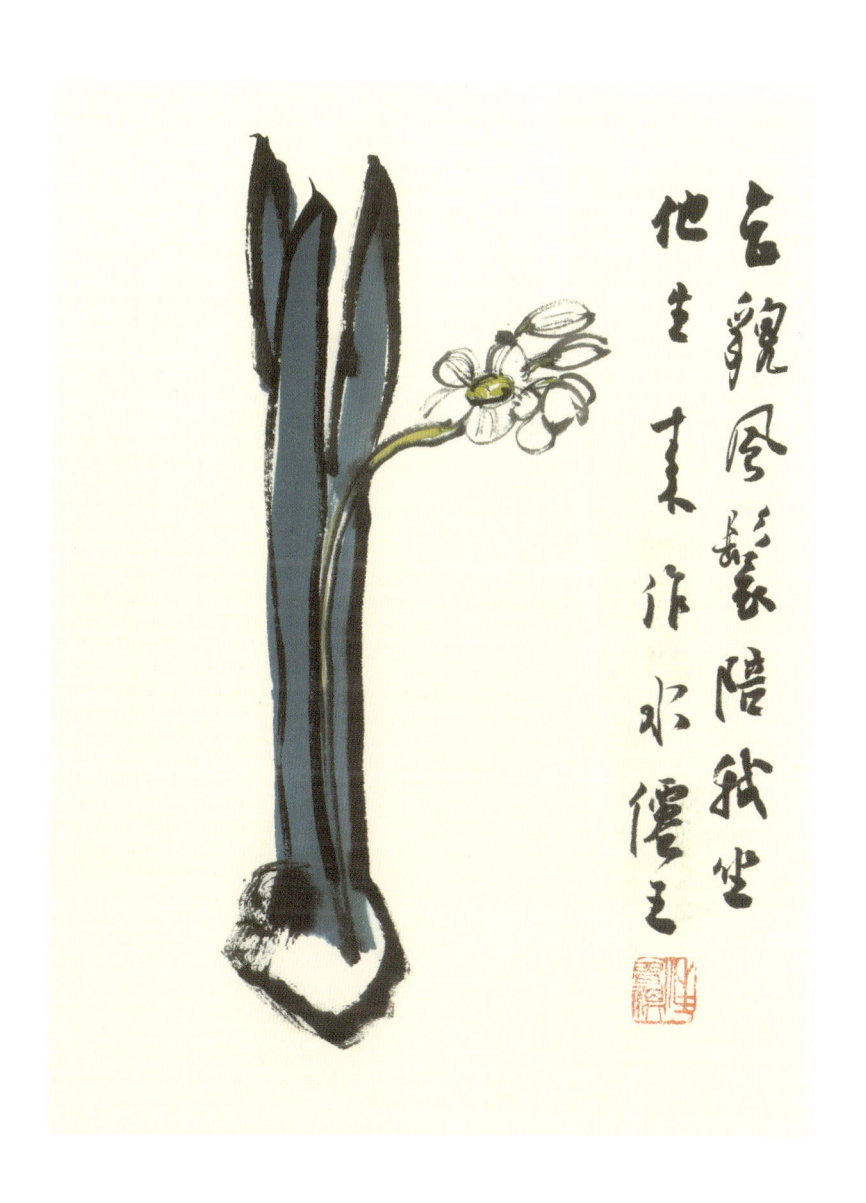

八大山人有此本

散文紫薇插图

故园东望路漫漫,双袖龙钟泪不干。
马上相逢无纸笔,凭君传语报平安。

干卿何事

法布尔《昆虫记》乃世界散文小说作者必读之书

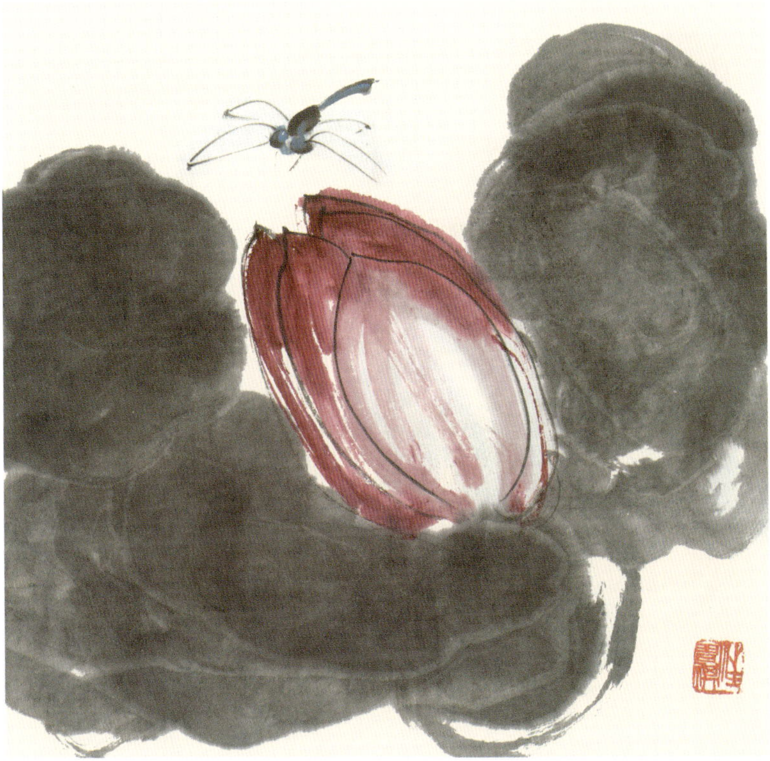

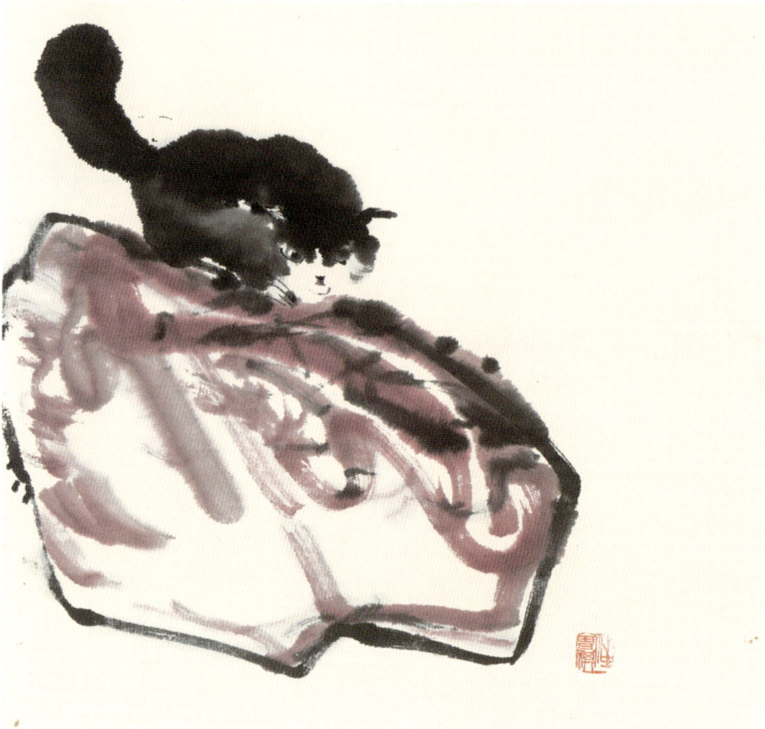

一九九二年岁暮

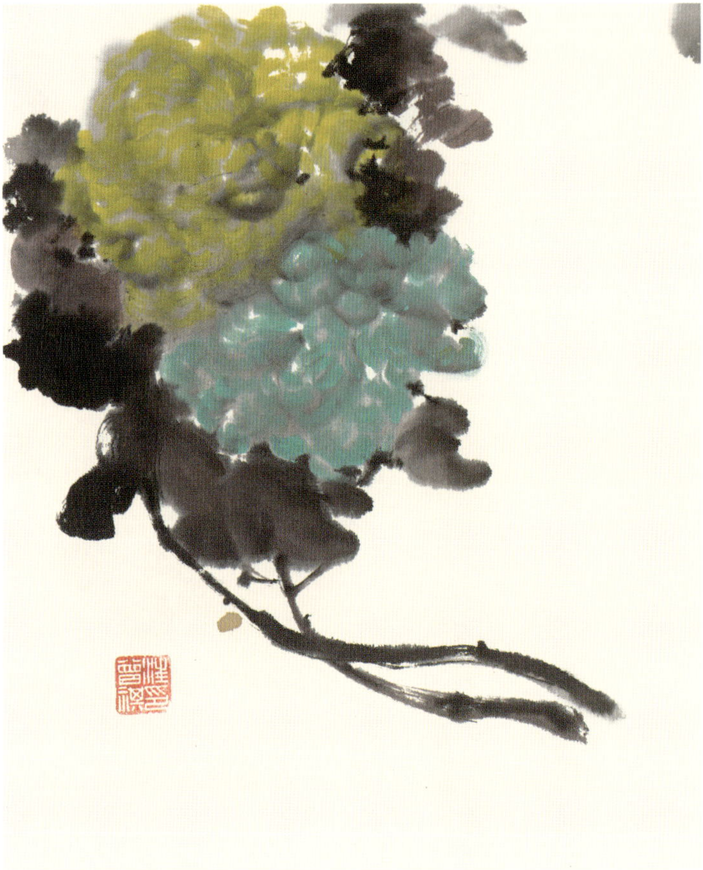

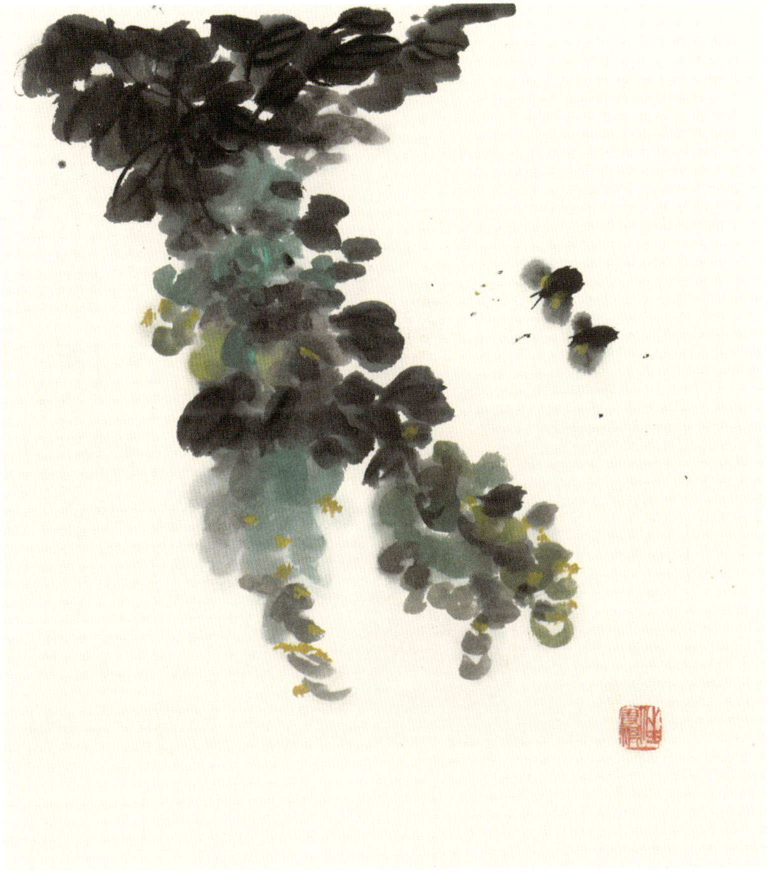

西风愁起碧波间

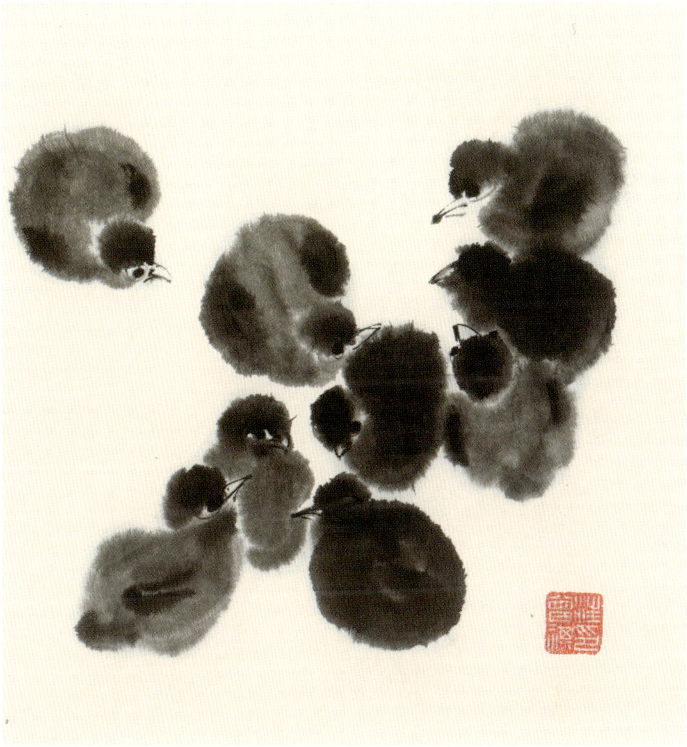

一九八四年六月十六日

写野藤一本　曾祺

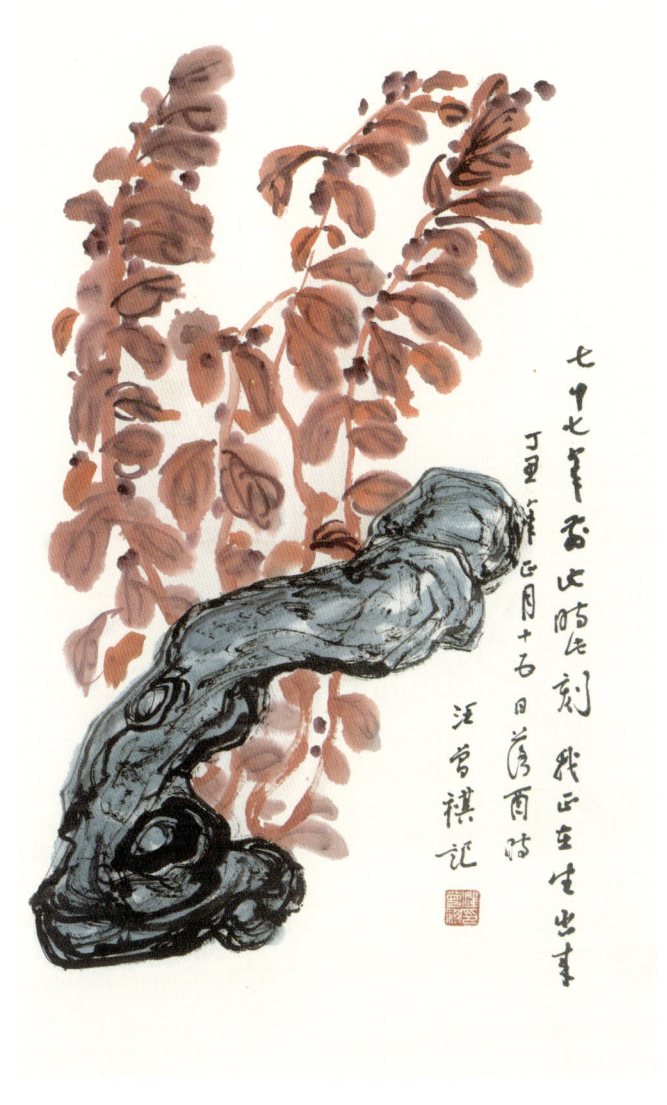

七十七年前此时此刻 我正在生出来
丁丑年正月十五日落酉时
汪曾祺记

或云楝实鸟喜食，实不然，楝实苦涩

目 录

文学创作

短篇小说的本质
——在解鞋带和刷牙的时候之四 …………003
揉面
——谈语言运用 …………………………019
小说笔谈 …………………………………027
关于文学的语言问题
——在大足县业余作者座谈会上的讲话 …033
说短
——与友人书 ……………………………039
语言是艺术 ………………………………043
美学感情的需要和社会效果 ……………051
回到现实主义，回到民族传统 …………057
小说技巧常谈 ……………………………061
关于小小说 ………………………………070
传神 ………………………………………072
谈谈风俗画 ………………………………078
谈风格 ……………………………………087

关于小说语言（札记）……………………095
小小说是什么……………………………105
小说的散文化……………………………110
中国作家的语言意识……………………115
文学语言杂谈……………………………122
关于作家和创作…………………………134
小说陈言…………………………………147
学话常谈…………………………………153
使这个世界更诗化………………………158

作家作品

黑罂粟花
　　——《李贺歌诗编》读后……………165
沈从文和他的《边城》……………………171
与友人谈沈从文
　　——给一个中年作家的信……………190
沈从文的寂寞
　　——浅谈他的散文……………………207
漫评《烟壶》………………………………223
人之所以为人
　　——读《棋王》笔记……………………231
一篇好文章………………………………237
林斤澜的矮凳桥…………………………239
又读《边城》………………………………250

创作心得

关于《受戒》 …………………………………… 261
《汪曾祺短篇小说选》自序 …………………… 267
《大淖记事》是怎样写出来的 ………………… 270
两栖杂述 ………………………………………… 277
我是一个中国人
　——散步随想 ………………………………… 286
《晚饭花集》自序 ……………………………… 292
门前流水尚能西
　——《晚翠文谈》自序 ……………………… 298
《汪曾祺自选集》自序 ………………………… 303
关于散文的感想 ………………………………… 308

书画曲艺

听侯宝林同志说相声 …………………………… 313
古代民歌杂说 …………………………………… 316
"花儿"的格律
　——兼论新诗向民歌学习的一些问题 ……… 330
飞出黄金的牢狱 ………………………………… 346
从戏剧文学的角度看京剧的危机 ……………… 352
尊丑 ……………………………………………… 359
中国戏曲有没有间离效果 ……………………… 361

《贵妃醉酒》是京剧么？……363
高英培的相声和埃林·彼林的小说……367
应该争取有思想的年轻一代
　　——关于戏曲问题的冥想……369
我是怎样和戏曲结缘的……373
关于"样板戏"……381
中国戏曲和小说的血缘关系……385
马·谭·张·裘·赵
　　——漫谈他们的演唱艺术……390
写字……405
关于《沙家浜》……410
书画自娱……417
小议新程派……419

文学创作

短篇小说的本质[1]
——在解鞋带和刷牙的时候之四

我们必须暂时稍微与世界隔离,不老摔不开我们是生活在怎样一个国度里这个意识,这就是说,假定我们有一个地方,有一种空气,容许并有利于我们说这个题目。不必要在一个水滨,一个虚廊,竹韵花影;就像这儿,现在,我们有可坐的桌子凳子,有可以起来走两步的空当,有一点随便,有说或不说的自由;没有个智慧超人,得意无言的家伙,脸上不动,连狡诡的睐眼也不给一个的在哪儿听着;没有个真正的小说家,像托老头子那样的人会声势凌人的闯进来;而且我们不是在"此处不是讲话之地"的大街上高谈阔论;这也就够了。我们的话都是草稿的草稿,只提出,不论断,几乎每一句前面都应加一句:假定我们可以这样说。我们所说的大半是平时思索的结果,也可能是从未想过,临时触起,信口开河。我想这是常有的事,要说的都没有说,尽抬架了些不知从那儿斜刺里杀出来的程咬金。有时又常话到嘴边,咽了下去;说了一半,或因思绪散断,或者觉得看来很要紧的意见原来毫不相干,全无道理,接不下去了。这都挺自然,不勉强,正要的是如此。我们是一些喜欢读,也多少读过一点,甚至想动笔,或已经试写了一阵子小说的人,可是千万别把我们的谈话弄得很职业气。我们不大中意那种玩儿票的派头,可是业余的身份是我们遭遇困难时的解脱藉口。不知为不知,我们没有责任搜索枯肠,找话支吾。我们说了的不是讲义,充其量是一条一条的札记,不必弄得四平八稳,分量平均,首尾相应,具一格局。好了,我们已经很不受拘束,放心说话吧。声音大,小,平缓,带舞台动作,发点脾气,骂骂人,一切随心所欲,悉听尊便。

在这许多方便之下,我呈出我的一份。

无庸讳言,大家心照,所有的话全是为了说的人自己而说的。唱大鼓的走上来,"学徒我今儿个伺候诸位一段大西厢"。唱到得意处,得意的仍是他自己。听唱的李大爹,王二爷也听得颇得意,他们得意的也是他们自己。我觉得李大爹王二爷实际也会唱得极好,甚至可能比台上人更唱得好,只是他们没有唱罢了。李大爹王二爷自小学了茶叶店糕饼店生意,他们注定了要搞旗枪明前,上素黑芝麻,他们没有学大鼓。没有学,可是懂。他摸得到顿、拨、沉、落、迴、扭、煞诸种差之毫厘失之千里的那么点个妙处。所以李大爹王二爷是来听他们自己唱,不,简直听他们自己整个儿的人来了。台上那段大西厢不过是他们的替身,或一部分的影子。李大爹看了一眼王二爷,头微微一点,王二爷看了一眼李大爹,头也那么一点。他们的意思是"是了!"在这一点上劳伦斯的"为我自己",克罗采的传达说,我都觉得有道理。——阿,别瞪我,我只是借此而说明我现在要说的话是一个甚么性质。这,也是我对小说作者与读者间的关系的一个看法。这等一下大概还会再提起。真是,所有的要说恐怕都只是可以连在一处的道白而已。

时下的许多小说实在不能令人满意!

教我们写作的一位先生几乎每年给他的学生出一个题目:一个理想的短篇小说。——我当时写了三千字,不知说了些甚么东西;现在想重新交一次卷,虽然还一样不知会说些甚么东西。——可见,他大概也颇觉得许多小说不顶合乎理想。所以不顶理想,因为一般小说都好像有那么一个"标准":

一般小说太像个小说了,因而

不十分是一个小说。

悬定一个尺度,很难。小说的种类将不下于人格;而且照理两者的数量(假如可以计算)应当恰恰相等;鉴别小说,也如同品藻人物一样的不可具说。但我们也可以像看人一样的看小说,凭全面的,综合的印象,凭直觉。我们心平气和,体贴入微的看完一篇东西,我们说:这是小说,或者不是小说。有时候我们说的是这够或不够是一个小说。这跟前一句话全一样,够即是,不够的不是。在这一点上,小说的读者,你不必客气,你自然先假定自己是"够了"。哎,不必客气,这个够了并不是什么了不起的事情。不够,你还看什么小说呢!

那个时候,我因为要交卷,不得不找出一个"理想"的时候,正是卞之琳先生把《亨利第三》、《军旗手的爱与死》翻过来的时候,手边正好有一本,抓着就是,我们像憋了一点气,在课堂上大叫:

"一个理想的短篇小说应当是像《亨利第三》与《军旗手

的爱与死》那样的！"

现在我的意思仍然如此，我愿意维持原来的那点感情，不过觉得需要加以补充。

我们看过的若干短篇小说，有些只是一个长篇小说的大纲，一个作者因为时间不够，事情忙，或者懒，有一堆材料，他大概组织分布了一下，有时甚至连组织分布都不干，马马虎虎的即照单抄出来交了货，我们只看到有几个人，在那里，做了什么事，说话了，动作了，走了，去了，死了。有时作者觉得这太不像小说，（就是这个倒霉的觉得害了他！）小说不能单是一串流水账，于是怎么样呢？描写了把那个人从头到脚的像裁缝师傅记出手下摆那么记一记，清楚是清楚了，可是我们本来心里可能有的浑然印象反教他挤掉了。我们只落得一堆零碎料子，多高的额头，多大的鼻子，长腿或短腿；外八字还是内八字脚，……这些"部分"彼此不粘不靠，不起作用，不相干。还有更不相干的，是那些连篇累牍的环境渲染。有时候我们看那段发生在秋天的黄昏的情节，并不是一定不能发生在春天的早晨。在进行演变上，落叶，溪水，夕阳，歌声，蟋蟀，当然风马牛不相及。这是七巧板那么拼出来的，是人为的，外加的，生造的不融合的。他没有把这些东西当着是从故事中分泌出来，为故事的一个契机，一分必不可少的成分。他的文字不是他要说的那个东西本身。自然主义用在许多人手里成了一个最不自然的主义。这些人为主义而牺牲了。有些，说得周详慎密，结构紧严，力量不懈，交待干净，不浪费笔墨也不偷工减料，文字时间与故事时间合了拍,把读者引上了路,觉得舒服得很;可是也只好算长篇小说之一章,很好的一章而已。更多的小说,比较鲜明生动,我以为把它收入中篇小说,较为佳适。再有一种则是"标准的"短篇小说。标准的短篇小说不是理想的短篇小说,也不能令我们满意。

我们的谈话行将进入一个比较枯糙困难的阶段,我们怕不能摆脱习惯的衍讲方式。我们尽量想避开让我们踏脚,也致我们疲惫的抽象名词,但事实上不易办到。先歇一歇力,在一块不大平滑的石头上坐一坐:给短篇小说来讲一个定义:不用麻烦拣选,反正我们掉一掉身子马上就来。中学教科书上写着,短篇小说是:

用最经济的文学手腕,描写事实中最精采的一段或一面。

我们且暂时义务的为这两句话作一注释。或者六经注我,靠它的帮忙说话。

我们不得已而用比喻,扣槃扪烛,求其大概。吴尔芙夫人以在火车中与白朗宁太太同了一段路的几位先生的不同感情冲动譬象几种不同的写小说法,我们现在单摘取同车一事来说明小说与其人物的关系。设想一位作者,我们称他为×先生,在某处与白朗宁太太一齐上了车,火车是小说,车门一关,汽笛拉动,车开了,小说起了头。×先生有墨水两瓶,钢笔尖二盒,一箱子纸,四磅烟草,白朗宁太太有的是全部生活。×先生收心放志,集中精神,松开领子,咬起大烟斗,白朗宁太太开始现身说法,开始表演。我们设想火车轨道经行之地是白朗宁太太的生活,这一列车随处可停,

可左可右，可进可退，给×先生以诸方便，他可以得到他所需要的白朗宁太太生活中任何场景节目。白朗宁太太生来有个责任，即被写在小说里，她不厌烦，不掩饰省略，妥妥实实回答×先生一切问话。好了，除去吃饭睡觉等不可不要的动作之外，白朗宁太太一生尽在此中，×先生也颇累了，他们点点头，下车，分别。小说完成！

先生，你觉得这是可能的么？

有人说历史这个东西就是历史而已，既不是科学，也算不得是艺术。我们埋葬了一部分小说，也很可以在它们的墓碑上刻这样两句话。而且历史究竟还是历史，若干小说常不是科学，不是艺术，也不成其为小说。

长篇小说的本质，也是它的守护神，是因果。但我们很少看到一本长篇小说从千百种可能之中挑选出一个，一个一个连编起来，这其间有什么是必然，有决定性的。人的一生是散漫的，不很连贯，充满偶然，千头万绪，兔起鹘落，从来没有一个人每一秒钟相当于小说的一段，一句，一字，一标点，或一空格，而长篇小说首先得悍然不顾这个情形。结构，这是一个长篇最紧要的部分，而且简直是小说的全部，但那根本是个不合理的东西。我们知道一个小说不是天成的，是编排连缀出来的，我所怀疑的是一个作者的精神是否能够照顾得过来，特别是他的记忆力是不是能够写到第十五章时还清清楚楚对他在第三章中所说的话的分量和速度有个印象？整本小说是否一气呵成天衣无缝，增一分则太长，减一分则太短，不能倒置，翻覆，简直是那样便是那样，毫无商量余地了?

从来也没有一个音乐家想写一个连续演奏十小时以上的乐章吧,(读《战争与和平》一遍需要多少时候?)而我们的小说家,想做不可能的事。看他们把一厚册一厚册的原稿销毁,一次一次的重写,我们寒心那是多苦的事。有几个人,他们是一种英雄式的人,自人中走出,与大家不同,他们不是为生活而写,简直活着就为的是写他的小说,他全部时间入于海,海是小说,居然做到离理想不远了。第一个忘不了的是狠辣的陀思退亦夫斯基。他像是一咬牙就没有松开过。可是我们承认他的小说是一种很伟大的东西,却不一定是亲切的东西。什么样的人是陀思退亦夫斯基的合适读者?

应是科学家。

我宁愿通过工具的艰难,放下又拿起,翻到后面又倒回前头,随便挑一节,抄两句,不求甚解,自以为是,什么时候,悠然见南山,飞鸟相与还,以我之所有向他所描画的对照对照那么读一遍《尤利色斯》去。

小说与人生之间不能描画一个等号。

于是有中篇小说。

如果读长篇小说的时间是阴冷的冬夜,那么中篇小说是宜于在秋天下午。一本中篇正好陪我们过五六点钟,连阅读带整个人受影响作用,引起潜移默化所需的时间。

一个长篇的作者自己在他的小说中生活过一遭,他命使读者的便是绝对的入乎其内。一个长篇常常长到跟人生一样的长,(这跟我们前面一段有些话并不相冲突,)可以说是另外一个人生,尽可以跟我们这一个完全一样,但□□是另外一个。(不是一段,一面,)我们必须放开我们自己的恩怨憎喜,宗教饮食,被拉了上去,关上门,靠窗坐定,随那节车子带我们到那里去旅行。作者作向导,山山水水他都熟习,而假定我们一无所知。我们只有也必须死心塌地的作个素人。我们应当视而不见,听而不闻,食而不知其味;应当醉于书中的酒,字里的香,我们说:哦,这是玫瑰,多美,这是山,好大呀!好像我们从来没有见过一座山,不知道玫瑰是甚么东西。——可是一般人不是那么容易的死于生活,活于书本,不会一直入彀。有比较体贴,近人情,会说话的可爱的人就为了我们而写另外一种性质的书,叫作中篇小说。(Once upon a time)他自自然然的谈起来了。他跟我们抵掌促膝,不高不可攀,耳提指图,他说得流利,娓婉,不疾不徐,轻重得当,不口吃,不上气不接下气,他用志不纷,胸有成竹。他才说了十多分钟,我们已经觉得:他说得真好。我们入神了,颔首了,暖然似春,凄然似秋了,毫不反抗的给出他向我们要的感动。有话则长,无话则短,他知道他是在说一个故事。花开两朵,各表一枝,分即全,一切一切,他不弄得过分麻烦冗重。有时他插一点闲话,聊点儿别的;他更带着一堆画片,一张一张拍得光线强弱,距离远近都对了的照相,他一边说故事,一边指点我们看。这些纪念品不一定是绘摄的大场面,有时也许一片阳光,一堆倒影,破风上一角残蚀的浮雕,唱歌的树,嘴上生花的人,……我们也明知他提起这话目的何在,但他对于那些小玩意确具真情,有眼光,而且趣味与我们相投,但听他说说这些即颇过瘾了。我们最中意的是他要我们跟他合作。也空出许多地方,留出足够的时间,让读者自己说。他不一个劲儿讲演,他也听。来一杯咖啡么,我们的中篇小说家?

如果长篇小说的作者与读者的地位是前后,中篇是对面,则短篇小说的作者是请他的读者并排着起坐行走的。

常听到短篇小说的作者劝他的熟人:"你也写么,我相信你可以写得很好。没有什么了不起的,花一点时间,多试验几种方法,不怕费事,找到你觉得那么着写合适的形式,你就写,不会不成功的。凭你那个脑子,那点了解人事的深度,生活的广度,对于文字的精敏感觉,还有那一分真挚深沉的爱,你早就该着笔了。"短篇小说家从来就把我们当着跟他一样的人,跟他生活在同一世界之中,对于他所写的那回事的前前后后也知道得一样仔细真切。我们与他之间只是为不为,没有能不能的差异。短篇小说的作者是假设他的读者都是短篇小说家的。

唯其如此,他才能挑出事实中最精采的一段或一面,来描写。

也许有人天生是个短篇小说家,他只要动笔,得来全不费工夫,他一小从老祖母,从疯瘫的师爷,从鸦片铺上、茶馆里、码头旁边,耳濡目染,不知不觉之中领会了许多方法;他的窗口开得好,一片又一片的材料本身剪裁的好好的在那儿,他略一凝眸,翩翩已得;交出去,印出来,大家传诵了,街谈巷议,"这才真是我们所需要的,从头到尾,每一个字是短篇小说!"而我们的作者倚在他的窗口悠然下看:这些人扰攘些甚么,甚么事大惊小怪的?风吹得他身轻神爽,也许他想到一条河边走走,听听修桥工人唱那种忧郁而雄浑的歌去;而在他转身想带着他的烟盒子时,窗下一个读者议论他的小说,激动的高叹声吸引了他,他看了一眼,想:甚么叫小说么,问我,我可不知道,你那个瘦瓜瓜的后脑,微高的左肩,正是我需要的,我要把你写下来,你就是小说,傻小子,你为甚么不问问你自己?他不出去了。坐下,抽上两枝烟,到天黑肚饥时一篇小说也已经写了五分之四,好了,晚饭一吃,一天过去;他的新小说也完成了,但大多数的小说作者都得经过一个比较长时期的试验。他明白,他必须"找到了自己的方法",必须用他自己的方法来写,他才站得住,他得在浩如烟海的文学作品,在也一样浩如烟海的短篇小说之中,为他自己的篇什觅得一个位置。天知道那是多么荒时废日的事情!

世上尽有从来不看小说的诗人,但一个写短篇小说的人能全然不管前此与当代的诗歌么?一个小说家即使不是彻头彻尾的诗人,至少也是半仙之分,部分的诗人,也许他有时会懊悔他当初为什么不一直推敲韵脚,部署抑扬,飞上枝头变凤凰,什么一念教他拣定现在卑微的工作的?他羡慕戏剧家的规矩,也向往散文作者的自在,甚至跟他相去不远的长篇中篇小说家他也嫉妒。威严,对于威严的敬重;优美的风度,对于优美风度的友爱,他全不能有,得不着。短篇小说的作者所希望的是给他的劳绩一个说得过去的地位。他希望报纸的排字工人不要把他的东西拆得东一块西一块的,不要随便给它分栏,加什么花边,不要当中挖了一方嵌一个与它毫不相干的木刻漫画,不要在一行的头上来一个吓人的惊叹号,不要在他的文章下面补两句嘉言语录,名人轶事,还有错字不太多,字体稍为清楚一点;……对于一个杂志的编辑他很想求求他一个稍为公平一点的篇幅,他希望天地头留着大些,前头能空出两页不印最好。……他不是难伺候,闹脾气,他是为了他的文章命运而争。他以为他的小说的形式即是他要表达的那个东西本身,不能随便玷辱它,而且一个短篇没有写出的比写出来的要多得多,需要足够的空间,好让读者自己从从容容来抒写。对于较长篇幅的文章,一般读者有读它的心理准备,他心甘情愿的让出时间,留下闲暇,来接受一些东西。只要披沙拣金,往往见宝,即为足矣。他们深切的感到那份力量,领得那种智巧。而他们读短篇小说则都是誓翦灭此而后朝食,你不难想象一个读者如何恶狠狠的抓过一篇短篇小说,一边嚼着他的火腿面包,一边狼吞虎咽的看下去,忽然拍案而起,"混蛋,这是什么平淡无奇的东西!"他骂的是他的咖啡,但小说遭了殃,他叭了一下扔了,挤起左眼看了那个可怜的题目,又来了一句,"什么东西!"好了,他要是看进去两句那就怪。一个短篇小说作者简直非把它弄得灿若舒锦,无处不佳不可!小说作者可又还不能像一个高大强壮的猪眼厨师傅两手撑在腰上大吼"就是这样,爱吃不吃!"即是真的从头到尾都是心血,你从那里得到青眼?

这位残暴的午茶餐客如果也想,他想的是:这是什么玩意,谁写不出来,我也……真的,他还不屑于写这种东西!我们原说过,只要他肯,他未始不可以写短篇小说。我们不能怪他,第一他生活太忙,太乱,而且受到许多像那位猪眼大师傅的气,他想借小说来忘去他的生活,或者真的生活一下,短篇似乎不能满足他;第二,他相当有文学修养,他看过许多诗,戏剧,散文,他还更看过那么多那么多的小说,再不要看这一篇。一个短篇小说作家,你该怎么办?

短篇小说能够一脉相承的存在下来,应当归功于代有所出的人才,不断给它新的素质,不断变易其面目,推广,加深它。日光之下无新事,就看你如何以故为新,如何看,如何捞网捕捉,如何留住过眼烟云,如何有心中的佛,花上的天堂。文学革命初期以"创作"称短篇小说,是的,你要创作。你不应抄袭别人,要叫你有你的,有不同于别人的;且不能抄袭自己,你不能叫这一篇是那一篇的副本,得每一篇是每一篇的样子,每一篇小说有它应当有的形式,风格。简直的,你不能写出任何一个世界上已经有过的句子。你得突破,超出,稍偏颇于那个"标准"。这是老话,但须要我们不断的用各种声音提起。

我们宁可一个短篇小说像诗,像散文,像戏,什么也不像也行,可是不愿意它太像个小说,那只有注定它的死灭。我们那种旧小说,那种标准的短篇小说,必然将是个历史上的东西。许多本来可以写的在小说里的东西老早老早就有另外方式代替了去。比如电影,简直老小说中的大部分,而且是最要紧的部分,它全能代劳,而且比较更准确,有声有形,证诸耳目,直接得多。念小说已成了一个过时的娱乐,一种古怪固执的癖好了。此世纪中的诗,戏,甚至散文,都已显然与前一世纪异趣,而我们的小说仍是十八世纪的方法,真不可解。一切全因制度的变而变了,小说动得那么懒,什么道理。

我们耳熟了"现代音乐","现代绘画","现代塑刻","现代建筑","现代服装","现代烹调术",可是"现代小说"在我们这儿远是个不太流行的名词。唉!"小说的保守性",是个值得一作的毕业论文题目;本来小说这东西一向是跟在后面老成持重的走。但走得如此之慢,特别是在东方一个又很大又很小的国度中简直一步也不动,是颇可诧异的现象。多打开几面窗子吧,这里的空气实在该换一换,闷得受不了了。

多打开几面窗子吧!只要是吹的,不管是什么风。

也好,没有人重视短篇小说,因此它从来没有一个严格的画界,我们可以从别的部门搬两块石头来垫一垫基脚。要紧的是要它改一改样子再说。从戏剧里,尤其是新一点的戏里我们可以得到一点活泼,尖深,顽皮,作态。(一切在真与纯之上的相反相成的东西。)萧伯纳皮蓝德娄从小说中偷去的,我们得讨一点回来。至于戏的原有长处,节奏清显,擒纵利落,起伏明灭,了然在心,则许多小说中早已暗暗的放进去了。小说之离不开诗,更是昭然若揭的。一个小说家才真是个谪仙人,他一念红尘,堕落人间,他不断体验由泥淖至青云之间的挣扎,深知人在凡庸,卑微,罪恶之中不死去者,端因还承认有个天上,相信有许多更好的东西不是一句谎话,人所要的,是诗。一个真正的小说家的气质也是一个诗人。就这两方面说,《亨利第三》与《军旗手的爱与死》,是一个理想的型范。我不觉得我的话有什么夸张之处。那两篇东西所缺少的,也许是一点散文的美,散文的广度,一点"大块噫气其名为风"的那种遇到什么都抚摸一下,随时会留连片刻,参差荇菜,左右缭之,喜欢到亭边小道上张张望望的,不衫不履,落帽风前,振衣高岗的气派,缺少点开头我要求的一点随意说话的自然。

太戈尔告诉罗曼罗兰他要学画了,他觉得有些东西文字表达不出来,只有颜色线条胜任;勃罗斯忒在他的书里忽然来了一段五线谱,任何一个写作的人必都同情,不是同情,是赞同他们。我们设想将来有一种新艺术,能够包融一切,但不复是一切本来形象,又与电影全然不同的,那东西的名字是短篇小说。这不知什么时候才办得到,也许永远办不到。至少我们希望短篇小说能够吸收诗,戏剧,散文一切长处,而仍旧是一个它应当是的东西,一个短篇小说。

我们前面既说过一个短篇小说的作者假定他的读者都是短篇小说家,假定读者对于他所依附而写的那回事情的前前后后清楚得跟他自己一样,假定读者跟他平肩并排,所以"事"的本身在短篇小说中的地位行将越来越不重要。一个画家在一个乡下人面前画一棵树,他告诉他"我画的是那棵树"。乡下人一面奇怪树已经直端端生在那儿了,画它干什么?一面看了又看,觉得这位先生实在不大会画,画得简直不像。一会儿画家来了个朋友,也是一个画家。画家之一画,画家之二看,两人一句话不说。也许有时他们互相看一眼,微微一点头,犹如李大爹王二爷听大鼓,眼睛里一句话:"是了!"问画家到底画的甚么,他该回答的是:"我画那个画"。真正的小说家也是,不是为写那件事,他只是写小说。——我们已经听到好多声音,"不懂,不懂!"其实他懂的,他装着不懂。毕加索给我们举了一个例。他用同一"对象"画了三张画,第一张人像个人,狗像条狗;第二张不顶像了,不过还大体认得出来;第三张,简直不知道是什么东西了。人应当最能够从第三张得到"快乐",不过常识每每把人谋害在第一张之前。小说也许不该像第三张,但至少该往第二张上走一走吧?很久以前,有人提出"纯诗"的理想,纪德说过他要写"纯小说";虽未能至,心向往之。我们希望短篇小说能向"纯"的方向作去,虽然这里所说的"纯"与纪德所提出的好像不一样。严格说来,短篇小说者,是在一定时间,一定空间之内,利用一定工具制作出来的一种比较轻巧的艺术,一个短篇小说家是一种语言的艺术家。——我看出有人颇不耐烦了,他心里泛起了一阵酸,许多过了时的标准口号在他耳根雷鸣,他随便抓得一块砖头,"唯美主义",要往我脑袋上砸。

听我告诉你一个秘密,我有个朋友,是个航空员,他凭一股热气,放下一切,去学开飞机,百战归来,同班毕业的已经所剩无几了;我问他你在天上是否不断的想起民族的仇恨?他非常严肃的说:"当你从事于某一工作时,不可想一切无关的事。我的手在驾驶盘上,我只想如何把得它稳当,准确。我只集中精神于转弯,抬起,俯降。我的眼睛看着前头云雾山头。我不能分心于外物,否则一定出毛病。——有一回C的信上说了我几句话,教我放不下来,我一翅飞到芷江上空,差点儿没跟她那几句一齐摔下去!"小说家在安排他的小说时他也不能想得太多,他得沉酣于他的工作。他只知道如何能不颠不簸,不滞不滑,求其所安,不摔下来跌死了。一个小说家有什么样的责任,这是另外一个题目,有机会不妨讨论讨论。今天到此为止,我们再总结一句:一个短篇小说,是一种思索方式,一种情感形态,是人类智慧的一种模样。

或者:一个短篇小说是一个短篇小说,不多,也不少。

三十六年五月六日晨四时
脱稿。自落笔至完工计费约
二十一小时,前后五夜。在上海市中心区之听水斋。

注释

① 本篇原载 1947 年 5 月 31 日天津《益世报》"文学周刊"第四十三期,又载《北京文学》1997 年第八期;初收《汪曾祺全集》第三卷,北京师范大学出版社,1998 年 8 月。

揉 面[1]

——谈语言运用

揉 面

使用语言,譬如揉面。面要揉到了,才软熟,筋道,有劲儿。水和面粉本来是两不相干的,多揉揉,水和面的分子就发生了变化。写作也是这样,下笔之前,要把语言在手里反复抟弄。我的习惯是,打好腹稿。我写京剧剧本,一段唱词,二十来句,我是想得每一句都能背下来,才落笔的。写小说,要把全篇大体想好。怎样开头,怎样结尾,都想好。在写每一段之间,我是想得几乎能背下来,才写的(写的时候自然会又有些变化)。写出后,如果不满意,我就把原稿扔在一边,重新写过。我不习惯在原稿上涂改。在原稿上涂改,我觉得很别扭,思路纷杂,文气不贯。

曾见一些青年同志写作,写一句,想一句。我觉得这样写出来的语言往往是松的,散的,不成"个儿",没有咬劲。

有一位评论家说我的语言有点特别,拆开来看,每一句都很平淡,放在一起,就有点味道。我想谁的语言不是这样?拆开来,不都是平平常常的话?

中国人写字,除了笔法,还讲究"行气"。包世臣说王羲之的字,看起来大大小小,单看一个字,也不见怎么好,放在一起,字的笔划之间,字与字之间,就如"老翁携举幼孙,顾盼有情,痛痒相关"。安排语言,也是这样。一个词,一个词;一句,一句;痛痒相关,互相映带,才能姿势横生,气韵生动。

中国人写文章讲究"文气",这是很有道理的。

自铸新词

托尔斯泰称赞过这样的语言:"菌子已经没有了,但是菌子的气味留在空气里",以为这写得很美。好像是屠格涅夫曾经这样描写一棵大树被伐倒:"大树叹息着,庄重地倒下了。"这写得非常真实。"庄重",真好! 我们来写,也许会写出"慢慢地倒下","沉重地倒下",写不出"庄重"。鲁迅的《药》这样描写枯草:"枯草支支直立,有如铜丝"。大概还没有一个人用"铜丝"来形容过稀疏瘦硬的秋草。《高老夫子》里有这样几句话:"我没有再教下去的意思。女学堂真不知道要闹成什么样子。我辈正经人,确乎犯不上酱在一起……""酱在一起",真是妙绝(高老夫子是绍兴人。如果写的是北京人,就只能说"犯不上一块掺和",那味道可就差远了)。

我的老师沈从文在《边城》里两次写翠翠拉船,所用字眼不一样。一次是:

有时过渡的是从川东过茶峒的小牛,是羊群,是新娘子的花轿,翠翠必争着作渡船夫,站在船头,懒懒的攀引缆索,让船缓缓的过去。

又一次是:

翠翠斜睨了客人一眼,见客人正盯着她,便把脸背过去,抿着嘴儿,不声不响,很自负的拉着那条横缆。

"懒懒的"、"很自负的",都是很平常的字眼,但是没有人这样用过。要知道盯着翠翠的客人是翠翠所喜欢的傩送二老,于是"很自负的"四个字在这里就有了很多很深的意思了。

我曾在一篇小说里描写过火车的灯光:"车窗蜜黄色的灯光连续地映在果园东边的树墙子上,一方块,一方块,川流不息地追赶着";在另一篇小说里描写过夜里的马:"正在安静地、严肃地咀嚼着草料",自以为写得很贴切。"追赶"、"严肃"都不是新鲜字眼,但是它表达了我自己在生活中捕捉到的印象。

一个作家要养成一种习惯,时时观察生活,并把自己的印象用清晰的、明确的语言表达出来。写下来也可以。不写下来,就记住(真正用自己的眼睛观察到的印象是不易忘记的)。记忆里保存了这种经用语言固定住的印象多了,写作时就会从笔端流出,不觉吃力。

语言的独创,不是去杜撰一些"谁也不懂的形容词之类"。好的语言都是平平常常的,人人能懂,并且也可能说得出来的语言——只是他没有说出来。人人心中所有,笔下所无。"红杏枝头春意闹","满宫明月梨花白",都是这样。"闹"字、"白"字,有什么稀奇呢?然而,未经人道。

写小说不比写散文诗,语言不必那样精致。但是好的小说里总要有一点散文诗。

语言要和人物贴近

我初学写小说时喜欢把人物的对话写得很漂亮,有诗意,有哲理,有时甚至很"玄"。沈从文先生对我说:"你这是两个聪明脑袋打架!"他的意思是说这不像真人说的话。托尔斯泰说过:"人是不能用警句交谈的。"

尼采的"苏鲁支语录"是一个哲人的独白。吉伯维的《先知》讲的是一些箴言。这都不是人物的对话。《朱子语录》是讲道经,谈学问的,倒是谈得很自然,很亲切,没有那么多道学气,像一个活人说的话。我劝青年同志不妨看看这本书,从里面可以学习语言。

《史记》里用口语记述了很多人的对话,很生动。"夥颐,涉之为王沉沉者!"写出了陈涉的乡人乍见皇宫时的惊叹("夥颐"历来的注家解释不一,我以为这就是一个状声的感叹词,用现在的字写出来就是:"嗬咦!")。《世说新语》里记录了很多人的对话,寥寥数语,风度宛然。张岱记两个老者去逛一处林园,婆娑其间,一老者说:"直是蓬莱仙境了也!"另一老者说:"箇边哪有这样!"生动之至,而且一听就是绍兴话。《聊斋志异》《翩翩》写两个少妇对话:"一日,有少妇笑入!曰:'翩翩小鬼头快活死!薛姑子好梦几时做得?'女迎笑曰:'花城娘子,贵趾久弗涉,今日西南风紧,吹送来也!——小哥子抢得未?'曰:'又一小婢子。'女笑曰:'花娘子瓦窑哉!——那弗将来?'曰'方鸣之,睡却矣。'"这对话是用文言文写的,但是神态跃然纸上。

写对话就应该这样,普普通通,家长里短,有一点人物性格、神态,不能有多少深文大义。——写戏稍稍不同,戏剧的对话有时可以"提高"一点,可以讲一点"字儿话",大篇大论,讲一点哲理,甚至可以说格言。

可是现在不少青年同志写小说时,也像我初学写作时一样,喜欢让人物讲一些他不可能讲的话,而且用了很多辞藻。有的小说写农民,讲的却是城里的大学生讲的话,——大学生也未必那样讲话。

不单是对话,就是叙述、描写的语言,也要和所写的人物"靠"。

我最近看了一个青年作家写的小说,小说用的是第一人称,小说中的"我"是一个才入小学的孩子,写的是"我"的一个同桌的女同学,这未尝不可。但是这个"我"对他的小同学的印象却是:"她长得很纤秀"。这是不可能的。小学生的语言里不可能有这个词。

有的小说，是写农村的。对话是农民的语言，叙述却是知识分子的语言，叙述和对话脱节。

小说里所描写的景物，不但要是作者眼中所见，而且要是所写的人物的眼中所见。对景物的感受，得是人物的感受。不能离开人物，单写作者自己的感受。作者得设身处地，和人物感同身受。小说的颜色、声音、形象、气氛，得和所写的人物水乳交融，浑然一体。就是说，小说的每一个字，都渗透了人物。写景，就是写人。

契诃夫曾听一个农民描写海，说："海是大的"。这很美。一个农民眼中的海也就是这样。如果在写农民的小说中，有海，说海是如何苍茫、浩瀚、蔚蓝……统统都不对。我曾经坐火车经过张家口坝上草原，有几里地，开满了手掌大的蓝色的马兰花，我觉得真是到了一个童话的世界。我后来写一个孩子坐火车通过这片地，本是顺理成章，可以写成：他觉得到了一个童话的世界。但是我不能这样写，因为这个孩子是个农村的孩子，他没有念过书，在他的语言里没有"童话"这样的概念。我只能写：他好像在一个梦里。我写一个从山里来的放羊的孩子看一个农业科学研究所的温室，温室里冬天也结黄瓜，结西红柿：西红柿那样红，黄瓜那样绿，好像上了颜色一样。我只能这样写。"好像上了颜色一样"，这就是这个放羊娃的感受。如果稍为写得华丽一点，就不真实。

有的作者有鲜明的个人风格，可以不用署名，一看就知是某人的作品。但是他的各篇作品的风格又不一样。作者的语言风格每因所写的人物、题材而异。契诃夫写《万卡》和写《草原》、《黑修士》所用的语言是很不相同的。作者所写的题材愈广泛,他的风格也就愈易多样。

我写的《徙》里用了一些文言的句子,如"呜呼,先生之泽远矣!""墓草萋萋,落照昏黄,歌声犹在,先生邈矣。"因为写的是一个旧社会的国文教员。写《受戒》、《大淖记事》,就不能用这样的语言。

作者对所写的人物的感情、态度,决定一篇小说的调子,也就是风格。鲁迅写《故乡》、《伤逝》和《高老夫子》、《肥皂》的感情很不一样。对闰土、涓生有深浅不同的同情,而对高尔础、四铭则是不同的厌恶。因此,调子也不同。高晓声写《拣珍珠》和《陈奂生上城》的调子不同,王蒙的《说客盈门》和《风筝飘带》几乎不像是一个人写的。我写的《受戒》、《大淖记事》,抒情的成分多一些,因为我很喜爱所写的人;《异秉》里的人物很可笑,也很可悲悯,所以文体上也是亦庄亦谐。

我觉得一篇小说的开头很难,难的是定全篇的调子。如果对人物的感情、态度把握住了,调子定准了,下面就会写得很顺畅。如果对人物的感情、态度把握不稳,心里没底,或是有什么顾虑,往往就会觉得手生荆棘,有时会半途而废。

作者对所写的人、事,总是有个态度,有感情的。在外国叫做"倾向性",在中国叫做"褒贬"。但是作者的态度、感情不能跳出故事去单独表现,只能融化在叙述和描写之中,流露于字里行间,这叫做"春秋笔法"。

正如恩格斯所说:倾向性不要特别地说出。

一九八二年一月八日

注释

① 本篇原载《花溪》1982年第三期,后与作者另一篇文章《语言是艺术》合并为《"揉面"——谈语言》;初收《晚翠文谈》,浙江文艺出版社,1988年3月。

小说笔谈①

语　言

在西单听见交通安全宣传车播出:"横穿马路不要低头猛跑",我觉得这是很好的语言。在校尉营一派出所外宣传夏令卫生的墙报上看到一句话:"残菜剩饭必须回锅见开再吃",我觉得这也是很好的语言。这样的语言真是可以悬之国门,不能增减一字。

语言的目的是使人一看就明白,一听就记住。语言的唯一标准,是准确。

北京的店铺,过去都用八个字标明其特点。有的刻在匾上,有的用黑漆漆在店面两旁的粉墙上,都非常贴切。"尘飞白雪,品重红绫",这是点心铺。"味珍鸡蹠,香渍豚蹄"是桂香村。煤铺的门额上写着"乌金墨玉,石火光恒",很美。八面槽有一家"老娘"(接生婆)的门口写的是:"轻车快马,吉祥姥姥",这是诗。

店铺的告白,往往写得非常醒目。如"照配钥匙,立等可取"。在西四看见一家,门口写着:"出售新藤椅,修理旧棕床",很好。过去的澡堂,一进门就看见四个大字:"各照衣帽",真是简到不能再简。

《世说新语》全书的语言都很讲究。

同样的话,这样说,那样说,多几个字,少几个字,味道便不同。张岱记他的一个亲戚的话:"你张氏兄弟真是奇。肉只是吃,不知好吃不好吃;酒只是不吃,不知会吃不会吃。"有一个人把这几句话略改了几个字,张岱便斥之为"伧父"。

一个写小说的人得训练自己的"语感"。

要辨别得出,什么语言是无味的。

结　构

戏剧的结构像建筑,小说的结构像树。

戏剧的结构是比较外在的、理智的。写戏总要有介绍人物、矛盾冲突、高潮(写戏一般都要先有提纲,并且要经过讨论),多少是强迫读者(观众)接受这些东西的。戏剧是愚弄。

小说不是这样。一棵树是不会事先想到怎样长一个枝子,一片叶子,再长的。它就是这样长出来了。然而这一个枝子,这一片叶子,这样长,又都是有道理的。从来没有两个树枝、两片树叶是长在一个空间的。

小说的结构是更内在的,更自然的。

我想用另外一个概念代替"结构"——节奏。

中国过去讲"文气",很有道理。什么是"文气"?我以为是内在的节奏。"血脉流通"、"气韵生动",说得都很好。

小说的结构是更精细,更复杂,更无迹可求的。

苏东坡说:"但常行于所当行,止于所不可不止",说的是结构。

章太炎《菿汉微言》论汪容甫的骈体文,"起止自在,无首尾呼应之式"。写小说者,正当如此。

小说的结构的特点,是:随便。

叙事与抒情

现在的年轻人写小说是有点爱发议论。夹叙夹议,或者离开故事单独抒情。这种议论和抒情有时是可有可无的。

法郎士专爱在小说里发议论。他的一些小说是以议论为主的,故事无关重要。他不过借一个故事多发表一通牵涉到某一方面的社会问题的大议论。但是法郎士的议论很精彩,很警辟,很深刻。法郎士是哲学家。我们不是。我们发不出很高深的议论。因此,不宜多发。

倾向性不要特别地说出。

一件事可以这样叙述,也可以那样叙述。怎样叙述,都有倾向性。可以是超然的、客观的,尖刻的、嘲讽的(比如鲁迅的《肥皂》、《高老夫子》),也可以是寄予深切的同情的(比如《祝福》、《伤逝》)。

董解元《西厢记》写张生和莺莺分别:"马儿登程,坐车儿归舍;马儿往西行,坐车儿往东拽:两口儿一步儿离得远如一步也!"这是叙事。但这里流露出董解元对张生和莺莺的恋爱的态度,充满了感情。"一步儿离得远如一步也",何等痛切。作者如无深情,便不能写得如此痛切。

在叙事中抒情,用抒情的笔触叙事。

怎样表现倾向性?中国的古话说得好:字里行间。

悠闲和精细

写小说就是要把一件平平淡淡的事说得很有情致(世界上哪有许多惊心动魄的事呢)。同样一件事,一个人可以说得娓娓动听,使人如同身临其境;另一个人也许说得索然无味。

《董西厢》是用韵文写的,但是你简直感觉不出是押了韵的。董解元把韵文运用得如此熟练,比用散文还要流畅自如,细致入微,神情毕肖。

写张生问店二哥蒲州有什么可以散心处,店二哥介绍了普救寺:

> 店都知,说一和,道:"国家修造了数载余过,其间盖造的非小可,想天宫上光景,赛他不过。说谎后,小人图什么?普天之下,更没两座。"张生当时听说破,道:"譬如闲走,与你看去则箇。"

张生与店二哥的对话,语气神情,都非常贴切。"说谎后,小人图什么",活脱是一个二哥的口吻。

写张生游览了普救寺,前面铺叙了许多景物,最后写:

张生觑了,失声地道:"果然好!"频频地稽首。欲待问是何年建,见梁文上明写着:"垂拱二年修"。

这真是神来之笔。"垂拱二年修","修"字押得非常稳。这一句把张生的思想活动,神情,动态,全写出来了。——换一个写法就可能很呆板。

要把一件事说得有滋有味,得要慢慢地说,不能着急,这样才能体察人情物理,审词定气,从而提神醒脑,引人入胜。急于要告诉人一件什么事,还想告诉人这件事当中包含的道理,面红耳赤,是不会使人留下印象的。

张岱记柳敬亭说武松打虎,武松到酒店里,蓦地一声,店中的空酒坛都嗡嗡作响,说他"闲中著色,精细至此"。

唯悠闲才能精细。

不要着急。

董解元《西厢记》与其说是戏曲,不如说是小说。人民文学出版社出版的《董西厢》的《前言》里说:"它的组织形式和它采取的艺术手法,为后来的戏曲,小说开阔了蹊径",是很有见识的话。从小说的角度来看,《董西厢》的许多细致处远胜于许多话本。它的许多方法,到现在对我们还有用,看起来还很"新"。

风格和时尚

齐白石在他的一本画集的前面题了四句诗:"冷艳如雪

箇,来京不值钱。此翁无肝胆,空负一千年。"他后来创出了红花黑叶一派,他的画被买主,——首先是那些壁悬名人字画的大饭庄,所接受了。

于非闇开始的画也是吴昌硕式的大写意的。后来张大千告诉他:"现在画吴昌硕式的人这样多,你几时才能出头?"他建议于非闇改画院体的工笔画。于非闇于是改画勾勒重彩。于非闇的画也被北京的市民接受了。

扬州八怪的知音是当时的盐商。

我不以为盐商是不懂艺术的。

艺术是要卖钱的,是要被人们欣赏、接受的。

红花黑叶、勾勒重彩、扬州八怪,一时成为风尚。实际上决定一时风尚的是买主。画家的风格不能脱离欣赏者的趣味太远。

小说也是这样。就是像卡夫卡那样的作家,如果他的小说没有一个人欣赏,他的作品是不会存在的。

但是一个作家的风格总得走在时尚前面一点,他的风格才有可能转而成为时尚。

追随时尚的作家,就会为时尚所抛弃。

注释

① 本篇原载《天津日报·文艺》1982年第一期;初收《晚翠文谈》,浙江文艺出版社,1988年3月。

关于文学的语言问题[1]
——在大足县业余作者座谈会上的讲话

一、语言在文学创作中占极其重要的位置。

语言是文学的手段,文学是语言的艺术,或者说语言是文学的第一要素。要搞语文教学或文学创作,首要问题就是语言问题。文章写不好,就谈不上搞文学。极而言之,语言本身是艺术。音乐只有一个旋律构不成一首乐曲,但一句话就可以成为一首诗。"满城风雨近重阳"就是一首诗。

二、文学创作语言是书面语言,是视觉语言。是供人看的,不是供人听的。有的作品看起来效果好,听起来效果就不一定好。鲁迅的小说《高老夫子》,写高尔础在给学生上了课之后,走进植物园时,"他大吃一惊,至于《中国历史教科书》也失手落在地上了,因为脑壳上突然遭了什么东西的一击。他倒退两步,定睛看时,一枝夭斜的树枝横在他面前,已被他的头撞得树叶都微微发抖。他赶紧弯腰去拾书本,书旁边竖着一块木牌,上面写着——| 桑 |
| 桑科 |"

这段描写用视觉看可笑,特别是"桑,桑科"很有味,但念起来听就念不出味道,效果就差。柯仲平写的"人在冰上走,水在冰下流"写得很有意境。单听就不易产生好的效果,看就容易产生意境。汉字除字音还有字形,然后才产生字义。这同外国语言不一样,外国语言无字形,都由字母拼音构成。外国诗通过朗诵就能表达思想感情。中国诗通过字形,唤起一定视觉,然后引起想象,进入意境。

作家创作语言不完全是口语,而是在口语基础上创作的艺术语言。老舍等作家是用北京话创作的,但不完全是北京话口语,而是采用北京语言的语汇、词和那股味,它比口语简练得多。它是在北京话的基础上,创作了各自的艺术语言。

三、文学语言标准。

文学语言的标准首要一个,就是准确。契柯夫说过:"每句话只有一个最好的说法。"对语言要选择,比较,然后找到能最准确表达自己感情和思想的语言。怎样才能达到准确呢?就是要通过艰苦的学习。学习是多方面的。首先是在生活里学习,向群众学习。年青时,多从作品中学习语言。年岁稍大一点,在同群众长期接触中,有了一点生活,发现群众的语言很美、很生动,非常准确,而富有哲理。我曾在张家口农村里住过几年。有一次在大车队劳动,参加生活会时,群众在批评大车队队长有英雄主义时说:"一个人再能挡不住四堵墙。旗杆再高,还得要两块石头夹住。"这很生动、准确,很美。对事不要简单化,北京人有这样一种说法:"有枣没枣打三杆","你知道哪块云彩有雨?"这说得多好。向生活学习,向群众学习很广泛,只要留心,就能随时随地学到很好的语言。这些语言并能使你折服。有一次我在北京西单,宣传车在广播:"横穿马路,不要低头猛跑",这简直简练、准确到极点。北京有条街的墙报上有一个标题:"残菜剩饭,必须回锅煮开再吃"。这些宣传车,墙报上的语言,它使人一看就明白,一听就清楚。这样的语言,就是好语言。

北京有的接生婆墙上写着"轻车快马,吉祥姥姥",很有诗意,很形象。有个铺子写着:"出售新藤椅,修理旧藤床",修理钥匙店写:"照配钥匙,立等可取",洗澡堂写:"各照衣帽"。这些都是用最少的字,用最精练的语言,清楚、准确地把意想表达出来。都值得我们学习。

其次是从书本里学习语言。我们要读较多的古典和现代的作品。我们有的同志只读当代的同辈作家的作品,这不够。还要多读点古代作品,古代散文,多背点古诗词。不然写出的作品语言就没有味。我们汉语的特点,一是对仗,就是对对子。汉语一个字一个音节,我们往往利用这个特点以对仗,对偶方式,使语言美。我们写小说或散文,不一定像做对子、写律诗那样对得很工整,但用不很严格的对仗语言,可以产生特殊的效果。我的老师写有两句:"有桃花处必有人家,有人家处必可沽酒"。有一位写船上工会:"地方像茶馆不卖茶,不像烟馆可以抽烟",虽然对得不工整,但这是对仗关系产生了特殊的效果。有的古诗词则对得很绝,如李商隐写的《马嵬》有两句"此日六军同驻马,当时七夕笑牵牛"。二是声调,或叫四声。这是外国语言没有的。这使中国语言具有特有的音乐性。古诗词特别讲究平仄,现代汉语也要平仄交替使用,才能使语言有音乐美。如《智取威虎山》有一句:"迎来春天换人间",毛主席改为"迎来春色换人间",一字之改,除春色比春天更具体形象外,还有声律的需要。如用"天",全句只有一个"换"是仄声字,不好听;改为"色"就多一个仄声字,全句就好听了。双声叠韵用得好有美感,但用得不好,也不好听,没有美感。如《沙家浜》"看小船,穿云破雾渐无踪影"句中的"船""穿"声韵相同,用在一起,不好唱。后改为"看小船,破雾穿云渐无踪影"就好唱了。要懂声调,我们就要多读一点古文,而且要读些骈体文。

第三,向多种艺术形式学习。我们要向民间文学学习,向民歌、戏曲学习。民间文学语言值得我们学习,有些语言是我们想不到的。古代民歌,如:汉乐府里的《枯鱼过河泣》想像非常丰富奇特,鱼干了怎能写信给别的鱼呢?这是一个在旅途中落难人的心情写照。广西有一首民歌,也用同一样的表现形式:"蝴蝶写信给蜜蜂,蜘蛛结网拦了路,水漫蓝桥路不通。"民歌以抒情为主,但有的也富有哲理。湖南有一首哲理性民歌是写插秧的"赤脚双双来插田,低头看见水中天,行行插的齐齐整,退步原来是向前。""低头看见水中天"、"退步原来是向前"就是深刻的哲理。白族民歌:"斧头砍过的再生树,战争留下的孤儿。"意义很丰富。四川民歌也有很多优美的语言。有的中国作家不研究中国民歌,是很大的遗憾。

中国戏曲也有很多好东西。京剧《打渔杀家》中萧恩和桂英过江杀李时,在离家时,桂英打开门出去,桂英叫:"爹爹请转",萧问"何事",桂英说,"门还没有上锁哩!"萧说:"这门关也罢,不关也罢!"桂英说:"不关门,还有重要家具。"萧说:"人都不要了,还要什么家具!"桂英:"不要了!"如果小说的对话能写成这样,就是高级的语言。川剧文学性很高,也要向川剧学语言。

总之,语言要学习,要向群众学习,向生活学习,向作品学习,不但要向现代作品学习,还要向古代作品学习,要向其他文学形式学习。

学习语言要达到什么目的呢?就是要培养我们的语感。要训练我们的语言敏感。我们要随时随地注意别人的语言,训练自己的语感。我在北京电车上听到一个幼儿园的小孩反复念:"山上有个洞,洞里有个碗,碗里有块肉,你吃了,我尝了,我的故事讲完了。"好像他越念越愉快,这是什么原因呢?原来前三句是重叠,念起来有美感。后三句有三个"了",是阳平,有音乐感。所以这个小孩反复念是美的享受。我们平时就要特别注意音乐美。

关于语言的独创性。青年人感到语言平淡,总爱搞点花花草草,那是无用的。所谓独创,就是把普通的大家都能说的语言,在你的作品里,灌注上新的意思。屠格涅夫"大树庄重地倒下"把大树人格化了,这"庄重"就用得独特。鲁迅在《药》里写夏妈为夏瑜上坟时,有这样的描写,

"微风早已停息了;枯草支支直立,有如铜丝。一丝发抖的声音,在空气中愈颤愈细,细到没有,周围便都是死一般静。"鲁迅把"枯草""铜丝"连在一起用,用"铜丝"形容"枯草",用得准确而独特,为别人所无。又如,"红杏枝头春意闹"的"闹"字用得准确、生动、独到。我们说语言的独创性,不是离奇、生造,而是别人想说能说,但没有说或说不出来,你把它准确地说出来,别人一看,你把他的意思说出来了,并且感到新鲜、准确,独特,这就是独创性。

注释

① 本篇原载《海棠》1982年第3期,大足县广播局根据录音整理,未经本人审阅。

说 短[①]

——与友人书

短,是现代小说的特征之一。

短,是出于对读者的尊重。

现代小说是忙书,不是闲书。现代小说不是在花园里读的,不是在书斋里读的。现代小说的读者不是有钱的老妇人,躺在樱桃花的阴影里,由陪伴女郎读给她听。不是文人雅士,明窗净几,竹韵茶烟。现代小说的读者是工人、学生、干部。他们读小说都是抓空儿。他们在码头上、候车室里、集体宿舍、小饭馆里读小说,一面读小说,一面抓起一个芝麻烧饼或者汉堡包(看也不看)送进嘴里,同时思索着生活。现代小说要符合现代生活方式,现代生活的节奏。现代小说是快餐,是芝麻烧饼或汉堡包。当然,要做得好吃一些。

小说写得长,主要原因是情节过于曲折。现代小说不要太多的情节。

以前人读小说是想知道一些他不知道的生活,或者世界上根本不存在的生活。他要读的不是生活,而是故事,或者还加上作者华丽的文笔。现代的读者是严肃的。他们有时也要读读大仲马的小说,但是只是看看玩玩,谁也不相信他编造的那一套。现代读者要求的是真实,想读的是生活,生活本身。现代读者不能容忍编造。一个作者的责任只是把你看到的、想过的一点生活诚实地告诉读者。你相信,这一点生活读者也是知道的,并且他也是完全可以写出来的。作者的责任只是用你自己的方式,尽量把这一点生活说得有意思一些。现代小说的作者和读者之间的界线逐渐在泯除。作者和读者的地位是平等的。最好不要想到我写小说,你看。而是,咱们来谈谈生活。生活,是没有多少情节的。

小说长,另一个原因是描写过多。

屠格涅夫的风景描写很优美。但那是屠格涅夫式的风景,屠格涅夫眼中的风景,不是人物所感受到的风景。屠格涅夫所写的是没落的俄罗斯贵族,他们的感觉和屠格涅夫有相通之处,所以把这些人物放在屠格涅夫式的风景之中还不"格生"。写现代人,现代的中国人,就不能用这种写景方式,不能脱离人物来写景。小说中的景最好是人物眼中之景,心中之景。至少景与人要协调。现代小说写景,只要是:"天黑下来了……","雾很大……","树叶都落光了……",就够了。

巴尔扎克长于刻画人物,画了很多人物肖像,作了许多很长很生动的人物性格描写。这种方式不适用于现代小说。这种方式对读者带有很大的强迫性,逼得人只能按照巴尔扎克的方式观察生活。现代读者是自由的,他不愿听人驱使,他要用自己的眼睛看生活,你只要扼要地跟他谈一个人,一件事,不要过多地描写。作者最好客观一点,尽量闪在一边,让人物自己去行动,让读者自己接近人物。

我不大喜欢"性格"这个词。一说"性格"就总意味着一个奇异独特的人。现代小说写的只是平常的"人"。

小说长,还有一个原因是对话多。

有些小说让人物作长篇对话,有思想、有学问,成了坐而论道或相对谈诗,而且所用的语言都很规整,这在生活里是没有的。生活里有谁这样地谈话,别人将会回过头来看着他们,心想:这几位是怎么了?

对话要少,要自然。对话只是平常的说话,只是于平常中却有韵味。对话,要像一串结得很好的果子。

对话要和叙述语言衔接,就像果子在树叶里。

长,还因为议论和抒情太多。

我并不一般地反对在小说里发议论,但议论必须很富于机智。带有讽刺性的小说常有议论,所谓嬉笑怒骂,皆成文章。

抒情,不要流于感伤。一篇短篇小说,有一句抒情诗就足够了。抒情就像菜里的味精一样,不能多放。

长还有一个原因是句子长,句子太规整。写小说要像说话,要有语态。说话,不可能每一个句子都很规整,主语、谓语、附加语全都齐备,像教科书上的语言。教科书的语言是呆板的语言。要使语言生动,要把句子尽量写得短,能切开就切开,这样的语言才明确。平常说话没有说挺老长的句子的。能省略的部分都省掉。我在《异秉》中写陈相公一天的生活,碾药就写"碾药"。裁纸就写"裁纸"。这两个字就算一句。因为生活里叙述一件事就是这样叙述的。如果把句子写齐全了,就会成为:"他生活里的另一个项目是碾药","他生活里的又一个项目是裁纸",那多噜嗦!——而且,让人感到你这个人说话像做文章(你和读者的距离立刻就拉远了)。写小说决不能做文章,所用的语言必须是活的,就像聊天说话一样。

现代小说的语言大都是很简短的。从这个意义来说,我觉得海明威比曹雪芹离我更近一些。

鲁迅的教导是非常有益的:竭力将可有可无的字句删去。

我写《徙》,原来是这样开头的:

"世界上曾经有过很多歌,都已经消失了。"

我出去散了一会步,改成了:

"很多歌消失了。"

我牺牲了一些字,赢得的是文体的峻洁。

短,才有风格。现代小说的风格,几乎就等于:短。

短,也是为了自己。

注释

① 本篇原载1982年7月1日《光明日报》;初收《晚翠文谈》,浙江文艺出版社,1988年3月。

语言是艺术①

语言本身是艺术,不只是工具。

写小说用的语言,文学的语言,不是口头语言,而是书面语言。是视觉的语言,不是听觉的语言。有的作家的语言离开口语较远,比如鲁迅;有的作家的语言比较接近口语,比如老舍。即使是老舍,我们可以说他的语言接近口语,甚至是口语化,但不能说他用口语写作,他用的是经过加工的口语。老舍是北京人,他的小说里用了很多北京话。陈建功、林斤澜、中杰英的小说里也用了不少北京话。但是他们并不是用北京话写作。他们只是吸取了北京话的词汇,尤其是北京人说话的神气、劲头、"味儿"。他们在北京人说话的基础上创造了各自的艺术语言。

小说是写给人看的,不是写给人听的。

外国人有给自己的亲友谈自己的作品的习惯。普希金给老保姆读过诗。屠格涅夫给托尔斯泰读过自己的小说。效果不知如何。中国字不是拼音文学。中国的有文化的人,与其说是用汉语思维,不如说是用汉字思维。汉字的同音字又非常多。因此,很多中国作品不太宜于朗诵。

比如鲁迅的《高老夫子》:

他大吃一惊,至于连《中国历史教科书》也失手落在地上了,因为脑壳上突然遭到了什么东西的一击。他倒退两步,定睛看时,一枝夭斜的树枝横在他的面前,已被他的头撞得树叶都微微发抖。他赶紧弯腰去拾书本,书旁边竖着一块木牌,上面写道——

桑
桑 科

看小说看到这里,谁都忍不住失声一笑。如果单是听,是觉不出那么可笑的。

有的诗是专门写来朗诵的。但是有的朗诵诗阅读的效果比耳听还更好一些。比如柯仲平的诗:

人在冰上走,
水在冰下流……

这写得很美。但是听朗诵的都是识字的,并且大都是有一定的诗的素养的,他们还是把听觉转化成视觉的(人的感觉是相通的),实际还是在想象中看到了那几个字。如果叫一个不识字的,没有文学素养的普通农民来听,大概不会感受到那样的意境,那样浓厚的诗意。"老妪都解"不难,叫老妪都能欣赏就不那么容易。"离离原上草",老妪未必都能击节。

我是不太赞成电台朗诵诗和小说的,尤其是配了乐。我觉得这常常限制了甚至损伤了原作的意境。听这种朗诵总觉得是隔着袜子挠痒痒,很不过瘾,不若直接看书痛快。

文学作品的语言和口语最大的不同是精炼。高尔基说契诃夫可以用一个字说了很多意思。这在说话时很难办到,而且也不必要。过于简炼,甚至使人听不明白。张寿臣的单口相声,看印出来的本子,会觉得很啰嗦,但是说相声就得那么说,才明白。反之,老舍的小说也不能当相声来说。

其次还有字的颜色、形象、声音。

中国字原来是象形文字,它包含形、音、义三个部分。形、音,是会对义产生影响的。中国人习惯于望"文"生义。"浩瀚"必非小水,"涓涓"定是细流。木玄虚的《海赋》里用了许多三点水的字,许多摹拟水的声音的词,这有点近于魔道。但是中国字有这些特点,是不能不注意的。

说小说的语言是视觉语言,不是说它没有声音。前已说过,人的感觉是相通的。声音美是语言美的很重要的因素。一个有文学修养的人,对文字训练有素的人,是会直接从字上"看"出它的声音的。中国语言因为有"调",即"四声",所以特别富于音乐性。一个搞文字的人,不能不讲一点声音之道。"前有浮声,则后有切响",沈约把语言声音的规律概括得很扼要。简单地说,就是平仄声要交错使用。一句话都是平声或都是仄声,一顺边,是很难听的。京剧《智取威虎山》里有一句唱词,原来是"迎来春天换人间",毛

主席给改了一个字,把"天"字改成"色"字。有一点旧诗词训练的人都会知道,除了"色"字更具体之外,全句声音上要好听得多。原来全句六个平声字,声音太飘,改一个声音沉重的"色"字,一下子就扳过来了。写小说不比写诗词,不能有那样严的格律,但不能不追求语言的声音美,要训练自己的耳朵。一个写小说的人,如果学写一点旧诗、曲艺、戏曲的唱词,是有好处的。

外国话没有四声,但有类似中国的双声叠韵。高尔基曾批评一个作家的作品,说他用"呲"音的字太多,很难听。

中国语言里还有对仗这个东西。

中国旧诗用五七言,而文章中多用四六字句。骈体文固然是这样,骈四俪六;就是散文也是这样。尤其是四字句。四字句多,几乎成了汉语的一个特色。没有一篇文章找不出大量的四字句。如果有意避免四字句,便会形成一种非常奇特的拗体。适当地运用一些四字句,可以造成文章的稳定感。

我们现在写作时所用的语言,绝大部分是前人已经用过,在文章里写过的。有的语言,如果知道它的来历,便会产生联想,使这一句话有更丰富的意义。比如毛主席的诗:"落花时节读华章",如果不知出处,"落花时节",就只是落花的时节。如果读过杜甫的诗:"岐王宅里寻常见,崔九堂前几度闻,正是江南好风景,落花时节又逢君",就会知道"落花时节"就包含着久别重逢的意思,就可产生联想。《沙家浜》里有两句唱词:"垒起七星灶,铜壶煮三江",是从苏东坡的诗"大瓢贮月归春瓮,小杓分江入夜瓶"脱胎出来的。我们许多的语言,自觉或不自觉地,都是从前人的语言中脱胎而出的。如果平日留心,积学有素,就会如有源之水,触处成文。否则就会下笔枯窘,想要用一个词句,一时却找它不出。

语言是要磨练,要学的。

怎样学习语言?——随时随地。

首先是向群众学习。

我在张家口听见一个饲养员批评一个有点个人英雄主义的组长:

"一个人再能,当不了四堵墙。旗杆再高,还得有两块石头夹着。"

我觉得这是很好的语言。

我刚到北京京剧团不久,听见一个同志说:

"有枣没枣打三杆,你知道哪块云彩里有雨啊?"

我觉得这也是很好的语言。

一次,我回乡,听家乡人谈过去运河的水位很高,说是站在河堤上可以"踢水洗脚",我觉得这非常生动。

我在电车上听见一个幼儿园的孩子念一首大概是孩子们自己编的儿歌:

　　山上有个洞,
　　洞里有个碗,
　　碗里有块肉,

> 你吃了,我尝了,
> 我的故事讲完了!

他翻来覆去地念,分明从这种语言的游戏里得到很大的快乐。我反复地听着,也能感受到他的快乐。我觉得这首几乎是没有意义的儿歌的音节很美。我也捉摸出中国语言除了押韵之外还可以押调。"尝"、"完"并不押韵,但是同是阳平,放在一起,产生一种很好玩的音乐感。

《礼记》的《月令》写得很美。

各地的"九九歌"是非常好的诗。

只要你留心,在大街上,在电车上,从人们的谈话中,从广告招贴上,你每天都能学到几句很好的语言。

其次是读书。

我要劝告青年作者,趁现在还年轻,多背几篇古文,背几首诗词,熟读一些现代作家的作品。

即使是看外国的翻译作品,也注意它的语言。我是从契诃夫、海明威、萨洛扬的语言中学到一些东西的。

读一点戏曲、曲艺、民歌。

我在《说说唱唱》当编辑的时候,看到一篇来稿,一个小戏,人物是一个小炉匠,上场念了两句对子:

> 风吹一炉火。
> 锤打万点金。

我觉得很美。

一九四七年,我在上海翻看一本老戏考,有一段滩簧,一个旦角上场唱了一句:

春风弹动半天霞。

我大为惊疑:这是李贺的诗!

二十多年前,看到一首傣族的民歌,只有两句,至今忘记不了:

斧头砍过的再生树,
战争留下的孤儿。

巴甫连柯有一句名言:"作家是用手思索的。"得不断地写,才能扪触到语言。老舍先生告诉过我,说他有得写,没得写,每天至少要写五百字。有一次我和他一同开会,有一位同志作了一个冗长而空洞的发言,老舍先生似听不听,他在一张纸上把几个人的姓名连缀在一起,编了一副对联:

伏园焦菊隐
老舍黄药眠

一个作家应该从语言中得到快乐,正像电车上那个念儿歌的孩子一样。

董其昌见一个书家写一个便条也很用心,问他为什么这样,这位书家说:"即此便是练字。"作家应该随时锻炼自己的语言,写一封信,一个便条,甚至是一个检查,也要力求语言准确合度。

鲁迅的书信,日记,都是好文章。

语言学中有一个术语,叫做"语感"。作家要锻炼自己对于语言的感觉。

王安石曾见一个青年诗人写的诗,绝句,写的是在宫廷中值班,很欣赏。其中的第三句是:"日长奏罢长杨赋",王安石给改了一下,变成"日长奏赋长杨罢",且说:"诗家语必此等乃健"。为什么这样一改就"健"了呢?写小说的,不必写"日长奏赋长杨罢"这样的句子,但要能体会如何便"健"。要能体会峭拔、委婉、流丽、安详、沉痛……

建议青年作家研究研究老作家的手稿,捉摸他为什么改两个字,为什么要把那两个字颠倒一下。

"如鱼饮水,冷暖自知",语言艺术有时是可以意会,难于言传的。

注释

① 本篇原载《花溪》1983年第一期,后与作者另一篇文章《揉面——谈语言运用》合并为《"揉面"——谈语言》一文;初收《晚翠文谈》,浙江文艺出版社,1988年3月。

美学感情的需要和社会效果①

按说我写作的时间不是很短了,今年我62岁,开始写作才20岁。我的写作断断续续,大学时写了点东西,解放前几年写了一些小说,出过一本集子。解放后做编辑工作,没写什么。反右前写了点散文,62、63年写了点小说,又搁下十几年。79—81年写了20来篇短篇小说,大部分反映的是解放以前的生活,是我十六、七岁以前在生活中捕捉的印象。我十六岁离开老家,十九岁在昆明西南联大上大学。我为什么要写反映我十六岁前的生活的小说呢?我想,第一个原因,就是现在的气候很好。三中全会以后,思想解放深入人心,文艺呈现了蓬勃旺盛的景象,形势很好。形势好的标志,是创作题材和表现方法多样化,思想艺术都比较新鲜。一些青年同志在思想和艺术上追求探索的精神使我很感动,在这样的气候感召下,在一些同志的鼓励和督促下,我又开始写作。一个人的创作不能不受社会条件的影响和制约,不可能是孤立的现象。这是一。第二个原因,是我的世界观比较成熟了。一个人到了我这样的年龄,一般说世界观已经成熟了。我年轻时写的那些作品,思想是迷惘的。在西南联大时,我接受了各式各样的思想影响,读的书很乱,读了不少西方现代派作品。我在大学一、二年级写的那些东西,很不好懂,它们都没有保留下来。比如那时我写的一首诗中有这样一句:"所有的西边都是东边的西边。"这是什么东西呢?这是观念的游戏。我和许多青年人一样,搞创作,是从写诗起步的。一开始总喜欢追求新奇的、抽象的、晦涩的意境,有点"朦胧"。我们的同学中有人称我为"写那种别人不懂,他自己也不懂的诗的人"。大学二年级以后,受了西班牙作家阿左林的影响,写了一些很轻淡的小品文。有一个时期很喜爱 A.纪德的作品,成天挟着一本纪德的书坐茶馆。那时萨特的书已经介绍进来了,我也读了一两本关于存在主义的书。虽然似懂不懂,但是思想上是受了影响的。离开学校后,不得不正视现实,对现实进行一些自己的思考。但是因为没有正确的思想作指导,我的世界观是混乱的。解放前一二年,我的作品是寂寞和苦闷的产物,对生活的态度是:无可奈何。作品中流露出揶揄、嘲讽,甚至是玩世不恭。解放后三十多年来,接受了党的教育,接受了马列主义思想,解放前思想中的那些乱七八糟的东西基本没有了。解放后我的生活道路也给了我很深的教育,不平坦的生活道路对我个人来说也不是没有好处的。经过长久的学习和磨练,我的人生观比较稳定,比较清楚了,因此对过去的生活看得比较真切了。人到晚年,往往喜欢回忆童年和青年时期的生活。但是,你用什么观点去观察和表现它呢?用比较明净的世界观,才能看出过去生活中的美和诗意。一个人的世界观不能永远混乱下去,短期可以,长期是不行的。听说萨特的存在主义在我们青年中相当有影响,当然可能跟我们年轻时所受的影响有所不同,有些地方使我感到陌生,有些地方似曾相识。我感到还是马克思主义好些,因为它能解决我们生活中所碰到的问题。

我写《受戒》的冲动是很偶然的,有天早晨,我忽然想起这篇作品中所表现的那段生活。这段生活当然不是我的生活。不少同志问我,你是不是当过和尚?我没有当过和尚。不过我曾在和尚庙里住过半年多。作品中那几个和尚的生活不是我造出来的。作品中姓赵的那一家,在实际生活中确实有么一家。这家人给我的印象很深。当时我的年龄正是作品中小和尚的那个年龄。我感到作品中小英子那个农村女孩子情绪的发育是正常的、健康的,感情没有被扭曲。这种生活,这种生活样式,在当时是美好的,因此我想把它写出来。想起来了,我就写了。写之前,我跟个别同志谈过,他们感到很奇怪:你为什么要写这个作品?写它有什么意义?再说到哪里去发表呢?我说,我要写,写了自己玩;我要把它写得很健康,很美,很有诗意。这就叫美学感情的需要吧。创作应该有这种感情需要。我写《大淖记事》也是这样的。大淖这个地方离那时我的家不远,我几乎天天去玩。我写的那些挑夫,不住在大淖,住在另一个地方,叫越塘。那些挑夫不是穿长衫念子曰的人,他们的是非标准、伦理道德观念跟我周围的人不一样,他们是更高尚的人,虽然他们比较粗野,越塘边住着一个姓戴的轿夫,得了象腿病(血丝虫病)。一个抬轿的得了这种病,就完了。他的老婆本是个头发蓬乱的普通女人,从来没有出头露面。丈夫得了这种病,她毅然出来当了"挑夫",把头发梳得光光的,人变得很干净利落,也漂亮了。我觉得她很高贵。《大淖记事》最后巧云的形象,是从这个轿夫的老婆身上汲取的。小时候我听到过一个小锡匠的恋爱史。这个小锡匠曾被人打死过去,用尿碱救活了,这些都是真的。锡匠们挑着担子去游行,这也是我亲眼见到的。写了《受戒》以后,我忽然想起这件事,并且非要把它表现出来不可,一定要把这样一些具有特殊风貌的劳动者写出来,把他们的情绪、情操、生活态度写出来,写得更美、更富于诗意。没有地方发表,写出来自己玩,这就是美学感情的需要。接着就发生了第二个问题,这样的东西有什么作用?周总理在广州会议上说过:文学有四个功能:教育作用,认识作用,美感作用,娱乐作用。有人说,你的这些作品写得很美,美感作用是有的;认识作用也有,可以了解当时劳动人民的道德情操;娱乐作用也是有的,有点幽默感,用北京话说很"逗",看完了,使人会心一笑;教育作用谈不上。对这种说法,我一半同意,一半不同意。说我的这些东西一点教育作用没有,我不大服气。完全没有教育作用只有美感作用的作品是很少的,除非是纯粹的唯美主义的作品。写作品应该想到对读者起什么样的心理上的作用。我要运用普通朴实的语言把生活写得很美,很健康,富于诗意,这同时也就是我要想达到的效果。虽然我的作品所反映的生活跟现实没有直接关系,跟四化没有直接关系。我想把生活中真实的东西、美好的东西、人的美、人的诗意告诉人们,使人们的心灵得到滋润,增强对生活的信心、信念。我的世界观的变化,其中也包含这个因素:欢乐。我觉得我作品的情绪是向上的、欢乐的,不是低沉的,跟解放前的作品不一样。生活是美好的,有前途的,生活应该是快乐的,这就是我所要达到的效果。我写旧社会少男少女健康、优美的爱情生活,这也是有感而发的,有什么感呢?我感到现在有些青年在爱情婚姻上有物质化、庸俗化的倾向,有的青年什么都要,就是不要纯洁的爱情。我并不是很有意识地要针对时弊写作品来振聋发聩,但确是有感而发的。以前,我写作品从不考虑社会效果,发表作品寄托个人小小的哀乐,得到二三师友的欣赏,也就满足了。这几年我感到效果问题是个很严肃的问题。原来我以为我的作品的读者面很窄,现在听说并不完全这样,有些年轻人,包括一些青年工人和农村干部也在看我的作品,这对我是很新奇的事,我感到很惶恐。我的作品到底给了别人一点什么呢?对人家的心灵起什么作用呢?一个作品发表后,不是起积极作用,就是消极作用,不是提高人的精神境界,就是使人迷惘、颓丧,总会有这样那样的作用。我感到写作不是闹着玩的事,就像列宁所指出的那样,作者就是这样写,读者就是那样读,用四川的话说,没有这么"撒脱"。我的作品反映的是解放前的生活,对当前的现实有多大的影响，很难说，但我有个朴素的古典的中国式的想法，就是作品要有益于世道人心。过去有人说，文章千古事，得失寸心知。得失首先是社会的得失。作者写作时对自己的作品的效果不可能估计得十分准确，但你总应有个良好的写作愿望。有些作者不愿谈社会效果，我是要考虑这个问题的。一个作品写出来放着，是个人的事情；发表了，就是社会现象。作者要有"良心"，要对读者负责。当然也有这样的可能，作者对自己作品的思想内涵考虑得多了，会带来概念化、思想大于形象的问题。但我认为，只要你忠于自己的美感需要，不去图解当前的某种口号，不是无动于衷，这个问题是可以避免的。

注释

① 本篇原载《文谭》1983年第一期；初收《晚翠文谈》，浙江文艺出版社，1988年3月。

回到现实主义,回到民族传统[1]

我愿意悄悄写东西,悄悄发表,不大愿意为人所注意。二十几岁起,我就没怎么读文学理论方面的书了,已经不习惯用理论用语表达思想。我对自己很不了解,现在也还在考虑我算不算作家?从开始写作到现在,写的小说大概不超过四十篇,怎么能算作家呢?

下面,谈几点感想。

关于评论家与作家的关系。昨天,我去玉渊潭散步,一点风都没有,湖水很平静,树的倒影显得比树本身还清楚,我想,这就是作家与评论家的关系。对于作家的作品,评论家比作家看得还清楚,评论是镜子,而且多少是凸镜,作家的面貌是被放大了的,评论家应当帮助作家认识自己,把作家还不很明确的东西说得更明确。明确就意味着局限。一个作家明确了一些东西,就必须在此基础上,去寻找他还不明确的东西,模糊的东西。这就是开拓。评论家的作用就是不断推动作家去探索,去追求。评论家对作家来说是不可缺少的。

关于主流与非主流的问题。这是我自己提出来的,用的是一般的习惯的概念。比如蒋子龙的作品对时代发生直接的作用,一般的看法,这当然是主流。我反映四十年代生活,不可否认它有美感作用,认识作用,也有间接的教育作用。我不希望我这一类作品太多,我也希望多写一点反映现实的作品。为什么我反映旧社会的作品比较多,反映当代的比较少?我现在六十多岁了,旧社会三十年,新社会三十年。过去是定型的生活,看得比较准;现在变动很大,一些看法不一定抓得很准。一个人写作时要有创作自由,"创作自由"不是指政策的宽严,政治气候的冷暖;指的是作家自己想象的自由,虚构的自由,概括集中的自由。对我来说,对旧社会怎样想象概括都可以,对新生活还未达到这种自由的地步。比如,社会主义新人,如果你看到了,可以随心所欲挥洒自如,怎样写都行,可惜在我的生活里接触到这样的人不多。我写的人大都有原型,这就有个问题,褒了贬了都不好办。我现在写的旧社会的人物的原型,大都是死掉了的,怎么写都行。当然,我也要发现新的人,做新的努力。当然,有些新生活,我也只好暂时搁搁再写。对新生活我还达不到挥洒自如的程度。

今天评论有许多新的论点引起我深思。比如季红真同志说,我写的旧知识分子有传统的道家思想,过去我没听到过这个意见,值得我深思。又说,我对他们同情较多,批评较少,这些知识分子都有出世思想,她的说法是否正确,我不敢说。但这是一个新的研究角度。从传统的文化思想来分析小说人物,这是一个新的方法,很值得探索。在中国,不仅是知识分子,就是劳动人民身上也有中国传统的文化思想，有些人尽管没有读过老子、庄子的书，但可能有老庄的影响。一个真正有中国色彩的人物，与中国的传统文化是不能分开的。比如我写的《皮凤三楦房子》，高大头、皮凤三用滑稽玩世的办法对付不合理的事情，这些形象，可以一直上溯到东方朔。我对这样的研究角度很感兴趣。

有人说，用习惯的西方文学概念套我是套不上的。我这几年是比较注意传统文学的继承问题。我自小接触的两个老师对我的小说是很有影响的。中国传统的文论、画论是很有影响的。我初中有个老师，教我归有光的文章。归有光用清淡的文笔写平常的人情，对我是有影响的。另一个老师每天让我读一篇"桐城派"的文章，"桐城派"是中国古文集大成者，不能完全打倒。他们讲文气贯通，注意文章怎样起怎样落，是有一套的。中国散文在世界上是独特的。"气韵生动"是文章内在的规律性的东西。庄子是大诗人、大散文家，说我的结构受他一些影响，我是同意的。又比如，李卓吾的"为文无法"，怎么写都行，我也是同意的。应当研究中国作品中的规律性的东西，用来解释中国作品，甚至可以用来解释外国作品。就拿画论来说，外国的印象派的画是很符合中国的画论的。传统的文艺理论是很高明的，年轻人只从翻译小说、现代小说学习写小说，忽视中国的传统的文艺理论，是太可惜了。我最喜欢读画论、读游记。讲文学史的同志能不能把文学史与当代创作联系起来讲，不要谈当代就是当代，谈古代就是古代。

现实主义问题。有人说我是新现实主义，这问题我说不清，我给自己提出的要求是回到现实主义、回到民族传统。我也曾经接受过外国文学的影响，包括"意识流"的作品的影响，就是现在的某些作品也有外国文学影响的蛛丝马迹。但是，总的来说，我还是要回到现实主义，回到民族传统。这种现实主义是容纳各种流派的现实主义；这种民族传统是对外来文化的精华兼收并蓄的民族传统，路子应当更宽一些。

注释

① 本篇原载《北京文学》1983年第二期，是作者在一次作家作品讨论会上的发言；初收《晚翠文谈》，浙江文艺出版社，1988年3月。

小说技巧常谈①

成语·乡谈·四字句

春节前与林斤澜同去看沈从文先生。座间谈起一位青年作家的小说，沈先生说："他爱用成语写景，这不行。写景不能用成语。"这真是一针见血的经验之谈。写景是为了写人，不能一般化。必须状难状之景，如在目前，这样才能为人物设置一个特殊的环境，使读者能感触到人物所生存的世界。用成语写景，必然是似是而非，模模糊糊，因而也就是可有可无，衬托不出人物。《西游记》爱写景，常于"但见"之后，写一段骈四俪六的通俗小赋，对仗工整，声调铿锵，但多是"四时不谢之花，八节常春之草"一类的陈词套语，读者看到这里大都跳了过去，因为没有特点。

由沈先生的话使我联带想到，不但写景，就是描写人物，也不宜多用成语。旧小说多用成语描写人物的外貌，如"面如重枣"、"面如锅底"、"豹头环眼"、"虎背熊腰"，给人的印象是"差不多"。评书里有许多"赞"，如"美人赞"，无非是"柳叶眉、杏核眼，樱桃小口一点点"。刘金定是这样，樊梨

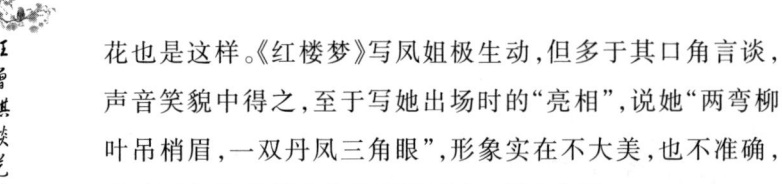

花也是这样。《红楼梦》写凤姐极生动,但多于其口角言谈,声音笑貌中得之,至于写她出场时的"亮相",说她"两弯柳叶吊梢眉,一双丹凤三角眼",形象实在不大美,也不准确,就是因为受了评书的"赞"的影响,用了成语。

看来凡属描写,无论写景写人,都不宜用成语。

至于叙述语言,则不妨适当地使用一点成语。盖叙述是交代过程,来龙去脉,读者可以想见,稍用成语,能够节省笔墨。但也不宜多用。满篇都是成语,容易有市井气,有伤文体的庄重。

听说欧阳山同志劝广东的青年作家都到北京住几年,广东作家都要过语言关。孙犁同志说老舍在语言上得天独厚。这都是实情话。北京的作家在语言上占了很大的便宜。

大概从明朝起,北京话就成了"官话"。中国自有白话小说,用的就是官话。"三言"、"二拍"的编著者,冯梦龙是苏州人,凌濛初是浙江乌程(即吴兴)人,但文中用吴语甚少。冯梦龙偶尔在对话中用一点吴语,如"直待两脚壁立直,那时不关我事得"(《滕大尹鬼断家私》)。凌濛初的叙述语言中偶有吴语词汇,如"不匡"(即苏州话里的"弗壳张",想不到的意思)。《儒林外史》里有安徽话,《西游记》里淮安土语颇多(如"不当人子")。但是这些小说大体都是用全国通行的官话写的。《红楼梦》是用地道的北京话写的。《红楼梦》对中国现代文学语言的形成,有着不可估量的影响。

有了官话文学,"白话文"的出现就是水到渠成的事。白话文运动的策源地在北京。五四时期许多外省籍的作家都是用普通话即官话写作的。有的是有意识地用北京话写作的。闻一多先生的《飞毛腿》就是用纯粹的北京口语写成的。朱自清先生晚年写的随笔,北京味儿也颇浓。

咱们现在都用普通话写作。普通话是以北方话作为基础方言,吸收别处方言的有用成分,以北京音为标准音的。"北方话"包括的范围很广,但是事实上北京话却是北方话的核心,也就是说是普通话的核心。北京话也是一种方言。普通话也仍然带有方言色彩。张奚若先生在当教育部长时作了一次报告,指出"普通话"是普遍通行的话,不是寻常的普普通通的话。就是说,不是没有个性,没有特点,没有地方色彩的话。普通话不是全国语言的最大公约数,不是把词汇压缩到最低程度,因而是缺乏艺术表现力的蒸馏水式的语言。普通话也有其生长的土壤,它的根扎在北京。要精通一种语言,最好是到那个地方住一阵子。欧阳山同志的忠告,是有道理的。

不能到北京,那就只好从书面语言去学,从作品学,那怎么说也是隔了一层。

吸收别处方言的有用成分,别处方言,首先是作家的家乡话。一个人最熟悉,理解最深,最能懂得其传神妙处的,还是自己的家乡话,即"母舌"。有些地区的作家比较占便宜,比如云、贵、川的作家。云、贵、川的话属西南官话,也算在"北方话"之内。这样他们就可以用家乡话写作,既有乡土气息,又易为外方人所懂,也可以说是"得天独厚"。沙汀、艾芜、何士光、周克芹都是这样。有的名物,各地歧异甚大,我以为不必强求统一。比如何士光的《种包谷的老人》,如果改成《种玉米的老人》,读者就会以为这是写的华北的故事。有些地方语词,只能以声音传情,很难望文生义,就有点麻烦。我的家乡(我的家乡属苏北官话区)把一个人穿衣服干净、整齐,挺括,有样子,叫做"格挣挣的"。我在写《受戒》时想用这个词,踌躇了很久。后来发现山西话里也有这个说法,并在元曲里也发现"格挣"这个词,才放心地用了。有些地方话不属"北方话",比如吴语、粤语、闽南语、闽北语,就更加麻烦了。有些不得不用,无法代替的语词,最好加一点注解。高晓声小说中用了"投煞青鱼",我到现在还不知道这究竟是什么意思。

　　作家最好多懂几种方言。有时为了加强地方色彩,作者不得不刻苦地学习这个地方的话。周立波是湖南益阳人,平常说话,乡音未改,《暴风骤雨》里却用了很多东北土话。旧小说里写一个人聪明伶俐,见多识广,每说他"能打各省乡谈",比如浪子燕青。能多掌握几种方言,也是作家生活知识比较丰富的标志。

　　听说有些中青年作家非常反对用四字句,说是一看到四字句就讨厌。这使我有点觉得奇怪。

中国语言里本来就有许多四字句，不妨说四字句多是中国语言的特点之一。

我是主张适当地用一点四字句的。理由是：一，可以使文章有点中国味儿。二，经过锤炼的四字句往往比自然状态的口语更为简洁，更能传神。若干年前，偶读张恨水的一本小说，写几个政客在妓院里磋商政局，其中一人，"闭目抽烟，烟灰自落"。老谋深算，不动声色，只此八字，完全画出。三，连用四字句，可以把句与句之间的连词、介词，甚至主语都省掉，把有转折、多层次的几件事贯在一起，造成一种明快流畅的节奏。如："乃瞻衡宇，载欣载奔。僮仆欢迎，稚子候门。三径就荒，松菊犹存。携幼入室，有酒盈樽。"（陶渊明《归去来兮辞》）

反对用四字句，我想有两方面的原因。一方面是作者习惯于用外来的，即"洋"一点的方式叙述，四字句与这种叙述方式格格不入。一方面是觉得滥用四字句，容易使文体滑俗，带评书气。如果是第二种，我觉得可以同情。我并不主张用说评书的语言写小说。如果用一种"别体"，有意地用评书体甚至相声体来写小说，那另当别论。但是评书和相声与现代小说毕竟不是一回事。

呼　应

我曾在一篇谈小说创作的短文中提到章太炎论汪容甫

的骈文,"起止自在,无首尾呼应之式",表示很欣赏。汪容甫能把骈体文写得那样"自在",行云流水,不讲起承转合那一套,读起来很有生气,不像一般四六文那样呆板,确实很不容易。但这是指行文布局,不是说小说的情节和细节的安排。小说的情节和细节,是要有呼应的。

李笠翁论戏曲讲究"密针线",讲究照应和埋伏。《闲情偶寄》有一段说得很好:

编戏有如缝衣,其初则以完全者剪碎,其后又以剪碎者凑成。剪碎易,凑成难。凑成之工,全在针线紧密。一节偶疏,全篇之破绽出矣。每编一折,必须前顾数折,后顾数折。顾前者欲其照映,顾后者便于埋伏。照映、埋伏,不止照映一人,埋伏一事,凡是剧中有名之人,关涉之事,与前此后此所说之话,节节俱要想到。

我是习惯于打好腹稿的。但一篇较长的小说,如超过一万字,总不能从头至尾每一个字都想好,有了一个总体构思之后,总得一边写一边想。写的时候要往前想几段,往后想几段,不能写这段只想这段。有埋伏,有呼应,这样才能使各段之间互相沟通,成为一体,否则就成了拼盘或北京人过年吃的杂拌儿。譬如一弯流水,曲折流去,不断向前,又时时回顾,才能生动多姿。一边写一边想,顾前顾后,会写出一些原来没有想到的细节,或使原来想到但还不够鲜明的细节鲜明起来。我写《八千岁》,写了他允许儿子养几只鸽子,他自己有时也去看看鸽子,原来只是想写他也是个人,对生活的兴趣并未泯灭,但他在被八舅太爷敲了一笔竹杠,到赵厨房去参观满汉全席,赵厨房说鸽蛋燕窝里鸽蛋不够,他说了一句:"你要鸽子蛋,我那里有",都是事前没有想到的。只是觉得他的处境又可怜又可笑,才信手拈来,写了这样一笔。他平日自奉甚薄,饮食粗粝,老吃"草炉烧饼",遭了变故,后来吃得好一点,我是想到的。但让他吃什么,却还没有想好。直到写到快结束时,我才想起在他的儿子把照例的"晚茶"——两个烧饼拿来时,他把烧饼往桌上一拍,大声说:"给我去叫一碗三鲜面!"边写边想,前后照顾,可以情文相生,时出新意。

埋伏和照映是要惨淡经营的,但也不能过分地刻意求之。埋伏处要能轻轻一笔,若不经意。照映处要顺理成章,水到渠成。要使读者看不出斧凿痕迹,只觉得自自然然,完完整整,如一丛花,如一棵菜。虽由人力,却似天成。如果使人看出来这里是埋伏,这里是照映,便成死症。

含　藏

"逢人只说三分话,未可全抛一片心",这是一种庸俗的处世哲学。写小说却必须这样。李笠翁云,作诗文不可说尽,十分只说得二三分。都说出来,就没有意思了。

侯宝林有一个相声小段《买佛龛》。一个老太太买了一个祭灶用的佛龛,一个小伙子问她:"老太太,您这佛龛是哪儿买的?"——"嗨,小伙子,这不能说买,得说'请'!"——"那您是多少钱'请'的?"——"嘻!这么个玩意——八毛!"听众都笑了。这就够了。如果侯宝林"批讲"一番,说老太太一提到钱,心疼,就把对佛龛的敬意给忘了,那还有什么意思呢?话全说白了,没个捉摸头了。契诃夫写《万卡》,万卡给爷爷写了一封很长的信,诉说他的悲惨的生活,写完了,写信封,信封上写道:"寄给乡下的爷爷收"。如果契诃夫写出:万卡不知道,这封信爷爷是不会收到的,那这篇小说的感人的力量就大大削弱了,契诃夫也就不是契诃夫了。

我写《异秉》,写到大家听到王二的"大小解分清"的异秉后,陈相公不见了,"原来陈相公在厕所里。这是陶先生发现的。他一头走进厕所,发现陈相公已经蹲在那里。本来,这时候都不是他们俩解大手的时候"。一位评论家在一次讨论会上,说他看到这里,过了半天,才大笑出来。如果我说破了他们是想试试自己也能不能做到"大小解分清",就不会有这样的效果。如果再发一通议论,说:"他们竟然把生活的希望寄托在这样的微不足道的,可笑的生理特征上,庸俗而又可悲悯的小市民呀!"那就更完了。

"话到嘴边留半句",在一点就破的地方,偏偏不要去点。在"裉节儿"上,"七寸三分"的地方,一定要"留"得住。尤三姐有言:"提着影戏人儿上场,好歹别戳破这层纸儿。"把作者的立意点出来,主题倒是清楚了,但也就使主题受到局限,而且意味也就索然了。

小说不宜点题。

一九八三年四月四日

注释

① 本篇原载《钟山》1983年第四期;初收《晚翠文谈》,浙江文艺出版社,1988年3月。

关于小小说①

希腊人对于"诗铭"的要求是：

诗铭像蜜蜂。

一要蜜，

二要刺，

三要小身体。

这要求也可以移之于小小说，一篇好的小小说应该同时具备：有蜜，即有诗意；有刺，即有所讽喻；当然，还要短小精致。

《都城纪胜》论说书云："最畏小说人，盖小说者能以一朝一代故事顷刻间提破"。"提破"不知究竟当作何解释，但望文生义，大概就是提醒点破的意思。唯其能于"顷刻间提破"，所以"可畏"。小小说正应该这样，几句话就点出一种道理，如张岱记柳敬亭说书"找截干净，并不唠叨"。

有一幅宋人小画，只于尺幅中画一宫门，一宫女早起出门倒垃圾，倒的全是荔枝、桂圆、鸭脚（即百果）之类的皮壳。完全没有画灯火笙歌,但是宫苑生活的豪华闲逸都表现出来了。小小说也当这样。一般地说,小小说只能反映生活的一个侧面,但要让人想象出生活的全盘,写小小说,要留出大量空白。能不说的,尽量删去。

昔人云:"忙中不及作草,家贫难办素食。"看人以为草字是匆匆忙忙地写出来的,没有时间,就潦潦草草写上几行。其实不是这样,无论是章草、狂草,都必须在心气平和,好整以暇时动笔,才能一气呵成,疏密有致。白石老人题画曰:"心闲气静时一挥",只有心闲气静,才能一挥而就。意大利的莱奥纳尔多·夏侠在小说《白天的猫头鹰》附记中说:"'请你们原谅,这封信长了点儿'伟大的十八世纪的一个法国男人(或女人)写道,因为我没有时间把它写得短些。"这是经验之谈。冗长芜杂往往由于匆忙粗率。素菜是不好办的。一般人家,炒个肉丝什么的,不算什么。真要炒出一盘好素菜,可困难。要极好的鲜菜,要好配料——冬笋、松菌、核桃仁、百果、山药……,要好刀功,好火候。一篇好的小小说要像几行神完气足的草书,一盘生鲜碧绿的素菜。

注释

① 本篇原载《百花园》1983年第四期,又载《小小说选刊》1985年创刊号。

传　神①

看过一则杂记，唐朝有两个大画家，一个好像是韩干，另外一个我忘了，二人齐名，难分高下。有一次，皇帝——应该是玄宗了——命令他们俩同时给一个皇子画像。画成了，皇帝拿到宫里请皇后看，问哪一张画得像。皇后说："都像。这一张更像。——那一张只画出皇子的外貌，这一张画出了皇子的潇洒从容的神情。"于是二人之优劣遂定。哪一张更像呢？好像是韩干以外的那一位的一张。这个故事，对于写小说是很有启发的。

小说是写人的。写人，有时免不了要给人物画像。但是写小说不比画画，用语言文字描绘人物的形貌，不如用线条颜色表现得那样真切。十九世纪的小说流行摹写人物的肖像，写得很细致，但是不易使读者留下深刻的印象。但是用语言文字捕捉人物的神情——传神，是比较容易办到的，有时能比用颜色线条表现得更鲜明。中国画讲究"形神兼备"，对于写小说来说，传神比写形象更为重要。

我的老师沈从文写《边城》里的翠翠乖觉明慧，并没有过多地刻画其外形，只是捕捉住了翠翠的神气：

翠翠在风日里长养着,把皮肤变得黑黑的,触目为青山绿水,一对眸子清明如水晶。自然既长养她且教育她,为人天真活泼,处处俨然如一只小兽物。人又那么乖,如山头黄麂一样,从不想到残忍事情,从不发怒,从不动气。平时在渡船上遇陌生人对她有所注意时,便把光光的眼睛瞅着那陌生人,作成随时皆可举步逃入深山的神气,但明白了人无机心后,就又从从容容地在水边玩耍了。

鲁迅先生曾说过:有人说,画一个人最好是画他的眼睛。传神,离不开画眼睛。

《祝福》两次写到祥林嫂的眼睛:

她不是鲁镇人。有一年的冬初,四叔家里要换女工,做中人的卫老婆子带她进来了,头上系着白头绳,乌裙,蓝夹袄,月白背心,年纪大约二十六七,脸色青黄,但两颊却还是红的。卫老婆子叫她祥林嫂,说是自己母家的邻舍,死了当家人,所以出来做工了。四叔皱了皱眉,四婶已经知道了他的意思,是在讨厌她是一个寡妇。但看她模样还周正,手脚都壮大,又只是顺着眼,不开一句口,很像一个安分耐劳的人,便不管四叔的皱眉,将她留下了。

我这回在鲁镇所见的人们中,改变之大,可以说无过于她的了:五年前的花白的头发,即今已经全白,全

不像四十上下的人;脸上瘦削不堪,黄中带黑,而且消尽了先前悲哀的神色,仿佛是木刻似的;只有那眼珠间或一轮,还可以表示她是一个活物。

"顺着眼",大概是绍兴方言;"间或一轮",现在也不大用了,但意思是可以懂得的,神情可以想见。这"顺"着的眼和间或一轮的眼珠,写出了祥林嫂的神情和她的悲惨的遭遇。

我在几篇小说里用过画眼睛的方法:

> 两个女儿,长得跟她娘像一个模子里脱出来的。眼睛长得尤其像,白眼珠鸭蛋青,黑眼珠棋子黑,定神时如清水,闪动时像星星。浑身上下,头是头,脚是脚。头发滑滴滴的,衣服格挣挣的。——这里的风俗,十五六岁的姑娘就都梳上头了。这两个丫头,这一头的好头发!通红的发根,雪白的簪子!娘女三个去赶集,一集的人都朝她们望。(《受戒》)

> 巧云十五岁,长成了一朵花。身材、脸盘都像妈。瓜子脸,一边有一个很深的酒窝。眉毛黑如鸦翅,长入鬓角。眼角有点吊,是一双凤眼。睫毛很长,因此显得眼睛经常眯睎着;忽然回头,睁得大大的,带点吃惊而专注的神情,好像听到远处有人叫她似的。(《大淖记事》)

对于异常漂亮的女人，有时从正面，直接地描写很困难；或者已经写了，还嫌不足，中国的和外国的古代的诗人，便不约而同地想出另外一种聪明的办法，即换一个角度，不是描写她本人，而是间接地，描写看到她的别人的反映，从别人的欣赏、倾慕来反衬出她的美。希腊史诗《伊里亚特》里的海伦皇后是一个绝世的美人，但是荷马在描写她的美时，没有形容她的面貌肢体，只是用相当篇幅描写了看到她的几位老人的惊愕。汉代乐府《陌上桑》描写罗敷，也是用的这种方法：

　　行者见罗敷，下担捋髭须。
　　少者见罗敷，脱帽著帩头。
　　耕者忘其犁，锄者忘其锄。
　　来归相怨怒，但坐观罗敷。

这种方法，不能使人产生具体的印象，但却可以唤起读者无边的想象。他没有看到这个美人是如何的美，但是他想得出她一定非常的美。这样的写法是虚的，但是读者的感受是实的。

这种方法，至少已经有了两千多年的历史了，但是现代的作家还在用着。赵树理《小二黑结婚》写小芹，就用过这种方法（我手边无树理同志这篇小说，不能具引）。我在《大淖记事》里写巧云，也用了这种方法：

……她在门外的两棵树杈之间结网,在淖边平地上织席,就有一些少年人装着有事的样子来来去去。她上街买东西,甭管是买肉,买菜,打油,打酒,撕布,量头绳,买梳头油、雪花膏,买石碱、浆块,同样的钱,她买回来,分量都比别人多,东西都比别人的好。这个奥秘早被大娘、大婶们发现,她们就托她买东西。只要巧云一上街,都拎了好几个竹篮,回来时压得两个胳臂酸疼酸疼。泰山庙唱戏,人家都是自己扛了板凳去,巧云散着手就去了。一去了,总有人给她找一个得看的好座。台上的戏唱得正热闹,但是没有多少人叫好。因为好些人不是在看戏,是看她。

前引《受戒》里的"娘女三个去赶集,一集的人都朝她们望",用的也是这方法,只是繁简不同。

这些方法古已有之,应该说是陈旧的方法了,但是运用得好,却可以使之有新意,使人产生新鲜感。方法是不难理解的,也是不难掌握的,但是运用起来,却有不同。运用得好,使人觉得自自然然,很妥贴,很舒服,不露痕迹。虽然有法,恰似无法,用了技巧,却显不出技巧,好像是天生的一段文字,本来就该像这样写。用得不好,就会显得卖弄做作、笨拙生硬,使人像吃馒头时嚼出一块没有蒸熟的生面疙瘩。

这些,写神情、画眼睛,从观赏者的角度反映出人的姿媚,都只是方法,是"用",而不是"体"。"体",是生活。没有丰富的生活积累,只是知道这些方法,还是写不出好作品的。反之,生活丰富了,对于这些方法,也就容易掌握,容易运用自如。

不过,作为初学写作者,知道这些方法,并且有意识地作一些练习,学习用几句话捉住一个人的神情,描绘若干双眼睛,尝试从别人的反映来写人,是有好处的。这可以锻练自己的艺术感觉,并且这也是积累生活的验方。生活和艺术感是互相渗透,互为影响的。

一九八四年一月十日

注释

① 本篇原载《江城》1984年第三期;初收《晚翠文谈》,浙江文艺出版社,1988年3月。

谈谈风俗画①

有几位评论家都说,我的小说里有风俗画。这一点是我原来没有意识到的。经他们一说,我想想倒是有的。有一位文学界的前辈曾对我说:"你那种写法是风俗画的写法,"并说这种写法很难。风俗画的写法是怎样一种写法?这种写法难么?我不知道。有人干脆说我是一个风俗画作家……

我是很爱看风俗画的。十七世纪荷兰学派的画,日本的浮世绘,我都爱看。中国的风俗画的传统很久远了。汉代的很多画像石刻、画像砖都画(刻)了迎宾、饮宴、耍杂技——倒立、弄丸、弄飞刀……有名的说书俑,滑稽中带点愚蠢,憨态可掬,看了使人不忘。晋唐的画以宗教画、宫廷画为大宗。但这当中也不是没有风俗画,敦煌壁画中的杰作《张义潮出巡图》就是。墓葬中的笔致粗率天真的壁画,也多涉及当时的风俗。宋代风俗画似乎特别的流行,《清明上河图》是一个突出的例子。我看这幅画,能够一看看半天。我很想在清明那天到汴河上去玩玩,那一定是非常好玩的。南宋的画家也多画风俗。我从马远的《踏歌图》知道"踏歌"是怎么回事,从而增加了对"桃花潭水深千尺,不及汪伦送我情"的理解。这种"踏歌"的遗风,似乎现在朝鲜还有。我也很爱李嵩、苏汉臣的《货郎图》,它让我知道南宋的货郎担上有那么多卖给小孩子们的玩意,真是琳琅满目,都蛮有意思。元明的风俗画我所知甚少。清朝罗雨峰的《鬼趣图》可以算是风俗画。幸好这时兴起了年画。杨柳青、桃花坞的年画大部分都是风俗画,连不画人物只画动物的也都是,如《老鼠嫁女》。我很喜欢这张画,如鲁迅先生所说,所有俨然穿着人的衣冠的鼠类,都尖头尖脑的非常有趣。陈师曾等人都画过北京市井的生活。风俗画的雕塑大师是泥人张。他的《钟馗嫁妹》、《大出丧》,是近代风俗画的不朽的名作。

我也爱看讲风俗的书。从《荆楚岁时记》直到清朝人写的《一岁货声》之类的书都爱翻翻。还是上初中的时候,一年暑假,我在祖父的尘封的书架上发现了一套巾箱本木活字聚珍版的丛书,里面有一册《岭表录异》,我就很有兴趣地看起来。后来又看了《岭外代答》。从此就对讲地理的书、游记,产生了一种嗜好。不过我最有兴趣的是讲风俗民情的部分,其次是物产,尤其是吃食。对山川疆域,我看不进去,也记不住。宋元人笔记中有许多是记风俗的,《梦溪笔谈》、《容斋随笔》里有不少条记各地民俗,都写得很有趣。明末的张岱特长于记述风物节令,如记西湖七月半、泰山进香,以及为祈雨而赛水浒人物,都极生动。虽然难免有鲁迅先生所说的夸张之处,但是绘形绘声,详细而不琐碎,实在很教人向往。我也很爱读各地的竹枝词,尤其爱读作者自

己在题目下面或句间所加的注解。这些注解常比本文更有情致。我放在手边经常看看的一本书是古典文学出版社出的《东京梦华录》(外四种——《都城纪胜》、《西湖老人繁胜录》、《梦粱录》、《武林旧事》),这样把记两宋风俗的书汇为一册,于翻检上极便,是值得感谢的,只是断句断错的地方太多。这也难怪,有一位历史学家就说过《东京梦华录》是一本难读的书。因为对当时的情形和语言不明白,所以不好断句。

我对风俗有兴趣,是因为我觉得它很美。我曾经在一篇文章里说过:"我以为风俗是一个民族集体创作的生活的抒情诗"(《〈大淖记事〉是怎样写出来的》)。这是一句随便说说的话,没有任何学术意义。但也不是一点道理没有。我以为,风俗,不论是自然形成的,还是包含一定的人为的成分(如自上而下的推行),都反映了一个民族对生活的挚爱,对"活着"所感到的欢悦。他们把生活中的诗情用一定的外部的形式固定下来,并且相互交流,溶为一体。风俗中保留一个民族的常绿的童心,并对这种童心加以圣化。风俗使一个民族永不衰老。风俗是民族感情的重要的组成部分。斯大林把民族感情引为民族的要素之一。民族感情是抽象的,看不见摸不着,但它确实存在着。民族感情常常体现在风俗中。风俗,是具体的。一种风俗对维系民族感情的作用是不可估量的,如那达慕、刁羊、麦西来甫、三月街……。

所谓风俗,主要指仪式和节日。仪式即"礼"。礼这个东西,未可厚非。据说辜鸿铭把中国的"礼"翻译成英语时,译为"生活的艺术"。这传闻不知是否可靠,但却很有意思。礼是具有艺术性的,很好玩的,假如我们抛开其中迷信和封建的内核,单看它的形式。礼,包括婚礼和丧礼。很多外国的和中国少数民族的民间舞蹈常常以"××人的婚礼"作题目,那是在真实的婚礼的基础上加工而成的。结婚,对一个少女来说,意味着迈进新的生活,同时也意味着向过去的一切告别了。因此,这一类的舞蹈大都既有喜悦,又有悲哀,混和着复杂的感情,其动人处,也在此。中国西南几个民族都有"哭嫁"的习俗。临嫁的姑娘要把要好的姊妹约来哭(唱)一夜甚至几夜。那歌词大都是充满了真情,很美的。我小时候最爱参加丧礼,不管是亲戚家还是自己家的。我喜欢那种平常没有的"当大事"的肃穆的气氛,所有的人好像一下子都变得高雅起来,多情起来了,大家都像在演戏,在扮演一种角色,很认真地扮演着。我喜欢"六七开吊",那是戏的顶点。我们那里开吊那天要"点主"。点主,就是在亡人的牌位上加一点。白木的牌位上事先写好了某某人之"神王",要在王字上加一点,这才成了"神主"。点主不是随随便便点的,很隆重。要请一个有功名的老辈人来点。点主的人就位后,礼生喝道:"凝神,——想象,请加墨主!"点主人用一枝新墨笔在"王"字上点一点;然后,再:"凝神,——想象,请加硃主!"点主人再用硃笔点一点,把原来的墨点盖住。这样,一个人的魂灵就进了这块牌位了。"凝神——想象",这实在很有点抒情的意味,也很有戏剧性。我小时看点主,很受感动,至今印象犹深。

至于节日,那更不用说了。试想一下,如果没有那样多的节,我们的童年将是多么贫乏,多么缺乏光彩呀。日本人对传统的节日非常重视。多么现代化的大企业,到了盂兰盆节这一天,也要停产放假,举行集体的游乐活动。这对于培养和增强民族的自信,无疑是会有好处的。

风俗,仪式和节日,是历史的产物,它必然是要消亡的。谁也不会提出恢复所有的传统的风俗,但是把它们记录下来,给现在的和将来的人看看,是有着各方面的意义的。我很希望中国民俗学会能编出两本书,一本《中国婚丧礼俗》,一本《中国的节日》。现在着手,还来得及。否则,到了"礼失而求诸野",要到穷乡僻壤去访问搜集,就费事了。

为什么要在小说里写进风俗画?前已说过,我这样做原是无意的。只是因为我的相当一部分小说是写我的家乡的,写小城的生活,平常的人事,每天都在发生,举目可见的小小悲欢,这样,写进一点风俗,便是很自然的事了。"人情"和"风土"原是紧密关联的。写一点风俗画,对增加作品的生活气息、乡土气息,是有帮助的。风俗画和乡土文学有着血缘关系,虽然二者不是一回事。很难设想一部富于民族色彩的作品而一点不涉及风俗。鲁迅的《故乡》、《社戏》,包括《祝福》,是风俗画的典范。《朝花夕拾》每篇都洋溢着罗汉豆的清香。沈从文的《边城》如果不是几次写到端午节赛龙船,便不会有那样浓郁的色彩。"风俗画小说",在一般人的概念里,不是一个贬词。

风俗画小说的文体几乎都是朴素的。风俗本身是自自然然的。记述风俗的书原来不过是聊资谈助,大都是随笔记之,不事雕饰。幽兰居士孟元老《东京梦华录序》云:"此语言鄙俚,不以文饰者,盖欲上下通晓耳,观者幸详焉。"用华丽的文笔记风俗的人好像还很少。同样,风俗画小说所记述的生活也多是比较平实的,一般不太注重强烈的戏剧化的情节。写风俗而又富于浪漫主义的戏剧性的情节的,似乎只有梅里美一人。但他所写的往往是异乡的奇俗(如世代复仇),而且通常是不把梅里美列在风俗画家范围内的。风俗画小说,在本质上是现实主义的。

记风俗多少有点怀旧,但那是故国神游,带抒情性,但并不流于伤感。风俗画给予人的是慰藉,不是悲苦。就我所见过的风俗画作品来看,调子一般不是低沉的。

小说里写风俗,目的还是写人。不是为写风俗而写风俗,那样就不是小说,而是风俗志了。风俗和人的关系,大体有这样三种:

一种是以风俗作为人的背景。

一种是把风俗和人结合在一起,风俗成为人的活动和心理的契机。比如:

去年元夜时,
花市灯如昼,
月上柳梢头,
人约黄昏后。

又如苏北民歌《探妹》：

正月里探妹正月正，
我带小妹子看花灯，
看灯是假的，
妹子呀，试试你的心。

《边城》几次写端午节赛龙船，和翠翠的情绪的发育和感情的变化是紧紧扣在一起的，并且是情节发展不可缺少的纽带。

也有时，看起来是写风俗，实际上是在写人。我的小说里写风俗占篇幅最长的大概是《岁寒三友》里描写放焰火的一段。因为这篇小说见到的人不是很多，我把这一段抄录在下面：

这天天气特别好。万里无云，一天皓月。阴城的正中，立起一个四丈多高的架子。有人早早吃了晚饭，而扛了板凳来等着了。各种卖小吃的都来了。卖牛肉高粱酒的、卖回卤豆腐干的，卖五香花生米的、芝麻灌香糖的，卖豆腐脑的，卖煮荸荠的，还有卖河鲜——卖紫皮鲜菱角和新剥鸡头米的……到处是"气死风"的四角玻璃灯，到处是白蒙蒙的热气、香喷喷的茴香八角气味。人们寻亲访友，说短道长，来来往往，亲亲热热，阴城的草都被踏倒了。人们的鞋底也叫秋草的浓汁磨得滑溜溜的。

忽然,上万双眼睛一齐朝着一个方向看。人们的眼睛一会儿睁大,一会儿眯细;人们的嘴一会儿张开,一会儿又合上;一阵阵叫喊,一阵阵欢笑,一阵阵掌声。——陶虎臣点着了焰火了。

(中间还有一段具体描写几种焰火的,文长不录)

……火光炎炎,逐渐消隐,这时才听到人们呼唤:
"二丫头,回家咧!"
"四儿,你在哪儿哪?"
"奶奶,等等我,我鞋掉了!"
人们摸摸板凳,才知道:呀,露水下来了。

这里写的是风俗,没有一笔写人物。但是我自己知道笔笔都著意写人,写的是焰火的制造者陶虎臣。我是有意在表现人们看焰火时的欢乐热闹气氛中表现生活一度上升时期陶虎臣的愉快心情,表现用自己的劳作为人们提供欢乐,并于别人的欢乐中感到欣慰的一个善良人的品格的。这一点,在小说里明写出来,是也可以的,但是我故意不写,我把陶虎臣隐去了,让他消融在欢乐的人群之中。我想读者如果感觉到看焰火的热闹和欢乐,也就会感觉到陶虎臣这个人。人在其中,却无觅处。

写风俗,不能离开人,不能和人物脱节,不能和故事情节游离。写风俗不能留连忘返,收不到人物的身上。

风俗画小说是有局限性的。一是风俗画小说往往只就人事的外部加以描写,较少刻画人物的内心世界,不大作心理描写,因此人物的典型性较差。二是,风俗画一般是清新浅易的,不大能够概括十分深刻的社会生活内容,缺乏历史的厚度,也达不到史诗一样的恢宏的气魄。因此,风俗画小说常常不能代表一个时代的文学创作的主流。这一点,风俗画小说作者应该有自知之明,不要因为自己的作品没有受到重视而气愤。

因此,我希望自己,也希望别人,不要只是写风俗画。并且,在写风俗画小说时也要有所突破,向生活的深度和广度掘进和开拓。

一九八四年一月二十二日

注释

① 本篇原载《钟山》1984年第三期;初收《晚翠文谈》,浙江文艺出版社,1988年3月。

谈 风 格[①]

一个人的风格是和他的气质有关系的。布封说过:"风格即人。"中国也有"文如其人"的说法。人和人是不一样的。趋舍不同,静躁异趣。杜甫不能为李白的飘逸,李白也不能为杜甫的沉郁。苏东坡的词宜关西大汉执铁绰板唱"大江东去",柳耆卿的词宜十三四女郎持红牙板唱"今宵酒醒何处,杨柳岸晓风残月"。中国的词大别为豪放与婉约两派。其他文体大体也可以这样划分。不知从什么时候起,因为什么,豪放派占了上风。茅盾同志曾经很感慨地说:现在很少人写婉约的文章了。十年浩劫,没有人提起风格这个词。我在"样板团"工作过。江青规定:"要写'大江东去',不要'小桥流水'!"我是个只会写"小桥流水"的人,也只好跟着唱了十年空空洞洞的豪言壮语。三中全会以后,我才又重新开始发表小说,我觉得我可以按照我自己的样子写小说了。三中全会以后,文艺形势空前大好的标志之一,是出现了很多不同风格的作品。这一点是"十七年"所不能比拟的。那时作品的风格比较单一。茅盾同志发出感慨,正是在那样的时候。一个人要使自己的作品有风格,要能认识自己、发现自己,并且,应该不客气地说,欣赏自己。"我与我周旋久，宁作我"。一个人很少愿意自己是另外一个人的。一个人不能说自己写得最好，老子天下第一。但是就这个题材，这样的写法，以我为最好，只有我能这样的写。我和我比，我第一！一个随人俯仰，毫无个性的人是不能成为一个作家的。

其次，要形成个人的风格，读和自己气质相近的书。也就是说，读自己喜欢的书、对自己口味的书。我不太主张一个作家有系统地读书。作家应该博学，一般的名著都应该看看。但是作家不是评论家，更不是文学史家。我们不能按照中外文学史循序渐进，一本一本地读那么多书，更不能按照文学史的定论客观地决定自己的爱恶。我主张抓到什么就读什么，读得下去就一连气读一阵，读不下去就抛在一边。屈原的代表作是《离骚》，我直到现在还是比较喜欢《九歌》。李、杜是大家，他们的诗我也读了一些，但是在大学的时候，我有一阵偏爱王维。后来又读了一阵温飞卿、李商隐。诗何必盛唐。我觉得龚定庵的态度很好："我于论诗恕中晚，略工感慨即名家。"有一个人说得更为坦率："一种风情吾最爱，六朝人物晚唐诗"，有何不可。一个人的兴趣有时会随年龄、境遇发生变化。我在大学时很看不起元人小令，认为浅薄无聊。后来因为工作关系，读了一些，才发现其中的淋漓沉痛处。巴尔扎克很伟大，可是我就是不能用社会学的观点读他的《人间喜剧》。托尔斯泰的《战争与和平》，我是到近四十岁时，因为成了右派，才在劳动改造的过程中硬着头皮读完了的。孙犁同志说他喜欢屠格涅夫的长篇，不喜欢他的短篇；我则正好相反。我认为都可以。作家读书，允许有偏爱。作家所偏爱的作品往往会影响他的气质，成为他的个性的一部分。契诃夫说过：告诉我你读的是什么书，我就可知道你是一个怎样的人。作家读书，实际上是读另外一个自己所写的作品。法郎士在《生活文学》第一卷的序言里说过："为了真诚坦白，批评家应该说：'先生们，关于莎士比亚，关于拉辛，我所讲的就是我自己'"。作家更是这样。一个作家在谈论别的作家时，谈的常常是他自己。"六经注我"，中国的古人早就说过。

一个作家读很多书，但是真正影响到他的风格的，往往只有不多的作家，不多的作品。有人问我受哪些作家影响比较深，我想了想：古人里是归有光，中国现代作家是鲁迅、沈从文、废名，外国作家是契诃夫和阿左林。

我曾经在一次讲话中说到归有光善于以清淡的文笔写平常的人事。这个意思其实古人早就说过。黄梨洲《文案》卷三《张节母叶孺人墓志铭》云：

> 予读震川文之为女妇者，一往情深，每以一二细事见之，使人欲涕。盖古今来事无巨细，唯此可歌可泣之精神，长留天壤。

姚鼐《与陈硕士》尺牍云：

> 归震川能于不要紧之题，说不要紧之语，却自风韵

疏淡,此乃是于太史公深有会处,此境又非石七所易到耳。

王锡爵《归公墓志铭》说归文"无意于感人,而欢愉惨恻之思,溢于言表"。连被归有光诋为"庸妄巨子"的王世贞在晚年也说他"不事雕饰而自有风味"(《归太仆赞序》)。这些话都说得非常中肯。归有光的名文有《先妣事略》、《项脊轩志》、《寒花葬志》等篇。我受到影响的也只是这几篇。归有光在思想上是正统派,我对他的那些谈学论道的大文实在不感兴趣。我曾想:一个思想迂腐的正统派,怎么能写出那样富于人情味的优美的抒情散文呢?这问题我一直还没有想明白。归有光自称他的文章出于欧阳修。读《泷冈阡表》,可以知道《先妣事略》这样的文章的渊源。但是归有光比欧阳修写得更平易,更自然。他真是做到"无意为文",写得像谈家常话似的。他的结构"随事曲折",若无结构。他的语言更接近口语,叙述语言与人物语言衔接处若无痕迹。他的《项脊轩志》的结尾:"庭有枇杷树,吾妻死亡之年所手植也,今已亭亭如盖矣!"

平淡中包含几许惨恻,悠然不尽,是中国古文里的一个有名的结尾。使我更为惊奇的是前面的:"吾妻归宁,述诸小妹语曰:'闻姊家有阁子,且何谓阁子也?'"话没有说完,就写到这里。想来归有光的夫人还要向小妹解释何谓阁子的,然而,不写了。写出了,有何意味?写了半句,而闺阁姊妹之间闲话神情遂如画出。这种照生活那样去写生活,是很值得我们今天写小说时参考的。我觉得归有光是和现代创作方法最能相通，最有现代味儿的一位中国古代作家。我认为他的观察生活和表现生活的方法很有点像契诃夫。我曾说归有光是中国的契诃夫，并非怪论。

中国现代作家的作品我读得比较熟的是鲁迅，我在下放劳动期间曾发愿将鲁迅的小说和散文像金圣叹批《水浒》那样，逐句逐段地加以批注。搞了两篇，因故未竟其事。中国五十年代以前的短篇小说作家不受鲁迅的影响的，几乎没有。近年来研究鲁迅的谈鲁迅的思想的较多，谈艺术技巧的少。现在有些年轻人已经读不懂鲁迅的书，不知鲁迅的作品好在哪里了。看来宣传艺术家鲁迅，还是我们的责任。这一课必须补上。

我是沈从文先生的学生。

废名这个名字现在几乎没有人知道了。国内出版的中国现代文学史没有一本提到他。这实在是一个真正很有特点的作家。他在当时的读者就不是很多，但是他的作品曾经对相当多的三十年代、四十年代的青年作家，至少是北方的青年作家，产生过颇深的影响。这种影响现在看不到了，但是它并未消失。它像一股泉水，在地下流动着。也许有一天，会汩汩地流到地面上来的。他的作品不多，一共大概写了六本小说，都很薄。他后来受了佛教思想的影响，作品中有见道之言，很不好懂。《莫须有先生传》就有点令人莫名其妙，到了《莫须有先生坐飞机以后》就不知所云了。但是他早期的小说，《桥》、《枣》、《桃园》和《竹林的故事》，写得真是很美。他把晚唐诗的超越理性,直写感觉的象征手法移到小说里来了。他用写诗的办法写小说,他的小说实际上是诗。他的小说不注重写人物,也几乎没有故事。《竹林的故事》算是长篇、叫做"故事",实无故事,只是几个孩子每天生活的记录。他不写故事,写意境。但是他的小说是感人的,使人得到一种不同寻常的感动。因为他对于小儿女是那样富于同情心。他用儿童一样明亮而敏感的眼睛观察周围世界,用儿童一样简单而准确的笔墨来记录。他的小说是天真的,具有天真的美。因为他善于捕捉儿童的飘忽不定的思想和情绪,他运用了意识流。他的意识流是从生活里发现的,不是从外国的理论或作品里搬来的。有人说他的小说很像弗·沃尔芙,他说他没有看过沃尔芙的作品。后来找来看看,自己也觉得果然很像。这是一个很有趣的现象。身在不同的国度,素无接触,为什么两个作家会找到同样的方法呢?因为他追随流动的意识,因此他的行文也和别人不一样。周作人曾说废名是一个讲究文章之美的小说家。又说他的行文好比一溪流水,遇到一片草叶,都要去抚摸一下,然后又汪汪地向前流去。这说得实在非常好。

我讲了半天废名,你也许会在心里说:你说的是你自己吧?我跟废名不一样(我们的世界观首先不同)。但是我确实受过他的影响,现在还能看得出来。

契诃夫开创了短篇小说的新纪元。他在世界范围内使"小说观"发生了很大的变化,从重情节、编故事发展为写生活、按照生活的样子写生活。从戏剧化的结构发展为散文化的结构。于是才有了真正的短篇小说,现代的短篇小说。托尔斯泰最初很看不惯契诃夫的小说。他说契诃夫是一个很怪的作家,他好像把文字随便地丢来丢去,就成了一篇小说了。托尔斯泰的话说得非常好。随便地把文字丢来丢去,这正是现代小说的特点。

"阿左林是古怪的"(这是他自己的一篇小品的题目)。他是一个沉思的、回忆的、静观的作家。他特别擅长于描写安静、描写在安静的回忆中的人物的心理的潜微的变化。他的小说的戏剧性是觉察不出来的戏剧性。他的"意识流"是明澈的、覆盖着清凉的阴影,不是芜杂的、纷乱的。热情的恬淡;人世的隐逸。阿左林笔下的西班牙是一个古旧的西班牙,真正的西班牙。

以上,我老实交待了我曾经接受过的影响,未必准确。至于这些影响怎样形成了我的风格(假如说我有自己的风格),那是说不清楚的。人是复杂的,不能用化学的定性分析方法分析清楚。但是研究一个作家的风格,研究一下他所曾接受的影响是有好处的。如果你想学习一个作家的风格,最好不要直接学习他本人,还是学习他所师承的前辈。你要认老师,还得先见见太老师。一祖三宗,渊源有自。这样才不至流于照猫画虎,邯郸学步。

一个作家形成自己的风格大体要经过三个阶段:一、摹仿;二、摆脱;三、自成一家。初学写作者,几乎无一例外,要经过摹仿的阶段。我年轻时写作学沈先生,连他的文白杂糅的语言也学。我的《汪曾祺小说选》第一篇《复仇》,就有摹仿西方现代派的方法的痕迹。后来岁数大了一点,到了"而立之年"了吧,我就竭力想摆脱我所受的各种影响,尽量使自己的作品不同于别人。郭小川同志在"文化大革命"后期有一次碰到我,说:"你说过的一句话,我到现在还记得。"我问他是什么话,他说:"你说过:凡是别人那样写过的,我就决不再那样写!"我想想,是说过。那还是反右以前的事了。我现在不说这个话了。我现在岁数大了,已经无意于使自己的作品像谁,也无意使自己的作品不像谁了。别人是怎样写的,我已经模糊了,我只知道自己这样的写法,只会这样写了。我觉得怎样写合适,就怎样写。我现在看作品,已经很少从形成自己的风格这样的角度去看了。对于曾经影响过我的作家的作品,近几年我也很少再看。然而:

菌子已经没有了,但是菌子的气味留在空气里。

影响,是仍然存在的。

一个人也不能老是一个风格,只有一种风格。风格,往往是因为所写的题材不同而有差异的。或庄、或谐;或比较抒情,或尖刻冷峻。但是又看得出还是一个人的手笔。一方面,文备众体,另一方面又自成一家。

注释

① 本篇原载《文学月报》1984年第六期;初收《晚翠文谈》,浙江文艺出版社,1988年3月。

关于小说语言(札记)[①]

语言是本质的东西

"他的文字不仅是表现思想的工具,似乎也是一种目的。"(闻一多:《庄子》)

语言不只是技巧,不只是形式。小说的语言不是纯粹外部的东西。语言和内容是同时存在的,不可剥离的。

语言决定于作家的气质。"气以实志,志以定言,吐纳英华,莫非情性"(《文心雕龙·体性》)。鲁迅有鲁迅的语言,废名有废名的语言,沈从文有沈从文的语言,孙犁有孙犁的语言……何立伟有何立伟的语言,阿城有阿城的语言。我们的理论批评,谈作品的多,谈作家的少,谈作家气质的少。"诵其诗,读其书,不知其人可乎?"(《孟子·万章》)理论批评家的任务,首先在知人。要从总体上把握住一个作家的性格,才能分析他的全部作品。什么是接近一个作家的可靠的途径?——语言。

小说作者的语言是他的人格的一部分。语言体现小说作者对生活的基本的态度。

从小说家的角度看：文如其人；从评论家的角度看：人如其文。

成熟的作者大都有比较稳定的语言风格，但又往往能"文备众体"，写不同的题材用不同的语言。作者对不同的生活，不同的人、事的不同的感情，可以从他的语言的色调上感觉出来。鲁迅对祥林嫂寄予深刻的同情，对于高尔础、四铭是深恶痛绝的。《祝福》和《肥皂》的语调是很不相同的。探索一个作家作品的思想内涵，观察他的倾向性，首先必需掌握他的叙述的语调。《文心雕龙·知音》篇说："夫缀文者情动而辞发，观文者披文以入情。沿波讨源，虽幽必显。世远莫见其面，觇文辄见其心。"一个作品吸引读者（评论者），使读者产生同感的，首先是作者的语言。

研究创作的内部规律，探索作者的思维方式、心理结构，不能不玩味作者的语言。是的，"玩味"。

从众和脱俗

外国的研究者爱统计作家所用的辞汇。莎士比亚用了多少辞汇，托尔斯泰用了多少辞汇，屠格涅夫用了多少辞汇。似乎辞汇用得越多，这个作家的语言越丰富，还有人编过某一作家的字典。我没有见过这种统计和字典，不能评论它的科学意义，但是我觉得在中国这样做是相当困难的。中国字的歧义很多，语词的组合又很复杂。如果编一本中国文学字典（且不说某一作家的字典），粗略了，意思不大;要精当可读,那是要费很大功夫的。

　　现代中国小说家的语言趋向于简洁平常。他们力求使自己的语言接近生活语言,少事雕琢,不尚辞藻。现在没有人用唐人小说的语言写作。很少人用梅里美式的语言、屠格涅夫式的语言写作。用徐志摩式的"浓得化不开"的语言写小说的人也极少。小说作者要求自己的语言能产生具体的实感,以区别于其他的书面语言,比如报纸语言、广播语言。我们经常在广播里听到一句话:"绚丽多彩","绚丽"到底是什么样子呢?这样的语言为小说作者所不取。中国的书面语言有多用双音词的趋势。但是生活语言还保留很多单音的词。避开一般书面语言的双音词,采择口语里的单音词,此是从众,亦是脱俗之一法。如鲁迅的《采薇》:

　　　　他愈嚼,就愈皱眉,直着脖子咽了几咽,倒哇的一声吐出来了,诉苦似的看着叔齐道:
　　　　"苦……粗……"
　　　　这时候,叔齐真好象落在深潭里,什么希望也没有了。抖抖的也拗了一角,咀嚼起来,可真也毫没有可吃的样子:苦……粗……

　　"苦……粗……"到了广播电台的编辑的手里,大概会提笔改成"苦涩……粗糙……"那么,全完了!鲁迅的特有的温和的讽刺、鲁迅的幽默感,全都完了!

　　从众和脱俗是一回事。

小说家的语言的独特处不在他能用别人不用的词,而在在别人也用的词里赋以别人想不到的意蕴(他们不去想,只是抄)。

张戒《诗话》:"古诗:'白杨多悲风,萧萧愁杀人',萧萧两字处处可用,然惟坟墓之间,白杨悲风尤为至切,所以为奇。"

鲁迅用字至切,然所用多为常人语也。《高老夫子》:

> 我没有再教下去的意思。女学堂真不知要闹成什么样子。我辈正经人,确乎犯不上酱在一起……

"酱在一起"大概是绍兴土话。但是非常准确。

《祝福》:

> 他是我的本家,比我长一辈,应该称之曰"四叔",是一个讲理学的老监生。但比先前并没有什么大改变,单是老了些,但他还未留胡子,一见面是寒暄,寒暄之后说我"胖了",说我胖了之后即大骂其新党。但我知道,这并非借题在骂我:因为他所骂的还是康有为。但是,谈话总是不投机的了,于是不多久,我便一个人剩在书房里。

假如要编一本鲁迅字典,这个"剩"字将怎样注释呢?除了注明出处(把我前引的一段抄上去),标出绍兴话的读音之外,大概只有这样写:

剩　是余下的意思。有一种说不出来的孤寂无聊之感,仿佛被这世界所遗弃,孑然地存在着了。而且连四叔何时离去的,也都未觉察,可见四叔既不以鲁迅为意,鲁迅也对四叔并不挽留,确实是不投机的了。四叔似乎已经走了一会了,鲁迅方发现只有自己一个人剩在那里。这不是鲁迅的世界,鲁迅只有走。

这样的注释,行么?推敲推敲,也许行。

小说家在下一个字的时候,总得有许多"言外之意"。"看似寻常最奇崛,成如容易却艰辛",凡是真正意识到小说是语言的艺术的,都深知其中的甘苦。姜白石说:"人所常言,我寡言之;人所难言,我易言之,自不俗。"说得不错。一个小说作家在写每一句话时,都要像第一次学会说这句话。中国的画家说"画到生时是熟时",作画须由生入熟,再由熟入生。语言写到"生"时,才会有味。语言要流畅,但不能"熟"。援笔即来,就会是"大路活"。

现代小说作家所留心的,不止于"用字",他们更注意的是语言的神气。

神气·音节·字句

"文气论"是中国文论的一个源远流长的重要的范畴。韩愈提出"气盛言宜":"气,水也;言,浮物也。水大而

物之浮者人小毕浮。气之与言，犹是也。气盛则言之短长与声之高下者皆宜。"他所谓"气盛"，我们似可理解为作者的思想充实，情绪饱满。他第一次提出作者的心理状态与表达的语言的关系。

　　桐城派把"文气论"阐说得很具体。他们所说的"文气"，实际上是语言的内在的节奏，语言的流动感。"文气"是一个精微的概念，但不是不可捉摸。桐城派解释得很实在。刘大櫆认为为文之能事分为三个步骤：一神气，"文字是最精处也"；二音节，"文之稍粗处也"；三字句，"文之最粗处也"。桐城派很注重字句。论文章，重字句，似乎有点卑之勿甚高论，但桐城派老老实实地承认这是文章的根本。刘大櫆说："近人论文不知有所谓音节者，至语以字句，则必笑为末事。此论似高实谬。作文若字句安顿不妙，岂复有文字乎？"他们所说的"字句"，说的是字句的声音，不是它的意义。刘大櫆认为："音节者，神气之迹也。字句者音节之矩也。神气不可见，于音节见之；音节无可准，以字句准之"。"凡行文多寡短长抑扬高下，无一定之律，而有一定之妙，可以意会而不可以言传。学者求神气而得之于音节，求音节而得之于字句，则思过半矣。"如何以字句准音节？他说得非常具体。"一句之中或多一字，或少一字；一句之中或用平声，或用仄声；同一平字仄字，或用阴平阳平上声去声入声，则音节迥异。"

　　这样重视字句的声音，以为这是文学语言的精髓，是中国文论的一个很独特的见解。别的国家的文艺学里也有涉及语言的声音的，但都没有提到这样的高度，也说不到这样的精辟。这种见解,桐城派以前就有。韩愈所说的"气盛言宜","言宜"就包括"言之长短"和"声之高下"。不过到了桐城派就更清楚地意识到这一点,发挥得也更完备了。

二十年代、三十年代的作家是很注意字句的。看看他们的原稿,特别是改动的地方,是会对我们很有启发的。有些改动,看来不改也过得去,但改了之后,确实好得多。《鲁迅全集》第二卷卷首影印了一页《眉间尺》的手稿,末行有一句:

他跨下床,借着月光走向门背后,摸到钻火家伙,点上松明,向水瓮里一照。

细看手稿,"走向"原来是"走到";"摸到"原来是"摸着"。捉摸一下,改了之后,比原来的好。特别是"摸到"比"摸着"好得多。

传统的语言论对我们今天仍然是有用的。我们使用语言时,所注意的无非是两点:一是长短,一是高下。语言之道,说起来复杂,其实也很简单。不过运用之妙,可就存乎一心了。不是懂得简单的道理,就能写得出好语言的。

"积字成句,积句成章,积章成篇。合而读之,音节见矣;歌而咏之,神气出矣"。一篇小说,要有一个贯串全篇的节奏,但是首先要写好每一句话。

有一些青年作家意识到了语言的声音的重要性。所谓"可读性",首先要悦耳。

小说语言的诗化

意境说也是中国文艺理论的重要范畴,它的影响,它的生命力不下于文气说。意境说最初只应用于诗歌,后来波及到了小说。废名说过:"我写小说同唐人写绝句一样"。何立伟的一些小说也近似唐人绝句。所谓"唐人绝句",就是不着重写人物,写故事,而着重写意境,写印象,写感觉。物我同一,作者的主体意识很强。这就使传统的小说观念发生了很大的变化,使小说和诗变得难解难分。这种小说被称为诗化小说。这种小说的语言也就不能不发生变化。这种语言,可以称之为诗化的小说语言——因为它毕竟和诗还不一样。所谓诗化小说的语言,即不同于传统小说的纯散文的语言。这种语言,句与句之间的跨度较大,往往超越了逻辑,超越了合乎一般语法的句式(比如动宾结构)。比如:

老白粗茶淡饭,怡然自得。化纸之后,关门独坐。门外长流水,日长如小年。

(《故人往事·收字纸的老人》)

如果用逻辑紧严,合乎语法的散文写,也是可以的,但不易产生如此恬淡的意境。

强调作者的主体意识,同时又充分信赖读者的感受能力,愿意和读者共同完成对某种生活的准确印象,有时作者只是罗列一些事物的表象,单摆浮搁,稍加组织,不置可否,由读者自己去完成画面,注入情感。"鸡声茅店月,人迹板桥霜。""枯藤老树昏鸦,小桥流水人家,古道西风瘦马"。这种超越理智,诉诸直觉的语言,已经被现代小说广泛应用。如:

抗日战争时期,昆明小西门外。

米市,菜市,肉市。柴驮子,炭驮子。马粪。粗细瓷碗,砂锅铁锅。焖鸡米线,烧饵块。金钱片腿,牛干巴。炒菜的油烟,炸辣子的呛人的气味。红黄蓝白黑,酸甜苦辣咸。

(《钓人的孩子》)

这不是作者在语言上耍花招,因为生活就是这样的。如果写得文从理顺,全都"成句",就不忠实了。语言的一个标准是:诉诸直觉,忠于生活。

文言和白话的界限是不好画的。"一路秋山红叶,老圃黄花,不觉到了济南地界",是文言,还是白话?只要我们说的是中国话,恐怕就摆脱不了一定的文言的句子。

中国语言还有一个世界各国语言没有的格式,是对仗。对仗,就是思想上、形象上、色彩上的联属和对比。我们总得承认联属和对比是一项美学法则。这在中国语言里发挥到了极致。我们今天写小说,两句之间不必,也不可能在平仄、虚实上都搞得铢两悉称,但是对比关系不该排斥。

……罗汉堂外面,有两棵很大的白果树,有几百年了。夏天,一地浓荫。冬天,满阶黄叶。

如果不用对仗,怎样能表达时序的变易,产生需要的意境呢?

中国现代小说的语言和中国画,特别是唐宋以后的文人画的关系是非常密切的。中国文人画是写意的。现代中国小说也是写意的多。文人画讲究"笔墨情趣",就是说"笔墨"本身是目的。物象是次要的。这就回到我们最初谈到的一个命题:"他的文字不仅是表现思想的工具,似乎也是一种目的。"

现代小说的语言往往超出现象,进入哲理,对生活作较高度的概括。

小说语言的哲理性,往往接受了外来的影响。

每个人带着一生的历史,半个月的哀乐,在街上走。
(《钓人的孩子》)

这样的语言是从哪里来的?大概是《巴黎之烦恼》。

一九八六年五月七日

注释

① 本篇原载《文艺研究》1986年第四期;初收《晚翠文谈》,浙江文艺出版社,1988年3月。

小小说是什么①

小小说原来就有。外国也有小小说。但是中国近年来小小说特别流行，读者面很广，于是小小说就成了一个值得注意的新事物，"小小说"也就在事实上形成一个新的概念。小小说是什么？这个概念包含一些什么内容？探索一下这个问题，将有助于小小说创作的发展。

小小说的流行，不只是因为现在的生活节奏快，人们生活紧张，缺少闲裕的读书时间。如果是这样，那么长篇小说就没有人看了。更重要的原因恐怕是读者对文学形式的要求更多了。他们要求有新的品种、新的样式、新的口味。承认这一点，小小说才能真正在文学大宴中占到一个席位，小小说的作者才能有自己独特的追求。

小小说不就是小的小说。小，不只是它的外部特征。小小说仍然可以看作是短篇小说的一个分支，但它又是短篇小说的边缘。短篇小说的一般素质，小小说是应该具备的。小小说和短篇小说在本质上既相近，又有所区别。大体上说，短篇小说散文的成分更多一些，而小小说则应有更多的诗的成分。小小说是短篇小说和诗杂交出来的一个新的品种。它不能有叙事诗那样的恢宏，也不如抒情诗有那样强的音乐性。它可以说是用散文写的比叙事诗更为空灵,较抒情诗更具情节性的那么一种东西。它又不是散文诗,因为它毕竟还是小说。小小说是四不像。因此它才有意思,才好玩,才叫人喜欢。

小小说是小的。小的就是小的。从里到外都是小的。"小中见大",是评论家随便说说的。有一点小小说创作经验的人都知道这在事实上是办不到的。谁也没有真的从一滴水里看见过大海。大形势、大问题、大题材,都是小小说所不能容纳的。要求小小说有广阔厚重的历史感,概括一个时代,这等于强迫一头毛驴去拉一列火车。小小说作者所发现、所思索、所表现的只能是生活的一个小小的片段。这个片段是别人没有表现过、没有思索过、没有发现过的。最重要的是发现。发现,必然就伴随着思索,同时也就比较容易地自然地找到合适的表现形式。文学本来都是发现。但是小小说的作者需要更有"具眼",因为引起小小说作者注意的,往往是平常人易于忽略的小事。这件小事得是天生的一块小小说的材料。这样的材料并非俯拾皆是,随手一抓就能抓得到的。小小说的材料的获得往往带有偶然性,邂逅相逢,不期而遇。并且,往往要储存一段时间,作者才能大致弄清楚这件小事的意义。写小小说确实需要一点"禅机"。

小小说不大可能有十分深刻的思想,也不宜于有很深刻的思想。小小说可以有一点哲理,但不能在里面进行严肃的哲学的思辨(中篇小说、长篇小说可以)。小小说的特点是思想清浅。半亩方塘,一弯溪水,浅而不露。小小说应当有一定程度的朦胧性。朦胧不是手法,而是作者的思想本来就不是十分清楚。有那么一点意思,但是并不透彻。"此中有真意,欲辨已忘言"。世界上没有一个人真正对世界了解得十分彻底而且全面,但只能了解他所感知的那一部分世界。海明威说十九世纪的小说家自以为是上帝,他什么都知道。巴尔扎克就认为他什么都知道,读者只需听他说。于是读者就成了听什么是什么的老实人,而他自己也就说了许多他其实并不知道的东西。所谓含蓄,并不是作者知道许多东西,故意不多说,他只是不说他还不怎么知道的东西。小小说的作者应该很诚恳地向读者表示:关于这件小事,它的意义,我到现在,还只能想到这个程度。一篇小小说发表了,创作过程并未结束。作者还可以继续想下去,读者也愿意和作者一起继续想下去。这样,读者才能既得到欣赏的快感,也能得到思考的快感。追求,就是还没有达到。追求是作者的事,也是读者的事。小小说不需要过多的热情,甚至不要热情。大喊大叫,指手划脚,是会叫读者厌烦的。小小说的作者对于他所发现的生活片段,最好超然一些,保持一个旁观者的态度,尽可能地不动声色。小小说总是有个态度的,但是要尽量收敛。可以对一个人表示欣赏,但不能夸成一朵花;可以对一件事加以讽刺,但不辛辣。小小说作者需要的是:聪明、安静、亲切。

　　小小说是一串鲜樱桃,一枝带露的白兰花,本色天然,充盈完美。小小说不是压缩饼干、脱水蔬菜。不能把一个短篇小说拧干了水分,紧压在一个小小的篇幅里,变成一篇小小说。——当然也没有人干这种划不来的傻事。小小说不能写得很干,很紧,很局促。越是篇幅有限,越要从容不迫。小小说自成一体,别是一功。小小说是斗方、册页、扇面儿。斗方、册页、扇面的画法和中堂、长卷的画法是不一样的。布局、用笔、用墨、设色,都不大一样。长江万里图很难缩写在一个小横披里。宋人有在纨扇上画龙舟竞渡图、仙山楼阁图的。用笔虽极工细,但是一定留出很大的空白,不能挤得满满的。空白,是小小说的特点。可以说,小小说是空白的艺术。中国画讲究"计白当黑"。包世臣论书,以为应使"字之上下左右皆有字"。因为注意"留白",小小说的天地便很宽余了。所谓"留白",简单直截地说,就是少写。小小说不是删削而成的。删得太狠的小说是可以看得出来的,往往不顺,不和谐,不"圆"。应该在写的时候就控制住自己的笔,每琢磨一句,都要想一想:这一句是不是可以不写?尽量少写,写下来的便都是必要的,一句是一句。那些没有写下来的仍然是存在的,存在于每一句的"上下左右"。这样才能做到句有余味,篇有余意。

小幅画尤其要讲究"笔墨情趣"。小小说需要精选的语言。古人论诗云,七言绝句如二十八个贤人,著一个屠酤不得。写小小说也应如此。小小说最好不要有评书气、相声气,不要用一种半文不白的轻佻的文体。小小说当有幽默感,但不是游戏文章。小小说不宜用奇僻险怪的句子,如宋人所说的"恶硬语"。小小说的语言要朴素、平易,但有韵致。

虽不能至,心向往之。

一九八六年七月二十四日密云水库

注释

① 本篇原载《文艺学习》1986年第三期;又载《小小说选刊》1988年第三期;初收《晚翠文谈》,浙江文艺出版社,1988年3月。

小说的散文化[1]

　　散文化似乎是世界小说的一种(不是唯一的)趋势。屠格涅夫的《猎人日记》有些篇近似散文。《白净草原》尤其是这样。都德的《磨坊文札》也如此。他们有意用"日记"、"文札"来作为文集的标题，表示这里面所收的各篇，不是传统的严格意义上的小说。契诃夫有些小说写得很轻松随便。《恐惧》实在不大像小说，像一篇杂记。阿左林的许多小说称之为散文也未尝不可，但他自己是认为那是小说的。——有些完全不能称为小说的东西，则命之为"小品"，比如《阿左林先生是古怪的》。萨洛扬的带有自传色彩的小说，是具有文学性的回忆录。鲁迅的《故乡》写得很不集中。《社戏》是小说么？但是鲁迅并没有把它收在专收散文的《朝花夕拾》里，而是收在小说集里的，废名的《竹林的故事》可以说是具有连续性的散文诗。萧红的《呼兰河传》全无故事。沈从文的《长河》是一部很奇怪的长篇小说。它没有大起大落，大开大阖，没有强烈的戏剧性，没有高峰，没有悬念，只是平平静静，慢慢地向前流着，就像这部小说所写的流水一样。这是一部散文化的长篇小说。大概传统的，严格意义上的小说有一点像山，而散文化的小说则像水。

散文化的小说一般不写重大题材。在散文化小说作者的眼里,题材无所谓大小。他们所关注的往往是小事,生活的一角落,一片段。即使有重大题材,他们也会把它大事化小。散文化的小说不大能容纳过于严肃的,严峻的思想。这一类小说的作者大都是性情温和的人,他们不想对这个世界作陀思妥耶夫斯基式的拷问和卡夫卡式的阴冷的怀疑。许多严酷的现实,经过散文化的处理,就会失去原有的硬度。鲁迅是个性格复杂的人。一方面,他是一个孤独、悲愤的斗士,同时又极富柔情。《故乡》、《社戏》里有一种说不出来的惆怅和凄凉,如同秋水黄昏。沈从文企图在《长河》里"把最近二十年来当地农民性格灵魂被时代大力压扁扭曲失去原有的素朴所表现的式样,加以解剖及描绘",这是一个十分严肃的,使人痛苦的思想。他"唯恐作品和读者对面,给读者也只是一个痛苦印象",所以"特意加上一点牧歌的谐趣"。事实上《长河》的抒情成份大大冲淡了那种痛苦思想。散文化小说的作者大都是抒情诗人。散文化小说是抒情诗,不是史诗。散文化小说的美是阴柔之美,不是阳刚之美。是喜剧的美,不是悲剧的美。散文化小说是清澈的矿泉,不是苦药。它的作用是滋润,不是治疗。这样说,当然是相对的。

散文化的小说不过分地刻划人物。他们不大理解,也不大理会典型论。海明威说:不存在典型,典型是说谎。这话听起来也许有点刺耳,但是在解释得不准确的典型论的影响之下,确实有些作家造出了一批鲜明、突出,然而虚假的人物形象。要求一个人物像一团海绵一样吸进那样多的社会内容,是很困难的。透过一个人物看出一个时代,这只是评论家分析出来的,小说作者事前是没有想到的。事前想到,大概这篇小说也就写不出来了。小说作者只是看到一个人,觉得怪有意思,想写写他,就写了。如此而已。散文化小说作者通常不对人物进行概括。看过一千个医生,才能写出一个医生,这种创作方法恐怕谁也没有当真实行过。散文化小说作者只是画一朵两朵玫瑰花,不想把一堆玫瑰花,放进蒸锅,提出玫瑰香精。当然,他画的玫瑰是经过选择的,要能入画。散文化小说的人物不具有雕塑性,特别不具有米盖朗琪罗那样的把精神扩及到肌肉的力度。它也不是伦布朗的油画。它只是一些Sketch,最多是列宾的钢笔淡彩。散文化小说的人像要求神似。轻轻几笔,神完气足。《世说新语》,堪称范本。散文化的小说大都不是心理小说。这样的小说不去挖掘人的心理深层结构,散文化小说的作者不喜欢"挖掘"这个词。人有甚么权利去挖掘人的心呢?人心是封闭的。那就让它封闭着吧。

　　散文化小说的最明显的外部特征是结构松散。只要比较一下莫泊桑和契诃夫的小说,就可以看出两者在结构上的异趣。莫泊桑,还有欧·亨利,要了一辈子结构,但是他们显得很笨,他们实际上是被结构耍了。他们的小说人为的痕迹很重。倒是契诃夫,他好像完全不考虑结构,写得轻轻松松,随随便便,潇潇洒洒。他超出了结构,于是结构转更多样。章太炎论汪中的骈文"起止自在,无首尾呼应之式"。打破定式,是散文化小说结构的特点。魏叔子论文云:"人知所谓伏应而不知无所谓伏应者,伏应之至也;人知所谓断续而不知无所谓断续者,断续之至也"(《陆悬圃文序》)。古今中外作品的结构,不外是伏应和断续。超出伏应、断续,便在结构上得到大解放。苏东坡所说的"常行于所当行,常止于不可不止",是散文化小说作者自觉遵循的结构原则。

喔,还有情节。情节,那没有甚么。

有一些散文化的小说所写的常常只是一种意境。《白净草原》写了多少事呢?《竹林的故事》写的只是几个孩子对于他们的小天地的感受,是一篇他们的富有诗意的生活的"流水"(中国的往日的店铺把逐日随手所记账目叫做"流水",这是一个很好的词汇)。《长河》的《秋(动中有静)》写的只是一群过渡人无目的,无条理的闲话,但是那么亲切,那么富有生活气息。沈从文创造了一种寂寞和凄凉的意境,一片秋光。某些散文化小说也许可称之为"安静的艺术"。《白净草原》、《秋(动中有静)》,这从题目上就可以看得出来。阿左林所写的修道院是静静的。声音、颜色、气味,都是静静的。日光和影子是静静的。人的动作、神情是静静的。墙上的长春藤也是静静的。散文化小说往往都有点怀旧的调子。甚至有点隐逸的意味。这有甚么不好呢?我不认为这样一些小说所产生的影响是消极的。这样的小说的作者是爱生活的,他们对生活的态度是执着的。他们没有忘记窗

外的喧嚣而躁动的尘世。

　　散文化小说的作者十分潜心于语言。他们深知,除了语言,小说就不存在。他们希望自己的语言雅致、精确、平易。他们让他们对于生活的态度于字里行间自自然然的流出,照现在西方所流行的一种说法是:注意语言对于主题的暗示性。他们不把倾向性"特别地说出"。散文化小说的作者不是先知,不是圣哲,不是无所不知的上帝,不是富于煽动性的演说家。他们是读者的朋友。因此,他们自己不拘束,也希望读者不受拘束。

　　散文化的小说会给小说的观念带来一点新的变化。

　　　　　　　　　　　一九八六年十一月十七日北京

注释

　　① 本篇原载《八方》丛刊1987年第五期;初收《汪曾祺小品》,中国人民大学出版社,1992年10月。

中国作家的语言意识[①]

中国作家现在很重视语言。不少作家充分意识到语言的重要性。语言不只是一种形式,一种手段,应该提到内容的高度来认识。最初提到这个问题的是闻一多先生。他在很年轻的时候,写过一篇《庄子》,说他的文字(即语言)已经不只是一种形式、一种手段,本身即是目的(大意)。我认为这是说得很对的。语言不是外部的东西。它是和内容(思想)同时存在,不可剥离的。语言不能像橘子皮一样,可以剥下来,扔掉。世界上没有没有语言的思想,也没有没有思想的语言。往往有这样的说法:这篇小说写得不错,就是语言差一点;我认为这种说法是不能成立的。我们不能说这首曲子不错,就是旋律和节奏差一点,这张画画得不错,就是色彩和线条差一点。我们也不能说:这篇小说不错,就是语言差一点。语言是小说的本体,不是附加的,可有可无的。从这个意义上说,写小说就是写语言。小说使读者受到感染,小说的魅力之所在,首先是小说的语言。小说的语言是浸透了内容的,浸透了作者的思想的。我们有时看一篇小说,看了三行,就看不下去了,因为语言太粗糙。语言的粗糙就是内容的粗糙。

语言是一种文化现象。语言的后面是有文化的。胡适

提出"白话文",提出"八不主义"。他的"八不"都是消极的,不要这样,不要那样,没有积极的东西,"要"怎样。他忽略了一种东西:语言的艺术性。结果,他的"白话文"成了"大白话"。他的诗:

两个黄蝴蝶,
双双飞上天……

实在是一种没有文化的语言。相反的,鲁迅,虽然说过要上下四方寻找一种最黑最黑的咒语,来咒骂反对白话文的人,但是他在一本书的后记里写的"时大夜弥天,璧月澄照,饕蚊遥叹,余在广州"就很难说这是白话文。我们的语言都是继承了前人,在前人语言的基础上演变、脱化出来的。很难找到一种语言,是前人完全没有讲过的。那样就会成为一种很奇怪的、别人无法懂得的语言。古人说"无一字无来历",是有道理的。语言是一种文化积淀,语言的文化积淀越是深厚,语言的含蕴就越丰富。比如毛泽东写给柳亚子的诗:

三十一年还旧国,
落花时节又逢君。

单看字面,"落花时节"就是落花的时节。但是读过一点旧诗的人,就会知道这是从杜甫的《江南逢李龟年》里来的:

岐王宅里寻常见,
崔九堂前几度闻。
正是江南好风景,
落花时节又逢君。"

落花时节"就含有久别重逢的意思。毛泽东在写这句诗的时候未必想到杜甫的诗,但杜甫的诗他肯定是熟悉的。此情此景,杜诗的成句就会油然从笔下流出。我还是相信杜甫所说的"读书破万卷,下笔如有神"。多读一点古人的书,方不致"书到用时方恨少"。

这可以说是"书面文化"。另外一种文化是民间的,口头文化。有些作家没有受过完整的教育。战争年代,有些作家不能读到较多的书。有的作家是农民出身。但是他们非常熟悉口头文学。比如赵树理、李季。赵树理是一个农村才子,他能在庙会上一个人唱一台戏,——唱、表演、用嘴奏"过门",念"锣经",一样不误。他的小说受民间戏曲和评书很大的影响。(赵树理是非常可爱的人。他死于"文化大革命"。我十分怀念他。)李季的叙事诗《王贵与李香香》是用陕北"信天游"的形式写的。孙犁说他的语言受了他的母亲和妻子的影响。她们一定非常熟悉民间语言,而且是很熟悉民歌、民间故事的。中国的民歌是一个宝库,非常丰富,我曾经想过一个问题:中国民歌有没有哲理诗?——民歌一般都是抒情诗,情歌。我读过一首湖南民歌,是写插秧的:

> 赤脚双双来插田,
> 低头看见水中天。
> 行行插得齐齐整,
> 退步原来是向前。

这应该说是一首哲理诗,"退步原来是向前"可以用来说明中国目前的一些经济政策。从"人民公社"退到"包产到户",这不是"向前"了吗?我在兰州遇到一位青年诗人,他怀疑甘肃、宁夏的民歌"花儿"可能是诗人的创作流传到民间去的,那样善于用比喻,押韵押得那样精巧。有一回他去参加一个"花儿会"(当地有这样的习惯,大家聚集在一起唱几天"花儿")和婆媳两人同船。这婆媳二人把他"唬背"了:她们一路上没有说一句散文,——所有的对话都是押韵的。媳妇到一个娘娘庙去求子,她跪下来祷告,不是说:送子娘娘,您给我一个孩子,我给您重修庙宇,再塑金身……而是:

> 今年来了,我是跟您要着哪,
> 明年来了,我是手里抱着哪,
> 咯咯嘎嘎地笑着哪!

这是我听到过的祷告词里最美的一个。我编过几年《民间文学》,得益匪浅。我甚至觉得,不读民歌,是不能成为一个好作家的。

有一首著名的唐诗《新嫁娘》:

洞房昨夜停红烛,
待晓堂前拜舅姑。
妆罢低声问夫婿,
画眉深浅入时无?

这首诗没有说这位新嫁娘长得好不好看,但是宋朝人的诗话里已经指出:这一定是一个绝色的美女。这首诗制造了一种气氛,让你感觉到她的美。

另一首有名的唐诗:

君家住何处?
妾住在横塘。
停舟暂借问,
或恐是同乡。

看起来平平常常,明白如话,但是短短二十个字里写出了很多东西。宋人说这首诗"墨光四射,无字处皆有字。"这说得实在是非常的好。

语言的美,不在语言本身,不在字面上所表现的意思,而在语言暗示出多少东西,传达了多少信息,即让读者感觉、"想见"的情景有多广阔,古人所谓"言外之意"、"弦外之音",是有道理的。

国内有一位评论家评论我的作品,说汪曾祺的语言很怪,拆开来每一句都是平平常常的话,放在一起,就有点味道。我想任何人的语言都是这样。每句话都是警句。那是会叫人受不了的。语言不是一句一句写出来,"加"在一起的。语言不能像盖房子一样,一块砖一块砖垒起来。那样就会成为"堆砌"。语言的美不在一句一句的话,而在话与话之间的关系。包世臣论王羲之的字,说单看一个一个的字,并不怎么好看,但是字的各部分,字与字之间"如老翁携带幼孙,顾盼有情,痛痒相关。"中国人写字讲究"行气"。语言是处处相通,有内在的联系的。语言像树、树干树叶、汁液流转,一枝摇了百枝摇,它是"活"的。

"文气"是中国文论特有的概念。从《文心雕龙》到"桐城派"一直都讲这个东西。我觉得讲得最好、最具体的是韩愈。他说:

> 气,水也;言,浮物也。水大而物之浮者大小毕浮。气盛则言之短长与声之高下者皆宜。

后来的人把他的理论概括成"气盛言宜"四个字。我觉得他提出了三个很重要的观点。他所谓"气盛",照我的理解,即作者情绪饱满,思想充实。我认为他是第一个提出作者的精神状态和语言的关系的人。一个人精神好的时候往往会才华横溢,妙语如珠;疲倦的时候往往词不达意。他提出一个语言的标准:宜。即合适,准确。世界上有不少作家都说过"每一句话只有一个最好的说法",比如福楼拜,韩愈则把"宜"更具体化为"言之短长"与"声之高下"。语言的奥秘,说穿了不过是长句子与短句子的搭配。一泻千里,戛然而止,画舫笙歌,骏马收鞭,可长则长,能短则短,运用之妙,存乎一心。中国语言的一个特点是有"四声"。"声之高下"不但造成一种音乐美,而且直接影响到意义。不但写诗,就是写散文,写小说,也要注意语调。语调的构成,和"四声"是很有关系的。

中国人很爱用水来作文章的比喻。韩愈说过,苏东坡说"吾文如万斛源泉,不择地涌出","但行于所当行,止于所不可不止"。流动的水,是语言最好的形象。中国人说"行文",是很好的说法。语言,是内在地运行着的。缺乏内在的运动,这样的语言就会没有生气,就会呆板。

中国当代作家意识到语言的重要性的,现在多起来了。中国的文学理论家正在开始建立中国的"文体学"、"文章学"。这是极好的事。这样会使中国的文学创作提高到一个更新的水平。

一九八七年十一月十九日追记于爱荷华

注释

① 本篇原载1988年1月16日《文艺报》,又载《香港文学》第三十八期(1988年2月5日)。本篇是在耶鲁及哈佛大学的演讲稿,原题为《中国文学的语言问题或中国作家的语言意识或我对文学语言的一些看法——在耶鲁和哈佛的演讲》,《香港文学》即用此题目刊载,文末附有舒非所作的近400字附记;初收《汪曾祺小品》,题为《中国文学的语言问题——在耶鲁和哈佛的演讲》,有改动,中国人民大学出版社,1992年10月。

文学语言杂谈[1]

我今天讲的题目叫《文学语言杂谈》,或者文学语言abc。都是一些非常粗浅的、常识性的问题。有这么几个小题目,一个是语言的重要性,第二个是语言的标准,第三个是语言和作家气质的关系,第四个题目是一个作品的语言,特别是小说的语言要和这篇小说所表现的生活、所表现的人物相适应,要协调,这里面我可能讲一点关于语言对作品的、或对主题的暗示性的问题。第五个小题目是一个作品的语言基调,这里面可能还讲一点关于小说的开头或结尾的问题。第六个问题:关于中国语言的一些特点。第七个问题就是学习语言、随时随地的学习语言。就这么七个题目,但是每个小题目下面只有几句话。

所谓语言的重要性的问题,本来不需要讲的,大家都知道。文学、特别是小说,它首先是个语言的艺术。关于文学的要素,一般说起来,包括三个要素:语言、人物、情节,这种概括好像是一般的。大家都公认语言是第一要素,因为文学就是语言的艺术,它跟音乐和绘画不一样。离开语言就没有文学。但是这个语言、我们所说的文学语言,是在生活基础上经过作者加工的艺术,并不是每个能说中国话的都能写作品。所以我首先要说艺术语言是在生活基础上经过加工的。另外,我有一个看法,过去都认为语言是文学的特别是小说的重要的手段、技巧、或者基本功,但是我觉得这不仅是形式的问题、技巧的问题,语言它本身不是一个作品的外在的东西,而是这个作品的主题。如果说语言只是一个技巧或只是手段,那么它就只是个外在的东西。我的老师闻一多先生在他很年轻的时候写过一篇关于庄子的文章,题目就叫《庄子》,他说过,庄子的文字(因为那个时候,二十年代、三十年代,大家还不喜欢用语言这个词,都还用文字)不只是一种技巧,一种手段,看来本身也是一种目的。那就是说语言跟你所要表达的内容就融为一体的、不可剥离的。没有一种语言它不表达内容或思想,也没有一种思想或内容不通过语言来表达。因为各种不同门类的艺术有不同的表现手段或工具。比如音乐,我们一般说音乐靠什么表现呢?它靠旋律靠节奏;绘画靠什么表现呢?靠色彩靠线条。那么文学呢?它就是靠语言,它没有其他另外手段。我们现在有一种很奇怪的说法,说这篇小说写得不错,就是语言差一点,我个人认为这句话是不能成立的。你不可能说这个曲子作得不错,就是旋律跟节奏差一点,没有这个说法。或者说这个画画得不错,就是色彩跟线条差一点,不能这样说。认识一个作者、接触一个作者,首先是看他的语言,因为一个作品跟读者产生关系,作为传导的东西就是语言。为此我经过比较长时期的思考和实践。我写作时间很早,二十几岁就开始写作了,一九四〇年我就开始发表作品了,但当中间断了很长一段时间,后来我越来越感到语言的重要性。你们年轻的作者,我觉得首先得在语言上下功夫。

第二个问题我讲讲语言标准。什么样的语言是好的,什么样的语言是不好的。这个,我还得回过头来说一遍,就是语言的重要性的问题。现在不但是中国,而且是世界上研究文学的人开始十分注意这个问题。现在国外有文体学、文章学。我们中国的文艺评论家开始用科学的态度来研究语言问题,但是还不很普遍。我觉得,我们文学评论理论要开展文体学、文章学。

现在回答第二个问题,什么是好的语言,什么是差的语言,只有一个标准,就是准确。无论是中国的作家、外国的作家、包括契诃夫这样的作家曾经说过,好的语言就是准确的语言。大概有几位欧洲的作家,包括福楼拜尔这样的作家都说过这样的话:每一句话只有一个最好的说法,作为一个作者来说,你就是要找到那个最好的说法。文学语言,无论从外国到中国是有变化有发展的。我觉得从二十世纪以后,文学语言发展的趋势是趋于简单,就是普普通通的语言,简简单单的话。我们都知道,文学语言上有很多大师,比如说屠格涅夫的语言,他的语言很讲究,很精致,但是现在看起来,世界上使用屠格涅夫式的那种非常细致的描写人物、或者是景物的语言的作家不是很多的。英国有个专门写海洋小说的作家,叫康拉德,他的那个句子结构是很长的。这样的作家可能还有,但是较少,从契诃夫以后,语言越来越趋于简单、普通。比如海明威的小说,他的语言就非常简单。句子很短,而每个句子的结构都是属于单句,没有那么复杂的句式结构。所以我认为,年轻的同志不要以为写文学作品就得把那个句子写得很长,跟普通人说话不一样,不要这样写,就是用普普通通的话,人人都能说的话。但是,要在平平常常的、人人都能说的,好似平淡的语言里边能够写出味儿。要是写出的都没味儿,都是平常简单的、没味儿,那就不行,难就难在这个地方。准确,就是把你对周围世界、对那个人的观察、感受,找到那个最合适的词儿表达出来。这种语言,有时候是所谓人人都能说的,但是别人没有这样写过的。你比如说鲁迅写的小说《高老夫子》。它里边的高老夫子这个人是很无聊的人,他到一个女子学校去教书,人人劝他不必去,但是他后来发表感慨,他说"我辈正经人,确乎犯不上酱在一起。"酱,就是那个腌酱菜的酱。南方腌酱菜,什么萝卜、黄瓜、莴苣什么的,一块放在酱缸里、酱在一起。他这个词,"酱在一起",肯定是个绍兴话。但是谁也没有把绍兴那个"酱在一起"的词儿写进文学作品里边去过,用"混在一起",或跟他们同流合污,或用北京话说,"跟他们一块掺合",都没那么准确。"酱在一起",味儿都一样,色儿都一样。你看起来这个话很普通,绍兴人都懂,你们云南人可能不懂,但绍兴人懂什么叫酱在一起。你们云南人泡酸菜,什么东西都酸在一起,都是一个味儿,一个色儿。比如说我那个老师(你们云南人都知道我是沈从文先生的学生)他那个《湘行散记》里有一篇散文,当中说:"我就独自一人坐在灌满凉风的船仓里。"这个"灌"字也是

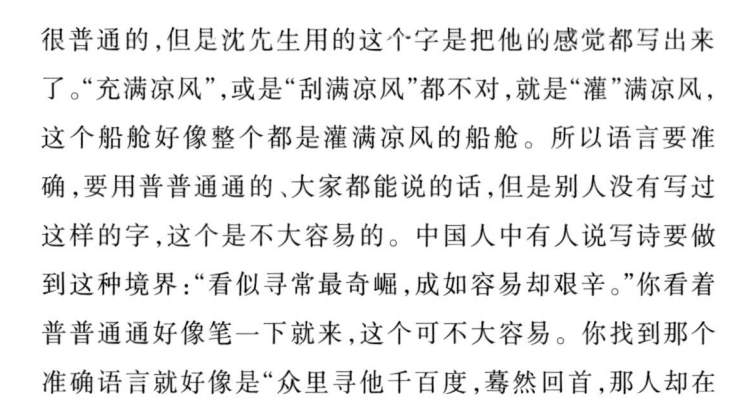

很普通的，但是沈先生用的这个字是把他的感觉都写出来了。"充满凉风"，或是"刮满凉风"都不对，就是"灌"满凉风，这个船舱好像整个都是灌满凉风的船舱。所以语言要准确，要用普普通通的、大家都能说的话，但是别人没有写过这样的字，这个是不大容易的。中国人中有人说写诗要做到这种境界："看似寻常最奇崛，成如容易却艰辛。"你看着普普通通好像笔一下就来，这个可不大容易。你找到那个准确语言就好像是"众里寻他千百度，蓦然回首，那人却在灯火阑珊处"。

第三个问题。我讲讲语言跟作家的气质的关系。一个作家的语言跟他本人的气质是有很大关系的。法国有个理论家，叫布封，他说过，"风格即人"，现在有人或者把它翻译成：风格即人格，也可以，但是我觉得不如"风格即人"那么简练，那么准确。不同的作家有不同的语言风格，这是不能勉强的。中国的文人里边历来把文学的风格，或者也可以说语言的风格分为两大类。按照桐城派的说法就是阳刚与阴柔，按照词家的说法就是豪放与婉约，我觉得这两者虽然有所区别，但大体上还是一致的，就是一个比较粗豪的，一个比较细腻的，这个东西不能勉强。因此我认为，一个作家，经过一段实践要认识自己的气质，我属哪一种气质，哪种类型。如苏东坡他写"大江东去"那是豪放派。你们比较年轻的同志，要认识自己的气质，违反自己的气质写另外一种风格的语言，那是很痛苦的事情。我就曾经有过这个痛苦的经历。我曾经在所谓的样板团里待过十年，写过样板戏,在那个江青直接领导下搞过剧本。她就提出来要"大江东去",不要"小桥流水"。唉呀,我就是"小桥流水",我不能"大江东去",硬要我这个写小桥流水的来写大江东去,我只好跟他们喊那种假大空的豪言壮语,喊了十年,真是累得慌。一个作家要认识自己的气质,其实也很简单,就是你愿意看哪一路作家的作品。你这个气质的形成,当然有各种因素,但是与你所接近的、你所喜爱、所读的哪一路作家的作品很有关系。我受的影响比较多的,中国作家一个是鲁迅,一个是我那老师沈从文,外国作家是契诃夫,另外,还有一个你们不大熟悉的西班牙作家阿佐林。另外,中国的传统的文学作品我也读了,也不能说是很多吧,读了一些。从《诗经》《楚辞》一直读下来,但是我觉得我受影响比较深的是归有光,归有光的全部作品,大概剩下来的有影响的不过就是三篇,就是《项脊轩志》、《先妣事略》、《寒花葬志》。大概就是这三篇对我影响比较大。所以我觉得一个作家的语言风格跟作家本人的气质很有关系,而他本人气质的形成又与他爱读的小说、爱读的作品有一定的关系。你们不要说什么作品评价最高、或什么作品风行一时、什么作品得到什么奖,我才读什么作品,这恐怕不一定划得来,你还是读你所喜欢的作品,说白了就是那种作品好像就是你所写出来的,或者那个作家好像是我一样,这样你才能形成自己独特的风格、独特的语言,也就是每个作家从语言上说来有他的个性。另外一方面,这个作家的语言虽然要有他自己独特的个性,还应该对他表现的不同的生活、不同的人物采取不同的语言风格。你看看鲁迅的作品,他的作品语言风格,一看就可以看出是鲁迅的作品,但是鲁迅的语言风格也不是一样的。比如他写《社戏》、写《故乡》,包括写《祝福》吧,他对他笔下所写的人物是充满了温情,又充满了一种苍凉感或者悲凉感,但是他写《高老夫子》,特别写那四铭,鲁迅使用的语言是相当尖刻,甚至是恶毒的,因为他对这些人是深恶痛绝,特别是对四铭那种人非常讨厌,所以他用的语言不完全是一样。对每一个作品,跟你所写的人物,跟生活要协调。比如,我写过一篇短篇小说,叫《徙》,迁徙的徙,那是写我的一个小学五六年级到初中三年级时我的一个语文(当时叫国文)老师,基本上是为他立传。我在写我的那个国文老师时,因为他教我们的是文言文,所以在写那篇小说中用了一些文言文的词句。我写他怎么教我们书,怎么怎么讲,怎么怎么教,他有什么主要的一些思想,这一段的结尾用了一句文言文:"呜呼,先生之泽远矣。"后来我写他死了,因为我一开头就写他是我们小学的校歌的歌词作者,我写他死了完全是文言文的,我写的是:"墓草萋萋,落照昏黄,歌声犹在,斯人邈矣。"这歌声还在,可这个人没有了。这种语言,只能用在写教过我的那个老师的小说里边,只有这样,跟那个人才合拍才协调。又比如我写《受戒》,就不能用这种语言。因为《受戒》是写小和尚和村姑恋爱的故事,你用这种语言是格格不入的。所以,一个作品里的叙述语言,不要完全是你那个作家本身、你的那种特别是带学生腔的语言,你一定要体察那个人物对周围世界的感受,然后你用他对周围世界感觉的语言去写他的感觉。有位年轻作家给我看过一篇小说,那小说写得还不错,他写的是他童年时代小学时跟他同桌的一个女同学的事,当然,这个小学生嘛也可以回忆,但是他形容这个女同学长得很"纤秀"。我一看就觉得不对,因为小孩子没有"纤秀"这个词儿,没有纤秀这种概念。可以说长得很好看,长得小小巧巧的,秀秀气气的,都可以,但"纤秀"是不行的。绝对不要用一般报纸、特别是广播员的语言来写小说。什么"绚丽多彩",我劝你们千万不要用这种词儿来写小说,因为这种词是没有任何具体感觉的。什么叫"绚丽"?我到现在也不知道哪样叫"绚丽"嘛。

下面我讲第四个问题,就是在你写一个作品之前,必须掌握这篇作品的语言基调。

写作品好比写字,你不能一句一句去写,而要通篇想想,找到这篇作品的语言基调。写字、书法,不是一个字一个字写,一个横幅也好,一个单条也好。它不只是一个一个字摆在那儿,它有个内在的联系,内在的运动,除了讲究间架结构之外,还讲究"间行",讲行气,要"谋篇",整篇是一个什么气势,这一点很重要。写作品一定要找到这篇作品的语言基调。有位作家有次在构思一篇小说,半夜里去敲一位评论家的门,他说我找不到这篇小说的调子。我觉得他说得很对,如果找到这篇作品的调子就可以很顺利地写下去。你们在构思作品时,不要说我大体上把故事想好了就行了,你得在语言上找到作品的基调。关于基调——由于个人的写作习惯不一样而不同。我的写作习惯从头至尾概

想,从开头一句到最后一句都想,但人人不一定是这样。我这样有个好处,可以不至于跑野马,可以顺理成章。还有很重要一点就是开头。孙犁同志说过,一篇小说开头开好了,以后就会是头头是道,这是经验之谈。所以你们不要轻易地下笔,一定要想得很成熟了,从哪一句开头,开头是定调子,要特别慎重地对待你写的第一句话。你看中国的很多古典文学作家写的开头都非常漂亮。你们大家都熟悉的欧阳修的《醉翁亭记》,原来《醉翁亭记》的原稿是"滁之四面皆山",后来他觉得这句子写得太弱,改成一句"环滁皆山也"这一下就把整个《醉翁亭记》的调子定下来了。我可以给你们我自己的一点经验,就是刚才提到的那篇纪念我那国文老师的小说。原来的开头那是在青岛对岸的那个黄岛写的,因为他是我们那个小学的校歌的作者,我一开头"世界上曾经有过很多歌,都已经消失了"我出去转了一下,觉得不满意,回来就改成一句"很多歌消失了。"下边写就比较顺畅了。

另外,写文章、写小说,哪儿起、哪儿顿、哪儿停、哪儿落,都得注意。中国人对文章之道,特别是写散文,我认为那是世界无比的。除了开头事先要想好外,还要注意我这篇作品最后落到什么地方、怎么收拾,不能说写完了,写到哪儿算哪儿,那不行。我觉得汤显祖批《董西厢》有一个很精辟的见解。他说结尾不外乎是两种,一种叫做"煞尾",一种叫做"度尾"。汤显祖这个词用得很美。他说煞尾好像"骏马收缰,寸步不离",咔!就截住了。"度"就好像"画舫笙歌,从远处来,过近处,又向远处去"。写得多好,汤显祖真不愧是个大作家。

下边简单说说中国语言的一些特点。年轻的同志要了解一下中国语言的一些特点。中国语言跟世界上的一些语言比较一下有什么特点？一个，中国语言是表意的，是象形文字，看到图像就能产生理解和想象。另外，中国语言还有个很大的特点，就是语言都是"单音缀"，一字一声，它不是几个音节构成一个字。中国语言有很多花样，都跟这个单音节有很大关系。另外，与很多国家的语言比较起来，中国语言有不同的调值，每一个字都有一定的调值，就是阴、阳、上、去，或叫四声。这构成了中国语言的音乐感，这种音乐感是西欧的或其他别的国家的语言所不能代替的。我听搞语言的老同志说，调值不同的语言除中国话之外，只有古代的梵文、梵语，就是古印度语。我们搞世界和平运动时，郭沫若出国讲话，有个叫什么的主教的，他说郭沫若讲话好像唱歌似的。为什么，就是因为中国语言有个平上去入，高低悬殊很大。而英语只有两个调，接近我们中国的阳平和上声，没有阴平，所以听外国人说话很平。总之，这里面有很多学问，尽管写小说，也得注意声调的变化，才能造成作品的音乐美。举个最简单的例子。你们都知道所谓样板戏《智取威虎山》，原来有句唱词"迎来春天换人间"毛主席给它改了一个字："迎来春色换人间。"为什么要改这个字，当然春色比春天要具体，更重要的我觉得是因为声调的关系。"迎来春天换人间"除了"换"字外其它都是平声字。——都飘在上边。所以毛主席改它一个字就把整个声

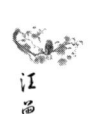

音都扳过来了,就带来了语言上很大的稳定感。

所以,我劝你们写小说的同志,写诗的更不用说了,一定要研究一下中国的四声,而且学习写一点旧诗旧词,要经过这种语言锻炼。另外,中国语言还有个很大特点,就是对仗,这个东西国外是没有的。我有一篇小说,就是刚才介绍的那篇《受戒》,我看了法文本和英文本的翻译本,其中我用了四个对联,他无法翻译,翻译家的办法非常简单:把对联全删掉了,因为他无法翻译。写小说要学用一点对仗,不一定很工整。学一点对仗语言是很有好处的,可以摆脱一般的语法逻辑的捆绑,能够造成语言上的对比和连续,而且能造成语意上较大的跨度。我写过一篇小说,写一个庙,庙的大殿外有两棵大白果树,即银杏树,我写银杏树的变化:"夏天,一地浓荫;秋天,满阶黄叶。"这就比用完全散文化的语言省了很多事,而且表达了很多东西。所以我劝你们青年同志,初学写作的同志,不要只看当代作家的作品、只看翻译的作品,一定要看看我们自己的古典作品,古典散文,古典诗词,包括散曲,而且自己锻炼写一写,丰富我们中国人的特有的语感。没有语感的或者语感迟钝的作品不会写得很美。

最后一个问题:语言要随时随地的学习。一个作家应该对语言充满兴趣。到处去听听,到处去看看,看看有什么好语言。可能你们在座的有的是写小说的,有的是写散文的,不妨,或者也应该看看、读读中国的戏曲和民歌,特别是民歌。我是搞了几年民间文学的,我觉得民间文学是个了不起的海洋,了不得的宝库。中国古代民歌、乐府,不管是汉代乐府、南朝乐府，是很了不起的。这些民歌、乐府有很多奇想。比方说汉朝有一首民歌，叫做《枯鱼过河泣》，枯鱼就是干了的鱼吧，"枯鱼过河泣，何时悔复及，作书与鲂，相教慎出入。"这很奇怪，一个干了的鱼，它还有什么感受。这鱼都干了，它还在那儿哭，不但哭，它还写信，鱼怎么能写信呢？在现代民歌中，我发现有类似这样的一种奇想。有一首广西民歌，一开头就是个起兴的句子："石榴花开朵朵红，蝴蝶写信给蜜蜂，蜘蛛结网拦了路，水漫阳桥路不通。"这是一首情诗。意思是：你可别来了，咱们有各种干扰，各种阻碍。这很奇怪。另外，我搞了几年民间文学，曾经思考过一个问题：民歌中有没有哲理诗。我开始认为民歌一般都是抒情诗，但后来我发现了一首湖南民歌，写插秧的。湖南人管插秧叫插田。这四句诗开始打破了我的怀疑。民歌中哲理诗较少，但还是有的。它写的是插秧："赤脚双双来插田，低头看见水中天（天在上头，低头看见水中天了，很有点哲学意味儿），行行插得齐齐整，（这句没什么）退步原来是向前。"插秧往后，实际上是向前，就好像我们现在某些政策好像往回退了一步，又回到包产到户，实际上是向前。

注释

① 本篇原载《滇池》1987年第十二期，是作者在保山文学爱好者报告会上的讲话，陈自祥记录；初收《汪曾祺全集》第四卷，北京师范大学出版社，1998年8月。

关于作家和创作[①]

我写的东西很少,看的也不多,而且没有理论,不善于逻辑思维,亦无经验可言,与你们不同的一点就是岁数大一些。中国古人说一个人没出息在于"以年长人",我只剩下了"以年长人",因而今天只是随便漫谈。

第一个问题,作家要认清自己是什么样的作家,具备什么样的气质。法国的一位汉学家访问我时说:我首先问你一个你自己很难回答的问题,你觉得你在中国文学上的位置如何?我们先撇开这个话题扯点别的。当时我问翻译要不要请这个法国人到家里吃顿饭,翻译说他很愿意到中国人家里吃饭。结果我亲自给他做了菜。法国人口味清淡,不吃猪肉,家里虽然有大虾,但法国海味很多,他不会感兴趣,给他吃牛排和鸡就更不行了。于是我琢磨了几个菜,非常简单,且不影响与他谈话。这几个菜之一是煮毛豆,把毛豆与花椒、大料、盐放在水里一煮;再一个是炒豆芽菜;还有一个是茶叶蛋。再说主食,吃面包不行,法国的面包是世界最好的,米饭也不会喜欢,结果我给他炒了一盆福建米粉,又做了碗汤。他连着说:"好吃,好吃。"抓起毛豆连皮整个儿往嘴里塞,法国人知道怎样吃大豆,但不知道毛豆的这种吃法。我问他在法国有没有炒豆芽菜，他说在中国饭店见过，他吃过，但我炒得更有些特点。其实我的豆芽菜很简单，炒时搁几粒花椒，炒完后把花椒去掉，起锅时喷点儿醋，所以很脆，不是咕嘟咕嘟煮出来的。鸡蛋全世界都有，但用茶叶煮鸡蛋他没吃过。炒米粉他也没吃过。另外我给他做了个汤。他不吃猪肉，我说我非得让你吃点，猪肉汤是用福建的燕皮丸做的。燕皮是把猪肉捣成泥掺点淀粉芡成的，像馄饨皮，里面包上精致的馅，他以为是馄饨，连说好吃。所以，让外国人能够欣赏，得是粗东西。这位法国汉学家说了个笑话，说世界有四大天堂、四大地狱，四大天堂之一是中国的饭菜，之二是美国的工资，之三是日本的女人，之四是英国的住房；反过来，四大地狱是：日本的住房，美国的女人，英国的饭食，中国的工资。所以，我必须给他做地道的中国玩艺。也有人说，中国文学要走向世界必须有地道的中国味儿，跟中国菜似的。我为什么要给他做中国的家常菜呢？写作也一样，不但要有中国味儿，还得是家常的。家常菜也要做得很细致、很讲究。我做的那碗汤除了燕丸外还放了口蘑，但汤做好后我把口蘑捞出去了，只留下口蘑的香味鲜味。写作品也一样，要写得有中国味儿，且是普普通通的家常味，但制作时要很精致讲究，叫人看不出是讲究出来的。我喜欢琢磨做菜，有人称我是美食家。写作和做菜往往能够联系起来。那位法国汉学家问："你自己觉得你在中国文学中的位置是什么？"这个问题很难回答，我说了两点："首先我不是一个大作家,我的气质决定了我不能成为大作家。"我觉得作家有两类,一类写大作品,如托尔斯泰、巴尔扎克、福楼拜;另一类如契诃夫,他的小说基本上是短篇,有个西班牙作家叫阿佐林,阿佐林也写长篇,但他的长篇就像一篇篇的散文。所以,每个人概括生活的方法,是有所不同的。

作家应该读什么样的作品?我认为很简单,读与自己气质比较接近的作家的作品,文学史家应该全面完整,评论家可以有偏爱,但不可过度。一个作家,不单有偏爱,而且必须有偏爱。我承认你的作品很伟大,但我就是不喜欢。托尔斯泰的主要作品我都读过,倒是比较喜欢他的不太重要的作品,如《高加索的人》等。《战争与和平》从上大学开始,看了几次没看完,直到戴上右派帽子,下去劳动改造,想想得带几本经典的书,于是带两本《战争与和平》,好不容易看完了。巴尔扎克的东西了不得,百科全书,但我只是礼貌性地读他的作品。作家看东西可以抓起来就看,看不下去就丢一边。这样才可能形成你自己的风格,风格总是一些与你相近的作家对你施加影响,它不是平白无故形成的,总是受了某些作家的影响加上你自己的东西,形成独特的风格。完全不受人影响,独立自主地形成了一种风格,这不容易。在外国作家中,始终给我较大影响的是契诃夫,另外一个是西班牙作家阿佐林。法国作家中给我一定影响的是波特莱尔。苏联作家安东诺夫、舒克申的作品,我比较喜欢。一个作家要形成自己的风格,一方面要博览,另一方面要有偏爱,拥有自己所喜爱的作家。中国明朝散文家归有光对我影响极大,我并未读过他的全部作品。这是个很矛盾的人,一方面有正统的儒家思想,另一方面又有很醇厚的人情味,他写人事写得很平淡。他的散文自成一格。他的散文《项脊轩志》、《寒花葬志》、《先妣事略》给了我很深的影响。我认为归有光是中国的契诃夫。平平淡淡的叙述,平平淡淡的人事,在他笔下很有味儿。如《项脊轩志》中写项脊轩,又叫南阁子,文中有"吾妻归宁,述诸小妹语曰:'闻姊家有阁子,且何谓阁子也?'"他没有解释什么是阁子,仅记录了这句问。《项脊轩志》的结尾很动人,但写的极平淡,"庭有枇杷树,吾妻死之年所手植,今已亭亭如盖矣。"这个结尾相当动人。所以,我倾向于作家读那些与自己的气质相接近的作品。"我与我周旋久,宁做我。"

第二个问题是一个作家应该具备什么素质。首先要对生活充满惊奇感,充满兴趣,包括吃东西,听方言,当然最重要的是对人的兴趣。我写过一篇杂文,题目是《口味、耳音与兴趣》。有一次,遇一位中年妇女买牛肉,她问:"牛肉怎么吃?"周围的人都很惊奇。她说:"我们家从来不吃牛羊肉。""那你干嘛买牛肉?"她说:"我的孩子大了,他们要到外地去,我要让他们习惯习惯。"这位母亲用心良苦,于是我给她讲了牛肉的各种做法。一个作家如果这也不吃那也不吃,口味单调可不是好事情。还要学会听各地的方言,作家要走南闯北,不一定要会说,但一定会听,对各地的语言都有兴趣。周立波是湖南人,但他写的《暴风骤雨》从对话到叙述语言充满了东北味儿。熟悉了较多的方言,容易丰富你自己的语感;熟悉了那个地方的语言,才能了解那个地方的艺术的妙处。作家对生活要充满兴趣,这种兴趣得从小培养。建议你们读读《从文自传》,他自称为顽童自传,我说他是美的教育,告诉人们怎样从小认识美、认识生活、认识生活的美。如这一段记述:"学校在北门,我住的是西门,又进南门,再绕城大街一直走去,在南门河滩方面我还可看一阵杀牛,机会好时,恰好看到那头老实可怜的畜牲放倒的情形,因为每天可以看一点点,杀牛的手续与牛内脏的位置不久也就被我完全弄清楚了。再过去一点,是边街,有织席子的铺子,每天任何时间皆有几个老人坐在门口的小凳子上,用厚背的钢刀破篾,有两个小孩子蹲在地上织席子,(我对这行手艺所明白的种种,现在说来似乎比写字还在行。)……"这种随处流连是一个作家很重要的一个条件。有人问:你怎么成为作家了?我回答了四个大字:东张西望!我小时候就极爱东张西望。对生活要有惊奇感,很冷漠地看不行。一个作家应该有一对好眼睛、一双好耳朵、一只好鼻子,能看到、听到、闻到别人不大注意的东西。沈从文老师说他的心永远要为一种新鲜的颜色、新鲜的气味而动。作家对色彩、声音、气味的感觉应该比别人更敏锐更精细些。沈老师在好几篇小说中写到了对黄昏的感觉:黄昏的颜色、各种声音、黄昏时草的气味、花的气味,甚至甲虫的气味。简单地说,这些感受来自于观察、专注的观察,从观察中看出生活的美,生活的诗意。我小时候,常常在街上看打小罗汉、做竹器等,至今记忆犹新。当时有户人家的漆门上的蓝色对子"山似有骨撑千古,海经能容纳百川",不知不觉被我记住了。我写家乡的小说《大淖记事》,家乡人说写得很像。有人就问我弟弟:"你大哥小时候是不是拿笔记本到处记?"他们都奇怪我对小时候的事儿记得那么清楚。我说,第一,我没想着要当个作家;第二,那时候的纸是粗麻毛边纸,用毛笔写字、怎么记呀?为什么能住记呢?就是因为我比较细心地、专注地观察过这些东西,而且是很有兴趣观察。一个作家对生活现象要敏感,另外还应该培养形象记忆,不要拿笔记本记,那个形象就存在于你的大脑皮层中,形象的记忆储存多了,要写什么就可随时调动出来。当然,我说过,最重要的是对人的兴趣,有的人说的话,你一辈子忘不了。最近我发了一篇《安乐居》,写到一个上海老头,这个老头到小铺去喝酒,这个铺子喝一两,那个铺子喝一两。有人问他,他说:"我们喝酒的人,好像天上飞着的一只鸟,小酒店好像地上长的一棵树,鸟见了树总要落一落的。"他用上海话回答,很妙,翻成普通话就没意思了。作家不单是为了写东西而感受生活,问题是能否在生活中发掘和感受到东西。也不要求你一天到晚都去感觉。作家犹如假寐的狗,在迷迷糊糊的状态中,听到一点儿声音就突然惊醒。如果一个作家觉着生活本身没意思,活着就别当什么作家。对生活的浓厚兴趣是作家的职业病。阿城有一段时间去做生意,我问他做的怎么样,他说咱干不了那事,我问为什么,他说我跟人

谈合同时,谈着谈着便观察起他来了。我说:你行,你能当个小说家。作为一个作家,最起码的条件就是对生活充满兴趣。

创作能否教,能否学,这是个世界性的争论问题,也牵扯到文学院的办学方针问题,多数人认为创作不能教,我大学时的一个老师说过:大学不承担培养作家的任务,作家不是大学里培养出来的,作家是社会培养的。这话有一定道理。也有人说创作可以教。其实教是可以教的,问题在于怎样教,什么样的人来教。如果把创作方法搞成干巴巴的理论性的东西,那接受不了,靠讲授学会创作是不可能的。按沈从文先生的观点说,不是讲在前,写在后。而是写在前,讲在后。你先写出来,然后再就你的作品谈些问题。沈先生曾教过我三门课,一门是《各体文习作》,一门是《创作实习》,还有一门《中国小说史》。前两门课程名称就很有意思,一个是习作、一个实习。沈老师翻来覆去地讲一句话:要贴着人物来写。据我理解,小说里最重要的是人物,人物是小说里主要的和主导的东西,其他部分都是次要的或者说派生的。环境与气氛既是作者所感受到的,也必须是作品中人物所可能感受到的,景与人要交融在一起,写景实际也就写人,或者说这个景是人物的心灵所放射出来的。所以,气氛即人物,因为气氛浸透了人物。你所写的景是人物所感受到了,因而景是人物的一部分。写景包括叙述语言都受所写人物制约。有些大学生写农民,对话是农民味的,叙述语言则与农民不搭界,与人物便不够和谐。有一位青年作家以第一人称手法写一个小学生看他的女同学长得很纤秀。这不对,孩子没这种感觉,这个人物便假了。我有篇小说写一个山里的孩子到农业科学研究所当一个小羊倌,他的奶哥带他去温室看看,当时是冬天,他看到温室里许多作物感到很惊奇,大冬天温室里长着黄瓜、西红柿!"黄瓜这样绿,西红柿这样红,好像上了颜色一样。"完全是孩子的感觉。如果他说很鲜艳,那就不对了。我还写到一个孩子经过一片草原,草原上盛开着一大片马兰花,开的手掌般大,有好几里,我当时经过这片草原时感觉进入了童话世界,但写这个孩子则不能用"他仿佛走进了童话",因为这孩子是河北农村的,没有多少文化,根本不知道什么是童话。所以我只好放弃童话的感觉,写他仿佛在做梦,这是孩子有可能感觉到的,这种叙述语言比较接近孩子的感觉。所以我觉得议论部分、抒情部分,属于作者主观感受上的东西,一定要和所写人物协调。我年轻时候写人物对话总希望把对话写得美一点,抒情一点,带有一定的哲理,觉得平平常常的日常对话没意思。沈先生批评了我,他说:"你这个不是人物对话,是两个聪明脑壳打架,大家都说聪明话,平常人说话没这么说的。"因而,我有一个经验,小说对话一定要写得平平常常,普普通通,很日常化,但还很有味。随便把什么话记下来作为小说的对话也不行。托尔斯泰说:"人是不能用警句交谈的。"此话说得非常好!如若火车站候车室等车的人都在说警句,不免让人感到他们神经有问题。贴到人物来写最基本的就是作家的思想感情与人物的感情要贴切要一致,要能感同身受。作家的感情不能离开人物的感情。当然,作家与人物有三种关系:一种是仰视,属于高、大、全,英雄概念的;另一种是俯视的;还有一种是平等的。我认为作家与人物要采取平等态度。你不要有意去歌颂他,也不要有意去批判他,你只要理解他,才可能把人物写得亲切。一般来说,作家的感情应该与人物贴得很紧。也有人认为作家应该超脱开人物,这也是可以的。但就我自己来说,如果不贴着人物来写,便觉得笔下飘了,浮了,人物不一定是自己想写的人物了。而且,贴近人物容易有神来之笔,事先并未想到,由于你与人物共甘苦、同哀乐,构思中没想到的一些东西自然涌现了。我写小说的习惯是想到几乎能够背出来的程度再提笔。贴紧人物便会得到事先没想到的动人的东西。我写《大淖记事》中的小锡匠与挑夫的女儿要好,挑夫的女儿被一个地方武装的号长霸占,指使他的弟兄把小锡匠打死,但小锡匠没有死透,老锡匠使用尿碱来救他。小锡匠牙关紧闭,挑夫的女儿就在耳边说:十一子,你把它喝了吧。小锡匠便开了牙关。

　　一般说来,小说是语言的艺术,就好像音乐是旋律和节奏的艺术,绘画是色彩和线条的艺术。我觉得这种说法很奇怪,说这篇小说写得很好,就是语言不行。语言不好,小说怎么能写得出彩呢?就好像说这个曲子奏的不错,就是旋律不好,节奏不好,这是讲不通的。说这幅画很好,就是色彩不好,线条不好。离开了色彩和线条哪还有画?离开了节奏和旋律哪有音乐呢？我对语言有一心得，语言是本质的东西，语言不只是工具、技巧、形式。若干年前，闻一多先生写了篇文章叫《庄子》，其中说："庄子的文字不单是表现思想的工具，似乎也是一种目的。"我觉得很对，文字就是目的。小说的语言不纯粹是外部的东西，语言和内容是同时存在，不可剥离的。我认为，语言就是内容，这可能绝对了一些。另外，作家的语言首先决定于作家的气质。有什么样的气质就有什么样的语言。一个作家的语言是他风格的一部分，法国的布封早就说过"风格即人"。或者还可以说，作家的语言也就是作家对生活的基本态度，一个作家的语言是别人不能代替的。鲁迅和周作人是哥俩，但语言决不一样。有些人的作品可以不署名，一看就知道。语言的特色一方面决定于作家的气质，另一方面决定于作家对于不同的人事的态度。鲁迅写《故乡》、《祝福》是一种语言，写《肥皂》、《高老夫子》又是一种语言。前一种是因为鲁迅对所写人、人事的态度。语言里很重要的是它的叙述语调，你用什么调子写这个人、这件事，就可看出作家对此人此事此种生活的态度。语言不在词藻，而在于调子。对人物的褒贬不在于他用了什么样的定语，而在于字里行间流露出的情感倾向。作家的倾向性就表现在他的语言里。中国的说法是褒贬，外国的说法是倾向性。褒贬不落在词句上，而在笔调上。中国的春秋笔法很好，它对人事不加褒贬，却有倾向性。《左传》中的《郑伯克段于鄢》，本是哥俩打仗，他们之间本没什么一定的谁是谁非。《史记》中叙述项羽与刘邦的语调截然不同。所以,我认为要探索一个作家的思想内涵,观察它的倾向性,首先必须掌握它的叙述语调。探索作家创作的内部规律、思维方式、心理结构,不能不琢磨作家的语言。鲁迅《故事新编》中的《采薇》写吃松针面,"他愈嚼,就愈皱眉,直着脖子咽了几咽,倒哇的一声吐出来了,诉苦似的看着叔齐道:'苦……粗……'。这时候,叔齐真好像落在深潭里,什么希望也没有了。抖抖的也拗了一角,咀嚼起来,可真也毫没有可吃的样子;苦……粗……'"如果把"苦"、"粗"改成"苦涩"、"粗糙",那么鲁迅的温和的讽刺,鲁迅的幽默就全没了。所以,从众和脱俗看似矛盾其实是一回事。语言的独特不在于用别人不用的词,而在于他能在别人也用的词中赋予别人所想不到的意蕴。诗话中有谈到古诗:"白杨多悲风,萧萧愁煞人。"萧萧两字处处可用,用在此处则最佳。鲁迅所用的字人们也都用,但却用不出那味儿来。如鲁迅《祝福》中写鲁四老爷一见面便"是寒暄,寒暄之后说我'胖了',说我胖了之后即大骂其新党。但我知道,这并非借题在骂我……但是,谈话总也不投机,于是不多久,我便一个人剩在书房里。""剩"字很一般,但用得贴切、出众。沈先生的文章中有:"独自一人,坐在灌满了凉风的船头。""灌"字用得很好,又比如他写一个水手看人家打牌,说他"镶"在那里,太准确贴切了。语言是应该有独创性,但不能独创到别人不懂的地步,语言极重要的是要用字准。苏东坡写病鹤道:"三尺长胫搁瘦躯",这个"搁"字一下子就显出了生病的仙鹤。屠格涅夫的语言也相当准确,写伐木,"大树缓慢地庄重地……""庄重地"用得极妙,包含很多意思在内,融注了感情,这种语言是精到的。我写马吃夜草,琢磨了很久才写下"马在安静地、严肃地吃草料。"用词不必求怪,写出人人心中皆有、笔下却无的句子来就好。

还要注意吸收群众普普通通的语言,如若你留心,一天至少能搜集到三句好的语言。语言为什么美,首先在于能听懂,而且能记住。有一次宣传交通安全的广播车传出这样的话:横穿马路,不要低头猛跑。此话相当简炼准确,而且形象。还有一次看到一个派出所宣传夏令卫生,只有一句话,很简单,但很准确,"残菜剩饭必须回锅见开再吃。"此句中一个字也不能改动。街上修钥匙的贴了这样一张条:"照配钥匙,立等可取。"简炼到极点。语言要讲艺术性,给人一种美感,同时要产生实际作用。西四牌楼附近有个铺子边贴了张纸条写道:"出售新藤椅,修理旧棕床。"这就很讲艺术性,平仄不很规整,但还是对仗的。我在张家口劳动时,群众批评一个有英雄主义的人说:"一个人再能当不了四堵墙,旗杆再高还得两块石头夹住。"这话非概念化,但极有哲理。在宁夏时有位朋友去参加"花儿会",在路上发现一对婆媳一路上的对话都是诗,都是押韵的。媳妇到娘娘庙去求子,跪下来祷告词极棒。她说:"今年来,我是跟您要着;明年来,我是手里抱着,咯咯嘎嘎地笑着。"我的朋友说:"我还没听过世界上这么美丽的祷告词。"所以,群众语言是非常丰富的,要注意从群众语言中吸取营养。另外,还要向过去的作品学习,古文这一课还是应该补上;其次,还应该同民间文学学习,学一点民歌。不读若干首民歌,当不好作家。学习民歌对我的写作极有好处。这是我的由衷之言,特别是它们影响了我的语言和叙述方法。我学习的民歌主要是抒情性的,有时便想,民歌中有哲理诗吗?后来碰上一首,是写插秧的:"赤脚双双来插田,低头看见水中天。行行插得齐齐整,退步原来是向前。"再其次,也要读一点严肃文学以外的东西。如戏曲等,那里面往往有许多对写小说有启发的东西。

注释

① 本篇系1988年9月作者为鲁迅文学院"文艺学·文学创作"研究生班的讲课记录,原载《人民文学》(函授版)1988年;又载鲁迅文学院内部刊物《文学院》2004年第二期,题为"汪曾祺谈创作"。

小说陈言①

抓住特点

杨慎《升庵诗话》卷四《劣唐诗》:"学诗者动辄言唐诗,便以为好,不思唐人有极恶劣者。"他举了一些劣诗,如"莫将闲话当闲话,往往事从闲话生",这真是"下净优人口中语"。但他又举"水牛浮鼻渡,沙鸟点头行",以为这也是劣诗,我却未敢同意。水牛浮鼻而渡,这是江南水乡随时可见到的景象,许多画家都画过,但是写在诗里却是唯一的一次。"沙鸟点头行"尤为观察入微。这一定不是野鸭子那样的水鸟,水鸟走起来是一摇一摆的。这是长腿的沙鸟。只有长腿鸟"行"起来才是一步一点头。这不是劣诗。这也许不算好诗,但是是很好的小说语言,因为一下子抓住了特点。

写景、状物,都应该抓住特点。写人尤当如此。宋朝有一个皇帝,要接见一个从外省调进京的官,他怕自己认不出这个官(同时被接见的还有别的人),问一个大臣,这个官长得什么模样。大臣回答:"这个人很好认,他长得是个西字

脸。"第二天按见,皇帝一直忍不住笑。一个人长得一个西字脸是很好笑的。我们不但可以想见此人的脸型,还仿佛看见他的眉眼。这位大臣很能抓住人的特点。鲁迅写高老夫子的步态,"像木匠牵着的钻子,一扇一扇地直走",此公形象,如在目前。因为有特点。

虚 构

小说就是虚构。

纪晓岚对蒲松龄《聊斋》多虚构很不以为然:

> 小说既述见闻,即属叙事,不比戏场关目,随意装点。……今嬿昵之词,媟狎之态,细微曲折,摹绘如生,使出自言,似无此理,使出作者代言,则何从而见闻,又所未解也。

这位纪文达公(纪晓岚谥号)真是一个迂夫子。他以为小说都得是记实,不能"装点"。照他的看法,"嬿昵之词,媟狎之态"都不能有。如果把这些全去掉,《聊斋》还有什么呢?

不但小说,就是历史,也不能事事有据。《史记》写陈涉称王后,乡人入宫去见他,惊叹道:"夥颐!涉之为王沉沉者!"写得很生动。但是,司马迁从何处听来?项羽要烹了刘邦的老爹,刘邦答话:"吾翁即若翁,必欲烹若翁,则幸分我一杯羹。"刘季的无赖嘴脸如画。但是我颇怀疑,这是历史还是小说?历来的历史家都反对历史里有小说家言,正足以说明这是很难避免的。因为修史的史臣都是文学家,他们是本能地要求把文章写得生动一些的。历史材料总不会那样齐全,凡有缺漏处,史臣总要加以补充。补充,即是有虚构,有想象。这样本纪、列传才较完整,否则,干巴嗤咧,"断烂朝报"。

但是,虚构要有生活根据,要合乎情理,嘉庆二十三年,涪陵冯镇峦远村氏《读〈聊斋〉杂说》云:

昔人谓:莫易于说鬼,莫难于说虎。鬼无伦次,虎有性情也。说鬼到说不来处,可以意为补接;若说虎到说不来处,大段著力不得。予谓不然。说鬼亦要有伦次,说鬼亦要得性情。谚语有之:"说谎亦须说得圆",此即性情伦次之谓也。试观《聊斋》说鬼狐,即以人事之伦次,百物之性情说之。说得极圆,不出情理之外;说来极巧,恰在人人意愿之中。虽其间亦有意为补接,凭空捏造处,亦有大段吃力处,然却喜其不甚露痕迹牵强之形,故所以能令人人首肯也。

这说得不错。

"虚构"即是说谎,但要说得圆。我们曾照江青的指示,写一个戏:八路军派一个干部,进入蒙古草原,发动王府的奴隶,反抗日本侵略者和附逆的王爷(这是没有发生过,不可能发生的事)。这位干部怎样能取得牧民的信任呢?蒙古草原缺盐。盐湖都叫日本人控制起来了。一个蒙奸装一袋盐到了一个"浩特",要卖给牧民。这盐是下了毒的。正在紧急关头,八路军的干部飞马赶到,说:"这盐不能吃!"他把蒙奸带来的盐抓了一把,放在一个碗里,加了水,给一条狗喝了。狗伸伸四条腿,死了。下面的情节可以想象:八路军干部揭露蒙奸的阴谋,并将自己带来的盐分给牧民,牧民感动,高呼"共产党万岁!"这个剧本提纲念给演员听后,一个演员提出:"大牲口喂盐,有给狗喝盐水的吗?狗肯喝吗?就是喝,台上怎么表演?哪里去找这样一个狗演员?"这不是虚构,而是胡说八道。因为,无此情理。

《阿Q正传》整个儿是虚构的。但是阿Q有原型。阿Q在被判刑的供状上画了一个圆圈,竭力想画得圆,这情节于可笑中令人深深悲痛。竭力想把圈画得圆,这当然是虚构,是鲁迅的想象。但是不识字的愚民不会在一切需要画押的文书上画押,只能画一个圆圈(或画一个"十"字)却是千真万确的。这一点,不是任意虚构。因此,真实。

干　净

扬州说书艺人授徒,在家中设高桌(过去扬州说书都是坐在高桌后面),据案教学生,每天只教二十句。学生每天就说这二十句,反复说,要说得"如同刀切水洗的一般"。"刀切水洗",指的是口齿清楚,同时也包含叙事干净,不拖泥带水。

过去说文章,常说简练。"简练"一词,近年不大有人提,为一些青年作者和评论家所厌闻。他们以为"简练"意味简单、粗略、浅。那么,咱们换一个说法:干净。"干净"不等于不细致。

张岱《陶庵梦忆·柳敬亭说书》:"余听其说'景阳冈武松打虎'白文,与本传大异。其描写刻画,微入毫发,然又找截干净,并不唠叨。"说书总要有许多枝杈,北方评书艺人称长篇评书为"蔓子活",如瓜牵蔓。但不论牵出去多远,最后还能"找"回来,来龙去脉,清清楚楚。扬州王少堂说《水浒》,"武十回"、"宋十回"、"卢十回",一回是一回,有起有落,有放有收。

因为参加"飞马奖"的评选,我读了一些长篇小说,一些作品给我一个印象,是:芜杂。

芜杂的原因之一,是材料太多,什么都往里搁,以为这样才"丰富",结果是拥挤不堪,人物、事件、情景,不能从容展开。

第二是作者竭力要表现哲学意蕴。这大概是受了西方现代主义的影响和青年评论家的怂恿(以为这样才"深刻")。作者对自己要表现的哲学似懂非懂,弄得读者也云苫雾罩。我不相信,中国一下子出了这么多的哲学家。我深感目前的文艺理论家不是在谈文艺,而是在谈他们自己也不太懂的哲学,大家心里都明白,这种"哲

学"是抄来的。我不反对文学作品中的哲学,但是文学作品主要是写生活。只能由生活到哲学,不能由哲学到生活。

第三,语言不讲究,啰嗦,拖沓。

重读《丧钟为谁而鸣》,觉得海明威的叙述是非常干净的。他没有想表现什么"思想",他只是写生活。

我希望更多地看到这样的小说:明明白白,清清楚楚,干干净净。

一九八八年十一月十三日

注释

① 本篇原载《小说选刊》1989年第一期;初收《汪曾祺全集》第四卷,北京师范大学出版社,1998年8月。

学话常谈①

惊人与平淡

杜甫诗云："语不惊人死不休"，宋人论诗，常说"造语平淡"。究竟是惊人好，还是平淡好？

平淡好。

但是平淡不易。

平淡不是从头平淡，平淡到底。这样的语言不是平淡，而是"寡"。山西人说一件事、一个人、一句话没有意思。就说："看那寡的！"

宋人所说的平淡可以说是"第二次的平淡"。

苏东坡尝有书与其侄云：

> 大凡为文，当使气象峥嵘，五色绚烂。渐老渐熟，乃造平淡。

葛立方《韵语阳秋》云：

大抵欲造平淡,当自组丽中来,然后可造平淡之境。落其华芬,然后可造平淡之境。

平淡是苦思冥想的结果。欧阳修《六一诗话》,说:

(梅)圣俞平生苦于吟咏,以闲远古淡为意,故其构思极艰。

《韵语阳秋》引梅圣俞和晏相诗云:

因今适性情,稍欲到平淡。苦词未圆熟,刺口剧菱芡。

言到平淡处甚难也。

运用语言,要有取舍,不能拿起笔来就写。姜白石云:

人所易言,我寡言之。人所难言,我易言之,自不俗。

作诗文要知躲避。有些话不说。有些话不像别人那样说。至于把难说的话容易地说出,举重若轻,不觉吃力,这更是功夫。苏东坡作《病鹤》诗,有句"三尺长胫□瘦躯",抄本缺第五字,几位诗人都来补这个字。后来找来旧本,这个字是"搁",大家都佩服。杜甫有一句诗"身轻一鸟□",刻本末一字模糊不清,几位诗人猜这是什么字。有说是"飞",有说是"落"……后来见到善本,乃是"身轻一鸟过",大家也都佩服。苏东坡的"搁"字写病鹤，确是很能状其神态，但总有点"做"，终觉吃力，不似杜诗"过"字之轻松自然，若不经意，而下字极准。

平淡而有味，材料、功夫都要到家。四川菜里的"开水白菜"，汤清可以注砚，但是并不真是开水煮的白菜，用的是鸡汤。

方　言

作家要对语言有特殊的兴趣，对各地方言都有兴趣，能感受、欣赏方言之美，方言的妙处。

上海话不是最有表现力的方言，但是有些上海话是不能代替的。比如"辣辣两记耳光！"这只是用上海方音读出来才有劲。曾在报纸上读一只短文，谈泡饭，说有两个远洋轮上的水手，想念上海，想念上海的泡饭，说回上海首先要"杀杀搏搏吃两碗泡饭！""杀杀搏搏"说得真是过瘾。

有一个关于苏州人的笑话，说两位苏州人吵了架，几至动武，一位说："阿要把倷两记耳光搭搭？"用小菜佐酒，叫做"搭搭"。打人还要征求对方的同意，这句话真正是"吴侬软语"，很能表现苏州人的特点。当然，这是个夸张的笑话，苏州人虽"软"，不会软到这个样子。

有苏州人、杭州人、绍兴人和一位扬州人到一个庙里，看到"四大金刚"，各说了一句有本乡特点的话，扬州人念了四句诗：

四大金刚不出奇,
里头是草外头是泥。
你不要夸你个子大,
你敢跟我洗澡去!

这首诗很有扬州的生活特点。扬州人早上皮包水(上茶馆吃茶),晚上"水包皮"(下澡塘洗澡)。四大金刚当然不敢洗澡去,那就会泡烂了。这里的"去"须用扬州方音,读如kì。

写有地方特点的小说、散文,应适当地用一点本地方言。我写《七里茶坊》,里面引用黑板报上的顺口溜:"天寒地冻百不咋,心里装着全天下","百不咋"就是张家口一带的话。《黄油烙饼》里有这样几句:"这车的样子真可笑,车轱辘是两个木头饼子,还不怎么圆,骨鲁鲁,骨鲁鲁,往前滚。"这里的"骨鲁鲁"要用张家口坝上口音读,"骨"字读入声。如用北京音读,即少韵味。

幽　默

《梦溪笔谈》载:

"关中无螃蟹。元丰中,予在陕西,闻秦州人家收得一干蟹,土人怖其形状,以为怪物,每人家有病疟者,则借去挂门户上,往往遂差。不但人不识,鬼亦不识也。"

过去以为生疟疾是疟鬼作祟,故云。"不但人不识,鬼亦不识也",说得非常幽默。这句话如译为口语,味道就差一些了,只能用笔记体的比较通俗的文言写。有人说中国无幽默,噫,是何言欤!宋人笔记,如《梦溪笔谈》、《容斋随笔》,有不少是写得很幽默的。

幽默要轻轻淡淡,使人忍俊不禁,不能存心使人发笑,如北京人所说"胳肢人"。

一九九三年二月十七日

注释

① 本篇原载《汪曾祺文集·文论卷》,江苏文艺出版社,1993年9月。

使这个世界更诗化[1]

关于文学的社会职能有不同的说法。中国古代十分强调文艺的教育作用。古代把演剧叫作"高台教化",即在高高的舞台上对人民进行形象的教育,宣扬封建伦理道德,——忠、孝、节、义。三十、四十年代以后,马克思主义理论家认为文艺的功能首先在教育,对读者和观众进行政治教育,要求文艺作品塑造可供群众学习的英雄模范人物。有人不同意这种看法,认为文艺不存在教育作用,只存在审美作用。我认为文艺的教育作用是存在的,但不是那样的直接,那样"立竿见影"。让一些"苦大仇深"的农民,看一出戏,立刻热血沸腾,当场要求报名参军,上前线打鬼子,可能性不大(不是绝对不可能),而且这也不是文艺作品应尽的职责。文艺的教育作用只能是曲折的,潜在的,像杜甫的诗《春夜喜雨》所说:"随风潜入夜,润物细无声",使读者(观众)于不知不觉中受到影响。我觉得一个作家的作品总要使读者受到影响,这样或那样的影响。一个作品写完了,放在抽屉里,是作家个人的事。拿出来发表,就是一个社会现象。我认为作家的责任是给读者以喜悦,让读者感觉到活着是美的,有诗意的,生活是可欣赏的。这样他就会觉得自己也应该活得更好一些,更高尚一些,更优美一些,更有诗意一些。小说应该使人在文化素养上有所提高。小说的作用是使这个世界更诗化。

这样说起来,文艺的教育作用和审美作用就可以一致起来,善和美就可以得到统一。

因此,我觉得文艺应该写美,写美的事物。鲁迅曾经说过,画家可以画花,画水果,但是不能画毛毛虫,画大便。丑的东西总是使人不愉快的。前几年有一些青年小说家热中于写丑,写得淋漓尽致,而且提出一个不知从哪里来的奇怪的口号:"审丑作用",以为这样才是现代主义。我作为一个七十四岁的作家,对此实在不能理解。

美,首先是人的精神的美、性格的美、人性美。中国对于性善、性恶,长期以来,争论不休。比较占上风的还是性善说。我们小时候读启蒙的教科书《三字经》,开头第一句话便是"人之初,性本善"。性善的标准是保持孩子一样纯洁的心,保持对人、对物的同情,即"童心"、"赤子之心"。孟子说:"大人者不失其赤子之心者也"。

人性有恶的一面。"文化大革命"把一些人的恶德发展到了极致,因此有人提出"人性的回归"。

有一些青年作家以为文艺应该表现恶,表现善是虚伪的。他愿意表现恶,就由他表现吧,谁也不能干涉。

其次是人的形貌的美。

小说不同于绘画,不能具体地表现一个人的外貌,但小说有自己的优势,写作家的主体印象。鲁迅以为写一个人,最好写他的眼睛。中国人惯用"秋水"写女人眼睛的清澈。"巧笑倩兮,美目盼兮"是写美女的名句。

小说和绘画的另一不同处,即可以写人的体态。中国写美女,说她"烟视媚行"。古诗《孔雀东南飞》写焦仲卿妻"姗姗作细步,精妙世无双",这比写女人的肢体要聪明得多。

不具体写美女,而用暗示的方法使读者产生美的想象,是高明的方法。唐代的诗人朱庆余写新嫁娘:

洞房昨夜停红烛,待晓堂前拜舅姑。
妆罢低声问夫婿,画眉深浅入时无?

宋代的评论家说:此诗不言美丽,然味其辞义,非绝色女子不足以当之。

有两句诗:

行到中庭数花朵,蜻蜓飞上玉搔头。

也让人想象到,这是一个很美的女人。

有时不直接写女人的美,而从看到她的人的反应中显出她的美。汉代乐府《陌上桑》写罗敷之美:

行者见罗敷,下担捋髭须。少年见罗敷,脱帽著帩头。

耕者忘其犁,锄者忘其锄。来归相怨怒,但坐观罗敷。

这种方法和《伊里亚特》写海伦皇后的美很相似。

中国人对自然美有一种独特的敏感。

郦道元《水经注·三峡》:

自三峡七百里中,两岸连山,略无阙处;重岩叠嶂,隐天蔽日,自非亭午夜分,不见曦月。

短短的几句话,就把三峡风景全写出来了。这样高度的概括,真是大手笔!

柳宗元《至小丘西小石潭记》:

潭中鱼可百许头,皆若空游无所依。日光下澈,影布石上,怡然不动;俶尔远逝,往来翕忽,似与游者相乐。

通过鱼影,写出水的清澈,这种方法为后来许多诗人所效法,而首创者实为柳宗元。

苏轼《记承天寺夜游》:

庭下如积水空明,水中藻荇交横,盖竹柏影也。

这写的是月色,但没有写出月字。

古人要求写自然能做到"状难写之景如在目前",作为一个中国作家,应该学习、继承这个传统。

注释

① 本篇原载《读书》1994年第十期;初收《汪曾祺全集》第六卷,北京师范大学出版社,1998年8月。

作家作品

黑罂粟花①

——《李贺歌诗编》读后

第一　李贺的精神生活

下午六点钟,有些人心里是黄昏,有些人眼前是夕阳。金霞,紫霭,珠灰色淹没远山近水,夜当真来了,夜是黑的。

有唐一代,是中国历史上最豪华的日子。每个人都年轻,充满生命力量,境遇又多优裕,所以他们做的事几乎是全是从前此后人所不能做的。从政府机构、社会秩序,直到瓷盘、漆盒,莫不表现其难能的健康美丽。当然最足以记录豪华的是诗。但是历史最严刻。一个最悲哀的称呼终于产生了——晚唐。于是我们可以看到暮色中的几个人像——幽暗的角落,苔先湿,草先冷,贾岛的敏感是无怪其然的;眼看光和热消逝了,竭力想找另一种东西来照耀漫漫长夜的,是韩愈;沉湎于无限好景,以山头胭脂作脸上胭脂的,是温飞卿、李商隐;而李长吉则是守在窗前,望着天,头晕了,脸苍白,眼睛里飞舞各种幻想。

长古七岁作诗,想属可能,如果他早生几百年,一定不难"一日看尽长安花"。但是在他那个时代,便是有"到处逢人说项斯",恐怕肯听的人也不多。听也许是听了,听过只索一番叹息,还是爱莫能助。所以他一生总不得意。他的《开愁歌》笔下作:

秋风吹地百草干,华容碧影生晚寒。我当二十不得意,一心愁谢如枯兰。衣如飞鹑马如狗,临歧击剑生铜吼……

说的已经够惨了。沈亚之返归吴江,他竟连送行钱都备不起,只能"歌一解以送之",其窘尤可想见。虽然也上长安去"谋身",因为当时人以犯讳相责,虽有韩愈辩护,仍不获举进士第。大概树高遭嫉,弄的落拓不堪,过"渴饮壶中酒,饥拔陇头粟"的日子。

长安有男儿,二十心已朽。

一团愤慨不能自已。所以他的诗里颇有"不怪"的。比如:

别弟三年后,还家一日余。醽醁今夕酒,缃帙去时书。病骨犹能在,人间底事无?何须问牛马,抛掷任枭卢。

不论句法、章法、音节、辞藻，都与标准律诗相去不远，便以与老杜的作品相比，也堪左右。想来他平常也作过这类诗，想规规矩矩的应考作官，与一般读书人同一出路。

凄凄陈述圣，披褐鉏俎豆。学为尧舜文，时人责衰偶。

十分可信。可是：

天眼何时开？

他看的很清楚：

只今道已塞，何必须白首。

只等到，

三十未有二十余，

依然，

白日长饥小甲蔬。

于是,

> 公卿纵不怜,宁能锁吾口。

他的命运注定了去作一个诗人。

他自小身体又不好,无法"收取关山五十州",甘心"寻章摘句老雕虫"了。韩愈、皇甫湜都是"先辈"了,李长吉一生不过二十七年,自然看法不能跟他们一样。一方面也是生活所限,所以他愿完全过自己的生活。《南园》一十三首中有一些颇见闲适之趣。如:

> 春水初生乳燕飞,黄蜂小尾扑花归。窗含远色通书幌,鱼拥香钩近石矶。
> 边让今朝忆蔡邕,无心裁曲卧春风。舍南有竹堪书字,老去溪头作钓翁。

说是谁的诗都可以,说是李长吉的诗倒反有人不肯相信,因为长吉在写这些诗时,也还如普通人差不多。虽然

> 遥岚破月悬、长茸湿夜烟,

已经透露一点险奇消息,这时他没有意把自己的诗作出李长吉的样子。

他认定自己只能在诗里活下来,用诗来承载他整个生命了。他自然的作他自己的诗。唐诗至于晚唐,甚么形式都有一个最合适的作法,甚么题目都有最好的作品。想于此中求自立,真不大容易。他自然的另辟蹊径。

他有意藏过自己,把自己提到现实以外去,凡有哀乐不直接表现,多半借题发挥。这时他还清醒,他与诗之间还有个距离。其后他为诗所蛊惑,自己整个跳到诗里去,跟诗融成一处,诗之外再也找不到自己了,他焉得不疯。

时代既待他这么不公平,他不免缅想往昔。诗中用古字地方不一而足。眼前题目不能给他刺激,于是他索性全以古乐府旧调为题,有些诗分明是他自己的体,可是题目亦总喜欢弄得古色古香的,例"平城下"、"溪晚凉"、"官街鼓",都是以"拗"令人脱离现实的办法。

他自己穷困,因此恨极穷困。他在精神上是一个贵族,他喜欢写宫廷事情,他决不允许自己有一分寒伧气。其贵族处尤不在其富丽的典实藻绘,在他的境界。我每读到:"腰围白玉冷",觉得没有第二句话更可写出"贵公子夜阑"了。

他甚至于想到天上些多玩意,"梦天"、"天上谣",都是前此没听见说过的。至于神,那更是他心向往之的。所以后来有"玉楼赴会"附会故事已不足怪。

凡此都是他的逃避办法。不过他逃出一个世界,于另一世界何尝真能满足。在许多空虚东西营养之下,当然不会正常。这正如服寒石散求长生一样,其结果是死得古里

古怪。说李长吉呕心，一点不夸张。他真如千年老狐，吐出灵丹便无法再活了。

他精神既不正常，当然诗就极其怪艳了。他的时代是黑的，这正作了他的诗的底色。他在一片黑色上描画他的梦；一片浓绿，一片殷红，一片金色，交错成一幅不可解的图案。而这些图案充满了魔性。这些颜色是他所向往的，是黑色之前都曾存在过的，那是整个唐朝的颜色。

李长吉是一条在幽谷中采食百花酿成毒，毒死自己的蛇。

原题本为诗人白居易，提笔后始觉题目太广，临时改写李贺。初拟写两段，一写其生活，一写其诗，奈书至此天已大亮。明天当有考试，只好搁笔。俟有暇当再续写。

十九日晨 五时

注释

① 本篇作于1944年，是为西南联大同学杨毓珉代作的唐诗报告，据手稿编入。

沈从文和他的《边城》[①]

《边城》是沈从文先生所写的唯一的一个中篇小说,说是中篇小说,是因为篇幅比较长,约有六万多字;还因它有一个有头有尾的故事,——沈先生的短篇小说有好些是没有什么故事的,如《牛》、《三三》、《八骏图》……都只是通过一点点小事,写人的感情、感觉、情绪。

《边城》的故事甚美也很简单:茶峒山城一里外有一小溪,溪边有一弄渡船的老人。老人的女儿和一个兵有了私情,和那个兵一同死了,留下一个孤雏,名叫翠翠,老船夫和外孙女相依为命地生活着。茶峒城里有个在水码头上掌事的龙头大哥顺顺,顺顺有两个儿子,天保和傩送,两兄弟都爱上翠翠。翠翠爱二老傩送。不爱大老天保,大老天保在失望之下驾船往下游去,失事淹死;傩送因为哥哥的死在心里结了一个难解疙瘩,也驾船出外了。雷雨之夜,渡船老人死了,剩下翠翠一个人。傩送对翠翠的感情没有变,但是他一直没有回来。

就这样一个简单的故事,却写出了几个活生生的人物,写了一首将近七万字的长诗!

因为故事写得很美,写得真实,有人就认为真有那么一问事。有的华侨青年,读了《边城》,回国来很想到茶峒去看看,看看那个溪水、白塔、渡船,看看渡船老人的坟,看看翠翠曾在哪里吹竹管……

大概是看不到的。这故事是沈从文编出来的。

有没有一个翠翠?

有的。可她不是在茶峒的碧溪岨,是泸溪县一个绒线铺的女孩子。

《湘行散记》里说:

……在十三个伙伴中我有两个极好的朋友。……其次是那个年纪顶轻的,名字就叫"傩右",一个成衣人的独生子,为人伶俐勇敢,希有少见。……这小孩子年纪虽小,心可不小!同我们到县城街上转了三次,就看中一个绒线铺的女孩子,问我借钱向那女孩子买了三次白棉线草鞋带子……那女孩子名叫"翠翠",我写《边城》故事时,弄渡船的外孙女,明慧温柔的品性,就从那绒线铺小女孩脱胎而来。②

她是泸溪县的么?也不是。她是山东崂山的。

看了《湘行散记》,我很怕上了《灯》里那个青衣女子同样的当,把沈先生编的故事信以为真,特地上他家去核对一回,问他翠翠是不是绒线铺的女孩子。他的回答是:

"我们(他和夫人张兆和)上崂山去,在汽车里看到出殡的,一个女孩子打着幡。我说:这个我可以帮你写个小说。"

幸亏他夫人补充了一句:"翠翠的性格、形象,是绒线铺那个女孩子。"

沈先生还说:"我生平只看过那么一条渡船,在棉花坡。"那么,碧溪岨的渡船是从棉花坡移过来的。……棉花坡离碧溪岨不远,但总还有一小距离。

读到这里,你会立刻想起鲁迅所说的脸在那里,衣服在那里的那段有名的话。是的,作家酝酿人物形象和故事情节是一个很复杂的过程。一九五七年,沈先生曾经跟我说过:"我们过去写小说都是真真假假的,哪有现在这样都是真事的呢。"有一个诗人很欣赏"真真假假"这句话,说是这说明了创作的规律,也说明了什么是浪漫主义。翠翠,《边城》,都是想象出来的。然而必须有丰富的生活经验,积累了众多的印象,并加上作者的思想、感情和才能,才有可能想象得真实,以至把创造变得好像是报导。

沈从文善于写中国农村的少女。沈先生笔下的湘西少女不是一个,而是一串。

三三、夭夭、翠翠,她们是那样的相似,又是那样的不同。她们都很爱娇,但是各因身世不同,娇得不一样。三三生在小溪边的碾坊里,父亲早死,跟着母亲长大,除了碾坊小溪,足迹所到最远处只是堡子里的总爷家。她虽然已经开始有了一个少女对于"人生"的朦朦胧胧的神往,但究竟是个孩子,浑不解事,娇得有点痴。夭夭是个有钱的橘子园主人的幺姑娘,一家子都宠着她。她已经订了婚,未婚夫是个在城里读书的学生。她可以背了一个特别精致的背篓,到集市上去采购她所中意的东西,找高手银匠洗她的粗如手指的银练子。她能和地方上的小军官从容说话。她是个"黑里俏",性格明朗豁达,口角伶俐。她很娇,娇中带点野。翠翠是个无父无母的孤雏,她也娇,但是娇得乖极了。

用文笔描绘少女的外形,是笨人干的事。沈从文画少女,主要是画她的神情,并把她安置在一个颜色美丽的背景上,一些动人的声音当中。

　　……为了住处两山多竹篁,翠色逼人而来,老船夫随便给这个可怜的孤雏,拾取了一个近身的名字,叫做翠翠。
　　翠翠在风日里长养着,把皮肤变得黑黑的,触目为青山绿水,一对眸子清明如水晶,自然既长养她且教育她。为人天真活泼,处处俨然如一只小兽物。人又那么乖,和山头黄麂一样,从不想到残忍事情,从不发愁,从不动气。平时在渡船上遇陌生人对她有所注意时,便把光光的眼睛瞅着那陌生人,作成随时都可举步逃入深山的神气,但明白了面前的人无机心后,就又从从容容来完成任务了。
　　风日清和的天气,无人过渡,镇日长闲,祖父同翠翠便坐在门前大岩石上晒太阳,或把一段木头从高处向水中抛去,嗾使身边黄狗从岩石高处跃下,把木头衔回来;或翠翠与黄狗皆张着耳朵,听祖父说些城中多年以前的战争故事;或祖父同翠翠两人,各把小竹作成的竖笛,逗在嘴边吹着迎亲送女的曲子,过渡人来了,老船夫放下了竹管,独自跟到船边去横溪渡人。在岩上的一个,见船开动时,于是锐声喊着:

"爷爷,爷爷,你听我吹,你唱!"

爷爷到溪中央于是很快乐的唱起来,哑哑的声音,振荡寂静的空气里,溪中仿佛也热闹了些。实则歌声的来复,反而使一切更加寂静。

篁竹、山水、笛声,都是翠翠的一部分,它们共同在你们心里造成这女孩子美的印象。

翠翠的美,美在她的性格。

《边城》是写爱情的,写中国农村的爱情,写一个刚刚进入青春期的农村女孩子的爱情。这种爱是那样的纯粹,那样不俗,那样像空气里小花、青草的香气,像风送来的小溪流水的声音,若有若无,不可捉摸,然而又是那样的实实在在,那样的真。这样的爱情叫人想起古人说得很好,但不大为人所理解的一句话:思无邪。

沈从文的小说往往是用季节的颜色、声音来计算时间的。

翠翠的爱情的发展是跟几个端午节联在一起的。

翠翠十五岁了。

端午节又快到了。

传来了龙船下水预习的鼓声。

蓬蓬鼓声掠水越山到了渡夫那里时,最先注意到的是那只黄狗。那黄狗汪汪的吠着,受了惊似的绕屋乱走;有人过渡时,便随船渡过河东岸去,且跑到那小山头向城里一方面大吠。

翠翠正坐在门外大石上用棕叶编蚱蜢、蜈蚣玩,见黄狗先在太阳下睡着,忽然醒来便发疯似的乱跑,过了河又回来,就问它骂它:

"狗、狗,你做什么!不许这样子!"

可是一会儿那远处声音被她发现了,她于是也绕屋跑着,并且同黄狗一块儿渡过了小溪,站在小山头听了许久,让那点迷人的鼓声,把自己带到一个过去的节日里去。

两年前的一个节日里去。

作者这里用了倒叙。

两年前,翠翠才十三岁。

这一年的端午,翠翠是难忘的。因为她遇见了傩送。

翠翠还不大懂事。她和爷爷一同到茶峒城里去看龙船,爷爷走开了,天快黑了,看龙船的人都回家了,翠翠一个人等爷爷,傩送见了她,把她还当一个孩子,很关心地对她说了几句话,翠翠还误会了,骂了人家一句:"你个悖时砍脑壳的!"及至傩送好心派人打火把送她回去,她才知道刚才那人就是出名的傩送二老,"记起自己先前骂人那句话,心里又吃惊又害羞,再也不说什么,默默地随了那火把走了。"到了家,"另外一件事,属于自己不关祖父的,却使翠翠沉默了一个夜晚。"这写得非常含蓄。

翠翠过了两个中秋,两个新年,但"总不如那个端午所经过的事甜而美"。

十五岁的端午不是翠翠所要的那个端午。"从祖父和那长年谈话里,翠翠听明白了二老是在下游六百里外沅水中部青浪滩过端午的。"未及见二老,倒见到大老天保。大老还送他们一只鸭子。回家时,祖父说:"顺顺真是好人,大方得很。大老也很好。这一家人都好!"翠翠说:"一家人都好,你认识他们一家人吗?"祖父不明白这句话的意思所在,聪明的读者是明白的。路上祖父说了假如大老请人来做媒的笑话,"翠翠着了恼,把火炬向路两旁乱晃着,向前快快的走去了。"

"翠翠,莫闹,我摔到河里去了,鸭子会走脱的!"

"谁也不希罕那只鸭子!"

翠翠向前走去,忽然停住了发问:

"爷爷,你的船是不是正在下青浪滩呢?"

这一句没头没脑的问话,说出了这女孩子的心正在飞向什么所在。

端午又来了。翠翠长大了,十六了。

翠翠和爷爷到城里看龙船。

未走之前,先有许多曲折。祖父和翠翠在三天前业已预先约好,祖父守船,翠翠同黄狗过顺顺吊脚楼去看热闹。

翠翠先不答应,后来答应了。但过了一天,翠翠又翻悔,以为要看两人去看,要守船两人守船。初五大早,祖父上城买办过节的东西。翠翠独自在家,看看过渡的女孩子,唱唱歌,心上浸入了一丝儿凄凉。远处鼓声起来了,她知道绘有朱红长线的龙船这时节已下河了。细雨下个不止,溪面一片烟。将近吃早饭时节,祖父回来了,办了节货,却因为到处请人喝酒,被顺顺把个酒葫芦扣下了。正像翠翠所预料的那样,酒葫芦有人送回来了。送葫芦回来的是二老。二老向翠翠说:"翠翠,吃了饭,和你爷爷到我家吊脚楼上去看划船吧?"翠翠不明白这陌生人的好意,不懂得为什么一定要到他家中去看船,抿着小嘴笑笑。到了那里,祖父离开去看一个水碾子。翠翠看见二老头上包着红布,在龙船上指挥,心中便印着两年前的旧事。黄狗不见了,翠翠便离了座位,各处去寻她的黄狗。在人丛中却听到两个不相干的妇人谈话。谈的是砦子上王乡绅想把女儿嫁给二老,用水碾子作陪嫁。二老喜欢一个撑渡船的。翠翠脸发火烧。二老船过吊脚楼,失足落水,爬起来上岸,一见翠翠就说:"翠翠,你来了,爷爷也来了吗?"翠翠脸还发烧,不便作声,心想"黄狗跑到什么地方去了呢?"二老又说:"怎不到我家楼上去看呢?我已经要人替你弄了个好位子。"翠翠心想:"碾坊陪嫁,希奇事情咧。"翠翠到河下时,小小心腔中充满一种说不分明的东西。翠翠锐声叫黄狗,黄狗扑下水中,向翠翠方面泅来。到身边时,身上全是水。翠翠说:"得了,狗,装什么疯!你又不翻船,谁要你落水呢?"爷爷来了,说了点疯话。

爷爷说:"二老捉得鸭子,一定又会送给我们的。"话不及说完,二老来了,站在翠翠面前微微笑着。翠翠也不由不抿着嘴微笑着。

顺顺派媒人来为大老天保提亲。祖父说得问问翠翠。祖父叫翠翠,翠翠拿了一簸箕豌豆上了船。"翠翠,翠翠,先前那个人来作什么,你知道不知道?"翠翠说:"我不知道。"说后脸同脖颈全红了。翠翠弄明白了,人来做媒的是大老!不曾把头抬起,心忡忡地跳着,脸烧得厉害,仍然剥她的豌豆,且随手把空豆荚抛到水中去,望着它们在流水中从从容容流去。自己也俨然从容了许多。又一次,祖父说了个笑话,说大老请保山来提亲,翠翠那神气不愿意;假若那个人还有个兄弟,想来为翠翠唱歌,攀交情,翠翠将怎么说。翠翠吃了一惊,勉强笑着,轻轻的带点恳求的神气说:"爷爷,莫说这个笑话吧。"翠翠说:"看天上的月亮,那么大!"说着出了屋外,便在那一派清光的露天中站定。

…………

有个女同志,过去很少看过沈从文的小说,看了《边城》提出了一个问题:"他怎么能把女孩子的心捉摸得那么透,把一些细微曲折的地方都写出来了?这些东西我们都是有过的,——沈从文是个男的。"我想了想,只好说:"曹雪芹也是个男的。"

沈先生在给我们上创作课的时候,经常说的一句话,是:"要贴到人物来写。"他还说:"要滚到里面去写。"他的话不太好懂。他的意思是说:笔要紧紧地靠近人物的感情、情

绪,不要游离开,不要置身在人物之外。要和人物同呼吸,共哀乐,拿起笔来以后,要随时和人物生活在一起,除了人物,什么都不想,用志不纷,一心一意。

首先要有一颗仁者之心,爱人物,爱这些女孩子,才能体会到她们的许多飘飘忽忽的,跳动的心事。

祖父也写得很好。这是一个古朴、正直、本分、尽职的老人。某些地方,特别是为孙女的事进行打听、试探的时候,又有几分狡猾,狡猾中仍带着妩媚。主要的还是写了老人对这个孤雏的怜爱,一颗随时为翠翠而跳动的心。

黄狗也写得很好。这条狗是这一家的成员之一,它参与了他们的全部生活,全部的命运。一条懂事的、通人性的狗。——沈从文非常善于写动物,写牛、写小猪、写鸡,写这些农村中常见的,和人一同生活的动物。

大老、二老、顺顺都是侧面写的,笔墨不多,也都给人留下颇深的印象。包括那个杨马兵、毛伙,一个是一个。

沈从文不是一个雕塑家,他是一个画家,一个风景画的大师。他画的不是油画,是中国的彩墨画,笔致疏朗,着色明丽。

沈先生的小说中有很多篇描写湘西风景的,各不相同。《边城》写酉水:

> 那条河水便是历史上知名的酉水,新名字叫做白河。白河下游到辰州与沅水汇流后,便略显浑浊,有出

山泉水的意思。若溯流而上,则三丈五丈的深潭,清澈见底。深潭中为白的所映照,河底小小白石子,有花纹的玛瑙石子,全看得明明白白。水中游鱼来去,全如浮在空气里。两岸多高山,山中多可以造纸的细竹,长年作深翠颜色,逼人眼目。近水人家多在桃杏花里,春天时只需注意,凡有桃花处必有人家,凡有人家处必可沽酒。夏天则晒晾在日光下耀目的紫花布衣裤,可以作为人家所在的旗帜。秋冬来时,酉水中游如王村、岔茱、保靖、里邪和许多无名山村。人家房屋在悬崖上的,滨水的,无不朗然入目。黄泥的墙,乌黑的瓦,位置却那么妥贴,且与四周环境极其调和,使人迎面得到的印象,实在非常愉快。

描写风景,是中国文学的一个悠久传统。晋宋时期形成山水诗。吴均的《与朱元思书》是写江南风景的名著。柳宗元的《永州八记》,苏东坡、王安石的许多游记,明代的袁氏兄弟、张岱,这些写风景的高手,都是会对沈先生有启发的。就中沈先生最为钦佩的,据我所知,是郦道元的《水经注》。

古人的记叙虽可资借鉴,主要还得靠本人亲自去感受,养成对于形体、颜色、声音,乃至气味的敏感,并有一种特殊的记忆力,能把各种印象保存在记忆里,要用时即可移到纸上。沈先生从小就爱各处去看,去听、去闻嗅。"我的心总得为一种新鲜声音,新鲜颜色、新鲜气味而跳。"(《从文自传》)

雨后放晴的天气,日头炙到人肩上、背上已有了点力量。溪边芦苇水杨柳,菜园中菜蔬,莫不繁荣滋茂,带着一种有野性的生气。草丛里绿色蚱蜢各处飞着,翅膀搏动空气时嚓嚓作声。枝头新蝉声音虽不成腔,却也渐渐宏大。两山深翠逼人的竹篁中,有黄鸟和竹雀、杜鹃交递鸣叫。翠翠感觉着,望着、听着,同时也思索着……

这是夏季的白天。

月光如银子,无处不可照及,山上竹篁在月光下变成一片黑色。身边草丛中虫声繁密如落雨,间或不知从什么地方,忽然会有一只草莺"嗞嗞嗞嗞嘘!"转着它的喉咙,不久之间,这小鸟儿又好像明白这是半夜,不应当那么吵闹,便仍然闭着那小小眼儿安睡了。

这是夏天的夜。

小饭店门前长案上常有煎得焦黄的鲤鱼豆腐,身上装饰了红辣椒丝,卧在浅口杯子里,钵旁大竹筒中插着大把朱红筷子……

这是多么热烈的颜色!

到了买杂货的铺子里,有大把的粉条,大缸的白糖,有炮仗,有红蜡烛,莫不给翠翠一种很深的印象,回到祖父身边,总把这些东西说个半天。

粉条、白糖、炮仗、蜡烛,这都是极其常见的东西,然而它们配搭在一起,是一幅对比鲜明的画。

天已经快夜,别的雀子似乎都休息了,只杜鹃叫个不息,石头泥土为白日晒了一整天,草木为白日晒了一整天,到这时节各放散一种热气。空气中有泥土气味,有草木气味,还有各种甲虫气味。翠翠看着天上的红云,听着渡口飘响生意人的杂乱声音,心中有些儿薄薄的凄凉。

甲虫气味大概还没有哪个诗人在作品里描写过!
曾经有人说沈从文是个文体家。

沈先生曾有意识地试验过各种文体。《月下小景》叙事重复铺张,有意模仿六朝翻译的佛经,语言也多四字为句,近似偈语。《神巫之爱》的对话让人想起《圣经》的《雅歌》和沙孚的情诗。他还曾用骈文写过一个故事。其他小说中也常有骈偶的句子,如"凡有桃花处必有人家,凡有人家处必可沽酒。""地方象茶馆却不卖茶,不是烟馆却可以抽烟。"但是通常所用的是他的"沈从文体"。这种"沈从文体"用他自己的话,就是"充满泥土气息"和"文白杂糅"③。他的语言有一些是湘话,还有他个人的口头语,如"即刻"、"照例"之类。他的语言里有相当多的文言成分……文言的词汇和文言的句法。问题是他把家乡话与普通话,文言和口语配置在一起,十分调和,毫不"格生",可是就形成了沈从文自己的特殊文体。他的语言是从多方面吸取的。间或有一些当时的作家都难免的欧化的句子,如"……的我",但极少。大部分语言是具有民族特点的。就中写人叙事简洁处,受《史记》《世说新语》的影响不少。他的语言是朴实的,朴实而有情致;流畅的,流畅而清晰。这种朴实,来自于雕琢;这种流畅,来自于推敲。他很注意语言的节奏感,注意色彩,也注意声音。他从来不用生造的,谁也不懂的形容词之类,用的是人人能懂的普通词汇。但是常能对于普通词汇赋予新的意义。比如《边城》里两次写翠翠拉船,所用字眼不同。一次是:

  有时过渡的是从川东过茶峒的小牛,是羊群,是新娘子的花轿,翠翠必争着作渡船夫,站在船头,懒懒的攀引缆索,让船缓缓的过去。

又一次是:

  翠翠斜睨了客人一眼,见客人正盯着她,便把脸背过去,抿着嘴儿,不声不响,很自负的拉着那条横缆。

"懒懒的","很自负的"都是很平常的字眼,但是没有人这样用过,用在这里,就成了未经人道语了。尤其是"很自负的"。你要知道,这"客人"不是别个,是傩送二老呀,于是"很自负的"。就有了很多很深的意思。这个词用在这里真是最准确不过了!

沈先生对我们说过语言的唯一标准是准确(契诃夫也说过类似的意思)。所谓"准确",就是要去找,去选择。一去比较也许你相信这是"妙手偶得之",但是我更相信这是"梦里寻他千百度,蓦然回首,那人却在灯火阑珊处"。

《边城》不到七万字,可是整整写了半年。这不是得来全不费功夫。沈先生常说:人做事要耐烦。沈从文很会写对话。他的对话都没有什么深文大义,也不追求所谓"性格化的语言",只是极普通的说话。然而写得如闻其声,如见其人。比如端午之前,翠翠和祖父商量谁去看龙船:

见祖父不再说话,翠翠就说:"我走了,谁陪你?"
祖父说:"你走了,船陪我。"
翠翠把一对眉毛皱拢去苦笑着,"船陪你,嗨,嗨,船陪你。爷爷,你真是,只有这只宝贝船!"

比如黄昏来时,翠翠心中无端端地有些薄薄的凄凉,一个人胡思乱想,想到自己下桃源县过洞庭湖,爷爷要拿把刀放在包袱里,搭下水船去杀了她!她被自己的胡想吓怕起来了。心直跳,就锐声喊她的祖父:

"爷爷,爷爷,你把船拉回来呀!"

请求了祖父两次,祖父还不回来,她又叫:

"爷爷,为什么不上来?我要你!"

有人说沈从文的小说不讲结构。

沈先生的某些早期小说诚然有失之散漫冗长的。《会明》就相当散,最散的大概要算《泥涂》。但是后来的大部分小说是很讲结构的。他说他有些小说是为了教学需要而写的,为了给学生示范,"用不同方法处理不同问题"。这"不同方法"包括或极少用对话,或全篇都用对话(如《若墨医生》)等等,也指不同的结构方法。他常把他的小说改来改去,改的也往往是结构。他曾经干过一件事,把写好的小说剪成一条一条的,重新拼合,看看什么样的结构最好。他不大用"结构"这个词,常用的是"组织"、"安排",怎样把材料组织好,安排位置得更妥贴。他对结构的要求是:"匀称"。这是比表面的整齐更为内在的东西。一个作家在写一局部时要顾及整体,随时意识到这种匀称感。正如一棵树,一个枝子,一片叶子,这样长,那样长,都是必需的,有道理的。否则就如一束绢花,虽有颜色,终少生气。《边城》的结构是很讲究的,是完美地实现了沈先生所要求的匀称的,不长不短,恰到好处,不能增减一分。

有人说《边城》像一个长卷。其实像一套二十一开的册页,每一节都自成首尾,而又一气贯注。——更像长卷的是《长河》。

沈先生很注意开头,尤其注意结尾。

他的小说的开头是各式各样的。

《边城》的开头取了讲故事的方式:

> 由四川过湖南去,靠东有一条官路,这官路将近湘西边境,到了一个地方名叫"茶峒"的小小城时,有一小溪,溪边有座白色小塔,塔下住了一户单独的人家。这人家只一个老人,一个女孩子,一只黄狗。

这样的开头很朴素,很平易亲切,而且一下子就带起该文牧歌一样的意境。

汤显祖评董解元《西厢记》,论及戏曲的收尾,说"尾"有两种,一种是"度尾",一种是"煞尾"。"度尾"如画舫笙歌,从远地来,过近地,又向远地去;"煞尾"如骏马收缰,忽然停住,寸步不移。他说得很好。收尾不外这两种。《边城》各章的收尾,两种兼见。

> 翠翠正坐在门外大石上用粽叶编蚱蜢,蜈蚣玩,见黄狗先在太阳下睡觉,忽然醒来便发疯似的乱跑,过了河又回来,就问它骂它:
>
> "狗,狗,你做什么! 不许这样子!"

可是一会儿那远处声音被她发现了,于是也绕屋跑着,并且同黄狗一块儿渡过了小溪,站在小山头听了许久,让那点迷人的鼓声,把自己带到一个过去的节日里去。

这是"度尾"。

……翠翠感觉着,望着,听着,同时也思索着:
"爷爷今年七十岁……三年六个月的歌——谁送那只白鸭子呢?……得碾子的好运气,碾子得谁更是好运气……。"

痴着,忽地站起,米簸箕豌豆便倾倒到水中去了。伸手把那簸箕从水中捞起时,隔溪有人喊过渡。

这是"煞尾"。

全文的最后,更是一个精采的结尾:

到了冬天,那个圮坍了的白塔,又重新修好了。那个在月下歌唱,使翠翠在睡梦里为歌声把灵魂轻轻浮起的年青人,还不曾回到茶峒来。

这个人也许永远不回来了,也许明天回来。

七万字一齐收在这一句话上。故事完了,读者还要想半天。你会随小说里的人物对远人作无边的思念,随她一同盼望着,热情而迫切。

我有一次在沈先生家谈起他的小说的结尾都很好,他笑眯眯地说:"我很会结尾。"

三十年来,作为作家的沈从文很少被人提起(这些年他以一个文物专家的资格在文化界占一席位),不过也还有少数人在读他的小说。有一个很有才华的小说家对沈先生的小说存着偏爱。他今年春节,温读了沈先生的小说,一边思索着一个问题:什么是艺术生命?他的意思是说:为什么沈先生的作品现在还有蓬勃的生命?我对这个问题也想了几天,最后还是从沈先生的小说里找到了答案,那就是《长河》里的夭夭所说的:

"好看的应该长远存在。"

现在,似乎沈先生的小说又受到了重视。出版社要出版沈先生的选集,不止一个大学的文学系开始研究沈从文了。这是好事。这是春天里的"百花齐放"的一种体现。这对推动创作的繁荣是有好处的,我想。

一九八〇年五月二十二日黎明写完。

注释

① 本篇原载《芙蓉》1981年第二期;初收《晚翠文谈》,浙江文艺出版社,1988年3月。

② 见《湘行散记》,《老伴》。

③ 见一九五七年出版《沈从文小说选集》题记。

与友人谈沈从文[①]
——给一个中年作家的信

××：

春节前后两信均收到。

你听说出版社要出版沈先生的选集,我想在后面写几个字,你心里"格噔一跳"。我说准备零零碎碎写一点,你不放心,特地写了信来,嘱咐我"应当把这事当一件事来做"。你可真是个有心人!不过我告诉你,目前我还是只能零零碎碎地写一点。这是我的老师给我出的主意。这是个好主意,一个知己知彼,切实可行的主意。

而且,我最近把沈先生的主要作品浏览了一遍,觉得连零零碎碎写一点也很难。

难处之一是他已经被人们忘记了。四十年前,我有一次和沈先生到一个图书馆去,在一列一列的书架面前,他叹息道:"看到有那么多人,写了那么多书,我什么也不想写了。"古今中外,多少人写了多少书呀,真是浩如烟海。在这个书海里加进自己的一本,究竟有多大意义呢?有多少书能够在人的心上留下一点影响呢?从这个方面看,一个人的作品被人忘记,并不是很值得惆怅的事。

但从另一方面看,一个人写了那样多作品,却被人忘记得这样干净,——至少在国内是如此,总是一件很奇怪的事。

原因之一,是沈先生后来不写什么东西,——不搞创作了。沈先生的创作最旺盛的十年是从一九二四到一九三四这十年。十年里他写了一本自传,两本散文(《湘西》和《湘行散记》),一个未完成的长篇(《长河》),四十几个短篇小说集。在数量上,同时代的作家中很少有能和他相比的,至少在短篇小说方面。四十年代他写的东西就不多了。五十年代以后,基本上没有写什么。沈先生放下搞创作的笔,已经三十年了。

解放以后不久,我曾看到过一个对文艺有着卓识和具眼的党内负责同志给沈先生写的信(我不能忘记那秀整的字迹和直接在信纸上勾抹涂改的那种"修辞立其诚"的坦白态度),劝他继续写作,并建议如果一时不能写现实的题材,就先写写历史题材。沈先生在一九五七年出版的小说选集的《题记》中也表示:"希望过些日子,还能够重新拿起手中的笔,和大家一道来讴歌人民在觉醒中,在胜利中,为建设祖国、建设家乡、保卫世界和平所贡献的劳力,和表现的坚固信心及充沛热情。我的生命和我手中这枝笔,也自然会因此重新回复活泼而年青!"但是一晃三十年,他的那枝笔还在放着。只有你这个对沈从文小说怀有偏爱的人,才会在去年文代会期间结结巴巴地劝沈先生再回到文学上来。

这种可能性是几乎没有的了。他"变"成了一个文物专家。这也是命该如此。他是一个不可救药的"美"的爱好者,对于由于人的劳动而创造出来的一切美的东西具有一种宗教徒式的狂热。对于美,他永远不缺乏一个年轻的情人那样的惊喜与崇拜。直到现在,七十八岁了,也还是那样。这是这个人到现在还不老的一个重要原因。他的兴趣是那样的广。我在昆明当他的学生的时候,他跟我(以及其他人)谈文学的时候,远不如谈陶瓷,谈漆器,谈刺绣的时候多。他不知从哪里买了那么多少数民族的挑花布。沏了几杯茶,大家就跟着他对着这些挑花图案一起赞叹了一个晚上。有一阵,一上街,就到处搜罗缅漆盒子。这种漆盒,大概本是奁具,圆形,竹胎,用竹笔刮绘出红黑两色的云龙人物图像,风格直接楚器,而自具缅族特点。不知道什么道理,流入昆明很多。他搞了很多。装印泥、图章、邮票的,装芙蓉糕萨其玛的,无不是这种圆盒。昆明的熟人没有人家里没有沈从文送的这种漆盒。有一次他定睛对一个直径一尺的大漆盒看了很久,抚摸着,说:"这可以做一个《红黑》杂志的封面!"有一次我陪他到故宫去看瓷器。一个莲子盅的造型吸引了人的眼睛。沈先生小声跟我说:"这是按照一个女人的奶子做出来的。"四十年前,我向他借阅的谈工艺的书,无不经他密密地批注过,而且贴了很多条子。他的"变",对我,以及一些熟人,并不突然。而且认为这和他的写小说,是可以相通的。他是一个高明的鉴赏家。不过所鉴赏的对象,一为人,一为物。这种例子,在文学史上不多见,因此局外人不免觉得难于理解。不管怎么说,在通常意义上,沈先生是改了行了,而且已经是无可挽回的了。你希望他"回来",他只要动一动步,他的那些丝绸铜铁就都会叫起来的:"沈老,沈老,别走,别走,我们要你!"

沈从文的"改行",从整个文化史来说,是得是失,且容天下后世人去作结论吧,反正,他已经三十年不写小说了。

三十年。因此现在三十岁的年轻人多不知道沈从文这个名字。四五十岁的呢?像你这样不声不响地读着沈从文小说的人很少了。他们也许知道这个人,在提及时也许会点起一枝烟,翘着一只腿,很潇洒地说:"哈,沈从文,这个人的文字有特点!"六十岁的人,有些是读过他的作品并且受过影响的,但是多年来他们全都保持沉默,无一例外。因此,沈从文就被人忘记了。

谈话,都得大家来谈,互相启发,才可能说出精彩的,有智慧的意见。一个人说话,思想不易展开。幸亏有你这样一个好事者,我说话才有个对象,否则直是对着虚空演讲,情形不免滑稽。独学无友,这是难处之一。

难处之二,是我自己。我"老"了。我不是说我的年龄。我偶尔读了一些国外的研究沈从文的专家的文章,深深感到这一点。我不是说他们的见解怎么深刻、正确,而是我觉得那种不衫不履、无拘无束、纵意而谈的挥洒自如的风度,我没有了。我的思想老化了,僵硬了。我的语言失去了弹性,失去了滋润、柔软。我的才华(假如我曾经有过)枯竭了。我这才发现,我的思想背上了多么沉重的框框。我的思想穿了制服。三十年来,没有真正执行"百花齐放"的方针,使很多人的思想都浸染了官气,使很多人的才华没有得到正常发育,很多人的才华过早的枯萎,这是一个看不见的严重的损失。

以上,我说了我写这篇后记的难处,也许也正说出了沈先生的作品被人忘记的原因。那原因,其实是很清楚的:是政治上和艺术上的偏见。

请容许我说一两句可能也是偏激的话:我们的现代文学史(包括古代文学史也一样)不是文学史,是政治史,是文学运动史,文艺论争史,文学派别史。什么时候我们能够排除各种门户之见,直接从作家的作品去探讨它的社会意义和美学意义呢?

现在,要出版《沈从文选集》,这是一件好事!这是春天的信息,这是"百花齐放"的具体体现。

你来信说,你春节温书,读了沈先生的小说,想着一个问题:什么是艺术生命?你的意思是说,沈先生三十年前写的小说,为什么今天还有蓬勃的生命呢?你好像希望我回答这个问题。我也在想着一个问题:现在出版《沈从文选集》,意义是什么呢?是作为一种"资料"让人们知道五四以来有这样一个作家,写过这样一些作品,他的某些方法,某些技巧可以"借鉴",可以"批判"地吸取?推而广之,契诃夫有什么意义?拉斐尔有什么意义?贝多芬有什么意义?演奏一首D大调奏鸣曲,只是为了让人们"研究"?它跟我们的现实生活不发生关系?……

我的问题和你的问题也许是一个。

这个问题很不好回答。我想了几天，后来还是在沈先生的小说里找到了答案，那是《长河》里夭夭所说的：

"好看的应该长远存在"。

一个乡下人对现代文明的抗议

沈从文是一个复杂的作家。他不是那种"让组织代替他去思想"的作家②。从内容到形式，从思想到表现方法，乃至造句修辞，都有他自己的一套。

有一种流行的，轻率的说法，说沈从文是一个"没有思想"，"没有灵魂"，"空虚"的作家。一个作家，总有他的思想，尽管他的思想可能是肤浅的，庸俗的，晦涩难懂的，或是反动的。像沈先生这样严肃地，辛苦而固执地写了二十年小说的作家，没有思想，这种说法太离奇了。

沈先生自己也常说，他的某些小说是"习作"，是为了教学的需要，为了给学生示范，教他们学会"用不同方法处理不同问题"。或完全用对话，或一句对话也不用……如此等等。这也是事实。我在上他的"创作实习"课的时候，有一次写了一篇作业，写一个小县城的小店铺傍晚上灯时来往坐歇的各色人等活动，他就介绍我看他的《腐烂》。这就给了某些评论家以口实，说沈先生的小说是从形式出发的。用这样的办法评论一个作家，实在太省事了。教学生"用不同方法处理问题"是一回事，作家的思想是另一回事。两者不能混为一谈。创作本是不能教的。沈先生对一些不写小说,不写散文的文人兼书贾却在那里一本一本的出版"小说作法"、"散文作法"之类,觉得很可笑也很气愤(这种书当时是很多的),因此想出用自己的"习作"为学生作范例。我到现在,也还觉得这是教创作的很好的,也许是唯一可行的办法。我们,当过沈先生的学生的人,都觉得这是有效果的,实惠的。我倒愿意今天大学里教创作的老师也来试试这种办法。只是像沈先生那样能够试验各种"方法",掌握各种"方法"的师资,恐怕很不易得。用自己的学习带领着学生去实践,从这个意义讲,沈先生把自己的许多作品叫作"习作",是切合实际的,不是矫情自谦。但是总得有那样的生活,并从生活中提出思想,又用这样的思想去透视生活,才能完成这样的"习作"。

  沈先生是很注重形式的。他的"习作"里诚然有一些是形式重于内容的。比如《神巫之爱》和《月下小景》。《月下小景》摹仿《十日谈》,这是无可讳言的。"金狼旅店"在中国找不到,这很像是从塞万提斯的传奇里借用来的。《神巫之爱》里许多抒情歌也显然带着浓厚的异国情调。这些写得很美的诗让人想起萨孚的情歌、《圣经》里的《雅歌》。《月下小景》故事取于《法苑珠林》等书。在语言上仿照佛经的偈语,多四字为句;在叙事方法上也竭力铺排,重复华丽,如六朝译经体格。我们不妨说,这是沈先生对不同文体所作的尝试。我个人认为,这不是沈先生的重要作品,只是备一格而已。就是这样的试验文体的作品,也不是完全不倾注作者的思想。

沈先生曾说:"这世界上或有想在沙基或水面上建造崇楼杰阁的人,那可不是我。"他对称他为"空虚"的,"没有思想"的评论家提出了无可奈何的抗议。他说他想建造神庙,这神庙里供奉的是"人性"。——什么是他所说的"人性"?

他的"人性"不是抽象的。不是欧洲中世纪的启蒙主义者反对基督的那种"人性"。简单地说,就是没有遭到外来的资本主义的物质文明和精神文明的侵略,没有被洋油、洋布所破坏前中国土著的抒情诗一样的品德。我们可以鲁莽一点,说沈从文是一个民族主义者。

沈先生对他的世界观其实是说得很清楚的,并且一再说到。

沈先生在《长河》题记中说:"……用辰河流域一个小小的水码头作背景,就我所熟习的人事作题材,来写写这个地方一些平凡人物生活上的'常'与'变',以及在两相乘除中所有的哀乐。"他所说的"常"与"变"是什么?"常"就是"前一代固有的优点,尤其是长辈中妇女,祖母或老姑母行勤俭治生忠厚待人处,以及在素朴自然景物下衬托简单信仰蕴蓄了多少抒情诗气分"。所谓"变"就是这些品德"被外来洋布煤油逐渐破坏,年青人几乎全不认识,也毫无希望从学习中去认识"。"常"就是"农村社会所保有那点正直素朴人情美";"变"就是"近二十年实际社会培养成功的一种唯实唯利庸俗人生观"。"常"与"变",也就是沈先生在《边城》题记提出的"过去"与"当前"。抒情诗消失,人的生活越来越散文化,人应当怎样活下去,这是资本主义席卷世界之后,许多现代的作家探索和苦恼的问题。这是现代文学的压倒的主题。这也是沈先生全部小说的一个贯串性的主题。

多数现代作家对这个问题是绝望的。他们的调子是低沉的,哀悼的,尖刻的,愤世嫉俗的,冷嘲的。沈从文不是这样的人。他不是一个悲观主义者。一九四五年,在他离开昆明之际,他还郑重地跟我说:"千万不要冷嘲。"这是对我的作人和作文的一个非常有分量的警告。最近我提及某些作品的玩世不恭的倾向,他又说:"这不好。对现实可以不满,但一定要有感情。就是开玩笑,也要有感情。"《长河》的题记里说:"横在我们面前许多事都使人痛苦,可是却不用悲观。骤然而来的风雨,说不定会把许多人的高尚理想,卷扫摧残,弄得无影无踪。然而一个人对于人类前途的热忱,和工作的虔敬态度,是应当永远存在,且必然给后来者以极大鼓励的!"沈从文的小说的调子自然不是昂扬的,但是是明朗的,引人向上的。

他叹息民族品德的消失,思索着品德的重造,并考虑从什么地方下手。他把希望寄托于"自然景物的明朗,和生长在这个环境中几个小儿女性情上的天真纯粹"。

沈先生有时在他的作品中发议论。《长河》是个有意用"夹叙夹议"的方法来写的作品。其他小说中也常常从正反两个方面阐述他的"民族品德重造论"。但是更多的时候他把他的思想包藏在形象中。

《从文自传》中说:

我记得迭更司的《冰雪因缘》、《滑稽外史》、《贼史》这三部书反复约占去了我两个月的时间。我欢喜这种书,因为他告给我的正是我所要明白的。他不如别的书说道理,他只记下一些现象。即使他说的还是一种很陈腐的道理,但他却有本领把道理包含在现象中。

沈先生那时大概没有读过恩格斯的书,然而他的认识和恩格斯的倾向性不要特别地说出,是很相近的。沈先生自己也正是这样做的。他把他的思想深深地隐藏在人物和故事的后面。以至当时人就有很多不知道他要说什么。他们不知道沈从文说的是什么,他们就以为他没有说什么。沈先生有些不平了。他在《从文小说习作选》的题记里说:"你们能欣赏我的故事的清新,照例那作品背后蕴藏的热情却忽略了,你们能欣赏我文字的朴实,照例那作品背后隐伏的悲痛也忽略了。"他说他的作品在市场上流行,实际上近于"买椟还珠"。这原是难怪的,因为这种热情和悲痛不在表面上。

其实这也不错。作品的思想和它的诗意究竟不是"椟"和"珠"的关系,它是水果的营养价值和红、香、酸甜的关系。人们吃水果不是吃营养。营养是看不见,尝不出来的。然而他看见了颜色,闻到了香气,入口觉得很爽快,这就很好了。

我不想讨论沈先生的民族品德重造论。沈先生在观察中国的问题时用的也不是一个社会学家或一个主教的眼睛。他是一个诗人。他说：

> 我看一切，却并不把那个社会价值挽加进去，估定我的爱憎。……我永远不厌倦的是"看"一切。宇宙万汇在动中，在静止中，我皆能抓定它的最美丽与最调和的风度，但我的爱好却不能同一切目的相合。我不明白一切同人类生活相联结时的美恶，另外一句话说来，就是我不大能领会伦理的美。接近人生时我永远是个艺术家的感情。

有诗意还是没有诗意，这是沈先生评价一切人和事物的唯一标准。他怀念祖母或老姑母们，是她们身上"蕴蓄了多少抒情诗气分"。他讨厌"时髦青年"，是讨厌他们的"唯实唯利的庸俗人生观"。沈从文的世界是一个充满乡土气息的抒情诗的世界。他一直把他的诗人气质完好地保存到七十八岁。文物，是他现在陶醉在里面的诗。只是由于这种陶醉，他却积累了一大堆吓人的知识。

水边的抒情诗人

大概每一个人都曾在一个时候保持着对于家乡的新鲜的记忆。他会清清楚楚地记得从自己的家走到所读的小学沿街的各种店铺、作坊、市招、响器、小庙、安放水龙的"局子"、火灾后留下的焦墙、糖坊煮麦芽的气味、竹厂烤竹子的气味……他可以挨着门数过去,一处不差。故乡的瓜果常常是远方的游子难忍的蛊惑。故乡的景物一定会在三四十岁时还会常常入梦的。一个人对生长居住的地方失去新鲜感,像一个贪吃的人失去食欲一样,那他也就写不出什么东西了。乡情的衰退的同时,就是诗情的锐减。可惜呀,我们很多人的乡情和诗情在累年的无情的生活折损中变得迟钝了。

沈先生是幸福的,他在三十几岁时写了一本《从文自传》。

这是一本奇妙的书。这样的书本来应该很多,但是却很少。在中国,好像只有这样一本。这本自传没有记载惊天动地的大事,没有干过大事的历史人物,也没有个人思想感情上的雷霆风暴,只是不加夸饰地记录了一个小地方,一个小小的人的所见、所闻、所感。文字非常朴素。在沈先生的作品中,《自传》的文字不是最讲究、最成熟的,然而却是最流畅的。沈先生说他写东西很少有一气呵成的时候。他的文章是"一个字一个字地雕出来的"。这本书是一个例外(写得比较顺畅的,另外还有一个《边城》)。沈先生说他写出一篇就拿去排印,连看一遍都没有,少有。这本书写得那样的生动、亲切、自然,曾经感动过很多人,当时有一个杂志(好像是《宇宙风》),向一些知名作家征求他本年最爱读的三本书,一向很不轻易地称许人的周作人,头一本就举了《从文自传》。为什么写得那样顺畅,而又那样生动、亲切、自然,是因为:

我就生长到这样一个小城里,将近十五岁时方离开。出门两年半回过那小城一次以后,直到现在为止,那城门我还不再进去过。但那地方我是熟习的。现在还有许多人生活在那个城市里,我却常常生活在那个小城过去给我的印象里。

　　这是一本文学自传。它告诉我们一个人是怎样成为作家的,一个作家需要具备哪些素质,接受哪些"教育"。"教育"的意思不是指他在《自传》里提到的《辞源》、迭更司、《薛氏彝器图录》和索靖的《出师颂》……沈先生是把各种人事、风景,自然界的各种颜色、声音、气味加于他的印象、感觉都算是对自己的教育的。

　　如果我说:一个作家应该有个好的鼻子,你将会认为这是一句开玩笑的话。不!我是很严肃的。

　　薄暮的空气极其温柔,微风摇荡大气中,有稻草香味,有烂熟了山果香味,有甲虫类气味,有泥土气味。一切在成熟,在开始结束一个夏天阳光雨露所及长养生成的一切。……

　　我最近到沈先生家去,说起他的《月下小景》,我说:"你对于颜色、声音很敏感,对于气味……"
　　我说:"'菌子已经没有了,但是菌子的气味留在空气里',这写得很美,但是我还没有见到一个作家写到甲虫的气味!……"

我的师母张兆和,我习惯上叫她三姐,因为我发现了这一点而很兴奋,说:

"哎!甲虫的气味!"

沈先生笑眯眯地说:"甲虫的分泌物。"

我说:"我小时玩过天牛。我知道天牛的气味,很香,很甜!……"

沈先生还是笑眯眯地说:"天牛是香的,金龟子也有气味。"

师母说:"他的鼻子很灵!什么东西一闻……"

沈从文是一个风景画的大师,一个横绝一代,无与伦比的风景画家。——除了鲁迅的《故乡》《社戏》,还没有人画出过这样的中国作风,中国气派的风景画。

他的风景画多是混和了颜色、声音和气味的。

举几个例:

> 从碾坊往上看,看到堡子里比屋连墙,嘉树成荫,正是十分兴旺的样子。往下来,夹溪有无数山田,如堆积蒸糕;因此种田人借用水力,用大竹扎了无数水车,用椿木做成横轴同撑柱,圆圆的如一面锣,大小不等竖立在水边。这一群水车,就同一群游手好闲人一样,成日成夜不知疲倦的咿咿呀呀唱着意义含糊的歌。
>
> ——《三三》

辰河中部小吕岸吕家坪,河下游约有四十里一个小土坡上,名叫"枫树坳",坳下有个滕姓祠堂。祠堂前后十几株老枫木树,叶子已被几个早上的严霜,镀上一片黄,一片红,一片紫。枫树下到处是这种彩色斑驳的美丽落叶。祠堂前枫树下有个摆小摊子的,放了三个大小不一的簸箕,簸箕中零星货物上也是这种美丽的落叶。祠堂位在山坳上,地点较高,向对河望去,但见千山草黄,起野火处有白烟如云。村落中为耕牛过冬预备的稻草,傍近树根堆积,无不如塔如坟。银杏白杨树成行高矗,大小叶片在微阳下翻飞,黄绿杂彩相间,如旗纛,如羽葆。又如有所招邀,有所期待。沿河橘子园尤呈奇观,绿叶浓翠,绵延小河两岸,缀系在枝头的果实,丹朱明黄,繁密如天上星子,远望但见一片光明,幻异不可形容。河下船埠边,有从土地上得来的萝葡,薯芋,以及各种农产物,一堆堆放在那里,等待装运下船。三五个孩子,坐在这种庞大堆积物上,相互扭打游戏。河中乘流而下行驶的小船,也多数装满了这种深秋收获物,并装满了弄船人欢欣与希望,向辰溪县、浦市、辰州各个码头集中,到地后再把它卸到干涸河滩上去等待主顾。更远处有皮鼓铜锣声音,说明某一处村中人对于这一年来人与自然合作的结果,因为得到满意的收成,正在野地上举行谢土的仪式,向神表示感激,并预约"明年照常"的简单愿心。

　　土地已经疲倦了,似乎行将休息,灵物因之转增妍媚,天宇澄清,河水澄清。

——《长河·秋(动中有静)》

在小说描写人物心情时,时或插进景物的描写,这种描写也无不充满着颜色、声音与气味,与人的心情相衬托,相一致。如:

  到午时,各处船上都已经有人在烧饭了。湿柴烧不燃,烟子到处窜,使人流泪打嚏。柴烟平铺到水面如薄绸。听到河街馆子里大师傅用铲子敲打锅边的声音,听到邻船上白菜落锅的声音,老七还不见回来。
          ——《丈夫》
  在同一地方,另外一些小屋子里,一定也还有那种能够在小灶里塞上一点湿柴,升起晚餐烟火的人家,湿柴毕毕剥剥的在灶肚中燃着,满屋便窜着呛人的烟子。屋中人,借着灶口的火光,或另一小小的油灯光明,向那个黑色的锅里,倒下一碗鱼内脏或一把辣子,于是辛辣的气味同烟雾混合,屋中人皆打着喷嚏,把脸掉向另一方去。
          ——《泥涂》

  对于颜色、声音、气味的敏感,是一个画家,一个诗人必需具备的条件。这种敏感是要从小培养的。沈先生在给我们上课时就说过:要训练自己的感觉。学生之中有人学会一点感觉,从沈先生的谈吐里,从他的书里。沈先生说他从小就爱到处看,到处听,还到处嗅闻。"我的心总得为一种新鲜声音,新鲜气味而跳。"一本《从文自传》就是一些声音、颜色、气味的记录。当然,主要的还是人。声音、颜色、气味都是附着于人的。沈先生的小说里的人物大都在《自传》里可以找到影子。可以说,《自传》是他所有的小说的提要;他的小说是《自传》的长编。

沈先生的最好的小说是写他的家乡的。更具体的说,是写家乡的水的。沈先生曾写过一篇文章,题为《我的写作和水的关系》。"我幼小时较美丽的生活,大部分都与水不能分离。我的学校可以说是在水边的。我认识美,学会思索,水对我有极大关系"(《自传》)。湘西的一条辰河,流过沈从文的全部作品。他的小说的背景多在水边,随时出现的是广舻子、渡船、木筏、荤烟划子、磨坊、码头、吊脚楼……小说的人物是水边生活,靠水吃水的人,三三、夭夭、翠翠、天保、傩送、老七、水保……关于这条河有说不尽的故事。沈先生写了多少篇关于辰河、沅水、酉水的小说,即每一篇都有近似的色调,然而每一篇又各有特色,每一篇都有不同动人的艺术魅力。河水是不老的,沈先生的小说也永远是清新的。一个人不知疲倦地写着一条河的故事,原因只有一个:他爱家乡。

如果说沈先生的作品是乡土文学,只取这个名词的最好的意义,我想也许沈先生不会反对。

注释

① 本篇原载《汪曾祺全集》第六卷,北京师范大学出版社,1998年8月。
② 海明威语。

沈从文的寂寞[1]
——浅谈他的散文

一九八一年湖南人民出版社出了沈先生的散文选。选集中所收文章,除了一篇《一个传奇的本事》、一篇《张八寨二十分钟》,其余的《从文自传》、《湘行散记》、《湘西》,都是三十年代写的。沈先生写这些文章时才三十几岁,相隔已经半个世纪了。我说这些话,只是点明一下时间,并没有太多感慨。四十年前,我和沈先生到一个图书馆去,站在一架一架的图书面前,沈先生说:"看到有那么多人写了那么多书,我真是什么也不想写了!"古往今来,那么多人写了那么多书,书的命运,盈虚消长,起落兴衰,有多少道理可说呢。不过一个人被遗忘了多年,现在忽然又来出他的书,总叫人不能不想起一些问题。这有什么历史的和现实的意义?这对于今天的读者——主要是青年读者的品德教育、美感教育和语言文字的教育有没有作用?作用有多大?……

这些问题应该由评论家、文学史家来回答。我不想回答,也回答不了。我是沈先生的学生,却不是他的研究者(已经有几位他的研究者写出了很好的论文)。我只能谈谈读了他的散文后的印象。当然是很粗浅的。

文如其人。有几篇谈沈先生的文章都把他的人品和作品联系起来。朱光潜先生在《花城》上发表的短文就是这样。这是一篇好文章。其中说到沈先生是寂寞的,尤为知言。我现在也只能用这种办法。沈先生用手中一支笔写了一生,也用这支笔写了他自己。他本人就像一个作品,一篇他自己所写的作品那样的作品。

我觉得沈先生是一个热情的爱国主义者,一个不老的抒情诗人,一个顽强的不知疲倦的语言文字的工艺大师。

这真是一个少见的热爱家乡、热爱土地的人。他经常来往的是家乡人,说的是家乡话,谈的是家乡的人和事。他不止一次和我谈起棉花坡的渡船;谈起枫树坳,秋天,满城飘舞着枫叶。八一年他回凤凰一次,带着他的夫人和友人看了他的小说里所写过的景物,都看到了,水车和石碾子也终于看到了,没有看到的只是那个大型榨油坊。七十九岁的老人,说起这些,还像一个孩子。他记得的那样多,知道的那样多,想过的那样多,写了的那样多,这真是少有的事。他自己说他最满意的小说是写一条延长千里的沅水边上的人和事的。选集中的散文更全部是写湘西的。这在中国的作家里不多,在外国的作家里也不多。这些作品都是有所为而作的。

沈先生非常善于写风景。他写风景是有目的的。正如他自己所说:

> 一首诗或者仅仅二十八个字,一幅画大小不过一方尺,留给后人的印象,却永远是清新壮丽,增加人对

于祖国大好河山的感情。(《张八寨二十分钟》)

风景不殊,时间流动。沈先生常在水边,逝者如斯,他经常提到的一个名词是"历史"。他想的是这块土地,这个民族的过去和未来。他的散文不是晋人的山水诗,不是要引人消沉出世,而是要人振作进取。

读沈先生的作品常令人想起鲁迅的作品,想起《故乡》、《社戏》(沈先生最初拿笔,就是受了鲁迅以农村回忆的题材的小说的影响,思想上也必然受其影响)。他们所写的都是一个贫穷而衰弱的农村。地方是很美的,人民勤劳而朴素,他们的心灵也是那样高尚美好,然而却在一种无望的情况中辛苦麻木地生活着。鲁迅的心是悲凉的。他的小说就混和着美丽与悲凉。湘西地方偏僻,被一种更为愚昧的势力以更为野蛮的方式统治着。那里的生活是"怕人"的,所出的事情简直是离奇的。一个从这种生活里过来的青年人,跑到大城市里,接受了五四以来的民主思想,转过头来再看看那里的生活,不能不感到痛苦。《新与旧》里表现了这种痛苦,《菜园》里表现了这种痛苦。《丈夫》、《贵生》里也表现了这种痛苦。他的散文也到处流露了这种痛苦。土著军阀随便地杀人,一杀就是两三千。刑名师爷随便地用红笔勒那么一笔,又急忙提着长衫,拿着白铜水烟袋跑到高坡上去欣赏这种不雅观的游戏。卖菜的周家幺妹被一个团长抢去了。"小婊子"嫁了个老烟鬼。一个矿工的女儿,十三岁就被驻防军排长看中,出了两块钱引诱破了身,最后咽了三钱烟

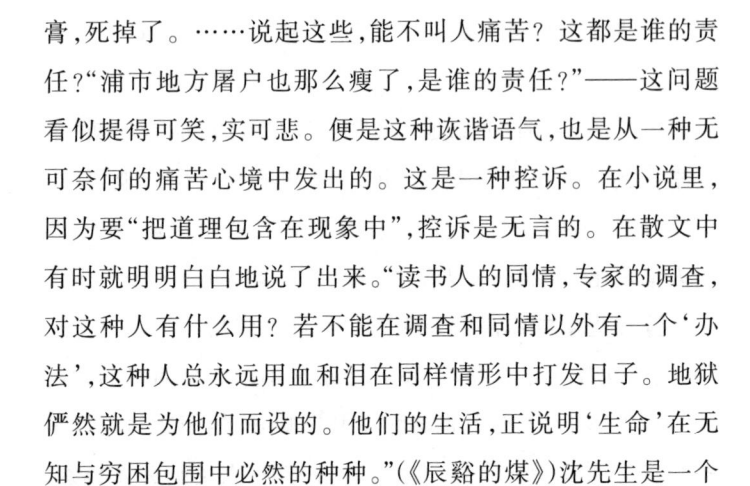

膏,死掉了。……说起这些,能不叫人痛苦?这都是谁的责任?"浦市地方屠户也那么瘦了,是谁的责任?"——这问题看似提得可笑,实可悲。便是这种诙谐语气,也是从一种无可奈何的痛苦心境中发出的。这是一种控诉。在小说里,因为要"把道理包含在现象中",控诉是无言的。在散文中有时就明明白白地说了出来。"读书人的同情,专家的调查,对这种人有什么用?若不能在调查和同情以外有一个'办法',这种人总永远用血和泪在同样情形中打发日子。地狱俨然就是为他们而设的。他们的生活,正说明'生命'在无知与穷困包围中必然的种种。"(《辰谿的煤》)沈先生是一个不习惯于大喊大叫的人,但这样的控诉实不能说是十分"温柔敦厚"。不知道为什么他的这些话很少有人注意。

沈从文不是一个悲观主义者。个人得失事小,国家前途事大。他曾经明确提出:"民族兴衰,事在人为。"就在那样黑暗腐朽(用他的说法是"腐烂")的时候,他也没有丧失信心。他总是想激发青年的自尊心和自信心。"在事业上有以自现,在学术上有以自立。"他最反对愤世嫉俗,玩世不恭。在昆明,他就跟我说过:"千万不要冷嘲"。一九四六年,我到上海,失业,曾想过要自杀,他写了一封长信把我大骂了一通,说我没出息,信中又提到"千万不要冷嘲。"他在《〈长河〉题记》中说:"横在我们面前的许多事都使人痛苦,可是却不用悲观。社会还正在变化中,骤然而来的风风雨雨,说不定把许多人的高尚理想,卷扫摧残,弄得无踪无迹。然而一个人对于人类前途的热忱,和工作的虔敬态度,是应当永远存在,且必然能给后来者以极大鼓励的!"事情真奇怪,沈先生这些话是一九四二年说的,听起来却好像是针对"文化大革命"而说的。我们都经过那十年"痛苦怕人"的生活,国家暂时还有许多困难,有许多问题待解决。有一些青年,包括一些青年作家,不免产生冷嘲情绪,觉得世事一无可取,也一无可为。你们是不是可以听听一个老作家四十年前所说的这些很迂执的话呢?

我说这些话好象有点岔了题。不过也还不是离题万里。我的目的只是想说说沈先生的以民族兴亡为己任的爱国热情。

沈先生关心的是人,人的变化,人的前途。他几次提家乡人的品德性格被一种"大力"所扭曲、压扁。"去乡已十八年,一入辰河流域,什么都不同了。表面上看来,事事物物自然都有了极大进步,试仔细注意注意,便见出在变化中的一种堕落趋势。最明显的事,即农村社会所保有那点正直朴素的人情美,几乎快要消失无余,代替而来的却是近二十年实际社会培养成功的一种唯实唯利的庸俗人生观。敬鬼神畏天命的迷信固然已经被常识所摧毁,然而做人时的义利取舍是非辨别也随同泯没了。"(《〈长河〉题记》)他并没有想把时间拉回去,回到封建宗法社会,归真返朴。他明白,那是不可能的。他只是希望能在一种新的条件下,使民族的热情、品德,那点正直朴素的人情美能够得到新的发展。他在回忆了划龙船的美丽情景后,想到"我们用什么方法,就可使这些人心中感觉一种对'明天'的'惶恐',且放弃过去对自然的和平态度,重新来一股劲儿,用划龙船的精神活下去?这些人在娱乐上的狂热,就证明这种狂热能换个方向,就可使他们还配在世界上占据一片土地,活得更愉快更长久一些。不过有什么方法,可以改造这些人的狂热到一件新的竞争方面去,可是个费思索的问题。"(《箱子岩》)"希望到这个地面上,还有一群精悍结实的青年,来驾驭钢铁征服自然,这责任应当归谁?"——"一时自然不会得到任何结论。"他希望青年人能活得"庄严一点,合理一点",这当然也只是"近乎荒唐的理想"。不过他总是希望着。

他把希望寄托在几个明慧温柔,天真纯粹的小儿女身上。寄托在翠翠身上,寄托在《长河》里的三姊妹身上,也寄托在"一个多情水手与一个多情妇人"身上。——这是一篇写得很美的散文。牛保和那个不知名字的妇人的爱,是一种不正常的爱(这种不正常不该由他们负责),然而是一种非常淳朴真挚,非常美的爱。这种爱里闪耀着一种悠久的民族品德的光。沈先生在《〈长河〉题记》中说:"在《边城》题记上,曾提起一个问题,即拟将'过去'和'当前'对照,所谓民族品德的消失与重造,可能从什么地方着手。《边城》中人物的正直和热情,虽然已经成为过去陈迹了,应当还保留些本质在年轻人的血里或梦里,相宜环境中,即可重新燃起年轻人的自尊心和自信心。"提起《边城》和沈先生的许多其他作品,人们往往愿意和"牧歌"这个词联在一起。这有一半是误解。沈先生的文章有一点牧歌的调子。所写的多涉及自然美和爱情,这也有点近似牧歌。但就本质来说,和中世纪的田园诗不是一回事,不是那样恬静无为。有人说《边城》写的是一个世外桃源,更全部是误解(沈先生在《桃源与沅州》中就把来到桃源县访幽探胜的"风雅"人狠狠地嘲笑了一下)。《边城》(和沈先生的其他作品)不是挽歌,而是希望之歌。民族品德会回来么?

这个人也许永远不回来了,也许明天回来!

回来了!你看看张八寨那个弄船女孩子!

令我显得慌张的,并不是渡船的摇动,却是那个站在船头、嘱咐我不必慌张、自己却从从容容在那里当家作事的弄船女孩子。我们似乎相熟又十分陌生。世界上就真有这种巧事,原来她比我二十四年写到的一个小说中人翠翠,虽晚生十来岁,目前所处环境却仿佛相同,同样在这么青山绿水中摆渡,青春生命在慢慢长成。不同处是社会变化大,见世面多,虽对人无机心,而对自己生存却充满信心。一种"从劳动中得到快乐增加幸福成功"的信心。这也正是一种新型的乡村女孩子共同的特征。目前一位有一点与众不同,只是所在背景环境。

沈先生的重造民族品德的思想,不知道为什么,多年来不被理解。"我作品能够在市场上流行,实际上近于买椟还珠,你们能欣赏我故事的清新,照例那作品背后蕴藏的热情

却忽略了,你们能欣赏我文字的朴实,照例那作品背后隐伏的悲痛也忽略了。""寄意寒星荃不察",沈先生不能不感到寂寞。他的散文里一再提到屈原,不是偶然的。

寂寞不是坏事。从某个意义上,可以说寂寞造就了沈从文。寂寞有助于深思,有助于想象。"我有我自己的生活与思想,可以说是皆从孤独中得来的。我的教育,也是从孤独中得来的。"他的四十本小说,是在寂寞中完成的。他所希望的读者,也是"在多种事业里低头努力,很寂寞的从事于民族复兴大业的人。"(《〈长河〉题记》)安于寂寞是一种美德。寂寞的人是充实的。

寂寞是一种境界,一种很美的境界。沈先生笔下的湘西,总是那么安安静静的。边城是这样,长河是这样,鸭窠围、杨家岨也是这样。静中有动,静中有人。沈先生擅长用一些颜色、一些声音来描绘这种安静的诗境。在这方面,他在近代散文作家中可称圣手。

> 黑夜占领了全个河面时,还可以看到木筏上的火光,吊脚楼窗口的灯光,以及上岸下船在河岸大石间飘忽动人的火炬红光。这时节岸上船上都有人说话,吊脚楼上且有妇人在黯淡灯光下唱小曲的声音,每次唱完一支小曲时,就有人笑嚷。什么人家吊脚楼下有匹小羊叫,固执而且柔和的声音,使人听来觉得忧郁。
>
> 这些人房子窗口既一面临河,可以凭了窗口呼喊

河下船中人,当船上人过了瘾,胡闹已够,下船时,或者尚有些事情嘱托,或者其他原因,一个晃着火炬停顿在大石间,一个便凭立在窗口,"大老你记着,船下行时又来!""好,我来的,我记着的。""你见了顺顺就说:'会呢,完了;孩子大牛呢,脚膝骨好了;细粉带三斤,冰糖或片糖带三斤。'""记得到,记得到,大娘你放心,我见了顺顺大爷就说:'会呢,完了。大牛呢,好了。细粉来三斤,冰糖来三斤。'""杨氏,杨氏,一共四吊七,莫错账!""是的,放心呵,你说四吊七就四吊七,年三十夜莫会多要你的!你自己记着就是了。"这样那样的说着,我一一都可听到,而且一面还可以听着在黑暗中某一处咩咩的羊鸣。(以上引自《鸭窠围的夜》)

真是如闻其声。这样的河上河下喊叫着的对话,我好像在别一处也曾听到过。这是一些多么平常琐碎的话呀,然而这就是人世的生活。那只小羊固执而柔和地叫着,使沈先生不能忘记,也使我多年不能忘记,并且如沈先生常说的,一想起就觉得心里"很软"。

不多久,许多木筏皆离岸了,许多下行船也拔了锚,推开篷,着手荡桨摇橹了。我卧在船舱中,就只听到水面人语声,以及橹桨激水声,与橹桨本身被扳动时咿咿哑哑声。河岸吊脚楼上妇人在晓气迷濛中锐声的喊人,正好同音乐中的笙管一样,超越众声而上。河面

杂声的综合,交织了庄严与流动,一切真是一个圣境。

　　岸上吊脚楼前枯树边,正有两个妇人,穿了毛蓝布衣服,不知商量些什么,幽幽的说着话。这里雪已极少,山头皆裸露作深棕色,远山则为深紫色。地方静得很,河边无一只船,无一个人,一堆柴。只不知河边某一个大石后面有人正在捶捣衣服,一下一下的捣。对河也有人说话,却看不清楚人在何处。(以上引自《一个多情水手与一个多情妇人》)

　　"空山不见人,但闻人语响","竹喧归浣女,莲动下渔舟",静中有动,以动为静,这是中国文学的一个长久的传统。但是这种境界只有一个摆脱浮世的营扰,习惯于寂寞的人方能于静观中得之。齐白石云:"白石老人心闲气静时一挥",寂寞安静,是艺术创作所必需的气质。一个热中于利禄,心气浮躁的人,是不能接近自然,也不能接近生活的。沈先生"习静"的方法是写字。在昆明,有一阵,他常常用毛笔在竹纸书写的两句诗是"绿树连村暗,黄花入梦稀"。我就是从他常常书写的这两句诗(当然不止这两句)里解悟到应该怎样用少量文字描写一种安静而活泼,充满生气的"人境"的。

　　我就是不想明白道理却永远为现象所倾心的人。我看一切,却并不把那个社会价值搀加进去,估定我的爱憎。我不愿问价钱上的多少来为万物作一个好坏批评,却愿意考查他在我官觉上使我愉快不愉快的分量。我永远不厌倦的是"看"一切。宇宙万汇在动作中,在静止中,在我印象里,我都能抓定它的最美丽与最调和的风度,但我的爱好显然却不能同一般目的相合。我不明白一切同人类生活相联结时的美恶,另外一句话来说,就是我不大领会伦理的美。接近人生时我永远是个艺术家的感情,却不是所谓道德君子的感情。(《自传·女难》)

沈先生五十年前所作的这个"自我鉴定"是相当准确的。他的这种诗人气质,从小就有,至今不衰。

《从文自传》是一本奇特的书。这本书可以从各种角度去看。你可以看到从辛亥革命到五四湘西一隅的怕人生活,了解一点中国历史;可以看到一个人"生活陷于完全绝望中,还能充满勇气与信心始终坚持工作,他的动力来源何在",从而增加一点自己对生活的勇气与信心。沈先生自己说这是一本"顽童自传"。我对这本书特别感兴趣,是因为这是一本培养作家的教科书,它告诉我人是怎样成为诗人的。一个人能不能成为一个作家,童年生活是起决定作用的。首先要对生活充满兴趣,充满好奇心,什么都想看看。要到处看,到处听,到处闻嗅,一颗心"永远为一种新鲜颜色,新鲜声音,新鲜气味而跳",要用感官去"吃"各种印象。要会看,看得仔细,看得清楚,抓得住生活中"最美的风度";看了,还得温习,记着,回想起来还异常明朗,要用时即可方便地移到纸上。什么都去看看,要在平平常常的生活里看到它的美,它的诗意,它的亚细亚式残酷和愚昧。比如,熔铁,这有什么看头呢?然而沈先生却把这过程写了好长一段,写得那样生动!一个打豆腐的,因为一件荒唐的爱情要被杀头,临刑前柔弱的笑笑,"我记得这个微笑,十余年来在我印象中还异常明朗。"(《清乡所见》)沈先生的这本《自传》中记录了很多他从生活中得到的美的深刻印象和经验。一个人的艺术感觉就是这样从小锻炼出来的。有一本书叫做《爱的教育》,沈先生这本书实可称为一本"美的教育"。我就是从这本薄薄的小书里学到很多东西,比读了几十本文艺理论书还有用。

沈先生是个感情丰富的人,非常容易动情,非常容易受感动(一个艺术家若不比常人更为善感,是不成的)。他对生活,对人,对祖国的山河草木都充满感情,对什么都爱着,用一颗蔼然仁者之心爱着。

> 山头一抹淡淡的午后阳光感动我,水底各色圆如棋子的石头也感动我。我心中似乎毫无渣滓,透明烛照,对万汇百物,对拉船人与小小船只,一切都那么爱着,十分温暖的爱着!(《一九三四年一月十八日》)

因为充满感情,才使《湘行散记》和《湘西》流溢着动人的光彩。这里有些篇章可以说是游记,或报告文学,但不同于一般的游记或报告文学,它不是那样冷静,那样客观。有些篇,单看题目,如《常德的船》、《沅陵的人》,尤其是《辰溪的煤》,真不知道这会是一些多么枯燥无味的东西,然而你看下去,你就会发现,一点都不枯燥!它不同于许多报告文学,是因为作者生于斯,长于斯,在这里生活过(而且是那样的生活过),它是凭作者自己的生活经验,凭亲历的第一手材料写的;不是凭采访调查材料写的。这里寄托了作者的哀戚、悲悯和希望,作者与这片地,这些人是血肉相关的,感情是深沉而真挚的,不像许多报告文学的感情是空而浅的,——尽管装饰了好多动情的词句,因为作者对生活熟悉且多情,故写来也极自如,毫无勉强,有时不厌其烦,使读者也不厌其烦;有时几笔带过,使读者悠然神往。

和抒情诗人气质相联系的,是沈先生还很富于幽默感。《一个爱惜鼻子的朋友》是一篇非常有趣的妙文。我每次看到:"姓印的可算得是个球迷。任何人邀他去踢球,他皆高兴奉陪,球离他不管多远,他总得赶去踢那么一脚。每到星期天,军营中有人往沿河下游四里的教练营大操场同学兵玩球时,这个人也必参加热闹。大操场里极多牛粪,有一次同人争球,见牛粪也拚命一脚踢去,弄得另一个人全身一塌糊涂",总难免失声大笑。这个人大概就是《自传》里提到的印鉴远。我好像见过这个人。黑黑,瘦瘦的,说话时爱往前探着头。而且无端地觉得他的脚背一定很高。细想想,大概是没有见过,我见过他的可能性极小。因为沈先生把他写得太生动,以致于使他在我印象里活起来了。沅陵的阙五老,是个多有风趣的妙人!沈先生的幽默是很含蓄蕴藉的。他并不存心逗笑,只是充满了对生活的情趣,觉得许多人,许多事都很好玩。只有一个心地善良,与人无忤,好脾气的人,才能有这种透明的幽默感。他是用微笑来看这个世界的,经常总是很温和地笑着,很少生气着急的时候。——当然也有。

仁者寿。因为这种抒情气质,从不大计较个人得失荣辱,沈先生才能经受了各种打击磨难,依旧还好好地活了下来。八十岁了,还是精力充沛,兴致勃勃。他后来"改行"搞文物研究,乐此不疲,每日孜孜,一坐下去就是十几个小时,也跟这点诗人气质有关。他搞的那些东西,陶瓷、漆器、丝绸、服饰,都是"物",但是他看到的是人,人的聪明,人的创造,人的艺术爱美心和坚持不懈的劳动。他说起这些东西时那样兴奋激动,赞叹不已,样子真是非常天真。他搞的文物工作,我真想给它起一个名字,叫做"抒情考古学"。

沈先生的语言文字功力,是举世公认的。所以有这样的功力,一方面是由于读书多。"由《楚辞》、《史记》、曹植诗到'桂枝儿'曲,什么我都欢喜看看"。我个人觉得,沈先生的语言受魏晋人文章影响较大。试看:"由沅陵南岸看北岸山城,房屋接瓦连椽,较高处露出雉堞,沿山围绕,丛树点缀其间,风光入眼,实不俗气。由北岸向南望,则河边小山间,竹园、树木、庙宇、高塔、居民,仿佛各个都位置在最适当处。山后较远处群峰罗列,如屏如障,烟云变幻,颜色积翠堆蓝。早晚相对,令人想象其中必有帝子天神,驾螭乘蜺,驰骤其间。绕城长河,每年三四月春水发后,洪江油船颜色鲜明,在摇橹歌呼中联翩下驶。长方形大木筏,数十精壮汉子,各据筏上一角,举桡激水,乘流而下。就中最令人感动处,是小船半渡,游目四瞩,俨然四围皆山,山外重山,一切如画。水深流速,弄船女子,腰腿劲健,胆大心平,危立船头,视若无事。"(《沅陵的人》)这不令人想到郦道元的《水经注》?我觉得沈先生写得比郦道元还要好些,因为《水经注》没有这样的生活气息,他多写景,少写人。另外一方面,是从生活学,向群众学习。"我文字风格,假若还有些值得注意处,那只因为我记得水上人的言语太多了。"(《我的写作与水的关系》)沈先生所用的字有好些是直接从生活来,书上没有的。比如:"我一个人坐在灌满冷气的小小船舱中"的"灌"字(《箱子岩》),"把鞋脱了还不即睡,便镶到水手身旁去看牌"的"镶"字(《鸭窠围的夜》)。这就同鲁迅在《高老夫子》里"我辈正经人犯不上酱在一起"的"酱"字一样,是用得非常准确的。这样的字,在生活里,群众是用着的,但在知识分子口中,在许多作家的笔下,已经消失了。我们应当在生活里多找找这种字。还有一方面,是不断地实践。

沈先生说:"本人学习用笔还不到十年,手中一支笔,也只能说正逐渐在成熟中,慢慢脱去矜持、浮夸、生硬、做作,日益接近自然。"(《从文自传·附记》)沈先生写作,共三十年。头一个十年,是试验阶段,学习使用文字阶段。当中十年,是成熟期。这些散文正是成熟期所写。成熟的标志,是脱去"矜持、浮夸、生硬、做作"。

沈先生说他的作品是一些"习作",他要试验用各种不同方法来组织铺陈。这几十篇散文所用的叙事方法就没有一篇是雷同的!

"一切作品都需要个性,都必需浸透作者人格和感情,想达到这个目的,写作时要独断,彻底的独断!(文学在这时代虽不免被当作商品之一种,便是商品,也有精粗,且即在同一物品上,制作者还可匠心独运,不落窠臼,社会上流行的风格,流行的款式,尽可置之不问。)"(《从文小说习作选·代序》)这在今天,对许多青年作家,也不失为一种忠告。一个作家,要有自己的风格,经得起时间的考验,必需耐得住寂寞,不要赶时髦,不要追求"票房价值"。

"虽然如此,我还预备继续我这个工作,且永远不放下我一点狂妄的想象,以为在另外一时,你们少数的少数,会越过那条间隔城乡的深沟,从一个乡下人的作品中,发现一种燃烧的感情,对于人类智慧与美丽永远的倾心,康健诚实的赞颂,以及对愚蠢自私极端憎恶的感情。这种感情且居然能刺激你们,引起你们对人生向上的憧憬,对当前一切的怀疑。先生,这打算在目前近于一个乡下人的打算,是不是。然而到另外一时,我相信有这种事。"(《从文小说习作选·代序》)莫非这"另外一时"已经到了么?

一九八二年十一月三日上午写完

注释

① 本篇原载《读书》1984年第八期,又载《中国现代文学研究丛刊》1985年第二期,是为《沈从文散文选》(湖南人民出版社,1982年版)所作序;初收《晚翠文谈》,浙江文艺出版社,1988年3月。

漫评《烟壶》[①]

叫我来评介邓友梅的《烟壶》,其实是不合适的。我很少写评论。记得好像是柯罗连科对高尔基说过,一个作家在谈到别人的作品时,只要说:这一篇写得不错,就够了,不需要更多的话。评论家可不能这样。一个评论家,要能一眼就看出一篇作品的历史地位。而我只能就小说论小说,谈一点读后的印象和感想。

友梅最初跟我谈起他要写一个关于鼻烟壶的小说的时候,我只是听着,没有表示什么。说老实话,我对鼻烟壶是没有什么好感的。这大概是受了鲁迅先生反对小摆设和"象牙微雕"的影响。我对内画尤其不感兴趣,特别是内画戏装人物,我觉得这是一种恶劣的趣味。读了《烟壶》,我的看法有些改变。友梅这篇小说的写法有点特别,开头一节是发了一大篇议论。他的那一番鼻烟优越论我是不相信的。闻鼻烟代替不了抽烟。蒙古人是现在还闻鼻烟的,但是他们同时也还要抽关东烟。这只能是游戏笔墨。但是他对作为工艺品的鼻烟壶的论赞,我却是拟同意的,因为这说的是真话,正经话。友梅好奇,到一个地方,总喜欢到处闲遛,收集一些具有民族特色、地方特色的工艺品。这表现了

一个作家对于生活的广博的兴趣,对精美的工艺的赏悦,和对于制造工艺的匠师的敬爱。我想这是友梅写作《烟壶》的动机。他写这样的题材并不是找什么冷门。即使是找冷门,如果不是平日就有对于工艺美术的嗜爱,这样的冷门也是找不到的。

《烟壶》里的聂小轩师傅有一段关于他所从事的行业的具有哲理性的谈话:

> 打个比方,这世界好比个客店,人生如同过客。我们吃的用的多是以前的客人留下的。要从咱们这儿起,你也住我也住,谁都取点什么,谁也不添什么,久而久之,我们留给后人的不就成了一堆瓦砾了?反之,来往客商,不论多少,每人都留点什么,您栽棵树,我种棵草,这店可就越来越兴旺,越过越富裕。后来的人也不枉称我们一声先辈。辈辈人如此,这世界不就更有个恋头了?

乍一听,这一番话的境界似乎太高了。一个手艺人,能说得出来么?然而这却是真实的,可信的。手工艺人我不太熟悉。我比较熟悉戏曲演员。戏曲演员到了晚年,往往十分热衷于授徒传艺。他们常说:"我不能把我从前辈人学到的这点玩艺带走,我得留下点东西。""文化大革命"中冤死了一些艺人,同行们也总是叹惜:"他身上有东西呀!"

"给后人留下点东西",这是朴素的哲理,是他们的职业道德,也是他们立身做人的准则。从这种朴素的思想可能通向社会主义,通向爱国主义。许多艺人,往往是由于爱本行的那点"玩艺",爱"中国人勤劳才智的结晶",因而更爱咱们这个国的。聂小轩的这一思想是贯串全篇的思想。内画也好,古月轩也好,这是咱们中国的玩艺,不能叫他从我这儿绝了。这才引出一大篇曲曲折折的故事。我想,这篇小说真正的爱国主义的"核",应该在这里。

《烟壶》写的是庚子年间的事,距现在已经八十多年,邓友梅今年五十多岁,当然没有赶上。友梅不是北京人。然而他竟然写出一篇反映八十年前北京生活的小说,这简直有点不可思议!这还不比写历史小说(《烟壶》虽写历史,但在一般概念里是不把它划在历史小说范围里的)。历史小说,写唐朝、汉朝的事,死无对证,谁也不能指出这写得对还是不对。庚子年的事,说近不近,说远也不远。这最不好写。八十多岁的人现在还有健在的,七十多岁的也赶上那个时期的后尾。笔下稍稍粗疏,就会有人说:"不像"。然而友梅竟写了那个时期的那样多的生活场景,写得详尽而真切,使人如同身临其境。友梅小说的材料,是靠平时积累的,不是临时现抓的。临时现抓的小说也有,看得出来,不会有这样厚实。友梅有个特点,喜欢听人谈掌故,聊闲篇。三十多年前,我认识友梅时,他是从部队上下来的革命干部、党员,年纪轻轻的,可是却和一些八旗子弟、没落王孙厮混在一起。当时是有人颇不以为然的。然而友梅我行我素。友梅对他们不鄙视,不歧视,也不存什么功利主义。他和所有人的关系都是平等的。也正因为这样,许多老北京才乐于把他所知的掌故轶闻、人情方俗毫无保留地说给他听。他把听来的材料和童年印象相印证,再加之以灵活的想象,于是八十多年前的旧北京就在他心里活了起来。

《烟壶》是中篇小说,中篇总得有曲折的、富于戏剧性的情节、故事。情节,总要编。世界上没有一块天生就富于情节的生活的矿石。我相信《烟壶》的情节大部分也是编出来的。编和编不一样。有的离奇怪诞,破绽百出;有的顺理成章,若有其事。友梅能把一堆零散的生活素材,团巴团巴,编成一个完完整整的故事,虽然还不能说是天衣无缝,无可挑剔,但是不使人觉得如北京人所说的:"老虎闻鼻烟——没有那八宗事。"这真是一宗本事。我是不会编故事的,也不赞成编故事。但是故事编圆了,我也佩服。因此,我认为友梅的《烟壶》是一篇"力作"。

友梅写人物,我以为好处是能掌握分寸。乌世保知道聂小轩轧断了手,"他望着聂小轩那血淋淋的衣袖和没有血色的、微闭双眼的面容惊呆了,吓傻了。从屋里走到院子,从院子又回到屋里。想做什么又不知该做什么。想说话又找不到话可说。"这写得非常真实。这就是乌世保,一个由"它撒勒哈番"转成手工艺人的心地善良而又窝窝囊囊的八旗子弟活生生的写照。乌世保蒙冤出狱,家破人亡,走投无路,朋友寿明给他谋划了生计,建议他画内画烟壶,给他找了蒜市口小客店安身,给他办了铺盖,还给他留下几两银子先垫补用,可谓周到之至。乌世保过意不去,连忙拦着说:

"这就够麻烦您的了,这银子可万万不敢收。"寿明说:"您别拦,听我说。这银子连同我给您办铺盖,都不是我白给你的,我给不起。咱们不是搭伙作生意吗?我替您买材料卖烟壶,照理有我一份回扣,这份回扣我是要拿的。替您办铺盖、留零花,这算垫本,我以后也是要从您卖货的款子里收回来的,不光收回,还要收息,这是规矩。交朋友是交朋友,作生意是作生意,送人情是送人情,放垫本是放垫本,都要分清。您刚作这行生意,多有不懂的地方,我不能不点拨明白了。"好!这真是一个靠为人长眼跑合为生的穷旗人的口吻,不是一个为朋友两肋插刀的侠客。他也仗义,也爱财。既重友情,也深明世故。这一番话真是小葱拌豆腐,如刀切,如水洗,清楚明白,嘎嘣爽脆。这才叫通过对话写人物。邓友梅有两下子!

友梅很会写妇女。他的几篇写北京市井的小说里总有一个出身卑微,不是旗人,却支撑了一个败落的旗人家庭的劳动妇女。她们刚强正直,善良明理,坦荡磊落。《那五》里那位庶母、《烟壶》里的刘奶妈,都是这样。《烟壶》写得最成功的人物,我以为是柳娘(我这样说友梅也许会觉得伤心),她俊俏而不俗气,能干而不咋唬,光彩照人,英气勃勃,有心胸,有作为,有决断,拿得起,放得下,掰得开,踢得动,不论遇到什么事都能沉着镇定,头脑清醒,方寸不乱,举措从容。这真是市井中难得的一方碧玉,挺立在水边的一株雪白雪白的马蹄莲,她的出场就不凡:

......这时外边大门响了两声,脆脆朗朗响起女人的声音:"爹,我买了蒿子回来了。"寿明和乌世保知道是柳娘回来,忙站起身。聂小轩掀开竹帘说道:"快来见客人,乌大爷和寿爷来了。"柳娘应了一声,把买的蒿子、线香、嫩藕等东西送进西间,整理一下衣服,进到南屋,向寿明和乌世保道了万福说:"我爹打回来就打听乌大爷来过没有,今儿可算到了。寿爷您坐!哟,我们老爷子这是怎么了?大热的天让客人干着,连茶也没沏呀!您说话,我沏茶去!"这柳娘干嘣楞脆说完一串话,提起提梁宜兴大壶,挑帘走了出去。乌世保只觉着泛着光彩,散着香气的一个人影象阵清清爽爽的小旋风在屋内打了个旋又转了出去,使他耳目繁忙,应接不暇,竟没看仔细是什么模样。

寿明为乌世保做媒,聂小轩征求柳娘的意见,问她"咱们还按祖上的规矩,连收徒再择婿一起办好不好呢?"柳娘的回答是:"哟,住了一场牢我们老爷子学开通了!可是晚了,这话该在乌大爷搬咱们家来以前问我。如今人已经住进来,饭已经同桌吃了,活儿已经挨肩做了,我要说不愿意,您这台阶怎么下?我这风言风语怎么听呢?唉!"

这里柳娘有点"放刁"了,当初把师哥接到家里来住,是谁的主意呀?你可事前也没跟老爷子商量过就说出口了!

友梅这篇小说基本上用的是叙述,极少描写。偶尔描写,也是插在叙述之间,不把叙述停顿下来,作静止的描写。这是史笔,这是自有《史记》以来中国文学的悠久的传统。但是不完全是直叙,时有补叙、倒叙,这也是《史记》笔法。因为叙述方法多变化,故质朴而不呆板,流畅而不浮滑,舒卷自如,起止自在。有时洋洋洒洒,下笔千言;有时戛然收住,多一句也不说。友梅是很注意语言的。近年功力大见长进。他的语言所以生动,除了下字准确,词达意显,我觉得还因为起落多姿,富于"语态"。"语态"的来源,我想是,一、作者把自己摆了进去了,在描叙人物事件时带着叙述者的感情色彩,如梁任公所说:"笔锋常带感情";同时作者又置身事外,保持冷静和客观,不跳出来抒愤懑,发感慨。二、是作者在叙述时随时不忘记对面有个读者,随时要观察读者的反应,他是不是感兴趣,有没有厌烦?有的时候还要征求读者的意见,问问他对斯人此事有何感想。写小说,是跟人聊天,而且得相信听你聊天的人是个聪明解事,通情达理,欣赏趣味很高的人,而且,他自己就会写小说,写小说的人要诚恳,谦虚,不矜持,不卖弄,对读者十分地尊重。否则,读者会觉得你侮辱了他!

这篇小说的不足之处,我觉得有这些:

一、对聂小轩以及乌世保、柳娘对古月轩的感情写得不够。小说较多写了古月轩烧制之难,而较少写这种瓷器之美。如果聂小轩的爱国主义感情是由对于这门工艺的深爱出发的,那么,应该花一点笔墨写一写他们烧制出一批成品之后的如醉如痴的喜悦,他们应该欣赏、兴奋、爱不释手,笑,流泪,相对如梦寐,忘乎所以。这篇小说一般只描叙人物的外部动作,不作心理描写。但是在写聂小轩想要砍去自己的右手时,应该写一写他的"广陵散从此绝矣"的悲怆沉痛的心情。因为聂小轩的这一行动不是正面描写的,而是通过柳娘和乌世保的眼睛来写的,不能直接写他的心理活动,但是事后如果有一两句揪肝抉胆、血泪交加的话也好。

二、乌世保应该写得更聪明,更有才气一些。这个人百无一用,但是应该聪明过人。他在旗人所玩的玩艺中,应该是不玩则已,一玩则精绝。这个人应该琴棋书画什么都能来两下。否则聂小轩就不会相中他当徒弟,柳娘也不会无缘无故地爱这样一个比棒槌多两个耳朵的凡庸的人了。柳娘爱他什么呢?无非是他身上这点才吧。

三、九爷写得有点漫画化。

一九八四年二月七日草就

注释

① 本篇原载1984年第四期《文艺报》;初收《晚翠文谈》,浙江文艺出版社,1988年3月。

人之所以为人[①]

——读《棋王》笔记

> 脑袋在肩上,
> 文章靠自己。
>
> ——阿城:《孩子王》

读了阿城的小说,我觉得:这样的小说我写不出来。我相信,不但是我,很多人都写不出来。这样就很好。这样就增加了一篇新的小说,给小说这个概念带进了一点新的东西。否则,多写一篇,少写一篇;写,或不写,差不多。

提笔想写一点读了阿城小说之后的感想,煞费踌躇。因为我不认识他。我很少写评论。我评论过的极少的作家都是我很熟的人。这样我说起话来心里才比较有底。我认为写评论最好联系到所评的作家这个人,不能只是就作品谈作品。就作品谈作品,只论文,不论人,我认为这是目前文学评论的一个缺点。我不认识阿城,没有见过。他的父亲我是见过的。那是他倒了楣的时候,似乎还在生着病。我无端地觉得阿城像他的父亲。这很好。

阿城曾是"知青"。现有的辞书里还没有"知青"这个词条。这一条很难写。绝不能简单地解释为"有知识的青年"。这是一个特定的历史时期的产物,一个很特殊的社会现象,一个经历坎坷、别具风貌的阶层。

　　知青并不都是一样。正如阿城在《一些话》中所说:"知青上山下乡是一种特殊的情况下的扭曲现象,它使有的人狂妄,有的人消沉,有的人投机,有的人安静。"这样的知青我大都见过。但是大多数知青,都有一个共同的特点,如阿城所说:"老老实实地面对人生,在中国诚实地生活"。大多数知青看问题比我们这一代现实得多。他们是很清醒的现实主义者。

　　大多数知青是从温情脉脉的纱幕中被放逐到中国的干硬的土地上去的。我小的时候唱过一支带有感伤主义色彩的歌:"离开父,离开母,离开兄弟姊妹们,独自行千里……"知青正是这样。他们不再是老师的学生,父母的儿女,姊妹的兄弟,赤条条地被掷到"广阔天地"之中去了。他们要用自己的双手谋食。于是,他们开始用自己的眼睛去看世界。棋呆子王一生说:"你们这些人好日子过惯了,世上不明白的事儿多着呢!"多数知青从"好日子"里被甩出来了,于是他们明白许多他们原来不明白的事。

　　我发现,知青和我们年轻时不同。他们不软弱,较少不着边际的幻想,几乎没有感伤主义。他们的心不是水蜜桃,不是香白杏。他们的心是坚果,是山核桃。

　　知青和老一代的最大的不同,是他们较少教条主义。

我们这一代,多多少少都带有教条主义色彩。

我很庆幸地看到(也从阿城的小说里)这一代没有被生活打倒。知青里自杀的极少、极少。他们大都不怨天尤人。彷徨、幻灭,都已经过去了。他们怀疑过,但是通过怀疑得到了信念。他们没有流于愤世嫉俗,玩世不恭。他们是看透了许多东西,但是也看到了一些东西。这就是中国,和人。中国人。他们的眼睛从自己的脚下移向远方的地平线。他们是一些悲壮的乐观主义者。有了他们,地球就可以修理得较为整齐,历史就可以源源不绝地默默地延伸。

他们是有希望的一代,有作为的一代。阿城的小说给我们传达了一个非常可喜的信息。我想,这是阿城的小说赢得广大的读者,在青年的心灵中产生共鸣的原因。

《棋王》写的是什么?我以为写的就是关于吃和下棋的故事。先说吃,再说下棋。

文学作品描写吃的很少(莆琴尼尔沃尔夫曾提出过为什么小说里写宴会,很少描写那些食物的)。大概古今中外的作家都有点清高,认为吃是很俗的事。其实吃是人生第一需要。阿城是一个认识吃的意义、并且把吃当作小说的重要情节的作家。(陆文夫的《美食家》写的是一个馋人的故事,不是关于吃的)他对吃的态度是虔诚的。《棋王》有两处写吃,都很精彩。一处是王一生在火车上吃饭,一处是吃蛇。一处写对吃的需求,一处写吃的快乐——一种神圣的快乐。写得那样精细深刻,不厌其烦,以至读了之后,会引起读者肠胃的生理感觉。正面写吃,我以为是阿城对生活的极其现实的态度。对于吃的这样的刻画,非经身受,不能道出。这使阿城的小说显得非常真实,不假。《棋王》的情节按说是很奇,但是奇而不假。

我不会下棋,不解棋道,但我相信有像王一生那样的棋呆子。我欣赏王一生对下棋的看法:"我迷象棋。一下棋,就什么都忘了。呆在棋里舒服。"人总要呆在一种什么东西里,沉溺其中。苟有所得,才能实证自己的存在,切实地掂出自己的价值。王一生一个人和几个人赛棋,连环大战,在胜利后,呜呜地哭着说:"妈,儿今天明白事儿了。人还要有点儿东西,才叫活着。"是的,人总要有点东西,活着才有意义。人总要把自己生命的精华都调动出来,倾力一搏,像干将、莫邪一样,把自己炼进自己的剑里,这,才叫活着。

"不有博弈者乎?为之犹贤乎已"。弈虽小道,可以喻大。"用志不分,乃凝于神",古今成事业者都需要有这么一点精神。这是我们这个时代需要的精神。

我这样说,阿城也许不高兴。作者的主意,不宜说破。说破便煞风景。说得太实,尤其令人扫兴。

阿城的小说的结尾都是胜利。人的胜利。《棋王》的结尾,王一生胜了。《孩子王》的结尾,"我"被解除了职务,重回生产队劳动去了。但是他胜利了。他教的学生王福写出了这样的好文章:"……早上出的白太阳,父亲在山上走,走进白太阳里去。我想,父亲有力气啦。"教的学生写出这样的好文章,这是胜利,是对一切陈规的胜利。

《树王》的结尾,萧疙瘩死了,但是他死得很悲壮。

因此,我说阿城是一个乐观主义者。

有人告诉我,阿城把道家思想揉进了小说。《棋王》里的确有一些道家的话。但那是拣烂纸的老头的思想,甚至也可以说是王一生的思想,不一定就是阿城的思想。阿城大概是看过一些道家的书。他的思想难免受到一些影响。《树王》好像就涉及一点"天"和"人"的关系(这篇东西我还没太看懂,捉不准他究竟想说什么,容我再看看,再想想)。但是我不希望把阿城和道家纠在一起。他最近的小说《孩子王》,我就看不出有什么道家的痕迹。我不希望阿城一头扎进道家里出不来。

阿城是有师承的。他看过不少古今中外的书。外国的,我觉得他大概受过海明威的影响,还有陀思妥也夫斯基。中国的,他受鲁迅的影响是很明显的。他似乎还受过废名的影响。他有些造句光秃秃的,不求规整,有点像《莫须有先生传》。但这都是瞎猜。他的叙述方法和语言是他自己的。司空图《二十四诗品》云:"俯拾即是,不取诸邻。俱道适往,着手成春。"说得很好。阿城的文体的可贵处正在:"不取诸邻"。"脑袋在肩上,文章靠自己。"

阿城是敏感的。他对生活的观察很精细,能够从平常的生活现象中看出别人视若无睹的特殊的情趣。他的观察是伴随了思索的。否则他就不会在生活中看到生活的底蕴。这样,他才能积蓄了各样的生活的印象,可以俯拾,形成作品。

然而在摄取到生活印象的当时,即在十年动乱期间,在他下放劳动的时候,没有写出小说。这是可以理解的,正常的。

只有在今天,现在,阿城才能更清晰地回顾那一段极不正常时期的生活,那个时期的人,写下来。因为他有了成熟的、冷静的、理直气壮的、不必左顾右盼的思想。一下笔,就都对了。

他的信心和笔力来自党的十一届三中全会以后中国生活的现实。十一届三中全会救了中国,救了一代青年人,也救了现实主义。

阿城业已成为有自己独特风格的青年作家,循此而进,精益求精,如王一生之于棋艺,必将成为中国小说的大家。

一九八五年三月三日

注释

① 本篇原载 1985 年 3 月 21 日《光明日报》;初收《晚翠文谈》,浙江文艺出版社,1988 年 3 月。

一篇好文章①

《朱光潜先生二三事》刊在3月27日《北京晚报》上。作者耿鉴庭。

这篇文章的好处是没有作家气。耿先生是医生，不是作家，他也没有想把这篇文章写成一个文学作品，他没有一般作家写作时的心理负担，所以能写得很自然，很亲切，不矜持作态。耿先生没有想在文章中表现自己（青年作家往往竭力想在作品里表现自己的个性，使人读了不大舒服），但是从字里行间可以看出耿先生的人品：谦虚、富于人情、而有修养。

这篇文章不求"全"，没有想对朱光潜先生作全面的评述，真正是只写了二三事。一件是耿先生到燕南园找同乡，向朱光潜先生问路，偶尔相识，谈了一些话；一件是在胡先骕先生家，听朱先生和胡先生谈诗，说及朱自清先生家大门的对联；第三件是在北大看到朱光潜先生挨斗；第四件是朱先生来治耳聋，看到一本黄天朋著的《韩愈研究》，在一张薛涛笺上题了一首诗。对这几件事，耿先生并未作评论——只在写朱先生挨斗时，写了他的"生死置之度外的从容神态"，并未对朱先生的为人作理性的概括，说他如何平易近人,如何好学,对朋友如何有情,甚至对朱先生的那首诗也未称赞,只是说"这可能是他未收入诗稿的一首诗吧!"然而读了使人如与朱先生对晤,神态宛然。文中没有很多感情外露的话,只是在写到朱先生等人挨斗时,说了一句:"我看了以后,认为他们都是上得无双谱的学者,真为他们的健康而担忧。"但是我们觉得文章很有感情。有感情而不外露,乃真有感情。这篇文章的另一个好处是完全没有感伤主义——感伤主义即没有那么多感情却装得很有感情。

文章写得很短,短而有内容,写得很淡,淡而有味。

从耿先生的文章中得知,朱自清先生的尊人,即《背影》的主人公到抗战时还活着。我小时读《背影》,看到朱先生的父亲写给朱先生的信中说:"……唯右膀疼痛,举箸提笔,诸多不便,大概大去之期不远矣"(手边无《背影》,原文可能有记错处),以为朱先生的父亲早已作古了。朱先生的父亲活得那样长,令人欣慰。我很希望耿先生能写一篇关于朱先生的父亲的文章。

《晚报》发表的散文,有不少好的,我觉得可以精选一本,供读者长期阅读。"一分钟小说"也可以编选成集。

注释

① 本篇原载1986年4月19日《北京晚报》;初收《汪曾祺全集》第四卷,北京师范大学出版社,1998年8月。

林斤澜的矮凳桥[1]

林斤澜回温州住了一段,回到北京,写出了一系列关于矮凳桥的小说。他回温州,回北京,都是回。这些小说陆续发表后,有些篇我读过。读得漫不经心。我觉得不大看得明白,也没有读出好来。去年十月,我下决心,推开别的事,集中精力,读斤澜的小说,读了四天。苏东坡说他读贾岛的诗,"初如食小鱼,所得不偿劳"。读斤澜的小说,有点像这样:费事。读到第四天,我好像有点明白了。而且也读出好来了。不过叫我写评论,还是没有把握。我很佩服评论家,觉得他们都是胆子很大的人。他们能把一个作家的作品分析得头头是道,说得作家自己目瞪口呆。我有时有点怀疑。子非鱼,安知鱼之乐。你没有钻到人家肚子里去,怎么知道人家的作品就是怎么怎么回事呢?我看只能抓到一点,就说一点。言谈微中,就算不错。

林斤澜的桥

矮凳桥到底是什么样子?搞不清楚。苏南有些地方把小板凳叫做矮凳。我的家乡有烧火凳,是简陋的长凳而矮脚的。我觉得矮凳桥大概像烧火凳。然而是砖桥还是石桥，不清楚。——不会是木板桥，因为桥旁可以刻字。这都没有关系。

舍渥德·安德生写了一系列关于温涅斯堡的小说。据说温涅斯堡是没有的，这是安德生自己想出来的，造出来的。林斤澜的矮凳桥也有点是这样。矮凳桥可能有这么一个地方，有一点影子，但未必像斤澜所写的一样。斤澜把他自己的生活阅历倾入了这个地方，造了一座桥，一个小镇。斤澜在北京住了三十多年，对北京、特别是北京郊区相当熟悉。"文化大革命"以前他写过不少表现"社会主义新人"的小说，红了一阵。但是我总觉得那个时候，相当多的作家，都有点像是说着别人的话，用别人也用的方法写作。斤澜只是写得新鲜一点，聪明一点，俏皮一点。我们都好像在"为人作客"。这回，我觉得斤澜找到了老家。林斤澜有了自己的思想，自己的感情，自己的语言，自己的叙述方式，于是有了真正的林斤澜的小说。每一个作家都应当找到自己的老家，有自己的矮凳桥。

斤澜的老家在温州，他写的是温州。但是他写的不是乡土文学。乡土文学是一个恍恍惚惚的概念。但是目前某些标榜乡土文学的同志，他们在心目中排斥的实际上是两种东西，一是哲学意蕴，一是现代意识。林斤澜不是这样。

林斤澜对他想出来的矮凳桥是很熟悉的。过去、现在都很熟悉。他没有写一部矮凳桥的编年史。他把矮凳桥零切了。这样的写法有它的方便处。他可以从不同角度来审视。横写、竖写都行。他对矮凳桥的男女老少可以呼之即来,挥之则去。需要有人写几个字,随时拉出了袁相舟;需要来一碗鱼丸面,就把溪鳗提了出来。而且这个矮凳桥是活的。矮凳桥还会存在下去,笑翼、笑耳、笑杉都会有她们的未来。官不知会"娶"进一个什么样的后生。这样,林斤澜的矮凳桥可以源源不竭地写下去。这是个巧法子。

幔

"世界好比叫幔幔着,千奇百怪,你当是看清了,其实雾腾腾……"(《小贩们》)。

幔就是雾。温州人叫"幔",贵州人叫"罩子",——"今天下罩子",意思都差不多。北京人说人说话东一句西一句,摸不清头绪,云里雾里的,写成文章,说是"云山雾沼"。照我看,其实应该写成"云苫雾罩"。林斤澜的小说正是这样:云苫雾罩。看不明白。

看不明白有两方面的原因。

一个是作者自己就不明白。斤澜在南京曾说:"我自己都不明白,怎么能让你明白呢?"斤澜说:"比如李地,她的一生,她一生的意义,我就不明白。"我当时在旁边,说:"我倒明白。这就是一个人不明白的一生。"有的作家自以为对生活已经吃透,什么事都明白,他可以把一个人的一生,来龙去脉,前因后果,源源本本地告诉读者,而且还能清清楚楚地告诉你一大篇生活的道理。其实人为什么活着,是怎么活过来的,真不是那样容易明白的。"君子于其所不知,盖阙如也",只能是这样。这是老实态度。不明白,想弄明白。作者在想,读者也随之而在想。这个作品就有点想头。

另一方面,是作者故意不让读者明白。作者写的是什么,他心里是明白的,但是说得闪烁其辞,含糊其辞,扑朔迷离,云苫雾罩。比如《溪鳗》,还有《李地》里的《爱》,到底说的是什么?

在林斤澜作品讨论会上,有两位青年评论家指出:这里写的是性。我完全同意他们的说法。

写性,有几种方法。一种是赤裸裸地描写性行为,往丑里写。一种办法是避开正面描写,用隐喻,目的是引起读者对于性行为的诗意的、美的联想。孙犁写的一个碧绿的蝈蝈爬在白色的瓠子花上,就用的是这种办法。还有一种办法,就是林斤澜所用的办法,是把性象征化起来。他写得好像全然与性无关,但是读起来又会引起读者隐隐约约的生理感觉。

林斤澜屡次写鱼。鳗、泥鳅。闻一多先生曾著文指出:中国从《诗经》到现代民歌里的"鱼"都是"廋辞"。"鱼水交欢"嘛。不但是鱼,水,也是性的廋辞。

"袁相舟端着杯子,转脸去看窗外,那汪汪溪水漾漾流过晒烫了的石头滩,好像抚摸亲人的热身子。到了吊脚楼下边,再过去一点,进了桥洞。在桥洞那里不老实起来,撒点娇,抱点怨,发点梦呓似的呜噜呜噜……"(《溪鳗》)。这写的是什么?

《爱》写得更为露骨:

"三更半夜糊里糊涂,有一个什么——说不清是什么压到身上,想叫,叫不出声音。觉得滑溜溜的在身上又扭又袅袅的,手脚也动不得。仿佛'袅'到自己身体里去了。自己的身体也滑溜了,接着,软瘫热化了。"

《溪鳗》最后写那个男人瘫痪了,这说的是什么?说的是性的枯萎。

《溪鳗》的情况更复杂一些。这篇小说同时存在两个主题,性主题和道德主题。溪鳗最后把一个瘫痪男人养在家里,伺候他,这是一种心甘情愿也心安理得的牺牲,一种东方式的道德的自我完成。既是高贵的,又是悲剧性的。这两个主题交织在一起。性和道德的关系,这是一个既复杂而又深邃的问题。这个问题还很少有作家碰过。

这个问题林斤澜也还没有弄明白,他也还在想。弄明白了,就没有什么意思了。有意思的不是明白,是想。弄明白,是心理学家的事;想,是作家的事。

斤澜的小说一下子看不明白,让人觉得陌生。这是他有意为之的。他就是要叫读者陌生,不希望似曾相识。这种作法不但是出于苦心,而且确实是"孤诣"。

使读者陌生,很大程度上和他的叙述方法有关系。有些篇写得比较平实,近乎常规;有些篇则是反众人之道而行之。他常常是虚则实之,实则虚之;无话则长,有话则短。一般该实写的地方,只是虚虚写过;似该虚写处,又往往写得很翔实。人都是有话则长，无话则短。斤澜常于无话处死乞白咧地说，说了许多闲篇，许多废话；而到了有话（有事，有情节）的地方，三言两语。比如《溪鳗》，"有话"处只在溪鳗收留照料了一个瘫子，但是着墨不多，连溪鳗和这个男人究竟有过什么事都不让人明白（其实稍想一下还不明白么）；但是前面好几页说了鳗鱼的种类，鱼丸面的做法，袁相舟的诗兴大发，怎么想出"鱼非鱼小酒家"的店名……比如《小贩们》，"事儿"只是几个孩子比别的纽扣小贩抢先了一步，在船不靠码头的情况下跳到水里上岸，赶到电镀厂去镀了纽扣；但是前面写了一大堆这几个小贩子和女舵工之间的漫谈，写了鳗，写了"火雾"（对于火雾的描写来自斤澜和我们同到吐鲁番看火焰山的印象，这一点我知道），写了三兄弟往北走的故事，写了北方撒尿用棍子敲、打豆浆往绳子上一浇就拎回家去了……这么写，不是喧宾夺主么？不。读完全篇，再回过头来看看，就会觉得前面的闲文都是必要的，有用的。《溪鳗》没有那些云苫雾罩的，不着边际的闲文，就无法知道这篇小说究竟说的是什么。花非花，鱼非鱼，人非人，性非性。或者可以反过来：人是人，性是性。袁相舟的诗："今日春梦非春时"，实在是点了这篇小说的题。《小贩们》如果不写这几个孩子的闲谈，不写出他们的活跃的想象，他们对于生活的充满青春气息的情趣，就无法了解他们脱了鞋袜跳到冰冷的水里的劲儿是从哪里来的，他们就成了心灵手快的名副其实的小商贩，他们就俗了，不可爱了。

"无话则长,有话则短",这个话我当面跟斤澜说过。他承认了。拆穿了西洋景,有点煞风景,他倒还没有不高兴。他说:"有话的地方,大家都可以说,我就少说一点;没有话的地方,别人不说,我就多说说。"

斤澜是很讲究结构的。我曾在一篇文章里写过:小说结构的特点是"随便"。斤澜很不以为然。后来我在前面加了一句状语:苦心经营的随便,他算是拟予同意了。其实林斤澜的小说结构的精义,我看也只有一句:打破结构的常规。

斤澜近年小说还有一个特点,是搞文字游戏。"文字游戏"大家都以为是一个贬辞。为什么是贬辞呢？没有道理。斤澜常常凭借语言来构思。一句什么好的话,在他琢磨一团生活的时候,老是在他的思维里闪动,这句话推动着他,怂恿着他,蛊惑着他,他就由着这句话把自己飘浮起来,一篇小说终于受孕、成形了。蚱蜢舟、蚱蜢周、做蚱蜢舟的木匠姓周、老蚱蜢周、小蚱蜢周、李清照的"只恐双溪蚱蜢舟,载不动许多愁"……这许多音同形似的字儿老是在他面前晃,于是这篇小说就有了一种特殊的音响和色调。他构思的契机,我看很可能就是李清照的词。《溪鳗》的契机大概就是白居易的诗:花非花,鱼非鱼。这篇小说写得特别迷离,整个调子就是受了白居易的诗的暗示。白居易的"花非花,雾非雾"是一个到现在还没有解破的谜,《溪鳗》也好像是一个谜。

林斤澜把小说语言的作用提到很多人所未意识到的高

度。写小说,就是写语言。

人

我这样说,不是说林斤澜是一个形式主义者。矮凳桥系列小说有没有一个贯串性的主题?我以为是有的。那就是:"人"。或者:人的价值。这其实是一个大家都用的,并不新鲜的主题。不过林斤澜把它具体到一点:"皮实"。什么是"皮实"?斤澜解释得清楚,就是生命的韧性。

"石头缝里钻出一点绿来,那里有土吗?只能说落下点灰尘。有水吗?下雨湿一湿,风吹吹就干了。谁也不相信,谁也不知觉,这样的不幸,怎么会钻出一片两片绿叶,又钻出紫色的又朴素又新鲜的花朵。人惊叫道:'皮实'。单单活着不算数,还活出花朵叫世界看看,这是'皮实'的极致。"——《舴艋舟》。

他们当中有人意识到,并且努力要实证自己的存在的价值的。车钻冒着危险"破"掉矮凳桥下"碧沃"两个字,"什么也不为,就为叫大家晓得晓得我。"笑杉在坎肩上钉了大家都没有的古式的铜扣子,徜徉过市,又要一锤砸毁了,也是"我什么也不为,就为叫你们晓得晓得我。"有些人并不那样意识到自己的价值,但是她们各各儿用自己的所作所为证实了自己的价值,如溪鳗,如李地。

李地是一位母亲的形象。《惊》是一篇带有寓言性质的小说。很平淡,但是发人深思。当一群人因为莫须有的尾巴无故自惊,炸了营的时候,李地能够比较镇静。她并没有泰然自若,极其理智,但是她慌乱得不那么厉害,清醒得比较早。她所以能这样,是因为她经历的忧患较多,有一点曾经沧海了。这点相对的镇静是美丽的。长期的动乱,造就了这样一位沉着的母亲。李地到供销社卖了一个鸡蛋,六分钱。她胸有成竹地花了这六分钱:两分盐;两分线——一分黑线一分白线;一分石笔;一分冰糖(冰糖是给笑翼买的)。这本是很悲惨的事(林斤澜在小说一开头就提明这是六十年代初期的故事,我们都是从六十年代初期活过来的人,知道那年代是怎么回事),但是林斤澜没有把这件事写得很悲惨,李地也没有觉得悲惨。她计划着这六分钱,似乎觉得很有意思。这一分冰糖让她快乐。这就是"皮实"。能够度过困苦的、卑微的生活,这还不算,能于困苦卑微的生活觉得快乐,在没有意思的生活中觉出生活的意思,这才是真真的"皮实",这才是生命的韧性。矮凳桥是不幸的。中国是不幸的。但是林斤澜并没有用一种悲怆的或是嘲弄的感情来看矮凳桥,我们时时从林斤澜的眼睛里看到一点温暖的微笑。林斤澜你笑什么?因为他看到绿叶,看到一朵一朵朴素的紫色的小花,看到了"皮实",看到了生命的韧性。"皮实"是我们这个民族的普遍的品德。林斤澜对我们的民族是肯定的,有信心的。因此我说:《矮凳桥》是爱国主义的作品。——爱国主义不等于就是打鬼子!

林斤澜写人,已经超越了"性格"。他不大写一般意义上的、外部的性格。他甚至连人的外貌都写得很少,几笔。他写的是人的内在的东西,人的气质,人的"品"。得其精而遗其粗。他不是写人,写的是一首一首的诗。溪鳗、李地、笑翼、笑耳、笑杉……都是诗,朴素无华的,淡紫色的诗。

涩

斤澜的语言原来并不是这样的。他的语言原来以北京话为基础(写的是京郊),流畅,轻快,跳跃,有点法国式的俏皮。我觉得他不但受了老舍,还受了李健吾的影响。后来他改了,变得涩起来,大概是觉得北京话用得太多,有点"贫"。《矮凳桥》则是基本上用了温州方言。这是很自然的,因为写的是温州的事。斤澜有一个很大的优势,他一直能说很地道的温州话。一个人的"母舌"总会或多或少地存在在他的作品里的。在方言的基础上调理自己的文学语言,是八十年代相当多的作家清楚地意识到的。语言是一种文化现象。语言的背景是文化。一个作家对传统文化和某一特定地区的文化了解得愈深切,他的语言便愈有特点。所谓语言有味、无味,其实是说这种语言有没有文化(这跟读书多少没有直接的关系。有人读书甚多,条理清楚,仍然一辈子语言无味)。每一种方言都有特殊的表现力,特殊的美。这种美不是另一种方言所能代替,更不是"普通话"所能代替的。"普通话"是语言的最大公约数,是没有性格的。斤澜不但能说温州话,且能深知温州话的美。他把温州话熔入文学语言,我以为是成功的。但也带来一定的麻烦,即一般读者读起来费事。斤澜的语言越来越涩了。我觉得斤澜不妨把他的语言稍为往回拉一点,更顺一点。这样会使读者觉得更亲切。顺和涩我觉得是可以统一起来的。斤澜有意使读者陌生,但还不是拒人于千里之外。陌生与亲切也是可以统一起来的。让读者觉得更亲切一些,不好么?

董解元云:"冷淡清虚最难做"。斤澜珍重!

一九八七年一月九日

注释

① 本篇原载1987年1月31日《文艺报》,又载《评论选刊》1987年第四期、《新华文摘》1987年第四期;初收《晚翠文谈》,浙江文艺出版社,1988年3月。

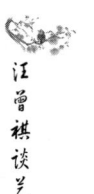

又读《边城》①

请许我先抄一点沈先生写给三姐张兆和(我的师母)的信。

> 三三,我因为天气太好了一点,故站在船后舱看了许久水,我心中忽然好像澈悟了一些,同时又好像从这条河中得到了许多智慧。三三,的的确确,得到了许多智慧,不是知识。我轻轻地叹息了好些次。山头夕阳极感动我,水底各色圆石也极感动我,我心中似乎毫无什么渣滓,透明烛照,对河水,对夕阳,对拉船人同船,皆那么爱着,十分温暖地爱着!……我看到小小渔船,载了它的黑色鸬鹚向下流缓缓划去,看到石滩上拉船人的姿势,我皆异常感动且异常爱他们。……三三,我不知为什么,我感动得很!我希望活得长一点,同时把生活完全发展到我自己的这分工作上来。我会用自己的力量,为所谓人生,解释得比任何人皆庄严些与透入些!三三,我看久了水,从水里的石头得到一点平时好像不能得到的东西,对于人生,对于爱憎,仿佛全然与人不同了。我觉得惆怅得很,我总像看得太深太远,对

于我自己,便成为受难者了,这时节我软弱得很,因为我爱了世界,爱了人类。三三,倘若我们这时正是两人同在一处,你瞧我眼睛湿到什么样子!

这是一封家书,是写给三三的"专利读物",不是宣言,用不着装样子,做假,每一句话都是真诚的,可信的。

从这封信,可以理解沈先生为什么要写《边城》,为什么会写得这样美。因为他爱世界,爱人类。

从这里也可以得到对沈从文的全部作品的理解。也许你会觉得这样的解释有点不着边际。不吧。

《边城》激怒了一些理论批评家,文学史家,因为沈从文没有按照他们的要求,他们规定的模式写作。

第一条罪名是《边城》没有写阶级斗争,"掏空了人物的阶级属性"。

是不是所有的作品都要写阶级斗争?

他们认为被掏空阶级属性的人物第一个大概是顺顺。他们主观先验地提高了顺顺的成分,说他是"水上把头",是"龙头大哥",是"团总",恨不能把他划成恶霸地主才好。事实上顺顺只是一个水码头的管事。他有一点财产,财产只有"大小四只船"。他算个什么阶级?他的阶级属性表现在他有向上爬的思想,比如他想和王团总攀亲,不愿意儿子娶一个弄船的孙女,有点嫌贫爱富。但是他毕竟只是个水码头的管事,为人正直公平,德高望重,时常为人排难解纷,这样人很难把他写得穷凶极恶。

至于顺顺的两个儿子,天保和傩送,"向下行船时,多随了自己的船只充伙计,甘苦与人相共,荡桨时选最重的一把,背纤时拉头纤二纤",更难说他们是"阶级敌人"。

针对这样的批评,沈从文作了挑战性的答复:"你们多知道要作品有'思想',有'血'有'泪',且要求一个作品具体表现这些东西到故事发展上,人物言语上,甚至一本书的封面上,目录上。你们要的事多容易办!可是我不能给你们这个。我存心放弃你们……"

第二条罪名,与第一条相关联,是说《边城》写的是一个世外桃源,脱离现实生活。

《边城》是现实主义的还是浪漫主义的?《边城》有没有把现实生活理想化了? 这是个非常叫人困惑的问题。

为什么这个小说叫做《边城》? 这是个值得想一想的问题。

"边城"不只是一个地理概念,意思不是说这是个边地的小城。这同时是一个时间概念,文化概念。

"边城"是大城市的对立面。这是"中国另外一个地方另外一种事情"(《边城题记》)。沈先生从乡下跑到大城市,对上流社会的腐朽生活,对城里人的"庸俗小气自私市侩"深恶痛绝,这引发了他的乡愁,使他对故乡尚未完全被现代物质文明所摧毁的淳朴民风十分怀念。

便是在湘西,这种古朴的民风也正在消失。沈先生在《长河·题记》中说:"一九三四年的冬天,我因事从北平回湘西,由沅水坐船上行、转到家乡凤凰县。去乡已十八年,一入辰河流域,什么都不同了。表面上看来,事事物物自然都有了极大进步,试仔细注意注意,便见出在变化中的堕落趋势。最明显的事,即农村社会所保有的那点正直朴素人情美,几几乎快要消失无余,代替而来的却是近二十年实际社会培养成功的一种唯实唯利的人生观。"《边城》所写的那种生活确实存在过,但到《边城》写作时(一九三三—三四)已经几乎不复存在。《边城》是一个怀旧的作品,一种带着痛惜情绪的怀旧。《边城》是一个温暖的作品,但是后面隐伏着作者的很深的悲剧感。

可以说《边城》既是现实主义的,又是浪漫主义的,《边城》的生活是真实的,同时又是理想化了的,这是一种理想化了的现实。

为什么要浪漫主义,为什么要理想化?因为想留驻一点美好的,永恒的东西,让它长在,并且常新,以利于后人。

《从文小说习作选·代序》说:

> 这世界上或有想在沙基或水面上建造崇楼杰阁的人,那可不是我。我只想造希腊小庙。选山地作基础,用坚硬石头堆砌它。精致,结实,匀称,形体虽小而不纤巧,是我的理想的建筑。这庙里供奉的是"人性"。
>
> 我要表现的本是一种"人生的形式",一种"优美,健康,自然,而又不悖乎人性的人生形式"。

喔!"人性",这个倒霉的名词!

沈先生对文学的社会功能有他自己的看法,认为好的作品除了使人获得"真美感觉之外,还有一种引人'向善'的力量,……从作品中接触另外一种人生,从这种人生景象中有所启示,对人生或生命能作更深一层的理解。"(《小说的作者与读者》)沈先生的看法"太深太远"。照我看,这是文学功能的最正确的看法。这当然为一些急功近利的理论家所不能接受。

《边城》里最难写,也是写得最成功的人物,是翠翠。

翠翠的形象有三个来源。

一个是泸溪县绒线铺的女孩子。

> 我写《边城》故事时,弄渡船的外孙女,明慧温柔的品性,就从那绒线铺小女孩印象得来。(《湘行散记·老伴》)

一个是在青岛崂山看到的女孩子。

> 故事上的人物,一面从一年前在青岛崂山北九水看到的一个乡村女子,取得生活的必然……(《水云》)

这个女孩子是死了亲人,戴着孝的。她当时在做什么?据刘一友说,是在"起水"。金介甫说是"告庙"。"起水"

是湘西风俗,崂山未必有。"告庙"可能性较大。沈先生在写给三姐的信中提到"报庙",当即"告庙"。金文是经过翻译的,"报"、"告"大概是一回事。我听沈先生说,是和三姐在汽车里看到的。当时沈先生对三姐说:"这个,我可以帮你写一个小说"。

另一个来源就是师母。

> 一面就用身边新妇作范本,取得性格上的朴素式样。(《水云》)

但这不是三个印象的简单的拼合,形成的过程要复杂得多。沈先生见过很多这样明慧温柔的乡村女孩子,也写过很多,他的记忆里储存了很多印象,原来是散放着的,崂山那个女孩子只是一个触机,使这些散放印象聚合起来,成了一个完完整整的形象,栩栩如生,什么都不缺。含蕴既久,一朝得之。这是沈先生的长时期的"思乡情结"茹养出来的一颗明珠。

翠翠难写,因为翠翠太小了(还过不了十六吧)。她是那样天真,那样单纯。小说是写翠翠的爱情的。这种爱情是那样纯净,那样超过一切世俗利害关系,那样的非物质。翠翠的爱情有个成长过程。总体上,是可感的,坚定的,但是开头是朦朦胧胧的,飘飘忽忽的。翠翠的爱是一串梦。

翠翠初遇傩送二老,就对二老有个难忘的印象。二老邀翠翠到他家去等爷爷,翠翠以为他是要她上有女人唱歌的楼上去,以为欺侮了她,就轻轻地说:"你个悖时砍脑壳的!"后来知道那是二老,想起先前骂人的那句话,心里又吃惊又害羞。到家见着祖父,"另一件事,属于自己不关祖父的,却使翠翠沉默了一个夜晚。"

两年后的端午节,祖父和翠翠到城里看龙船,从祖父与长年的谈话里,听明白二老是在下游六百里外青浪滩过的端午。翠翠和祖父在回家的路上走着,忽然停住了发问:"爷爷,你的船是不是正在下青浪滩呢?"这说明翠翠的心此时正在飞向谁边。

二老过渡,到翠翠家中做客。二老想走了,翠翠拉船。"翠翠斜睨了客人一眼,见客人正盯着她,便把脸背过去,抿着嘴儿,很自负的拉着那条横缆……""自负"二字极好。

翠翠听到两个女人说闲话,说及王团总要和顺顺打亲家,陪嫁是一座碾坊,又说二老不要碾坊,还说二老欢喜一个撑渡船的……翠翠心想:碾坊陪嫁,希奇事情咧。这些闲话使翠翠不得不接触到实际问题。

但是翠翠还是在梦里。傩送二老按照老船工所指出的"马路",夜里去为翠翠唱歌。"翠翠梦中灵魂为一种美妙歌声浮起来,仿佛轻轻的各处飘着;上了白塔,下了菜园,到了船上,又复飞窜过悬崖半腰,——去作什么呢?摘虎耳草!"这是极美的电影慢镜头,伴以歌声。

事情经过许多曲折。

天保大老走"车路"不通,托人说媒要翠翠不成,驾油船下辰州,掉到茨滩淹坏了。

大雷大雨的夜晚,老船夫死了。

祖父的朋友杨马兵来和翠翠作伴,"因为两个必谈祖父以及这一家有关系的事情,后来便说到了老船夫死前的一切,翠翠因此明白了祖父活时所不提到的许多事,二老的唱歌,顺顺大儿子的死,顺顺父子对祖父的冷淡,中寨人用碾坊作陪嫁妆奁诱惑傩送二老,二老既记忆着哥哥的死亡,且因得不到翠翠理会,又被家中逼着接受那座碾坊,意思还在渡船,因此赌气下行,祖父的死因,又如何与翠翠有关……凡是翠翠不明白的事,如今可都明白了。翠翠把事情弄明后,哭了一个夜晚。"哭了一夜,翠翠长成大人了。迎面而来的,将是什么?

"我平常最会想象好景致,且会描写好景致"(《湘行集·泊缆子湾》)。沈从文对写景可算是一个圣手。《边城》写景处皆十分精彩,使人如同目遇。小说里为什么要写景?景是人物所在的环境,是人物的外化,人物的一部分。景即人。且不说沈从文如何善于写景,只举一例,说明他如何善于写声音、气味:"天快夜了,别的雀子似乎都在休息了,只杜鹃叫个不息。石头泥土为白日晒了一整天,到这时节皆放散一种热气。空气中有泥土气味,有草木气味,且有甲虫气味。翠翠看着天上的红云,听着渡口飘来乡生意人的杂乱的声音,心中有些薄薄的凄凉。"有哪一个诗人曾经写过甲虫的气味?

《边城》的结构异常完美。二十一节，一气呵成；而各节又自成起讫，是一首一首圆满的散文诗。这不是长卷，是二十一开连续性的册页。

《边城》的语言是沈从文盛年的语言，最好的语言。既不似初期那样的放笔横扫，不加节制；也不似后期那样过事雕琢，流于晦涩。这时期的语言，每一句都"鼓立"饱满，充满水分，酸甜合度，像一篮新摘的烟台玛瑙樱桃。

《边城》，沈从文的小说，究竟应该在文学史上占一个什么地位？金介甫在《沈从文传》的引言中说："可以设想，非西方国家的评论家包括中国的在内，总有一天会对沈从文作出公正的评价：把沈从文、福楼拜、斯特恩、普罗斯特看成成就相等的作家。"总有一天，这一天什么时候来？

一九九二年十月二日

注释

① 本篇原载《读书》1993年第一期；初收《汪曾祺散文随笔选集》，沈阳出版社，1993年6月。

创作心得

关于《受戒》[①]

我没有当过和尚。

我的家乡有很多大大小小的庙。我的家乡没有多少名胜风景。我们小时候经常去玩的地方,便是这些庙。我们去看佛象。看释迦牟尼,和他两旁的侍者(有一个侍者岁数很大了,还老那么站着,我常为他不平)。看降龙罗汉、伏虎罗汉、长眉罗汉。看释迦牟尼的背后塑在墙壁上的"海水观音"。观音站在一个鳌鱼的头上,四周都是卷着漩涡的海水。我没有见过海,却从这一壁泥塑上听到了大海的声音。一个中小城市的寺庙,实际上就是一个美术馆。它同时又是一所公园。庙里大都有广庭、大树、高楼。我到现在还记得走上吱吱作响的楼梯,踏着尘土上印着清晰的黄鼠狼足迹的楼板时心里的轻微的紧张,记得凭栏一望后的畅快。

我写的那个善因寺是有的。我读初中时,天天从寺边经过。寺里放戒,一天去看几回。

我小时就认识一些和尚。我曾到一个人迹罕到的小庵里,去看过一个戒行严苦的老和尚。他年轻时曾在香炉里烧掉自己的两个指头,自号八指头陀。我见过一些阔和尚,那些大庙里的方丈。他们大都衣履讲究（讲究到令人难以相信），相貌堂堂，谈吐不俗，比县里的许多绅士还显得更有文化。事实上他们就是这个县的文化人。我写的那个石桥是有那么一个人的（名字我给他改了）。他能写能画，画法任伯年，书学吴昌硕，都很有可观。我们还常常走过门外，去看他那个小老婆。长得像一穗兰花。

我也认识一些以念经为职业的普通的和尚。我们家常做法事。我因为是长子，常在法事的开头和当中被叫去磕头；法事完了，在他们脱下袈裟，互道辛苦之后（头一次听见他们互相道"辛苦"，我颇为感动，原来和尚之间也很讲人情，不是那样冷淡），陪他们一起喝粥或者吃挂面。这样我就有机会看怎样布置道场，翻看他们的经卷，听他们敲击法器。对着经本一句一句地听正座唱"叹骷髅"（据说这一段唱词是苏东坡写的）。

我认为和尚也是一种人，他们的生活也是一种生活。凡作为人的七情六欲，他们皆不缺少，只是表现方式不同而已。

一个偶然的机会，我在一个乡下的小庵里住了几个月，就住在小说里所写的"一花一世界"那几间小屋里。庵名我已经忘记了，反正不叫菩提庵。菩提庵是我因为小门上有那样一副对联而给它起的。"一花一世界"，我并不大懂，只是朦朦胧胧地感到一种哲学的美。我那时也就是明海那样的年龄，十七八岁，能懂什么呢。

庵里的人，和他们的日常生活，也就是我所写的那样。

明海是没有的。倒是有一个小和尚,人相当蠢,和明海不一样。至于当家和尚拍着板教小和尚念经,则是我亲眼得见。

这个庄是叫庵赵庄。小英子的一家,如我所写的那样。这一家,人特别的勤劳,房屋、用具特别的整齐干净,小英子眉眼的明秀,性格的开放爽朗,身体姿态的优美和健康,都使我留下难忘的印象,和我在城里所见的女孩子不一样。她的全身,都发散着一种青春的气息。

我一直想写写在这小庵里所见到的生活,一直没有写。

怎么会在四十三年之后,在我已经六十岁的时候,忽然会写出这样一篇东西来呢?这是说不明白的。要说明一个作者怎样孕育一篇作品,就像要说明一棵树是怎样开出花来的一样的困难。

理智地想一下,因由也是有一些的。

一是在这以前,我曾经忽然心血来潮,想起我在三十二年前写的,久已遗失的一篇旧作《异秉》,提笔重写了一遍。写后,想:是谁规定过,解放前的生活不能反映呢?既然历史小说都可以写,为什么写写旧社会就不行呢?今天的人,对于今天的生活所从来的那个旧的生活,就不需要再认识认识吗?旧社会的悲哀和苦趣,以及旧社会也不是没有的欢乐,不能给今天的人一点什么吗?这样,我就渐渐回忆起四十三年前的一些旧梦。当然,今天来写旧生活,和我当时的感情不一样,正好同我重写过的《异秉》和三十二年前所写感情也一定不会一样。四十多年前的事,我是用一个八十年代的人的感情来写的。《受戒》的产生,是我这样一个八十年代的中国人的各种感情的一个总和。

二是,前几个月,因为我的老师沈从文要编他的小说集,我又一次比较集中,比较系统的读了他的小说。我认为,他的小说,他的小说里的人物,特别是他笔下的那些农村的少女,三三、夭夭、翠翠,是推动我产生小英子这样一个形象的一种很潜在的因素。这一点,是我后来才意识到的。在写作过程中,一点也没有察觉。大概是有关系的。我是沈先生的学生。我曾问过自己:这篇小说像什么?我觉得,有点像《边城》。

第三,是受了百花齐放的气候的感召。

试想一想:不用说十年浩劫,就是"十七年",我会写出这样一篇东西么?写出了,会有地方发表么?发表了,会有人没有顾虑地表示他喜欢这篇作品么? 都不可能的。那么,我就觉得,我们的文艺的情况真是好了,人们的思想比前一阵解放得多了。百花齐放,蔚然成风,使人感到温暖。虽然风的形成是曲曲折折的(这种曲折的过程我不大了解),也许还会乍暖还寒,但是我想不会。我为此,为我们这个国家,感到高兴。

这篇小说写的是什么?我在大体上有了一个设想之后,曾和个别同志谈过。"你为什么要写这样一篇东西呢?"当时我没有回答,只是带着一点激动说:"我要写!我一定要把它写得很美,很健康,很有诗意!"写成后,我说:我写的是美,是健康的人性。美,人性,是任何时候都需要的。

人们都说,文艺有三种作用:教育作用、美感作用和认识作用。是的。我承认有的作品有更深刻或更明显的教育意义。但是我希望不要把美感作用和教育作用截然分开甚至对立起来,不要把教育作用看得太狭窄(我历来不赞成单纯娱乐性的文艺这种提法),那样就会导致题材的单调。美感作用同时也是一种教育作用。美育嘛。这二年重提美育,我认为是很有必要的。这是医治民族的创伤,提高青年品德的一个很重要的措施。我们的青年应该生活得更充实,更优美,更高尚。我甚至相信,一个真正能欣赏齐白石和柴可夫斯基的青年,不大会成为一个打砸抢分子。

我的作品的内在的情绪是欢乐的。我们有过各种创伤,但是我们今天应该快乐。一个作家,有责任给予人们一分快乐,尤其是今天(请不要误会,我并不反对写悲惨的故事)。我在写出这个作品之后,原本也是有顾虑的。我说过:发表这样的作品是需要勇气的。但是我到底还是拿出来了,我还有一点自信。我相信我的作品是健康的,是引人向上的,是可以增加人对于生活的信心的,这至少是我的希望。

也许会适得其反。

我们当然是需要有战斗性的、描写具有丰富的人性的现代英雄的、深刻而尖锐地揭示社会的病痛,引起疗救的注意的、悲壮、闳伟的作品。悲剧总要比喜剧更高一些。我的作品不是,也不可能成为主流。

我从来没有说过关于自己作品的话。一个不长的短篇,也没有多少可说的话。《小说选刊》的编者要我写几句关于《受戒》的话,我就写了这样一些。写得不短,而且那样的直率,大概我的性格在变。

很多人的性格都在变。这好。

注释

① 本篇原载《小说选刊》1981年第二期;初收《晚翠文谈》,浙江文艺出版社,1988年3月。

《汪曾祺短篇小说选》自序[①]

近年来有人称我为老作家了,这对我是新鲜事。老则老矣,已经六十一岁;说是作家,则还很不够。我多年来不觉得我是个作家。我写得太少了。

我写小说,是断断续续,一阵一阵的。开始写作的时间倒是颇早的。第一篇作品大约是一九四〇年发表的。那是沈从文先生所开"各体文习作"课上的作业,经沈先生介绍出去的。大学时期所写,都已散失。此集中所收的第一篇《复仇》,可作为那一时期的一个代表,虽然写成时我已经离开大学了。一九四六、四七年在上海,写了一些,编成一本《邂逅集》。此集的前四篇即选自《邂逅集》。这次编集时都作了一些修改,但基本上保留了原貌。解放后长期担任编辑,未写作。一九五七年偶然写了一点散文和散文诗。一九六一年写了《羊舍一夕》。因为少年儿童出版社约我出一个小集子(听说是萧也牧同志所建议),我又接着写了两篇。一九七九年到一九八一年写得多一些,这都是几个老朋友怂恿的结果。没有他们的鼓励、催迫、甚至责备,我也许就不会再写小说了。深情厚谊,良可感念,于此谢之。

我的一些小说不大像小说,或者根本就不是小说。有些只是人物素描。我不善于讲故事。我也不喜欢太像小说的小说,即故事性很强的小说。故事性太强了,我觉得就不大真实。我的初期的小说,只是相当客观地记录对一些人的印象,对我所未见到的,不了解的,不去以意为之作过多的补充。后来稍稍展开一些,有较多的虚构,也有一点点情节。

有人说我的小说跟散文很难区别,是的。我年轻时曾想打破小说、散文和诗的界限。《复仇》就是这种意图的一个实践。后来在形式上排除了诗,不分行了,散文的成分是一直明显地存在着的。所谓散文,即不是直接写人物的部分。不直接写人物的性格、心理、活动。有时只是一点气氛。但我以为气氛即人物。一篇小说要在字里行间都浸透了人物。作品的风格,就是人物性格。

我的小说的另一个特点是:散。这倒是有意为之。我不喜欢布局严谨的小说,主张信马由缰,为文无法。苏轼说:"大略如行云流水,初无定质;但常行于所当行,常止于所不可不止。文理自然,恣态横生"(《答谢民师书》);又说:"吾文如万斛泉源,不择地而出,在平地滔滔汩汩,虽一日千里无难。及其与山石曲折,随物赋形而不可知也"(《文说》)。虽不能至,心向往之。

我的小说的题材,大都是不期然而遇,因此我把第一个集子定名为"邂逅"。因此,我的创作无计划可言。今后写什么,一点不知道。但如果身体还好,总还能再写一点吧。

恐怕也还是断断续续,一阵一阵的。

是为序。

一九八一年四月二十二日

注释

① 本篇原载《汪曾祺短篇小说选》,北京出版社,1982年2月;后又作为自序收入《寂寞和温暖》,略有改动,新地出版社,1987年9月。

《大淖记事》是怎样写出来的[①]

一个作品写出来了,作者要说的话都说了。为什么要写这个作品,这个作品是怎么写出来的,都在里面。再说,也无非是重复,或者说些题外之言。但是有些读者愿意看作者谈自己的作品的文章,——回想一下,我年轻时也喜欢读这样的文章,以为比读评论更有意思,也更实惠,因此,我还是来写一点。

大淖是有那么一个地方的。不过,我敢说,这个地方是由我给它正了名的。去年我回到阔别了四十余年的家乡,见到一位初中时期教过我国文的张老师,他还问我:"你这个淖字是怎样考证出来的?"我们小时做作文、记日记,常常要提到这个地方,而苦于不知道该怎样写。一般都写作"大脑",我怀疑之久矣。这地方跟人的大脑有什么关系呢?后来到了张家口坝上,才恍然大悟:这个字原来应该这样写!坝上把大大小小的一片水都叫做"淖儿"。这是蒙古话。坝上蒙古人多,很多地名都是蒙古话。后来到内蒙走过不少叫做"淖儿"的地方,越发证实了我的发现。我的家乡话没有儿化字,所以径称之为淖。至于"大",是状语。"大淖"是一半汉语,一半蒙语,两结合。我为什么念念不忘地要去考证这个字；为什么在知道淖字应该怎么写的时候，心里觉得很高兴呢？是因为我很久以前就想写写大淖这地方的事。如果写成"大脑"，在感情是很不舒服的。——三十多年前我写的一篇小说里提到大淖这个地方，为了躲开这个"脑"字，只好另外改变了一个说法。

我去年回乡，当然要到大淖去看看。我一个人去走了几次。大淖已经几乎完全变样了。一个造纸厂把废水排到这里，淖里是一片铁锈颜色的浊流。我的家人告诉我，我写的那个沙洲现在是一个种鸭场。我对着一片红砖的建筑（我的家乡过去不用红砖，都是青砖），看了一会。不过我走过一些依河而筑的不整齐的矮小房屋，一些才可通人的曲巷，觉得还能看到一些当年的痕迹。甚至某一家门前的空气特别清凉，这感觉，和我四十年前走过时也还是一样。

我的一些写旧日家乡的小说发表后，我的乡人问过我的弟弟："你大哥是不是从小带一个本本，到处记？——要不他为什么能记得那么清楚呢？"我当然没有一个小本本。我那时才十几岁，根本没有想到过我日后会写小说。便是现在，我也没有记笔记的习惯。我的笔记本上除了随手抄录一些所看杂书的片断材料外，只偶尔记下一两句只有我自己看得懂的话，——一点印象，有时只有一个单独的词。

小时候记得的事是不容易忘记的。

我从小喜欢到处走，东看看，西看看（这一点和我的老师沈从文有点像）。放学回来，一路上有很多东西可看。路过银匠店，我走进去看老银匠在模子上敲打半天，敲出一个用来钉在小孩的虎头帽上的小罗汉。路过画匠店,我歪着脑袋看他们画"家神菩萨"或玻璃油画福禄寿三星。路过竹厂,看竹匠把竹子一头劈成几杈,在火上烤弯,做成一张一张草筢子……多少年来,我还记得从我的家到小学的一路每家店铺、人家的样子。去年回乡,一个亲戚请我喝酒,我还能清清楚楚把他家原来的布店的店堂里的格局描绘出来,背得出白色的屏门上用蓝漆写的一付对子。这使他大为惊奇,连说:"是的是的"。也许是这种东看看西看看的习惯,使我后来成了一个"作家"。

我经常去"看"的地方之一,是大淖。

大淖的景物,大体就是像我所写的那样。居住在大淖附近的人,看了我的小说,都说"写得很像"。当然,我多少把它美化了一点。比如大淖的东边有许多粪缸(巧云家的门外就有一口很大的粪缸),我写它干什么呢?我这样美化一下,我的家乡人是同意的。我并没有有闻必录,是有所选择的。大淖岸上有一块比通常的碾盘还要大得多的扁圆石头,人们说是"星"——陨石,以与故事无关,我也割爱了(去年回乡,这个"星"已经不知搬到哪里去了)。如果写这个星,就必然要生出好些文章。因为它目标很大,引人注目,结果又与人事毫不相干,岂非"冤"了读者一下?

小锡匠那回事是有的。像我这个年龄的人都还记得。我那时还在上小学,听说一个小锡匠因为和一个保安队的兵的"人"要好,被保安队打死了,后来用尿碱救过来了。我跑到出事地点去看,只看见几只尿桶。这地方是平常日子也总有几只尿桶放在那里的,为了集尿,也为了方便行人。我去看了那个"巧云"(我不知道她的真名叫什么),门半掩着,里面很黑,床上坐着一个年轻女人,我没有看清她的模样,只是无端地觉得她很美。过了两天,就看见锡匠们在大街上游行。这些,都给我留下很深的印象,使我很向往。我当时还很小,但我的向往是真实的。我当时还不懂高尚的品质、优美的情操这一套,我有的只是一点向往。这点向往是朦胧的,但也是强烈的。这点向往在我的心里存留了四十多年,终于促使我写了这篇小说。

大淖的东头不大像我所写的一样。真实生活里的巧云的父亲也不是挑夫。挑夫聚居的地方不在大淖而在越塘。越塘就在我家的巷子的尽头。我上小学、初中时每天早晨、傍晚都要经过那里。星期天,去钓鱼。暑假时,挟了一个画夹子去写生。这地方我非常熟。挑夫的生活就像我所写的那样。街里的人对挑夫是看不起的,称之为"挑箩把担"的。便是现在,也还有这个说法。但是我真的从小没有对他们轻视过。

越塘边有一个姓戴的轿夫,得了血丝虫病,——象腿病。抬轿子的得了这种最不该得的病,就算完了,往后的日子还怎么过呢?他的老婆,我每天都看见,原来是个有点邋遢的女人,头发黄黄的,很少梳得整齐的时候,她大概身体不太好,总不大有精神。丈夫得了这种病,她怎么办呢?有一天我看见她,真是焕然一新!她完全变成了另外一个人,头发梳着光光的,衣服很整齐,显得很挺拔,很精神。尤其使我惊奇的,是她原来还挺好看。她当了挑夫了!一百五十斤的担子挑起来嚓嚓地走,和别的男女挑夫走在一列,比谁也不弱。

　　这个女人使我很惊奇。经过四十多年,神使鬼差,终于使我把她的品行性格移到我原来所知甚少的巧云身上(挑夫们因此也就搬了家)。这样,原来比较模糊的巧云的形象就比较充实,比较丰满了。

　　这样,一篇小说就酝酿成熟了。我的向往和惊奇也就有了着落。至于这篇小说是怎样写出来的,那真是说不清,只能说是神差鬼使,像鲁迅所说"思想中有了鬼似的"。我只是坐在沙发里东想想,西想想,想了几天,一切就比较明确起来了,所需用的语言、节奏也就自然形成了。一篇小说已经有在那里,我只要把它抄出来就行了。但是写出来的契因,还是那点向往和那点惊奇。我以为没有那么一点东西是不行的。

　　各人的写作习惯不一样。有人是一边写一边想,几经改削,然后成篇。我是想得相当成熟了,一气写成。当然在写的过程中对原来所想的还会有所取舍,如刘彦和所说:"殆乎篇成,半折心始"。也还会写到那里,涌出一些原来没有想到的细节,所谓"神来之笔",比如我写到:"十一子微微听见一点声音,他睁了睁眼。巧云把一碗尿碱汤灌进了十一子的喉咙"之后,忽然写了一句:

　　　　不知道为什么,她自己也尝了一口。

这是我原来没有想到的。只是写到那里,出于感情的需要,我迫切地要写出这一句(写这一句时,我流了眼泪)。我的老师教我们写作,常说"要贴到人物来写",很多人不懂他这句话。我的这一个细节也许可以给沈先生的话作一注脚。在写作过程要随时紧紧贴着人物,用自己的心,自己的全部感情。什么时候自己的感情贴不住人物,大概人物也就会"走"了,飘了,不具体了。

几个评论家都说我是一个风俗画作家。我自己原来没有想过。我是很爱看风俗画。十六、七世纪的荷兰画派的画,日本的浮世绘,中国的货郎图、踏歌图……我都爱看。讲风俗的书,《荆楚岁时记》、《东京梦华录》、《一岁货声》……我都爱看。我也爱读竹枝词。我以为风俗是一个民族集体创作的生活抒情诗。我的小说里有些风俗画成分,是很自然的。但是不能为写风俗而写风俗。作为小说,写风俗是为了写人。有些风俗,与人的关系不大,尽管它本身很美,也不宜多写。比如大淖这地方放过荷灯,那是很美的。纸制的荷花,当中安一段浸了桐油的纸捻,点着了,七月十五的夜晚,放到水里,慢慢地漂着,经久不熄,又凄凉又热闹,看的人疑似离开真实生活而进入一种飘渺的梦境。但是我没有把它写入《记事》,——除非我换一个写法,把巧云和十一子的悲喜和放荷灯结合起来,成为故事不可缺少的部分,像沈先生在《边城》里所写的划龙船一样。这本是不待言的事,但我看了一些青年作家写风俗的小说,往往与

人物关系不大，所以在这里说一句。

对这篇小说的结构，有两种不同的意见。一种以为前面（不是直接写人物的部分）写得太多，有比例失重之感。另一种意见，以为这篇小说的特点正在其结构，前面写了三节，都是记风土人情，第四节才出现人物。我于此有说焉。我这样写，自己是意识到的。所以一开头着重写环境，是因为"这里的一切和街里不一样"，"这里的人也不一样。他们的生活，他们的风俗，他们的是非标准、伦理道德观念和街里的穿长衣念过'子曰'的人完全不同"。只有在这样的环境里，才有可能出现这样的人和事。有个青年作家说："题目是《大淖记事》，不是《巧云和十一子的故事》，可以这样写。"我倾向同意她的意见。

我的小说的结构并不都是这样的。比如《岁寒三友》，开门见山，上来就写人。我以为短篇小说的结构可以是各式各样的。如果结构都差不多，那也就不成其为结构了。

一九八二年五月二十六日

注释

① 本篇原载1982年第8期《读书》；初收《晚翠文谈》，浙江文艺出版社，1988年3月。

两栖杂述[1]

我是两栖类。写小说,也写戏曲。我本来是写小说的。二十年来在一个京剧院担任编剧。近二、三年又写了一点短篇小说。我过去的朋友听说我写京剧,见面时说:"你怎么会写京剧呢?——你本来是写小说的,而且是有点'洋'的!"他觉得这简直不可思议。有些新相识的朋友,看过我近年的小说后,很诚恳地跟我说:"您还是写小说吧,写什么戏呢!"他们都觉得小说和戏——京剧,是两码事,而且多多少少有点觉得我写京剧是糟踏自己,为我惋惜。我很感谢他们的心意。有些戏曲界的先辈则希望我还是留下来写戏,当我表示我并不想离开戏曲界时,就很高兴。我也很感谢他们的心意。曹禺同志有一次跟我说:"你还是双管齐下吧!"我接受了他的建议。

我小时候没有想过写戏,也没有想过写小说。我喜欢画画。

我的父亲是个画画的,在我们那个县城里有点名气。我从小就很喜欢看他画画。每当他把画画的那间屋子打开(他不常画画),支上窗户,我就非常高兴。我看他研了颜色,磨了墨,铺好了纸;看他抽着烟想了一会,对着雪白的宣纸看了半天,用指甲或笔杆的一头在纸上比划比划,划几个道道,定了一幅画的间架章法,然后画出几个"花头"(父亲画写意花卉的),然后画枝干、布叶、勾筋、补石、点苔,最后再"收拾"一遍,题款、用印,用按钉钉在壁上,抽着烟对着它看半天。我很用心地看了全过程,每一步都看得很有兴趣。

我从小学到中学,都"以画名"。我父亲有一些石印的和珂罗版印的画谱,我都看得很熟了。放学回家,路过裱画店,我都要进去看看。

高中毕业,我本来是想考美专的。

我到四十来岁还想彻底改行,从头学画。

我始终认为用笔、墨、颜色来抒写胸怀,更为直接,也更快乐。

我到底没有成为一个画家。

到现在我还有爱看画的习惯,爱看展览会。有时兴之所至、特别是运动中挨整的时候,还时常随便涂抹几笔,发泄发泄。

喜欢画,对写小说,也有点好处。一个是,我在构思一篇小说的时候,有点像我父亲画画那样,先有一团情致,一种意向。然后定间架、画"花头"、立枝干、布叶、勾筋……一个是,可以锻炼对于形体、颜色、"神气"的敏感。我以为,一篇小说,总得有点画意。

我是怎样写起小说来的呢?

除了画画,我的"国文"成绩一直很好。从小学五年级到初中三年级,我的国文老师一直是高北溟先生。为了纪念他,我的小说《徙》里直接用了高先生的名字。他的为人、学问和教学的方法也就像我的小说里所写的那样,——当然不尽相同,有些地方是虚构的。在他手里,我读过的文章,印象最深的是归有光的《项脊轩志》《先妣事略》。

有几个暑假,我还从韦子廉先生学习过。韦先生是专攻桐城派的。我跟着他,每天背一篇桐城派古文。姚鼐的、方苞的、刘大櫆、戴名世的。加在一起,不下百十篇。

到现在,还可以从我的小说里看出归有光和桐城派的影响。归有光以清淡之笔写平常的人情,我是喜欢的(虽然我不喜欢他正统派思想),我觉得他有些地方很像契诃夫。"桐城义法",我以为是有道理的。桐城派讲究文章的提、放、断、连、疾、徐、顿、挫,讲"文气"。正好中国画讲"血脉流通"、"气韵生动"。我以为,"文气"是比"结构"更为内在,更精微的概念,和内容、思想更有有机联系。这是一个很好的、很先进的概念,比许多西方现代美学的概念还要现代的概念。文气是思想的直接的形式。我希望评论家能把"文气论"引进小说批评中来,并且用它来评论外国小说。

我好像命中注定要当沈从文先生的学生。

我读了高中二年级以后,日本人打到了邻县,我"逃难"在乡下,住在我的小说《受戒》里所写的小和尚庵里。除了高中教科书,我只带了两本书,一本屠格涅夫的《猎人日记》,一本上海一家野鸡书店盗印的《沈从文小说选》。我于是翻来覆去地看这两本书。

我到昆明考大学,报了西南联大中国文学系,就是因为这个大学中文系有朱自清先生、闻一多先生,还有沈先生。

我选读了沈先生的三门课:"各体文习作"、"中国小说史"和"创作实习"。

我追随沈先生多年,受到教益很多,印象最深的是两句话。

一句是"要贴到人物来写"。

他的意思不大好懂。根据我的理解,有这样几层意思:

第一,小说是写人物的。人物是主要的,先行的。其余部分都是次要的,派生的。作者要爱所写的人物。沈先生曾说过,对于兵士和农民"怀了不可言说的温爱"。"温爱",我觉得提得很好。他不说"热爱",而说"温爱",我以为这更能准确地说明作者和人物的关系。作者对所写的人物要具有充满人道主义的温情,要有带抒情意味的同情心。

第二,作者要和人物站在一起,对人物采取一个平等的态度。除了讽刺小说,作者对于人物不宜居高临下。要用自己的心贴近人物的心,以人物哀乐为自己的哀乐。这样才能在写作的大部分的过程中,把自己和人物融为一体,语之出自自己的肺腑,也是人物的肺腑。这样才不会作出浮泛的、不真实的、概念的和抄袭借用来的描述。这样,一个作品的形成,才会是人物行动逻辑自然的结果。这个作品是"流"出来的,而不是"做"出来的。人物的身上没有作者为了外在的目的强加于他身上的东西。

第三,人物以外的其他的东西都是附属于人物的。景物、环境,都得服从于人物,景物、环境都得具有人物的色彩,不能脱节,不能游离。一切景物、环境、声音、颜色、气味,都必须是人物所能感受到的。写景,就是写人,是写人物对于周围世界的感觉。这样,才会使一篇作品处处浸透了人物、散发着人物的气息,在不是写人物的部分也有人物。

另外一句话是:"千万不要冷嘲"。

这是对于生活的态度,也是写作的态度。我在旧社会,因为生活的穷困和卑屈,对于现实不满而又找不到出路,又读了一些西方的现代派的作品,对于生活形成一种带有悲观色彩的尖刻、嘲弄、玩世不恭的态度。这在我的一些作品里也有所流露。沈先生发觉了这点,在昆明时就跟我讲过;我到上海后,又写信给我讲到这点。他要求的是对于生活的"执着",要对生活充满热情,即使在严酷的现实的面前,也不能觉得"世事一无可取,也一无可为"。一个人,总应该用自己的工作,使这个世界更美好一些,给这个世界增加一点好东西。在任何逆境之中也不能丧失对于生活带有抒情意味的情趣,不能丧失对于生活的爱。沈先生在下放咸宁干校时,还写信给黄永玉,说"这里的荷花真好!"沈先生八十岁了,还每天工作十几个小时,完成《中国服饰研究》这样的巨著,就是靠这点对于生活的执着和热情支持着的。沈先生的这句话对我的影响很深。

我是怎样写起京剧剧本来的呢?

我从小爱看京剧,也爱唱唱。我父亲会拉胡琴,我初中一年级的时候就随着他的胡琴唱戏,唱老生,也唱青衣。到读大学时还唱。有个广东同学听到我唱戏，就说："丢那妈，猫叫！"

因为读的是中文系，我后来又学唱了昆曲。

我喜欢看戏，看京剧，也爱看地方戏，特别爱看川剧。

我没有想到过写戏曲剧本。

因为当编辑，编《说说唱唱》，想写作，又下不去，没有生活，不免发牢骚。那年恰好是纪念世界名人吴敬梓，有人就建议我在《儒林外史》里找一个题材，写写京剧剧本，我就写了一个《范进中举》。这个剧本演出了，还在北京市戏曲会演中得了一个奖。

一九五八年，我戴了右派帽子下去劳动，摘了帽子，想调回北京，恰好北京京剧团还有个编剧名额，我就这样调到了京剧团，一直到现在。二十年了。

搞文学的人是不大看得起京剧的。

这也难怪。京剧的文学性确实是很差，很多剧本简直是不知所云。前几个月，我在北京，每天到玉渊潭散步，每天听一个演员在练《珠帘寨》的定场诗：

　　李白斗酒诗百篇，
　　长安市上酒家眠。
　　摔死国舅段文楚，
　　唐王一怒贬北番！

李克用和李太白有什么关系呢？

《花田错》里有一句唱词：

桃花不比杏花黄……

桃花不黄，杏花也不黄呀！

可是，京剧毕竟是我们的文化遗产呀！而且，就是京剧，也有些很好的东西。比如大家都知道的《四进士》，用了那样多的典型的细节，刻画了宋士杰这样一个独特的人物，这就不用说了。我以为这出戏放在世界戏剧名作之林中，是毫不逊色的。再如《打渔杀家》里萧恩和桂英离家时的对话：

  萧　恩　开门哪！(出门介)
  桂　英　爹爹请转。
  萧　恩　儿呀何事？
  桂　英　这门还未曾上锁呢。
  萧　恩　这门嘛，关也罢不关也罢。
  桂　英　里面还有许多动用家具呢。
  萧　恩　傻孩子呀，门都不要了，要家具则甚哪！
  桂　英　不要了？
  萧　恩　不明白的冤家！……

我觉得这是小说，很好的小说。我觉得写小说的，也是可以从戏曲里学到很多东西的。

戏曲、京剧，有些手法好像很旧。但是中国人觉得它很旧，外国人觉得它很新。比如"自报家门"，这就比用整整一幕戏来介绍人物省事得多。比如布莱希特的"间离效果"说，是受了中国戏曲的启发而提出来的，这很新呀！

我觉得我们不要妄自菲薄，数典忘祖。我们要"以故为新"，从遗产中找出新的东西来。特别是搞西方现代派的同志，我建议他们读一点旧文学，用比较文学的方法研究研究中国的古典文学。我总是希望能把古今中外熔为一炉。

我搞京剧，有一个想法，很想提高一下京剧的文学水平，提高其可读性，想把京剧变成一种现代艺术，可以和现代文学作品放在一起，使人们承认它和王蒙的、高晓声的、林斤澜、邓友梅的小说是一个水平的东西，只不过形式不同。

搞搞京剧还有一个好处，即知道戏和小说是两种东西（当然又是相通的）。戏要夸张、要强调；小说要含蓄，要淡远。李笠翁说写诗文不可说尽，十分只能说二三分，写戏剧必须说尽，十分要说到十分。这是很有见地的话。托尔斯泰说人是不能用警句交谈的，这是指的小说；戏里的人物是可以用警句交谈的。因此，不能把小说写得像戏，不能有太多情节，太多的戏剧性。如果写的是一篇戏剧性很强的小说，那你不如干脆写成戏。

以上是一个两栖类的自白。

除了搞戏，我还搞过曲艺，编过《说说唱唱》；搞过民间文学、编了好几年《民间文学》。"文化大革命"以后，我发表的第一篇作品不是小说,而是民间文学的论文,而且和甘肃有点关系,是《"花儿"的格律》。我觉得这对写小说没有坏处。特别是民间文学,那真是一个宝库。我甚至可以武断地说,不读一点民歌,民间故事,是不能成为一个好小说家的。

我这个两栖类,这个"杂家"有点什么经验?一个是要尊重、热爱祖国的文学艺术传统;一个是兼收并蓄,兴趣更广泛一些,知识更丰富一些。

我希望有更多的两栖类,希望诗人、小说家都来写写戏曲。

一九八二年九月十七日　兰州

注释

① 本篇原载《飞天》1983年1月号;初收《晚翠文谈》,浙江文艺出版社,1988年3月。

我是一个中国人①

——散步随想

我实在不想说话,因为没有什么话可说。我对文艺界的情况很不了解。这几年精力渐减,很少读作品,中国的,和外国的。我对自己也不大了解。我究竟算是哪一"档"的作家?什么样的人在读我的作品?这些全都心中无数。我一直还在摸索着,有一点孤独,有时又颇为自得其乐地摸索着。

在山东菏泽讲话,下面递上来一个条子:"汪曾祺同志:你近年写了一些无主题小说,请你就这方面谈谈看法。"因为时间关系,我当时没有来得及回答。到了平原,又讲话,顺便谈了谈这个问题。写条子的这位青年同志(我相信是青年)大概对"无主题小说"很感兴趣,可是我对这方面实在无所知。我不知道有没有这个提法,这提法是从哪里来的。我只听说过"无主调音乐",没有听说过"无主题小说"。我说:我没有写过"无主题小说"。我的小说都是有主题的。一定要我说,我也能说得出来。这位递条子的同志所称"无主题小说",我想大概指的我近年发表的一些短小作品,如在《海燕》上发表的《钓人的孩子》,《十月》上发表的一组小说《晚饭花》里的《珠子灯》。这两篇小说都是有主题的。《钓人的孩子》的主题是：货币使人变成魔鬼。《珠子灯》的主题是：封建贞操观念的零落。

不过主题最好不要让人一眼就看出来。

李笠翁论传奇，讲"立主脑"。郭绍虞解释主脑即主题，我是同意郭先生的解释的。我以为李笠翁所说"主脑"，即风筝的脑线。风筝没有脑线，是放不上去的。作品没有主题，是飞不起来的。但是你只要看风筝就行了，何必一定非瞅清楚风筝的脑线不可呢？

脑线使风筝飞起，同时也是对于风筝的限制。脑线断了，风筝就会不知道飞到哪里去了。主题对作品也是一种限制。一个作者应该自觉地使自己受到限制。人的思想不能汗漫无际。我们不能往一片玻璃上为人斟酒。

> 鸟飞在天上，
> 影子落在地下。②

任何高超缥缈的思想都是有迹可求的。

捉摸捉摸一个作品的主题，捉摸捉摸作者想说的究竟是什么，对读者来说，不也是一种乐趣么？"好读书，不求甚解；每有会意，便欣然忘食"，这是一种很惬意的读书方法。读小说，正当如此。

不要把主题讲得太死，太实，太窄。

也许我前面所说的主题，在许多人看来不是主题（因此他们称我的小说为"无主题小说")。在有些同志看来,主题得是几句具有鼓动性的、有教诲意义的箴言。这样的主题,我诚然是没有。

我是一个中国人。

中国人必然会接受中国传统思想和文化的影响。我接受了什么影响?道家?中国化了的佛家——禅宗?都很少。比较起来,我还是接受儒家的思想多一些。

我不是从道理上,而是从感情上接受儒家思想的。我认为儒家是讲人情的,是一种富于人情味的思想。《论语》里的孔夫子是一个活人。他可以骂人,可以生气着急,赌咒发誓。

我很喜欢《论语·子路曾皙冉有公西华侍坐章》。"暮春者,春服既成,冠者五六人,童子六七人,浴乎沂,风乎舞雩,咏而归。"我以为这是一种很美的生活态度。

我欣赏孟子的"大人者,不失其赤子之心"。

我认为陶渊明是一个纯正的儒家。"暧暧远人村,依依墟里烟。狗吠深巷中,鸡鸣桑树颠。"我很熟悉这样的充满人的气息的"人境",我觉得很亲切。

我喜欢这样的诗:"万物静观皆自得,四时佳兴与人同","顿觉眼前生意满,须知世上苦人多"。这是蔼然仁者之言。这样的诗人总是想到别人。

有人让我用一句话概括出我的思想,我想了想,说:我大概是一个中国式的抒情的人道主义者。

我不了解前些时报上关于人道主义的争论的实质和背景。我愿意看看这样的文章,但是我没有力量去作哲学上的论辩。我的人道主义不带任何理论色彩,很朴素,就是对人的关心,对人的尊重和欣赏。

讲一点人道主义有什么不好呢?说老实话,不是十年"文化大革命"的惨痛教训,不是经过三中全会的拨乱反正,我是不会产生对于人道主义的追求,不会用充满温情的眼睛看人,去发掘普通人身上的美和诗意的。不会感觉到周围生活生意盎然,不会有碧绿透明的幽默感,不会有我近几年的作品。

我当然反对利用"人道主义"来诋毁社会主义,诋毁我们伟大的祖国。

关于现代派。

我的意见很简单:在民族传统的基础上接受外来影响,在现实主义的基础上吸收现代派的某些表现手法。

最新的现代派我不了解。我知道一点的是老一代的现代派。我曾经很爱读弗·吴尔芙和阿左林的作品(通过翻译)。我觉得在社会主义现实主义的旗帜下的某些苏联作家是吸收了现代派的表现手法的。比如安东诺夫的《在电车上》,显然是用意识流的手法写出来的。意识流是可以表现社会主义内容的,意识流和社会主义内容不是不相容,而是可以给社会主义文学带来一股清新的气息的。

我的一些颇带土气的作品偶尔也吸取了一点现代派手

法。比如《大淖记事》里写巧云被奸污后第二天早上的乱糟糟的,断断续续,飘飘忽忽的思想,就是意识流。我在《钓人的孩子》一开头写抗日战争时期昆明大西门外的忙乱纷杂的气氛,用了一系列静态的,只有名词,而无主语、无动词的短句,后面才说出"每个人带着他一生的历史和半个月的哀乐在街上走",这颇有点现代派的味道。我写过一篇《求雨》(将在《钟山》第四期发表),写栽秧时节不下雨,望儿的爸爸和妈妈一天抬头看天好多次,天蓝得要命,望儿的爸爸和妈妈的眼睛是蓝的。望儿看着爸爸和妈妈,望儿的眼睛也是蓝的。望儿和一群孩子上街求雨,路上的行人看着这支幼弱、褴褛、有些污脏而又神圣的小小的队伍,行人的眼睛也是蓝的。这也颇有点现代派的味道(把人的眼睛画蓝了,这是后期印象派的办法)。我觉得这没有什么不可以。而且我觉得只有这样写才能达到预期的效果。也可以说,这样写是为了主题的需要。

我觉得现实主义是可以、应该,甚至是必须吸收一点现代派的手法的,为了使现实主义返老还童。

但是我不赞成把现代派作为一个思想体系原封不动地搬到中国来。

爱护祖国的语言。一个作家应该精通语言。一个作家,如果是用很讲究的中国话写作,即使他吸收了外来的影响,他的作品仍然会具有鲜明的民族风格。外来影响和民族风格不是对立的矛盾。民族风格的决定因素是语言。五四以后不少着力学习西方文学的格律和方法的作家,同时也在着力运用中国味儿的语言。徐志摩(他是浙江硖石人)、闻一多(湖北浠水人),都努力地用北京话写作。中国第一个有意识地运用意识流方法,作品很像弗·吴尔芙的女作家林徽因(福州人),她写的《窗子以外》《九十九度中》,所用的语言是很漂亮的地道的京片子。这样的作品带洋味儿,可是一看就是中国人写的。

外国的现代派作家,我想也是精通他自己的国家的语言的。

用一种不合语法,不符合中国的语言习惯的,不中不西、不伦不类的语言写作,以为这可以造成一种特殊的风格,恐怕是不行的。

我的作品和我的某些意见,大概不怎么招人喜欢。姥姥不疼,舅舅不爱。也许我有一天会像齐白石似的"衰年变法",但目前还没有这意思。我仍将沿着这条路走下去。有点孤独,也不赖。

一九八三年六月七日

注释

① 本篇原载《北京师范学院学报:社哲版》1983年第三期,又载《当代作家评论》1995年第四期;初收《晚翠文谈》,浙江文艺出版社,1988年3月。

② 蒙古族民歌。

《晚饭花集》自序①

一九八一年下半年至一九八三年下半年所写的短篇小说都在这里了。

集名《晚饭花集》,是因为集中有一组以《晚饭花》为题目的小说。不是因为我对这一组小说特别喜欢,而是觉得其他各篇的题目用作集名都不太合适。我对自己写出的作品都还喜欢,无偏爱。读过我的作品的熟人,有人说他喜欢哪一两篇,不喜欢哪一两篇;另一个人的意见也许正好相反。他们问我自己的看法,我常常是笑而不答。

我对晚饭花这种花并不怎么欣赏。我没有从它身上发现过"香远益清"、"出淤泥而不染"之类的品德,也绝对到不了"不可一日无此君"的地步。这是一种很低贱的花,比牵牛花、凤仙花以及北京人叫做"死不了"的草花还要低贱。凤仙花、"死不了",间或还有卖的,谁见过花市上卖过晚饭花?这种花公园里不种,画家不画,诗人不题咏。它的缺点一是无姿态。二是叶子太多,铺铺拉拉,重重叠叠,乱乱哄哄地一大堆。颜色又是浓绿的。就算是需要进行光合作用,取得养分,也用不着生出这样多的叶子呀,这真是一种毫无节制的浪费!三是花形还好玩,但也不算美,一个长柄的小喇叭。颜色以深胭脂红的为多,也有白的和黄的。这种花很易串种。黄花、白花的瓣上往往有不规则的红色细条纹。花多,而细碎。这种花用"村"、"俗"来形容,都不为过。最恰当的还是北京人爱用的一个字:"怯"。北京人称晚饭花为野茉莉,实在是抬举它了。它跟茉莉可以说毫不相干,也一定不会是属于同一科,枝、叶、花形都不相似。把它和茉莉拉扯在一起,可能是因为它有一点淡淡的清香,——然而也不像茉莉的气味。只有一个"野"字它倒是当之无愧的。它是几乎不用种的。随便丢几粒种籽到土里,它就会赫然地长出了一大丛。结了籽,落进土中,第二年就会长出更大的几丛,只要有一点空地,全给你占得满满的,一点也不客气。它不怕旱,不怕涝,不用浇水,不用施肥,不得病,也没见它生过虫。这算是什么花呢?然而不是花又是什么呢?你总不能说它是庄稼,是蔬菜,是药材。虽然吴其濬说它的种籽的黑皮里有一囊白粉,可食;叶可为蔬,如马兰头;俚医用其根治吐血,但我没有见到有人吃过,服用过。那就还算它是一种花吧。

我的小说和晚饭花无相似处,但其无足珍贵则同。

我的对于晚饭花还有一点好感,是和我的童年的记忆有关系的。我家的荒废的后园的一个旧花台上长着一丛晚饭花。晚饭以后,我常常到废园里捉蜻蜓,一捉能捉几十只。选两只放在帐子里让它吃蚊子(我没见过蜻蜓吃蚊子,但我相信它是吃的),其余的装在一个大鸟笼里,第二天一早又把它们全放了。我在别的花木枝头捉,也在晚饭花上捉。因此我的眼睛里每天都有晚饭花。看到晚饭花，我就觉得一天的酷暑过去了，凉意暗暗地从草丛里生了出来，身上的痱子也不痒了，很舒服；有时也会想到又过了一天，小小年纪，也感到一点惆怅，很淡很淡的惆怅。而且觉得有点寂寞，白菊花茶一样的寂寞。

我的儿子曾问过我："《晚饭花》里的李小龙是你自己吧？"我说："是的。"我就像李小龙一样，喜欢随处留连，东张西望。我所写的人物都像王玉英一样，是我每天要看的一幅画。这些画幅吸引着我，使我对生活产生兴趣，使我的心柔软而充实。而当我所倾心的画中人遭到命运的不公平的簸弄时，我也像李小龙那样觉得很气愤。便是现在，我也还常常为一些与我无关的事而发出带孩子气的气愤。这种倾心和气愤，大概就是我自己称之为抒情现实主义的心理基础。

这一集，从形式上看，如果说有什么特点，是有一些以三个小短篇为一组的小说。数了数，竟有六组。这些小短篇的组合，有的有点外部的或内部的联系。比如《故里三陈》写的三个人都姓陈；《钓人的孩子》所写的都是与钱有关的小故事。有的则没有联系，不能构成"组曲"，如《小说三篇》，其实可以各自成篇。至于为什么总是三篇为一组，也没有什么道理，只是因一篇太单，两篇还不足，三篇才够"一卖"。"事不过三"，三请诸葛亮，三戏白牡丹，都是三。一二三，才够意思。

我写短小说，一是中国本有用极简的笔墨摹写人事的传统,《世说新语》是突出的代表。其后不绝如缕。我爱读宋人的笔记甚于唐人传奇。《梦溪笔谈》、《容斋随笔》记人事部分我都很喜欢。归有光的《寒花葬志》、龚定盦的《记王隐君》,我觉得都可当小说看。

第二是我过去就曾经写过一些记人事的短文。当时是当作散文诗来写的。这一集中的有些篇,如《钓人的孩子》、《职业》《求雨》,就还有点散文诗的味道。散文诗和小说的分界处只有一道篱笆,并无墙壁(阿左林和废名的某些小说实际上是散文诗)。我一直以为短篇小说应该有一点散文诗的成分。把散文诗编入小说集,并非自我作古,我看到有些外国作家就这样办过。

第三,这和作者的气质有关。倪云林一辈子只能画平远小景,他不能像范宽一样气势雄豪,也不能像王蒙一样烟云满纸。我也爱看金碧山水和工笔重彩人物,但我画不来。我的调色碟里没有颜色,只有墨,从渴墨焦墨到浅得像清水一样的淡墨。有一次以矮纸尺幅画初春野树,觉得需要一点绿,我就挤了一点菠菜汁在上面。我的小说也像我的画一样,逸笔草草,不求形似。又我的小说往往是应刊物的急索,短稿较易承命。书被催成墨未浓,殊难计其工拙。

这一集里的小说和《汪曾祺短篇小说选》(北京出版社一九八二年出版),在思想上和方法上有些什么不同?很难说。几笔的功夫,很难看出一个作者的作品有多少明显的变化。到了我这样的年龄,很难像青年作家一样会产生飞

跃。我不像毕加索那样多变。不过比较而言,也可以说出一些。

从思想情绪上说,前一集更明朗欢快一些。那一集小说明显地受了三中全会的间接影响。三中全会一开,全国人民思想解放,情绪活跃,我的一些作品(如《受戒》、《大淖记事》)的调子是很轻快的。现在到了扎扎实实建设社会主义的时候了,现在是为经济的全面起飞作准备的阶段,人们都由欢欣鼓舞转向深思。我也不例外,小说的内容渐趋沉着。如果说前一集的小说较多抒情性,这一集则较多哲理性。我的作品和政治结合得不紧,但我这个人并不脱离政治。我的感怀寄托是和当前社会政治背景息息相关的。必须先论世,然后可以知人。离开了大的政治社会背景来分析作家个人的思想,是说不清楚的。我想,这是唯物主义的方法。当然,说不同,只是相对而言。如果把这一集的小说编入上一集,或把上一集的编入这一集,皆无不可。大体上,这两集都可以说是一个不乏热情,还算善良的中国作家八十年代初期的思想的记录。

在文风上,我是更有意识地写得平淡的。但我不能一味地平淡。一味平淡,就会流于枯瘦。枯瘦是衰老的迹象。我还不太服老。我愿意把平淡和奇崛结合起来。我的语言一般是流畅自然的,但时时会跳出一两个奇句、古句、拗句、甚至有点像是外国作家写出来的带洋味儿的句子。老夫聊发少年狂,诸君其能许我乎?另一点是,我是更有意识地吸收民族传统的,在叙述方法上有时简直有点像旧小说,但是有时忽然来一点现代派的手法,意象、比喻,都是从外国移来的。这一点和前一点其实是一回事。奇,往往就有点洋。但是,我追求的是和谐。我希望溶奇崛于平淡、纳外来于传统,能把它们揉在一起。奇和洋为了"醒脾",但不能瞧着扎眼,"硌生"。

我已经六十三岁,不免有"晚了"之感,但思想好像还灵活,希望能抓紧时间,再写出一点。曾为友人画冬日菊花,题诗一首:

　　新沏清茶饭后烟,
　　自搔短发负晴暄。
　　枝头残菊开还好,
　　留得秋光过小年。

愿以自勉,且慰我的同代人。

如果继续写下去,应该写出一点更深刻,更有分量的东西。

是为序。

一九八三年九月一日

注释

①　本篇原载《读书》1984年第一期;初收《晚饭花集》,人民文学出版社,1985年3月;又收《晚翠文谈》,浙江文艺出版社,1988年3月。

门前流水尚能西[①]

——《晚翠文谈》自序

昆明云南大学的教授宿舍区有一处叫"晚翠园"。月亮门的石额上刻着三个字,字是胡小石写的,很苍劲。我们那时常到云大去拍曲子,常穿过这个园。为什么叫"晚翠园"呢?是因为园里种了大概有二三十棵大枇杷树。《千字文》云:"枇杷晚翠",用的是这个典。这句话最初出在哪里?我就不知道了,实在是有点惭愧。不过《千字文》里的许多四个字一句的话都不一定有出处。好比"海咸河淡",只是眼面前的一句大实话,考查不出来源。"枇杷晚翠"也可能是这样的。这也是一句实话,只不过字面上似乎有点诗意,不像"海咸河淡"那样平常得有点令人发笑。枇杷的确是晚翠的。它是常绿的灌木,叶片大而且厚,革质,多大的风也不易把它们吹得掉下来。不但经冬不落,而且愈是雨余雪后,愈是绿得惊人。枇杷叶能止咳润肺。我们那里的中医处方,常用枇杷叶两片(去毛)作药引子。掐枇杷叶大都是我的事,我的老家的后园有一棵枇杷树。它没有结过一颗枇杷,却长得一树的浓密的叶子。不论什么时候,走近去,一伸手,就能得到两片。回来,用纸媒子的头子,把叶片背面的茸毛搓掉,整片丢进药罐子,完事。枇杷还有一个特点,是花期极长的。枇杷头年的冬天就开始著花。花冠淡黄白色,外披锈色的长毛,远看只是毛乎乎的一个疙瘩,极不起眼,甚至根本不像是花,不注意是不会发现的,不像桃花李花喊着叫着要人来瞧。结果也很慢。不知道什么时候,它的花落了,结了纽子大的绿色的果粒。你就等吧,要到端午节前它才成熟,变成一串一串淡黄色的圆球。枇杷呀,你结这么点果子,可真是费劲呀!

把近几年陆续写出的谈文学的短文编为一集,取个什么书名呢?想来想去,想出了一个《晚翠文谈》。这也像《千字文》一样,只是取其字面上有点诗意。这是"夫子自道"么?也可以说有那么一点。我自二十岁起,开始弄文学,蹉跎断续,四十余年,而发表东西比较多,则在六十岁以后,真也够"费劲"的。呜呼,可谓晚矣。晚则晚矣,翠则未必。

我把去年出的一本小说集命名为《晚饭花集》,现在又把这本书名之曰《晚翠文谈》,好像我对"晚"字特别有兴趣。其实我并没有多少迟暮之思。我没有对失去的时间感到痛惜。我知道,即使我有那么多时间,我也写不了多少作品,写不出大作品,写不出有分量、有气魄、雄辩、华丽的论文。这是我的气质所决定的。一个人的气质,不管是由先天还是后天形成,一旦形成,就不易改变。人要有一点自知。我的气质,大概是一个通俗抒情诗人。我永远只是一个小品作家。我写的一切,都是小品。就像画画,画一个册页,一个小条幅,我还可以对付;给我一张丈二匹,我就毫无办法。中国古人论书法,有谓以写大字的笔法写小字,以写小字的笔法写大字的。我以为这不行。把寸楷放成擘窠大字,无论如何是不像样子的。——现在很多招牌匾额的字都是"放"出来的,一看就看得出来。一个人找准了自己的位置,就可以比较"事理通达,心气和平"了。在中国文学的园地里,虽然还不能说"有我不多,无我不少",但绝不是"谢公不出,如苍生何"。这样一想,多写一点,少写一点,早熟或晚成(我的一个朋友的女儿曾跟我开玩笑,说"汪伯伯是'大器晚成'"),又有什么关系呢?我偶尔爱用"晚"字,并没有一点悲怨,倒是很欣慰的。我赶上了好时候。

　　三十多年来,我和文学保持一个若即若离的关系,有时甚至完全隔绝,这也有好处。我可以比较贴近地观察生活,又从一个较远的距离外思索生活。我当时没有想写东西,不需要赶任务,虽然也受错误路线的制约,但总还是比较自在,比较轻松的。我当然也会受到占统治地位的带有庸俗社会学色彩的文艺思想的左右,但是并不"应时当令",较易摆脱,可以少走一些痛苦的弯路。文艺思想一解放,我年轻时读过的,受过影响的,解放后曾被别人也被自己批判过的一些中外作品在我心里复苏了,或者照现在的说法,我对这些作品较易"认同"。我从弄文学以来,所走的路,虽然也有些曲折,但基本上能够做到我行我素。经过三四十年缓慢的,有点孤独的思索,我对生活、对文学有我自己的一点看法,并且这点看法本像纽子大的枇杷果粒一样渐趋成熟。这也是应该的。否则的话,不是白吃了这么多年的饭么?我不否认我有我的思维方式,也有那么一点我的风格。但是我不希望我的思想凝固僵化,成了一个北京人所说的"老悖晦"。我愿意接受新观念、新思想,愿意和年轻人对话,——主要是听他们谈话。希望他们不对我见外。太原晋祠有泉曰"难老"。泉上有亭,傅小山写了一块竖匾:"永锡难老"。要"难老",只有向青年学习。我看有的老作家对青年颇多指摘,这也不是,那也不是,甚至大动肝火,只能说明他老了。我也许还不那么老,这是沾我"来晚了"的光。

这一集里相当多的文章是写给青年作者看的。有些话倒是自己多年摸索的甘苦之言,不是零批转贩。我希望这里有点经验,有点心得。但是都是仅供参考,不是金针度人。孔子曰:"以吾一日长乎尔,无吾以也。"

此集编排,未以文章写作、发表时间先后为序,而是按内容性质,分为四类:

第一辑是所谓"创作谈";

第二辑是几篇文学评论;

第三辑是戏曲杂论;

第四辑是两篇民间文学论文。

"吾令羲和弭节兮,望崦嵫而勿迫"。套用孔乙己的一句话:"晚乎哉,不晚也",我还想再工作一个时期。

一九八六年八月十一日
序于蒲黄榆路寓楼

注释

① 本篇原载《天津文学》1986年第十一期;初收《晚翠文谈》,浙江文艺出版社,1988年3月。

《汪曾祺自选集》自序[①]

承漓江出版社的好意,约我出一个自选集。我略加考虑,欣然同意了。因为,一则我出过的书市面上已经售缺,好些读者来信问哪里可以买到,有一个新的选集,可以满足他们的要求;二则,把不同体裁的作品集中在一起,对想要较全面地了解我的读者和研究者方便一些,省得到处去搜罗。

自选集包括少量的诗,不多的散文,主要的还是短篇小说。评论文章未收入,因为前些时刚刚编了一本《晚翠文谈》,交给了浙江出版社,手里没有存稿。

我年轻时写过诗,后来很长时间没有写。我对于诗只有一点很简单的想法。一个是希望能吸收中国传统诗歌的影响(新诗本是外来形式,自然要吸收外国的,——西方的影响)。一个是最好要讲一点韵律。诗的语言总要有一点音乐性,这样才便于记诵,不能和散文完全一样。

我的散文大都是记叙文。间发议论,也是夹叙夹议。我写不了像伏尔泰、叔本华那样闪烁着智慧的论著,也写不了蒙田那样渊博而优美的谈论人生哲理的长篇散文。我也很少写纯粹的抒情散文。我觉得散文的感情要适当克制。感情过于洋溢,就像老年人写情书一样,自己有点不好意思。我读了一些散文,觉得有点感伤主义。我的散文大概继承了一点明清散文和五四散文的传统。有些篇可以看出张岱和龚定庵的痕迹。

我只写短篇小说,因为我只会写短篇小说。或者说,我只熟悉这样一种对生活的思维方式。我没有写过长篇,因为我不知道长篇小说为何物。长篇小说当然不是篇幅很长的小说,也不是说它有繁复的人和事,有纵深感,是一个具有历史性的长卷……这些等等。我觉得长篇小说是另外一种东西。什么时候我摸得着长篇小说是什么东西,我也许会试试,我没有写过中篇(外国没有"中篇"这个概念)。我的小说最长的一篇大约是一万七千字。有人说,我的某些小说,比如《大淖记事》,稍为抻一抻就是一个中篇。我很奇怪:为什么要抻一抻呢?抻一抻,就会失去原来的完整,原来的匀称,就不是原来那个东西了。我以为一篇小说未产生前,即已有此小说的天生的形式在,好像宋儒所说的未有此事物,先有此事物的"天理"。我以为一篇小说是不能随便抻长或缩短的。就像一个苹果,既不能把它压小一点,也不能把它泡得更大一点。压小了,泡大了,都不成其为一个苹果。宋玉说东邻之处子,增之一分则太长,减之一分则太短,施朱则太赤,敷粉则太白,说的虽然绝对了一些,但是每个作者都应当希望自己的作品修短相宜,浓淡适度。当他写出了一个作品,自己觉得:嘿,这正是我希望写成的那样,他就可以觉得无憾。一个作家能得到的最大的快感,无非是这点无憾,如庄子所说:"提刀而立,为之四顾,为之踌躇满志"。否则,一个作家当作家,当个什么劲儿呢?

我的小说的背景是:我的家乡高邮、昆明、上海、北京、张家口。因为我在这几个地方住过。我在家乡生活到十九岁,在昆明住了七年,上海住了一年多,以后一直住在北京,——当中到张家口沙岭子劳动了四个年头。我以这些不同地方为背景的小说,大都受了一些这些地方的影响,风土人情、语言——包括叙述语言,都有一点这些地方的特点。但我不专用这一地方的语言写这一地方的人事。我不太同意"乡土文学"的提法。我不认为我写的是乡土文学。有些同志所主张的乡土文学,他们心目中的对立面实际上是现代主义,我不排斥现代主义。

我写的人物大都有原型。移花接木,把一个人的特点安在另一个人的身上,这种情况是有的。也偶尔"杂取种种人",把几个人的特点集中到一个人的身上。但多以一个人为主。当然不是照搬原型。把生活里的某个人原封不动地写到纸上,这种情况是很少的。对于我所写的人,会有我的看法,我的角度,为了表达我的一点什么"意思",会有所夸大,有所削减,有所改变,会加入我的假设,我的想象,这就是现在通常所说的主体意识。但我的主体意识总还是和某一活人的影子相粘附的。完全从理念出发,虚构出一个或几个人物来,我还没有这样干过。

重看我的作品时,我有一点奇怪的感觉:一个人为什么要成为一个作家呢?这多半是偶然的,不是自己选择的。不像是木匠或医生,一个人拜师学木匠手艺,后来就当木匠；读了医科大学，毕业了就当医生。木匠打家具，盖房子；医生给人看病。这都是实实在在的事。作家算干什么的呢？我干了这一行，最初只是对文学有一点爱好，爱读读文学作品，——这种人多了去了！后来学着写了一点作品，发表了，但是我很长时期并不意识到我是一个"作家"。现在我已经得到社会承认，再说我不是作家，就显得矫情了。这样我就不得不慎重地考虑考虑：作家在社会分工里是干什么的？我觉得作家就是要不断地拿出自己对生活的看法，拿出自己的思想、感情，——特别是感情的那么一种人。作家是感情的生产者。那么，检查一下，我的作品所包涵的是什么样的感情？我自己觉得：我的一部分作品的感情是忧伤，比如《职业》、《幽冥钟》；一部分作品则有一种内在的欢乐，比如《受戒》、《大淖记事》；一部分作品则由于对命运的无可奈何转化出一种带有苦味的嘲谑，比如《云致秋行状》、《异秉》。在有些作品里这三者是混和在一起的，比较复杂。但是总起来说，我是一个乐观主义者。对于生活，我的朴素的信念是：人类是有希望的，中国是会好起来的。我自觉地想要对读者产生一点影响的，也正是这点朴素的信念。我的作品不是悲剧。我的作品缺乏崇高的、悲壮的美。我所追求的不是深刻，而是和谐。这是一个作家的气质所决定的，不能勉强。

重看旧作，常常会觉得：我怎么会写出这样一篇作品来的？——现在叫我来写，写不出来了。我的女儿曾经问我："你还能写出一篇《受戒》吗？"我说："写不出来了。"一个人写出某一篇作品,是外在的、内在的各种原因造成的。我是相信创作是有内部规律的。我们的评论界过去很不重视创作的内部规律,创作被看作是单纯的社会现象,其结果是导致创作缺乏个性。有人把政治的、社会的因素都看成是内部规律,那么,还有什么是外部规律呢?这实际上是抹煞内部规律。一个人写成一篇作品,是有一定的机缘的。过了这个村,没有这个店。为了让人看出我的创作的思想脉络,各辑的作品的编排,大体仍以写作(发表)的时间先后为序。

严格地说,这个集子很难说是"自选集"。"自选集"应该是从大量的作品里选出自己认为比较满意的。我不能做到这一点。一则是我的作品数量本来就少,挑得严了,就更会所剩无几;二则,我对自己的作品无偏爱。有一位外国的汉学家发给我一张调查表,其中一栏是:"你认为自己最具有代表性的作品是哪几篇",我实在不知道如何填。我的自选集不是选出了多少篇,而是从我的作品里剔除了一些篇。这不像农民田间选种,倒有点像老太太择菜。老太太择菜是很宽容的,往往把择掉的黄叶、枯梗拿起来再看看,觉得凑合着还能吃,于是又搁回到好菜的一堆里。常言说:拣到篮里的都是菜,我的自选集就有一点是这样。

一九八六年十二月十四日序于北京蒲黄榆路寓居

注释

① 本篇原载《汪曾祺自选集》,漓江出版社,1987年10月。

关于散文的感想①

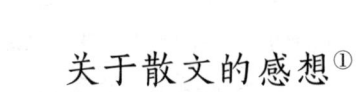

我写散文,是搂草打兔子,捎带脚。不过我以为写任何形式的文学,都得首先把散文写好。因此陆陆续续写了一些。

中国是个散文的大国,历史悠久。《世说新语》记人事,《水经注》写风景,精采生动,世无其匹。唐宋以文章取士。会写文章,才能做官,在别的国家,大概无此制度。唐宋八家,在结构上、语言上,试验了各种可能性。宋人笔记,简洁潇洒,读起来比典册高文更为亲切,《容斋随笔》可为代表。明清考八股,但要传世,还得靠古文。归有光、张岱,各有特点。"桐城派"并非都是谬种,他们总结了写散文的一些经验,不可忽视。龚定庵造语奇崛,影响颇大。"五四"以后,散文是兴旺的。鲁迅、周作人,沉郁冲淡,形成两支。朱自清的《背影》现在读起来还是非常感人。但是近二三十年,散文似乎不怎么发达,不知是什么原因。其实,如果一个国家的散文不兴旺,很难说这个国家的文学有了真正的兴旺。散文如同布帛麦菽,是不可须臾离的。

"五四"以后的新文学形式,如新诗、戏剧,是外来的。小说也受了外国很大的影响。独有散文,却是土产。那时翻译了一些外国的散文,如法国蒙田的、挪威的别伦·别尔生的、英国兰姆的，但是影响不大，很少人摹仿他们那样去写。屠格涅夫和波特莱尔的散文诗译过来了，有影响。但是散文诗是诗，不是散文。近十年文学，相当一部分努力接受西方影响，被标为新潮或现代派。但是，新潮派的诗、小说、戏剧，我们大体知道是什么样子，新潮派的散文是什么样子呢，想象不出。新潮派的诗人、戏剧家、小说家，到了他们写散文的时候，就不大看得出怎么新潮了，和不是新潮的人写的散文也差不多。这对于新潮派作家，是无可奈何的事。看来所有的人写散文，都不得不接受中国的传统。事情很糟糕，不接受民族传统，简直就写不好一篇散文。不过话说回来，既然我们自己的散文传统这样深厚，为什么一定要拒绝接受呢？我认为二三十年来散文不发达，原因之一，可能是对于传统重视不够。包括我自己，到我意识到的时候，已经晚了。老年读书，过目便忘。水过地皮湿，吸入不多，风一吹，就干了。假我十年以学，我的散文也许会写得好一些。

　　二三十年来的散文的一个特点，是过分重视抒情。似乎散文可以分为两大类：抒情散文和非抒情散文。即使是非抒情散文中，也多少要有点抒情成分，似乎非如此即不足以称散文。散文的天地本来很广阔，因为强调抒情，反而把散文的范围弄得狭窄。过度抒情，不知节制，容易流于伤感主义。我觉得伤感主义是散文（也是一切文学）的大敌。挺大的人，说些小姑娘似的话，何必呢。我是希望把散文写得平淡一点、自然一点、"家常"一点的，但有时恐怕也不免"为赋新诗强说愁",感情不那么真实。

  我写散文,是捎带脚,写的时候,没有想到要出集子,发表之后,剪存了一些,但是随手乱塞,散佚了不少。承作家出版社的好意,要我自己编一本散文集,只能将能找得到的归拢归拢,成了现在的这样。我还会写写散文,如有机会出第二个集子,也许会把旧作找补一点回来。但这不知是哪年的事了。

  我的住处在东蒲桥边,故将书名定为《桥边散文集》。东蒲桥在修立交桥,修成后是不是还叫东蒲桥,不知道。不过好赖总是一座桥。即使桥没有了,叫做《桥边散文集》,也无妨。

注释

  ① 本篇原载 1988 年 7 月 23 日《文艺报》,又载《花城》1990 年第二期;初收《蒲桥集》,题为《自序》,作家出版社,1989 年 3 月。

书画曲艺

听侯宝林同志说相声①

一

侯宝林同志参加了赴朝慰问团,最近刚刚回国。前两天,他在一个晚会上说了一段相声,说的是《美国俘虏》。他一说"我特别到俘虏营去看了看",台下就笑了;"因为那儿有我的材料,我要拿回来,好编我的新相声",台下笑得更高兴,更满意了。因为他这么做正是大家希望着,期待着的。大家都相信他一定会这么做,他果然这么做了。

他说得最精采的是这一段:②

"我问一个俘虏:'你在国内是干甚么的啊?'翻译翻给他听;他说是'工人'。'做什么工啊?'——'是箍桶的'。'你在国内一月挣多少钱啊?'——'一百五十块美金。''你在这儿呢,在军队里,一月挣多少钱呢?''也是一百五十块美金。'我一想,'那你干甚么要来,你是爱打仗玩啦?'他说:'不是的。在美国,一月挣一百五,刨去房钱,连半个月饭也吃不上。在这儿,有人管饭,管衣服,还不用发愁房钱——

每月净落一百五十块钱。''那你不怕危险?''没出国的时候我就弄了张投降证,早就都填好了。'我那么一想:'合着你们不是来打仗,是来做买卖来了,你们这是'企业化部队'?"

"企业化部队",太妙了!

"企业化部队",多么尖利的讽刺,多么恰当、深刻的讽刺啊!

这样的讽刺从那里来的,这不是坐在家里"制造"得出来的。侯宝林同志不管多么聪明,如果不是参加了慰问团,不是到了一趟朝鲜战场,没有跟志愿军战士们在一起,没有亲眼看到美国的军队在朝鲜制造的灾害,没有见到他们被俘之后的可耻的样子,没有对于他们的深刻的恨和深刻的轻鄙,他不能给他们下出这样的总结。

台下忍不住哄堂大笑了,虽然只有五个字,而且说得轻轻巧巧,毫不夸张,非常含蓄。

这是相声中的"上乘"。相声是完全可以不用庸俗的内容和形式取得效果的。相声是完全可以作为宣传武器的。相声是完全可以跟政治结合起来的。相声一定要有思想性,深刻的思想性。

二

侯宝林同志这回不只是来说一段相声,他同时宣传了捐献飞机坦克、支援志愿军战士。他说得很好,他脸上有以前在台上不大看到的激动,从心里出来的激动,我们看见侯宝林身上有了一种新的东西,新的感情。最后,他说:"咱们北京在毛主席跟前,北京,件件事要走在全国的前头。"

这句话要用流行的语言"翻译"过来,应当是:

"北京是在毛主席直接领导之下的,北京应当在每一个工作上,在全国范围内起带头作用和模范作用。"

两相比较,哪一个语言更生动,更亲切,更容易为群众所接受呢?

"通俗化"当然不只是形式的问题。"通俗化"要用政治热情来做。听听相声,会了解为甚么要"通俗化"的一部分的道理。——相声是一种语言的艺术。

注释

① 本篇原载1951年6月9日《北京新民报日刊》,又载1951年6月13日《新民晚报》。

② 注:是凭记忆写出的,当然不能完全忠实;捧哏的话都没有录出。

古代民歌杂说①

说《弹 歌》

> 断竹,续竹;
> 飞土,逐肉。

这是一首现存最古的中国歌谣。《文心雕龙·章句篇》云:"寻二言肇于黄世,《竹弹》之谣是也。""黄世"是黄帝之世,黄帝之世,代表一个很古远的时代。这大概是可信的。

这是一首关于弓弹的歌谣。玩其词义,盖创作于弓矢、弹丸发明不久之后。

中国的弓弹在何时发明,现无确考,照常理推测,是先有了弓矢,然后再有弹丸的。弹丸是矢箭的代用品,取其携用均较轻便,在对付细小的目的物时用它较为合适。越国有一个陈音,他是认为先有弹,后有弓的。《吴越春秋》:"陈音对越王云:'弩生于弓,弓生于弹……'"他所谓弓,按文义,是包括箭的。这不见得有什么根据。说"弓生于弹",可能是因为弹之制作,比弓简单,搓土为丸,唾手可得,不像弓矢又是镞,又是笴,还要加上羽那么麻烦。其实不然。这里的关键不在于发射物,而在发射体。弓矢的发明是人类的经验和智慧的结果。恩格斯在《家庭、私有制和国家的起源》中说:"弓、弦、箭已经是很复杂的工具,发明这些工具需要有长期积累的经验及较发达的智力,因而也要同时熟悉其他许多发明。"这是很对的。这里最重要的是人们知道了利用弹力,利用弓弦以发生弹力,知道了利用最初的机械。弦的发明是决定性的条件。其次才是矢、弹。而且最初的矢大概也不是像后世所用的那么精工,很可能即是利用原来打猎和打仗用的棍棍棒棒而带有锐尖的扣在弦上,嘣的一声发射出去,这样就能在一个眼睛所能看到的远距离之外打击敌人与猎物。于是掌握了箭的人便有了莫大的威力。《易》:"弦木为弧,剡木为矢,弧矢之利,以威天下,盖取诸睽",说得很近情理,很可信。弓矢的发明很可能在金属的发明之前。关于矢的不用金属,其他的例证还有《左传》:"楚灵王曰:'…昔日先王熊绎,澼在荆山,唯是桃弧棘矢以供御王事'"。《太平御览》引《魏志》:"挹娄弓长四尺,力如弩,矢用楛,长尺八寸,青石为镞,古肃慎之国也。"总之,说"弓生于弹",没有什么根据。我们宁可相信后汉李尤的话:"昔之造弹,起意弦木,以丸为矢,合竹为朴,漆饰胶治,不用筋角"(《太平御览》引《弹铭》)。弹的发明,当在弓矢之后,但也不会很久,因为已经有了弓弦,用它代矢便不用费很多脑筋,很多时日。

说了这些话的目的,旨在说明:这首歌谣的创作盖在弓矢的发明之后不久的。

弓矢的发明,照恩格斯说,是在"蒙昧时代"的最高阶段。《家庭、私有制和国家的起源》:"蒙昧时代……最高阶段……是从弓箭的发明开始的……;弓箭对于蒙昧时代,正如铁器对于野蛮时代和火器对于文明时代一样,乃是决定性的武器。"这是根据大量材料而得出的不可辩驳的结论,应用于中国的历史也不能例外。如果肯定弹之发明后于弓矢之发明不久这个前提,那么,我们便可进一步推绎,这首歌谣的创作,至多距离"蒙昧时代"也不会很久。宽泛一点地说这是"黄帝之世"时代的歌谣,是有相当充分的理由的。

肯定了这首歌谣的创作的时间,我们便有条件来谈论这首歌谣的性质和内容了,就越发觉得那位陈音的话可以说是一点道理也没有。《吴越春秋》:陈音对越王云:"臣闻弩生于弓,弓生于弹,弹起于古之孝子。……古者人民朴质,饥食鸟兽,渴饮雾露,死则裹以白茅,投于中野。孝子不忍见父母为禽兽所食,故作弹以守之,绝鸟兽之害。故歌曰'断竹续竹,飞土逐肉'之谓也。"

如果我们相信恩格斯的话,对陈音的话是很容易驳斥的:蒙昧时代,家庭尚未确定形成,那个时候,还无所谓孝子,也没有"孝"这个观念,生养死葬这一套伦理还要经过一整个历史时代才能产生,把这首歌谣解释为孝子之歌,是后世儒者的造谣,是托古说教。

那么这是一首什么歌谣?弓弹是猎具,猎具为猎者发明与使用,这是一首猎者之歌(当时的社会尚无精密分工,从猎者盖是一部族之全体,也可以说是从猎的全民之歌),所歌的是行猎。是猎具,是弹。《弹歌》者,弹之歌也,如是而已。

弹是猎具,而且大概是专门用来打鸟的(很有可能古人用箭以猎兽,用弹以猎鸟。兽体大,宜用锐镞以深中要害,鸟体小,弹丸足以致死且得完肉。如乐府《乌生》所云:"一丸即发中乌身,乌死魂魄飞扬上天"。鲁迅《奔月》中写后羿用大箭射麻雀,结果把一匹麻雀射得粉碎,这是很有趣,也很近情理的想象,他如果知道用弹,那结果就会好一些)。《庄子》:"浸假而化予之左臂以为鸡,予因以求时夜;浸假而化予之右臂以为弹,予因以求鸮炙",可为一证。李尤《弹铭》也分明说"丸弹之利,以弋凫鹥"。

这是一个关于打猎的歌谣,更进一步,试为作一悬解,曰:这是一段猎人的咒语。

芬兰史诗《卡列瓦拉》写约卡赫伊宁在等待着华奈摩伊宁走近一些的时候,念着咒语:"我的弓弦哪,你要有弹力,呵,橡木箭哪,你要快得像光速一样;毒箭头哪,你要对准华奈摩伊宁的心……"这可以作为射箭之前念咒语的一个遥远的旁证。在中国,则《水浒传》里"放冷箭燕青救主"一回中,燕青在发箭之前念叨的一句"如意子休要负我!"在性质上也可以说是一种咒语,不过是缩短成一句语气急迫的散文了。

这一首歌谣,四个短句,通体用的是隐语。前两句说的是弹弓的制作。断竹,续竹,在字面上造成一种矛盾。既已断之,又复续之,似乎不可理解。所谓"续竹",即合竹为朴,再加以漆饰胶结,使竹之两端联结,并非使已断之竹按原茬再接起来。下面两句是说的弹的作用,但不直说,而用代语,以土代丸,以肉代鸟兽猎物。这样的回互其词,假如不标出题目是《弹歌》,乍一看,是不大容易看明白意思的。代语,字面矛盾,是谜语的常用的手法。这是一首谜语,一首中国的最早的谜语——也是作得很巧的,耐人寻味的谜语之一。

而,谜语,最初的谜语,按民俗学家的研究,是有咒语的作用的。它运用这种曲折费解的语言,不是为了游戏,而是企图由此产生一种神秘的力量,去支配自然,达到所期望的效果。

这样,我们就可以理解,它怎么会"想出"这样有意思的隐语:直接用"肉"以代鸟兽。原来贯串全文的"最高任务"(借用斯坦尼斯拉夫斯基的术语)正是为了——得肉。正如庄子所说的一样:"余因以求鸮炙"。从某个意义上来说,庄子简直想得更为急切,一提到弹弓,马上就想到一只烧熟了的野鸡;于此倒可见古之人是更为"质朴"一点的,只想到肉,没有更往远处幻想一步。

我们弄清了(或者说:假定了)这首歌谣的性质,这不但不有损于这首歌谣的艺术价值,反之,我们正因为知道我们的祖先创作这首歌谣的目的,而更能亲切地感觉到它的情绪。我们可以感觉到我们的祖先,一手挽定强弓,一手捏着泥弹,用足了力气,睁圆了眼睛,嘴里念道:

"断竹,续竹,飞土——逐肉!"然后嗖——的一弹打出去。古代的语言难于复现,但是如果采用广东话或者吴语来念,念出了歌谣中的四个入声,还是能够很具体地感到那种紧张殷切、迫不及待的热烈情绪的。我们在这里一样也能感觉到人对于自己能够制造工具,对于工具的赞美(所飞者土,所费者微;所逐者肉,所得者大,这多么好啊!)和对于自己的聪明和威力的自豪,我们可以感觉到我们的先民在草莽时期的生活的气氛。这些,我想是我们在隔了一个很邈远的时间之后,读起这样短促的歌谣还能获得感动的根本原因。我们读到这首歌谣,总是得到一种感动,尽管我们弄不分明我们为什么会受感动。

我们很容易想到摩尔根记载的澳洲人打袋鼠的歌谣和舞蹈——那全部的仪式。是的,我们可以这样地联想,这是对我们有启发的。这同样是用了语言、音乐和形体来影响、支配自然,获得胜利。很遗憾的是,我们不知道这首歌谣的音乐和伴随它的舞蹈,也不能确定它是否与音乐、舞蹈相联系着,它是否附丽于一定的形式;但是,尽管如此,还是不能动摇我们对于这首歌谣之具有形式的、符咒的作用的信念。

如果种种假说可以成立,那么,我们就可以为普列汉诺夫的艺术起源说找到一条新的、中国的佐证。艺术是为了生活,为了和自然作斗争,为了某种物质的目的,为了——"逐肉";艺术不是弄着玩玩的。

1960年11月21日　沙岭子

说《雉子班》

"雉子,
班如此!
之于雉梁,
无以吾翁孺
——雉子!"
知得雉子高蜚止,
(黄鹄蜚,
之以千里王可思)
雄来蜚从雌:
"视子趋一雉。"
"雉子!"
车大驾马滕,
被王送行所中,
尧羊蜚从王孙行。

这是一个悲剧,一首雉家族的生离死别的,惨切的哀歌。

雉的家庭——雄野鸡、雌野鸡带着它们的孩子,小野鸡,正和一群野鸡在一起,雌雄群游于山路,自得其乐。忽然天外飞来横祸,一面密网盖下来,母亲——雌野鸡被扣住了。这是一个游遨行猎的王孙撒下来的网。小野鸡年纪小,从来没有经验过这样的事,吓得忒愣愣一翅子就飞跑了(同时飞跑的还有别的野鸡),它一个劲儿往深山里飞。雄野鸡在仓惶之中还没有完全失去方寸。他这时两头牵累:一头是娇子,一头是爱妻,两头都放不下。首先招呼孩子!他追在他后面高声地叫:"孩子,就这样飞!一直飞到咱们老家,别回头,别跟着我们公姆俩!"看着小野鸡飞远了,他放了心,小野鸡得了活命了;但是他也知道他们从此就见不到他们的孩子了,他看着他越飞越远的后影,叫了一声:"孩子!"知道孩子已经高飞远走了,雄野鸡折回来,又追上被捕的雌野鸡。第一件事,是告诉雌野鸡:"我亲眼看见咱们的孩子跟在一个大野鸡后头了。"孩子已经有了依靠,好叫做母亲的放下心(这可能是他看到的,可能是编造出来安慰母亲的)。母亲也是一样,一方面感到一块石头落了地,一方面知道跟孩子是永远见不着了,惨叫了一声:"孩子!"雌野鸡的命运是注定了:这位王孙是个很显赫的贵人,乘的车又大,驾车的马又快得像飞,雌野鸡被一直送到王宫里去,一点生还的希望都没有。雄野鸡这时心意已决,他的心倒塌下来了:只有这样:我跟她一起去,永不离开!他一翅一翅地飞,跟定了王孙的车子飞……

这是一首一向被认为很难读通的乐府诗。闻一多先生以为鼓吹铙歌十八曲中,这一首和《圣人出》、《石留》等三篇最为难读,很谨慎地说:"此歌皆不可强解,今唯略读一二,阙所不知。"(《乐府诗笺》)余冠英先生花了许多工夫,把这首乐府凿开了一条蹊径。但我觉得余说尚不够圆满,有些

地方忽略,有些地方看拧了,按余说读读,仍不够通畅。今强为索解,解如上。亦有说,说如下:

"班"我以为即"翻",按古无轻唇音例,这两个字的读音原来一样(我很疑心"乘马班如"的"班"也当作飞跃讲)。"雉梁"余注以为是"野鸡可以吃粱粟的地方",未免迂曲,而且这样长的句子缩成了"雉梁"两个字,这种文法也值得商榷。我觉得梁就是山头,现在也还有这么说的:"山梁子"。"雉梁"即野鸡群居的山梁子。或者简直就叫作"野鸡梁子",也很合乎口语。"无以吾翁孺",我以为各字都当如字直解。以,依也。吾,我或我们也。翁是老头儿。孺是女人。按孺本训小,一般指小孩子为孺或孺子。但是古时也有把小妻称为孺子的。清俞正燮《癸巳类稿·释小补楚语笄内则总角义》条:"小妻,曰妾、曰孺、曰姬……曰孺子……或但曰小";下面还引说:"《汉书·艺文志》:中山王孺子妾歌注云:孺子,王妾之有名号者。《齐策》云'王有七孺子',韩非书作'十孺子',又《韩非·八奸篇》云:一曰在同床贵夫人爱孺子是也。《左传·哀公三年》:季桓子卒,南孺子生子,谓贵妾。注云:桓子妻者,非是。《秦策》亦云:'某夕某孺子纳某士';《汉书:王子侯表》:'东城侯遗为孺子所杀':则王公至士民妾,通名孺子……"足证古代是把妾称为"孺子"的。这里的雌野鸡也可能是雄野鸡的小老婆,但是我们对野鸡的妻室还是不必严格区别正庶吧。那大概就是笼统地指的是老婆。呼之为小,不过如俞理初说怀嬴称婢子,是"闺房暂言,不拘礼称",两口子说话,不讲究这些。《左传》"哀公三年"的误注,以为"孺子"为桓子妻,倒给了我们一个反证,原来古代妻也是可以称"小"的,这一点可以马虎。称之为"孺",视之为小,这可能是为习惯上轻视妇女的意识支配,也很可能是一种爱称。侯宝林说相声,说对于妇女的称呼大都加一个小字,如小丫头,小媳妇,而男人则多称大,大老爷们,大小伙子,吁,是则妇女称小,自古而然,于"今"未变也矣。总之,我以为解孺为妻,是可以说得通的。"翁孺"对称,亦犹北朝乐府《捉搦歌》中的"天生男女共一处,愿得两个成翁妪"的"翁妪",即"公姆俩""两口子""两夫妻"也。"翁孺""翁妪"声音原极相近,即说是可以通假,也不为勉强。按此,则"无以吾翁孺"就是"别跟着我们公姆俩",意思是叫雉子去自寻生路。"知得"即得知。"高蜚止"的"止"是语尾助词,犹"高山仰止"的"止"。"黄鹄蜚,之以千里王可思",如果作本文读,依余注,亦可通。或者干脆一点,把它看作是衍文,或者是夹杂进来的非本文性的词句亦可。乐府中常有与文义无关的字句杂入,使本文变得奇拗难读。旧来以有两种情况,一是"声词相杂",一是"胡汉相混",我设想还有一种情况,就是把帮腔或衬字也不分字体大小和本文杂写在一起了。这种与文义无关或无直接关系的词句,最初大概是由群众帮腔或歌伴和唱,也有即由演唱者自己唱出的。"小放牛"村女叫牧童"牧童哥,帮腔来",帮的是"七个弄冬一呀嗨,八个弄冬一呀嗨,一朵一朵莲花开";单弦牌子曲"金钱莲花落"、"太平年"都有和唱;四川的抒情山歌中竟会夹进字面上与本文情调似极不相及的插语"猪油韭菜包包子,好吃不好吃?"这要是跟本文连写,非此时此地人,将觉大惑不解。我疑心,"黄鹄蕇,之以千里王可思"和《蜨蝶行》里的"雀来燕"可能都是帮腔衬字,为唱禽鸟故事时所常用。如果是这样,如果作为文字材料来读,可以撇开不管,"知得雉子高蕇止,雄来蕇从雌",意思更为紧凑,如果演唱,则这一类帮腔和唱照例是不影响情节的展开和情绪的连贯的,唱自由他唱,解吾亦如此解。"趋",追随也。以下词句并可从余注。

把这首诗看成是野鸡家庭的惨剧,这一点余先生是和我相近的,但是我们对情节的理解不同。这里关键问题在这个悲剧中谁是被难者,谁是悲剧的主角。照余注,被猎获的是小野鸡,而剧中的主角就很模糊,似乎忽此忽彼,无一专主。我以为被捕的是雌野鸡,而剧中主角是雄野鸡,全部故事都是集中在他的身上,紧贴着他而写出的,贯串全诗的是他的情绪,这样才紧张,才生动。余注的立脚点恐怕是"知得雉子"的一个"得"字,以为是说雉子被人"得"着了。但是"得"是就人来说的,就雉来说,是罹,而不是得。看全诗,全是代雉立言,立场在雉的一面,不应用此主宾颠倒的词。如依余注,则全部情节似乎是这样:雄野鸡送小野鸡飞出去寻食,告诉他路上要小心,提防着人这种东西。后来知道小野鸡被人得着了(怎样知道的呢?),雄野鸡赶紧飞来,又跑到雌野鸡那儿去;然后,他或他们再跟着王孙的车子一起飞。雄野鸡这样跑来跑去,于情理上既无可解释,情节上又颇破碎。这雄野鸡简直是个老糊涂,既知要小野鸡对老头小孩都要避着点,怎么还放心得下让他一个人去冒险瞎闯呢?而且照余说,则"雄来蜚从雌"、"视子趋一雄"都没有着落。"从"字意思很显明,只能作跟随讲,这个"从"字就是下面的"尧羊蜚从王孙行"的"从",所从者是一雄,并非二雄(从王孙即从王孙车中之雄)。如果照余说被捉的是雉子,怎么又还能"视子趋一雄"呢?是看见他在笼子里跟随了另一只野鸡了么?但这样就没有什么意义,已经被捉,有雄可趋与无雄可趋是一样的,临死即拉上一个垫背的,也不见得有什么可安慰处。

从艺术结构上看,笼贯全诗大部分的是一种绝望的,张皇急骤的调子。"雉子,班如此!之于雉梁。无以吾翁孺,雉子!"分明是一连串迫切的呼喊,一开头即带来了十分紧张的气氛,说明着一场不测的剧变。余注:"班"即"斑","班如此"是老野鸡夸赞小野鸡羽毛斑斓好看(野鸡羽毛富于文采,容易叫人往斑斓好看上想,倒是很自然的),与这种短促、断续的语调实不相合。即依余注,被捉的是小野鸡,而小野鸡很快就要罹祸,老野鸡却在事先平白无故地夸赞其羽毛,这在构思上实嫌蔓远,不够集中。而且"班如此"与"之于雉梁"也不相衔接。试翻成白话看:"孩子,你长得真花哨,你去到野鸡可以吃粱粟的地方去! 不管遇着老人和孩子都要提防着一点,孩子!"这么东一句,西一句的,有这样说话的么? 若依我的解释,在"雄来蜚从雌,'视子趋一雄'"之后第三个"雉子"(可能是雌野鸡单独呼叫,也可能是两只大野鸡同时哀呼)处,达到全剧的高潮,以下雄野鸡既已下了决心,情绪上趋于悲剧性的镇定,最后三句的调子,也相应地缓慢舒徐下来,渐行渐远,有余不尽。若依余注,则两只大野鸡同来随定囚载小野鸡的车子而飞,在第三个"雉子!"处情节应仍未展尽,下面仍应有较紧张的戏剧动作,可是最后三句的音韵与这个需要是不相合拍的——请注意这首诗用了两个韵,第二个"雉子"下换了一个韵。前面"子""此""孺""止""雌""雉",连用齐齿呼,声音比较滞涩,令人有窒息之感,真好像是在吱吱的叫似的(诗人用韵时下意识受到了鸟叫的暗示?),而后三句的"滕""中""行"却是平和而安静的。这样的转换用韵(三句中其他字的音色也比较浏亮),是服从情景的需要,不是偶然的。

也许会有人说,你把这首诗解释得似乎"太"好了,简直是"神"了,这么一解释,这首民歌岂不是完全可以读通了么?这首乐府的艺术表现岂不是太完整,这样的非凡的洗练、紧凑、生动、集中,这样的如闻其声的对话,这样强烈的戏剧性,这不是太现代化了么?这样的来解释一个两千年前的作品,合适么?这不是有点太冒险了么?是的,我也正在犹豫着哩。不过,我想,如果我们有一定的根据,那就应该把话说得足足的,一点也不保留,一毫折扣也不打。抱残守阙,不是我们今天应有的态度。在这样的问题上我们应该大胆些,更大胆些。即使是错了,怕什么?

如果我的解释按常理既可说通,诉诸训诂,尚不悖谬,大体上可以成立,我是很快乐的。因为这样一来,我们对于这首诗的思想和艺术就可以作充分的估量;对乐府中犹存的几首动物故事诗,甚至对整个汉乐府所反映的那一时代的生活,它作为集体创作所表现的鲜明、深刻的人民性,就可以增添一分肯定,我们对民族的、人民的文化遗产就可以多一分自豪。

一九六〇年十一月二十四日

注释

① 本篇原载《北京文学》2007年第五期。

"花儿"的格律[①]

——兼论新诗向民歌学习的一些问题

在用汉语歌唱的民歌当中,"花儿"的形式是很特别的。其特别处在于:一个是它的节拍,多用双音节的句尾;一个是它的用韵,用仄声韵的较多,而且很严格。这和以七字句为主体的大部分汉语民歌很不相同。

(一)

徐迟同志最近发表的谈诗的通讯里,几次提到仿民歌体新诗的三字尾的问题。他提的这个问题是值得注意的。民歌固多三字尾,这是不以人的意志为转移的客观事实。

并非从来就是如此。《诗经》时代的民歌基本上是四言的,其节拍是"二——二",即用两字尾。《诗经》有三言、五言、七言的句子,但是较为少见,不是主流。

三字尾的出现,盖在两汉之际,即在五言的民歌和五言诗的形成之际。五言诗的特点不在于多了一个字,而是节拍上起了变化,由"二——二"变成了"二——三",也就是由两字尾变成了三字尾。

从乐府诗可以看出这种变化的痕迹。乐府多用杂言。

所谓杂言,与其说是字数参差不齐,不如说是节拍多变,三字尾和两字尾同时出现,而其发展的趋势则是三字尾逐渐占了上风。西汉的铙歌尚多四字句,到了汉末的《孔雀东南飞》,则已是纯粹的五字句,句句是三字尾了。

中国诗体的决定因素是句尾的音节,是双音节还是三个音节,即是两字尾还是三字尾。特别是双数句,即"下句"的句尾的音节。中国诗(包括各体的韵文)的格律的基本形式是分上下句。上句,下句,一开一阖,形成矛盾,推动节奏的前进。一般是两句为一个单元。而在节拍上起举足轻重的作用的,是下句。尽管诗体千变万化,总逃不出三字尾和两字尾这两种格式。

三字尾一出现,就使中国的民歌和诗在节拍上和以前诗歌完全改观。这是一个划时代的变化。

从五言发展到七言,是顺理成章的必然趋势。五言发展到七言,不像四言到五言那样的费劲。只要在五言的基础上向前延伸两个音节就行了。五言的节拍是"二——三",七言的节拍是"二——二——三"。七言的民歌大概比七言诗早一些。我们相信,先有"柳枝"、"竹枝"这样的七言的四句头山歌,然后才有七言绝句。

七言一确立,民歌就完全成了三字尾的一统天下。

词和曲在节拍上是对五、七言诗的一个反动。词、曲也是由三字尾的句子和两字尾的句子交替组织而成的。它和乐府诗的不同是乐府由两字尾向三字尾过渡,而词、曲则是有意识地在三字尾的句子之间加进了两字尾的句子。《花间集》所载初期的小令,还带有浓厚的五七言的痕迹。越到后来,越让人感觉到,在词曲的节拍中起着骨干作用的,是那些两字尾的句子。试看柳耆卿、周美成等人的慢词和元明的散曲和剧曲,便可证明这点。词、曲和诗的不同正在前者杂入了两字尾。李易安说苏、黄之词乃"字句不葺"的小诗。所谓"字句不葺",是因为其中有两字尾。

词、曲和民歌的关系,我们还不太清楚。一些旧称来自"民间"的词曲牌,如"九张机"、"山坡羊"之类,从严格的意义上讲,能不能算是民歌,还很难说。似乎词、曲自在城市的里巷酒筵之间流行,而山村田野所唱的,一直仍是七言的民歌。

"柳枝"、"竹枝",未尝绝绪。直到今天,中国大部分地区的民歌仍以七言为主,基本上是七言绝句。大理白族的民歌多用"七、七、七、五"或"三、七、七、五",实是七绝的一种变体。湖南的五句头山歌是在七绝的后面加了一个"搭句",即找补了一句,也可说是七绝的变体。有些地区的民歌,一首只有两句,而且每句的字数比较自由,比如陕北的"信天游"和内蒙的"爬山调",但其节拍仍然是"二——二——三",可以说这是"截句"之截,是半首七绝。总之,一千多年以来,中国的民歌,大部分是七言,四句,以致许多人一提起民歌,就以为这是说七言的四句头山歌。在许多人的心目中,"民歌"和四句头山歌几乎是同一概念。民歌即七言,七言即三字尾,"民歌"和"三字尾"分不开。因此,许多仿民歌体的新诗多用三字尾,不是没有来由的。徐迟同志的议论即由此而发,他似乎为此现象感到某种不安。

但不是所有的民歌都是三字尾。"花儿"就不是这样。"花儿"给人总的印象是双字尾。

我分析了《民间文学》1979年第一期发表的《莲花山"花儿"选》,发现"花儿"的格式有这样几种:

① 四句,每句都用双音节的语词作为句尾,如:

丞梯子搭在(者)蓝天上,双手把星星摘上,
风云雷电都管上,华主席给下的胆量。

除去一些衬字,这实际上是一首六言诗。

② 四句,每句的句尾用双音节语词,而在句末各加一个相同的语气助词,如:

政策回到山垴呢,社员起黑贪早呢,
赶着日月赛跑呢,丞日子越过越好呢。

除去四个"呢"字,还是一首六言诗。

菊花盅里斟酒哩,人民心愿都有哩,
敬给英明领袖华主席,一心紧跟你走哩。

这里"有"、"走"本是单音节语词,但在节拍上,"都有"、"你走"连在一起,给人一种双音节语词的感觉。这一首第三句是三字尾,于是使人感到在节拍上很像是"西江月"。

③ 四句,上句是三字尾,下句是两字尾:

黑云里闪出个宝蓝天,开红了园里的牡丹,
华主席接上了毛主席的班,人民(们)心坎上喜欢。

④ 上句是七字句,下句是五字句,七、五、七、五。但下句加一个语气助词,这个助词有延长感,当重读(唱),与前面的一个单音节语词相连,构成双音节的节拍,如:

山上的松柏绿油油地长,风吹(者)叶叶儿响哩;
人民的总理人民爱,由不得眼泪( )淌哩。

⑤ 四句,上句的句尾是双音节语词加语气助词,下句为单音节语词加助词。同上,下句的单音节语词与语气助词相连,构成双音节的节拍,如:

南山的云彩里有雨哩,地下青草(们)长哩;
毛主席的恩情暖在心里哩,年年(吧)月月地想哩。

⑥ 五句,在四句体的第三句后插入一个三音节的短句。或各句都是两字尾,或上句是三字尾,下句是两字尾:

党的阳光照上了,
山里飞起凤凰了,

心上的"花儿"唱上了,
有华主席,
才有了六月的会场了。

画了南昌(者)画延安,
常青松画在个高山,
叶帅的功德高过天,
危难时,
把毛主席的旗帜肘端。

⑦ 六句,即在四句体的两个上句之后各插入一个三音节的短句。上句常为三字尾,下句或用双音节语词,或以单音节语词加语气助词构成双音节:

云消雾散的满天霞,
彩云飘,
花儿开红(者)笑吓;
群众拥护敌人怕,
邓副主席,
拨乱反正的胆大。

祁连山高(者)云雾绕,
雪山水,
清亮亮流出个油哩!

叶帅八十(者)不服老,

迈大步,

新长征要带个头哩!

⑧ 六句、七句,下句句尾或用双音节语词,或以单音节语词加一语气助词构成双音节。

总之,"花儿"的节拍是以双音节、两字尾为主干的。我们相信,如果联系了曲调来考察,这种双字尾的感觉会更加突出。"花儿"和三字尾的七言民歌显然不属于一个系统。如果说七字句的民歌和近体诗相近,那么"花儿"则和词曲靠得更紧一些。"花儿"的格律比较严谨,很像是一首朴素的小令。四句的"花儿"就其比兴、抒情、说事的结构看,往往可分为两个单元,这和词的分为上下两片,也很相似。这是一个很奇怪的现象。"花儿"是用汉语的少数民族(东乡族、回族)的民歌,为什么它有这样独特的节拍,为什么它能独立存在,自成系统,其间的来龙去脉,我们现在还一无所知。但这是一个很值得探讨,并且非常有趣的问题。

(二)

另一个问题是"花儿"的用韵,更准确一点说是它的"调"——四声。

中国话的分四声,在世界语言里是一个很特别的现象。它在中国的诗律——民歌、诗、词曲、戏曲的格律里又占着很重要的位置。离开四声,就谈不上中国韵文的格律。然而这是一个非常麻烦的问题。

首先是它的历史情况。四声是什么时候开始有的,众说不一。清代的语言学家就为此聚讼不休。争论的焦点是古代有无上去两声。直到近代,尚无定论。有人以为古代只有平入两声,上去是中古才分化出来的(如王了一);有的以为上去古已有之(如周祖谟)。从作品看,我觉得至少《诗经》和《楚辞》时代已经有了四声——有了上去两声了,民歌的作者已经意识到,并在作品中体现了他们的认识。

比如"卿云歌":

卿云烂兮,缦缦兮,
日月光华,旦复旦兮。

小时读这首民歌,还不完全懂它的意思,只觉得一片光明灿烂,欢畅喜悦,很受感动。这种华丽的艺术效果,无疑地是由一连串的去声韵脚所造成的。

又如《九歌·礼魂》:

成礼兮会鼓,
传芭兮代舞,
姱女倡兮容与,
春兰兮秋菊,
长无绝兮终古。

年轻时读到这里,不仅听到震人肺腑的沉重的鼓声,也感受到对于受享的诸神的虔诚的诵颂之情。这种堂皇的艺术效果,也无疑地是由一连串的上声韵脚所造成的。

古今音不同,我们不能完全真切地体会到这两首民歌歌词的音乐性,但即以现代的语音衡量,这两首民歌的声音之美,是不容怀疑的。

从实践上看,上去两声的存在是相当久远的事,两者的调值也是有明显的区别的。至于平声、入声的存在,自不待言。

麻烦出在把四声分成平仄。这不知道究竟是什么时候的事。旧说沈约的《四声谱》把上去入归为仄声。不知道有什么根据。中国的语音从来不统一,这样的划分不知是根据什么时代、什么地区的语音来定的。我们设想,也许古代语言的平声没有分化成为阴平阳平,它是平的——"平声平道莫低昂"。入声古今变化似较小,它是促音,"入声短促急收藏"。上去两声,从历来的描模,实在叫人摸不着头脑。也许在一定时期,上去入是"不平"的,即有升有降的。但是平仄的规定,是在律诗确定的时候。或者更准确的说,是在唐代以律诗取士的时候。我很怀疑,这是官修的韵书所定,带有很大的人为的成分。我就不相信说四川话(当时的四川话)的李白和说河南话的杜甫,对于四声平仄的耳感是一致的。

就现代语言说,"平仄"对举是根本讲不通的。大部分方言平声已经分化成为阴平阳平。阴平在很多地区是高平调,可以说是平声。但有些地区是降调,既不高,也不平,如天津话和扬州话。阳平则多数地区都不"平"。或为升调,如北京话;或为降调,如四川、湖南话。现在还把阴平阳平算作一家,有些勉强。致于上去两声,相距更远,拿北京话来说,上声是降升调,去声是降调,说不出有共同之处。把上去入三声挤在一个大院里,更是不近情理。

因此,我们说平仄是一个带有人为痕迹的历史现象,在现代民歌和诗的创作里沿用平仄的概念,是一个不合实际的习惯势力。

沿用平仄的概念带来了不好的后果,一个是阴平阳平相混;一是仄声通押,特别是上去通押。

阴平、阳平相混,问题小一些。因为有相当地区的阳平调值较高,与阴平比较接近。

大部分民歌和近体诗都是押平声韵的。为什么会这样,照王了一先生猜想,以为大概是因为它便于"曼声歌唱"。乍听似乎有理。但是细想一下,也不尽然。上去两声在大部地区的语言里都是可以延长、不妨其为曼声歌唱的。要说不便于曼声歌唱的,其实只有入声,因为它很短促。然而词曲里偏偏有很多押入声韵的牌子,这是什么道理?然而,民歌、诗,乃至词曲,平声韵多,这是事实。如果阴平、阳平有某种相近之处,听起来或者不那么太别扭。

麻烦的是还有一些仄韵的民歌和近体诗。

本来这是不成问题的。照唐以前的习惯,仄韵诗中上去入不能通押。王了一先生在《汉语诗律学》里说:"汉字共有平上去入声四个调;平仄格式中虽只论平仄,但是做起仄韵诗来,仍然应该分上去入。上声和上声为韵,去声和去声为韵,入声和入声为韵;偶然有上去通押的例子,都是变例。"不但近体诗是这样,古体诗也是这样。杜甫和李颀的许多多到几十韵的长篇歌行,都没有上去通押。白居易的《琵琶行》和《长恨歌》,照今天的语音读起来,间有上去通押处,但极少。

由此而见,唐人认为上去有别,上去通押是不好听的。

"花儿"的歌手也是意识到这一点的。我统计了一下《民间文学》1979年第一期发表的"花儿",用平韵的十首,用仄韵的三十四首,仄韵多于平韵。仄韵中去上通押的也有,但不多,绝大部分是上声押上声,去声押去声。试看:

五月端阳插柳哩,牡丹开在路口哩,
华主席英明领导哩,精神咋能不有哩?

榆木安了镢把了,一切困难不怕了,
华主席的恩情记下了,劳动劲头越大了。

这样的严别上去,在民歌里显得很突出。

"花儿"的押韵还有一个十分使人惊奇的现象,是它有间行为韵这一体,上句和上句押,下句和下句押,就是西洋诗里的ABAB,如:

南山的云彩里有雨哩,

地下的青草(们)长哩;
毛主席的恩情暖在心底哩,
年年(吧)月月地想哩。

"雨"和"底"协,"长"和"想"协。

东拐西弯的洮河水,(A)
不停(哈)流,(X)
把两岸的庄稼(们)浇大;(B)
南征北战的老前辈,(A)
朱委员长,(X)
把您的功德(者)记下。(B)

千年的苦根子毛主席拔了,(A)
高兴(者)把"花儿"漫了;(B)
"四人帮"就像黑霜杀,(A)
我问你,(X)
唱"花儿"把啥法犯了?!(B)

这样的间行为韵,共有七首,约占《民间文学》这一期发表的"花儿"总数的六分之一,不能说是偶然的现象。我后来又翻了《民间文学集刊》和过去的《民间文学》发表的"花儿",证实这种押韵方式大量存在,这是"花儿"押韵的一种定格,无可怀疑。

间句为韵的一种常见的办法是两个上句或两个下句的句尾语词相同,如:

麦子拔下了草丢下,麻雀抱两窝蛋呢;
阿哥走了魂丢下,小妹妹做两天伴呢。

石崖吧头上的穗穗草,风刮着摆天下呢;
身子边尕妹的岁数小,疼模样占天下呢。

"花儿"还有一种非常精巧的押韵格式:四句的句尾押一个韵;而上句和上句的句尾的语词,下句和下句句尾前的语词又互相押韵。无以名之,姑且名之曰"复韵",如:

冰冻三尺口子开,雷响了三声(者)雨来;
爱情缠住走不开,坐下是无心肠起来。

这里"开"、"来"为韵,"口"和"走"为韵,"雨"和"起"又为韵。

十样景装的(者)箱子里,小圆镜装的(者)柜子里;
我冤枉装的(者)腔子里,我相思病的(者)内里。

这里四个"里"字是韵,"箱子"、"腔子"为韵,"柜"、"内"又为韵。

间句为韵,古今少有。苏东坡有一首七律,除了双数句押韵外,单数句又互押一个韵,当时即被人认为是"奇格"。苏东坡写这样的诗是偶一为之,但这说明他意识到这样的押韵是有其妙处的。像"花儿"这样大量运用间行为韵,而且押得这样精巧,押出这样多的花样,真是令人惊叹!这样的间行为韵有什么好处呢?好处当然是有的,这就是比双句入韵、单句不入韵可以在声音上造成更为鲜明的对比,更大幅度的抑扬。我很希望诗人、戏曲作者能在作品里引进这种ABAB的韵格。在常见的AA×A和×A×A的两种押韵格式之外,增加一种新的(其实是本来就有的)格式,将会使我们的格律更丰富一些,更活泼一些。

"花儿"押韵的一个优点是韵脚很突出。原因是一句的韵脚也就是一句的逻辑和感情的重音。有些仿民歌体的新诗,也用了韵了,但是不那么突出,韵律感不强,虽用韵仍似无韵,诗还是哑的。原因之一,就是意思是意思,韵是韵,韵脚不在逻辑和感情重点上,好像是附加上去的。"花儿"的作者是非常懂得用韵的道理的,他们长于用韵,善于用韵,用得很稳,很俏,很好听,很醒脾。韵脚,是"花儿"的灵魂。删掉或者改掉一个韵脚,这首"花儿"就不存在了。

(三)

综上所述,我们可以为"花儿"的格律作一小结,以赠有志向民歌学习的新诗人:

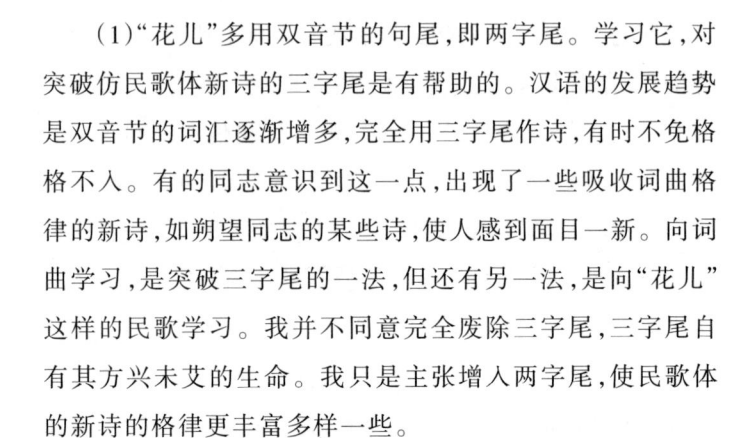

（1）"花儿"多用双音节的句尾,即两字尾。学习它,对突破仿民歌体新诗的三字尾是有帮助的。汉语的发展趋势是双音节的词汇逐渐增多,完全用三字尾作诗,有时不免格格不入。有的同志意识到这一点,出现了一些吸收词曲格律的新诗,如朔望同志的某些诗,使人感到面目一新。向词曲学习,是突破三字尾的一法,但还有另一法,是向"花儿"这样的民歌学习。我并不同意完全废除三字尾,三字尾自有其方兴未艾的生命。我只是主张增入两字尾,使民歌体的新诗的格律更丰富多样一些。

（2）"花儿"是严别四声的。它没有把语言的声调笼统地分为平仄两大类。上去通押极少。上声和上声为韵,去声和去声为韵,在声音上取得更好的效果。上去通押,因受唐以来仄声说的影响,在多数诗人认为是名正言顺、理所当然的事。其实这是一种误会,这在耳感上是不顺的,是会影响艺术效果的。希望诗人在押韵时能注意到这一点。

（3）"花儿"的作者对于语言、格律、声韵的感觉是非常敏锐的。他们不觉得守律、押韵有什么困难,这在他们一点也不是负担。反之,离开了这些,他们就成了被剪去翅膀的鸟。据剑虹同志在《试谈"花儿"》中说:"每首'花儿'的创作时间顶多不能超过三十秒钟。"三十秒钟!三十秒钟,而能在声韵、格律上如此的精致,如此的讲究,真是难能之至!其中奥妙何在呢?奥妙就在他们赖以思维的语言,就是这样有格律的、押韵的语言。他们是用诗的语言来想的。莫里哀戏剧里的汝尔丹先生说了四十多年的散文,民歌的歌手一辈子说的(想的和唱的)是诗。用合乎格律、押韵的、诗的语言来思维(不是想了一个散文的意思再翻译为诗)。这是我们应该向民歌手学习的。我们要学习他们,训练自己的语感、韵律感。

我对于民歌和诗的知识都很少,对语言声韵的知识更是等于零,只是因为有一些对于民歌和诗歌创作的热情,发了这样一番议论。

我希望,能加强对于诗和民歌的格律的研究。

一九七九年二月六日初稿
三月二十二日改成

注释

① 本篇原载《民间文学》1979年6月号;初收《晚翠文谈》,浙江文艺出版社,1988年3月。

飞出黄金的牢狱①

《王昭君》第一幕里,孙美人唱了一支歌:

北方有佳人,遗世而独立。
一顾倾人城,再顾倾人国。
宁不知倾城与倾国,佳人难再得。

这是汉武帝的宫廷音乐家李延年为他的妹妹李夫人作的。汉武帝听了,说:"世上哪有这样的人呢!"李夫人妙丽善舞,由是得幸。她年轻轻的,就死了。她死后,汉武帝一直对她很思念,曾请方士召了她的魂来,想再见见她。写了一首有名的诗:"是邪,非邪?立而望之,偏何姗姗其来迟。"还为她写了一篇赋,写得很有感情。这个美人的短促的一生好像是一首诗。然而,就是她,对皇帝的恩宠看得非常透。

李夫人病危,汉武帝亲自来看她,这是多大的情分啊。可李夫人拿被蒙了脑袋,不让皇帝看她,只请求皇帝照看她的儿子和她的一家。汉武帝说:"你只要让我看一眼,马上就加赐千金,并且让你的兄弟当大官。"李夫人就是不肯,她转面向里，只是抽泣，不再说话。汉武帝很不高兴地走了。皇帝一走，李夫人的姊妹都埋怨她。她说："我所以不让皇帝见，正是为了想让他照顾你们。我因为长得好看，才受到皇帝的爱幸。我现在病成这样，皇帝一看就恶心。不让他看，他会一直保留一个美好的印象。这样皇帝才会照顾你们。"李夫人真是聪明人。如果当时让汉武帝一看，以后的"是邪，非邪"，和那篇充满感情的赋，肯定都不会有。李夫人说了几句很深刻的话："以色事人者，色罢而爱弛，爱弛则恩绝。"这几句话概括了全部的后妃生活。

据班固统计，自汉兴至平帝，后庭以色宠著闻的有二十余人，只有四个得到善终，其余一概不得好死。班固当时就叹息道："既欢合矣，或不能成子姓（未能生子），成子姓矣，而不能要其终（没有落下好结局），岂非命也哉！"得宠——失宠——惨死，这就是后妃的命。这还是得宠的，其余的就更不用说了，"有不得见者，三十六年"。

翻开历代的宫词，在那些珠光宝气的词句的后面，分明有一个血写的大字：怨。

后宫，是一座黄金铸成的牢狱。宫墙，是狱墙。里面关押着粉黛三千。这是一座巨大的坟墓，这些少女，在活着的时候就被埋葬了。

王昭君是从农村来的，"生长明妃尚有村"，从重庆坐船出峡，可以远眺流入长江的香溪上的昭君村。她不是罪人的后代，也不是歌伎出身，她是好人家的女儿——良家子。她对宫廷生活是不会习惯的。她入宫几年，掖庭待诏，对妃妾的辛酸生活必有所闻。后宫的复道回廊、翠幕栏干,都记录着哀怨女鬼的故事。她不要这种金丝雀一样的笼中岁月,不甘心老死在雕梁画栋的牢狱之中,她耻于"以色事人",她要出去,走到广阔的天地里去,做一个自由自在的活人,这是很自然的。不安于汉宫生活,是她自愿请行的思想基础。

然而昭君的这种思想怎样表现?一种办法是平面地说。昭君身边也有宫女,她可以向宫女说。《王昭君》里昭君也向戚戚和盈盈说了,说她"想出去","堂堂皇皇地出去","正正当当地出去"。但是这不够。还可以让一个人,比如让一个老黄门给她讲故事,使她触目惊心,万分感慨。我十六年前写过一个剧本,就是这么干的。但是,不行,没戏!

为了表现王昭君的思想,曹禺同志塑造了两个人物。一个姜夫人,一个孙美人。

姜夫人庸庸多福。理所当然,应该是个白胖子。她是个"保守派",或者说是个正统派。她一脑袋后妃之德。她为她的侄女王昭君设计了一条青云直上的道路。她认定了昭君总归是要见皇帝的人。见了皇帝,得到恩宠,就有盼头了。她请人教昭君弹琵琶,找人教她学唱、学舞,教她怎样穿衣、打扮,教她读书,目的都是一个:做万民之母,天下之后。她把这条道路设想得那样平坦如意,鸟语花香,光风丽日。王昭君对姑妈的天真的幻想没有戳破,她从未正面反驳过。姑妈爱这样想,让她想去。但是,当姜夫人一本正经地讲"德言工容",让她一天到晚只要想一个念头——"皇

帝"时,她说了一句:

"天骤暖了,花气更香了。"

对姑妈的话听而不闻,心不在焉。这是对姜夫人的很大的嘲弄。燕雀安知鸿鹄之志。没有姜夫人的庸俗,很难反衬出昭君的冲远的襟怀。

孙美人是王昭君的一面镜子。

一个人物,只在第一幕里出现,以后就再也没有了,这在一般戏剧里是很少见的。但是这个人物是必不可少的。只出现一幕,然而她完成了她在全剧里的作用,也完成了自己的性格。曹禺同志对这个昙花一现的人物没有几笔带过,而是着力地描写。

未见其人,已闻其声。上场之前,就听见她在幽幽地低唱:"北方有佳人,遗世而独立……"

她的形象是很特别的。她已经六十多岁了,头发全白了,然而声音、神态,依然是个十九岁的少女。四十余年如一瞬,时间在她的身上凝固了。她永远活在一个希望里,随时等待"皇帝宣诏"。她出来后,先在春水里照看,分不清水里的是花影、是人面。贫嘴的鹦鹉谎报万岁到了,她慌忙地急着要去接驾。曹禺同志在这里不厌其烦地写她怎样梳妆打扮。孙美人和王昭君的一大段关于装饰的对话,令人想起《陌上桑》、《古诗为焦仲卿妻作》这样一些汉代乐府诗常用的铺排的手法,是很有民族特色和时代特色的。王昭君的随口应答,表现了对孙美人的深厚的同情,同时也必然在自己的心灵里留下层叠的烙印。

孙美人真的受到皇帝的宣诏,——死了的先皇帝托梦叫生前的美人去慰解地下的寂寞。王昭君听了,问了一句:"去陪先皇帝?"

孙美人上了车,欢喜过度,一下子就断气了。王昭君只"哦"了一声。

这简单的一问和一声"哦",有着多么深切的感触啊!孙美人还把她的琵琶送给王昭君,昭君何以为情?这人琴之感来得太突然了。

孙美人的出现,犹如电光石火,给王昭君极大的震击。她从孙美人的身上,清清楚楚看到自己的影子。孙美人的白发、痴心、惨遇、暴卒,是一个活生生的先例,使她横下一条心:走!王昭君向掖庭令报名请行,是前些天的事,但是孙美人的死,是对她的一个直接推动的力量。

眼前两条路:一边,当美人的皇封到了;一边,备选阏氏的圣旨也来了。非常富于戏剧性的境遇。然而王昭君已经成竹在胸,义无反顾,她毅然决然地说:"这里有过孙美人,永远不会有王美人的!——良家子王昭君,接旨奉诏。""接旨奉诏",一字千钧。如果是戏曲,这里一定是要下一锣的。

通过一个活人,使王昭君亲眼看到汉宫的悲剧,从而选定自己的人生道路,比由一个老宫监讲故事的办法强得多了。

范晔的《后汉书》写昭君去见大单于时,"丰容靓饰,光明汉宫,顾影徘徊,竦动左右。"非常形象地表现出王昭君的意满志得的心情。尤其是"顾影徘徊",生动之至。

王昭君此时的顾影徘徊，必有以前的幽怨怅惘。花点笔墨写一写她对汉宫生活的认识，是完全必要的。万事起头难，有了这样富于诗意的第一幕，才能引出下面的文章。

姜夫人、孙美人，都是史书上所没有的。这是两个虚构的人物。但是这样的庸俗的女官和那样悲惨的妃妾，是一定会有的。没有姜夫人，也会有沈夫人；没有孙美人，也会有杨美人。这里所写的汉宫的生活，虽然不是言皆有据，但无是事，有是理。只要翻翻《汉书》的《外戚列传》，便可相信这样的构拟，完全是有道理的。诗人的想象，是有充分的现实材料为基础的。

注释

① 本篇原载《民族团结》1979年第四期。

从戏剧文学的角度看京剧的危机①

京剧的确存在着危机。从文学史的发展、从它和杂剧、传奇所达到的文学高度的差距来看;从它和"五四"以来新文学发展的关系来看;从它和三十年来的其他文学形式新诗、小说、散文的成就特别是近三年来小说和诗的成就相比较来看,京剧是很落后的。

决定一个剧种的兴衰的,首先是它的文学,而不是唱做念打。应该把京剧和艾青的诗,高晓声、王蒙的小说放在一起比较一下,和话剧《伽俐略传》比较一下,这样才能看出问题。不少人感觉到并且承认京剧存在着危机,一个重要的现象是观众越来越少了,尤其是青年观众少了。京剧脱离了时代,脱离了整整一代人。

很多人说,中国的戏曲在世界戏剧中有自己独特的地位,有它自成一套的体系。但是中国戏曲的体系究竟是什么呢?到现在还没有人说出个所以然来,我希望有人能迅速写出几本谈中国体系的书,这样讨论问题时才有所依据。否则你说你写的是一个戏曲剧本,他说不是,是一个有几段台词的什么别的东西;你说你继承了传统,他说你脱离了传统,聚讼纷纭,莫衷一是。弄清了体系,才能发展京剧。为了适应四个现代化,我认为京剧本身有个现代化的问题。

我认为所有的戏曲都应该是现代戏。把戏曲区别为传统戏、新编历史戏和现代戏是不科学的。经过整理加工、加工得好的传统戏,新编的历史题材的戏,现代题材的戏,都应该是"现代戏"。就是说:都应该具有当代的思想、符合现代的审美观点、用现代的方法创作,使人对当代生活中的问题进行思索。整理传统戏、新编历史剧和现代戏,只是题材的不同,没有目的和方法的不同。不能说写现代题材用一种创作方法,写历史题材是用另一种创作方法。

但是大量的未经整理的京剧传统戏所用的创作方法是陈旧的。从戏剧文学的角度来看,传统京剧存在这样一些问题:

一、陈旧的历史观。传统戏大部分取材于历史,但严格来讲,它不能叫做历史剧,只能叫做"讲史剧"。宋朝说话人有四家,其中有一家叫"讲史"。中国戏曲对于历史的认识也脱不出这些讲史家的认识。中国戏曲的材料,往往不是从历史、而是从演义小说里找来的,很多是歪曲了历史的本来面目的,我们今天的一个艰巨任务就是还历史以本来面目。这首先就要创作出大量的历史题材的新戏,把一些老戏代替掉。比如诸葛亮这个人,是个伟大的政治家、军事家;他一生的遭遇也很有戏剧性。大家都知道他的一句名言:"鞠躬尽瘁,死而后已",这是两句很沉痛的话,他是在一种很困难的环境中去从事几乎没有希望的兴国事业的,本身就带有很大的悲剧性。我们为什么不可以脱掉他身上的八卦衣写一个历史上真正的诸葛亮呢？另一个任务是对传统戏加工整理。这种整理是脱胎换骨，点石成金，化腐朽为神奇的工作，在某种程度上它比新创作一个历史题材的戏的难度还要大一些，从这个角度上说中国戏曲是一个大包袱，我以为是很有道理的。也许我说得夸张一些，从原则上讲，几乎没有一出戏可以原封不动地在社会主义舞台上演出。

二、人物性格的简单化。中国戏曲有少数是写出深刻复杂的人物性格的，突出的例子是宋士杰，宋士杰真正够得上是一个典型。十七年整理传统戏最成功的一出是《十五贯》，我以为这是真正代表十七年戏曲工作成就的一出戏，它所达到的水平，比《将相和》、《杨门女将》更高一些，因为它写了况钟这样一个人物，写得那样具体，那样丰富，不带一点概念化和主题先行的痕迹。其余的人物也都写得有特色，可信。但可惜像宋士杰、况钟这样的典型在中国戏曲里是太少了。这和中国戏曲脱胎于演义小说是有关系的。演义小说一般只讲故事，很少塑造人物。戏曲既然多从演义小说中取材，自然也会受到影响，这是不奇怪的。欧洲文艺复兴前后的小说，也多半只是讲故事，很少有人物性格。着重描写人物，刻画他的内心世界，这是十八十九世纪以后的事。今天，写简单的人物性格，类似写李逵、张飞、牛皋的戏，也还有人要看，比如农民。但是对看过巴尔扎克等小说的知识青年，这样简单化的性格描写是满足不了他们的艺术要求的。

是否中国人的性格、或者说中国古人的性格本来就简单呢？也不是。比如汉武帝这个人的性格就相当复杂。他把自己的太子逼得造了反，太子死后，他又后悔，盖了一座宫叫"思子宫"，一个人坐在里面想儿子。历史上有性格的人很多，这方面的题材是取之不尽的。

对历史剧鼓励、提倡什么题材，会带来概念化和主题先行，往往会让某一段历史生活或某一个历史人物去注解这个主题。十七年戏曲工作的缺点之一，就是鼓励、提倡某些题材，因而使题材狭窄了，带来概念化和主题先行的后果。这种倾向，即使在比较优秀的剧目中也在所难免。题材，还是让作者自己去发现，他看了某一段记载，欣然命笔，才能写出才华横溢的作品。十七年，我们对历史剧的创作方法上还有一个误会，就是企图在剧本里写出某个人物在历史上的作用，这实际上是在写史论，而不是写剧本。我认为，"作用"是无法表现的，只能由后代的历史学家去评价，剧本里只能写人物，写性格。

人物性格总是复杂的，简单的性格同时也是肤浅的性格，必然缺乏深度。现在有些清官戏、包公戏，做了错事自我责备的一些戏，说了一些听起来很解气的话，我以为这样的戏只能快意于一时，不会长久，因为人物性格简单。

三、结构松散。有些京剧的结构很严谨，如《四郎探母》。但大多数剧本很松散。为什么戏曲里有很多折子戏？因为一出戏里只有这几折比较精彩，全剧却很松散，也很无味。今天的青年看这种没头没尾的折子戏,是不感兴趣的。我曾想过,很多优秀的折子戏,应该重新给它装配齐全,搞成一个完整的戏,但是这工作很难。

四、语言粗糙。京剧里有一些语言是很不错的。比如《桑园寄子》的"走青山望白云家乡何在",真是有情有景。《四郎探母》的唱词也是写得好的,"见娘"的[倒板]、[回龙]、[二六]的唱词写得很动人,"每日花开儿的心不开"真是恰到好处,这段唱和锣鼓、身段的配合,简直是天衣无缝。《打渔杀家》出门和上船后父女之间的对白,具有生活气息,非常感人。宋士杰居然唱出了"宋士杰与你是哪门子亲"这样完全口语化的唱词,老艺人能把这句唱词照样唱出来,而且唱得这样一波三折,很有感情,真是叫人佩服。但是这样的唱词念白在京剧里不多,称得上是剧诗的唱念尤少。

京剧的语言和《西厢记》《董西厢》是不能比的,京剧里也缺少《琵琶记》"吃糠"和"描容"中那样真切地写出眼前景、心中情的感人唱词。传奇的唱词写得空泛一些,但是有些可取的部分,京剧也没有继承下来。京剧没有能够接上杂剧、传奇的传统,是它的一个很大的先天性的弱点。

京剧的文学性比起一些地方大戏,如川剧、湘剧,也差得很远。

京剧缺少真正的幽默感,因此缺乏真正的喜剧,川剧里许多极有趣的东西,一移植为京剧就会变成毫无余味的粗俗的笑料。

京剧也缺少许多地方小戏所特具的生活气息，可以这样比喻：地方戏好比水果，到了京剧就成了果子干；地方戏是水萝卜，京剧是大腌萝卜，原来的活色生香，全部消失。

"四人帮"尚未插手之前的现代戏创作中，有的剧作者曾有意识地把从生活中来、具有一定生活哲理的语言引进京剧里来，比如《红灯记》里的"里里外外一把手，穷人的孩子早当家"，《沙家浜》里的"人一走，茶就凉"等，这证明京剧还是可以容纳一些有生活气息、比较深刻的语言的。可惜这些后来都被那些假大空的豪言壮语所取代了。

京剧里有大量不通的唱词，如《花田错》里的"桃花更比杏花黄"，《斩黄袍》里的"天做保来地做保，陈桥扶起龙一条"，《二进宫》的唱词几乎全不通。我以为要挽救京剧，要提高京剧的身价，要争取青年尤其是知识青年观众，就必须提高京剧的语言艺术，提高其可读性。巴金同志看了曹禺同志的《雷雨》说："你这个剧本不但可以演，也是可以读的。"我们不赞成只能供阅读，不能供搬演的"案头剧本"，也不赞成只能供上场搬演，而不能供案头阅读的剧本。可惜这种既能演又能读的剧本现在还不多。《人民文学》可以发表曹禺的《王昭君》，为什么不能发表一个戏曲剧本呢？戏曲剧作者常常说自己低人一等，被人家看不起。当然这种社会风气是不公平的，但戏曲剧作者自己也要争气，把剧本的文学性提得高高的，把词儿写得棒棒的，叫诗人、小说家折服。

很多同志对现代戏很关心，认为困难很大。我对现代戏倒是比较乐观的,因为它没有包袱。我以为比较难解决的倒是传统戏,如果传统戏的问题,即陈旧的历史观,陈旧的创作方法,人物性格的简单化的问题解决了,则现代戏的问题也比较好解决。如果创作方法不改变,京剧不但表现现代题材有困难,真正要深刻地表现历史题材也有困难。

我认为京剧确实存在危机,而且是迫在眉睫。怎样解决,我开不出药方。但在文学史上有一条规律,凡是一种文学形式衰退了的时候,挽救它的只有两种东西,一是民间的东西,一是外来的东西。京剧要向地方戏学习,要接受外国的影响,我主张京剧院团把门窗都打开,接受一点新鲜空气,借以恢复自己的活力。

注释

① 本篇原载《人民戏剧》1980年第十期;初收《晚翠文谈》,浙江文艺出版社,1988年3月。

尊　丑①

从前的戏班子里,在演员化妆时,必得唱丑的演员先在鼻子上涂一点白,然后别的演员才敢上妆。据说这是因为唐明皇是唱丑的。唐明皇唱戏,史无明文。至于他是不是唱丑,更是无从稽考。大概是不可能的,因为戏曲在唐代尚未成型。那么这规矩是怎么来的呢?我以为这无非是对于丑角的一种尊重。

四川菜离不开郫县豆瓣,湖南人喝茶离不开一把芝麻几片姜,北京人吃面条离不开蒜瓣;戏曲没有丑,就会索然寡味了。

一个剧种的品格高低,相当程度内决定于该剧种丑角艺术的高低。五十年代,川剧震动了北京,原因之一,是他们带来了一批使人耳目一新的丑戏。正因为有刘成基、周企何、周裕祥、李文杰……这样一些多才多艺的名丑,川剧才成其为川剧。

世界上很多伟大的演员都是丑角。看了法国电影《莫里哀》,我才知道:哦,原来莫里哀的喜剧当初是那样演的。莫里哀原来是个丑角。他的声调、动作都是那样夸张而怪诞,脸上涂着厚厚的白粉,随着剧烈的肌肉动作,一片一片地往下掉。这不是丑角是什么?卓别林创造了"含泪的笑"的别具一格的丑角。我觉得布莱希特在《高加索灰阑记》里演的那个法官,在酒醉中清醒,糊涂中正直,荒唐中维护了正义,这样一个滑稽玩世的人物,应该算是丑角。

丑角往往是一个剧本的解释者。不管这个人物多么不重要,他多少总直接地表现了剧作者的思想、气质。川剧的很多丑角都是导演,这是个引人深思的问题。我希望从丑角里产生自编、自导、自演的人才。莫里哀、卓别林、布莱希特自己演他们戏里的关键人物,这不是偶然的。

丑角人才难得。

丑角必须是语言艺术家,他要对语言有一种特殊的敏感,能够从普通的语言中挖掘出其中的美。

丑角得是思想家。他要洞达世态人情,从常见的生活现象中看到喜剧因素。他要深思好学,博览群书。侯宝林的相声所以比别人高出一头,因为他读书。

我希望戏曲学校在招生时把最聪明的学生分到丑行,然而谁来教他们呢？……

注释

① 本篇原载1981年4月12日《北京戏剧报》。

中国戏曲有没有间离效果[①]

布莱希特谈他的"间离效果说"是受了中国戏曲的启发而提出的。但是,中国的布莱希特研究者很少联系中国戏曲;中国的戏曲演员和教戏的老师又根本不理睬布莱希特的那一套。到底中国戏曲有没有间离效果呢?我以为是有的。

间离效果,照我的粗浅的、中国化了的理解,是:若即若离,入情入理。

中国的有些戏曲是使人激动,催人落泪的,比如越剧的祝英台哭灵,山西梆子的《三上轿》。但是有些戏,即使带有悲剧性,也并不那样使人激动。看了川剧《打神告庙》、昆曲的《断桥》,很少人会因之而热泪盈眶,失声啜泣的。有人埋怨中国戏曲不那样感动人,他埋怨错了。有些戏的目的本不在使人过于感动。中国的观众和舞台,演员和角色之间,是存在着一段距离的。戏曲演员的服装、化妆和程式化的表演,很难使人相信他是一个真人。演员自己也不相信他就是周瑜或是诸葛亮。演戏的演"戏",看戏的看"戏"。中国的观众一边感受着,欣赏着,一边还在思索着。即使这种思索只是"若有所思"。他们并不那样掉在戏里。

丑角身上的间离效果是明显的。有人埋怨丑角缺乏性格,缺乏感情。有的丑角是有性格,有感情的,比如汤勤和《窦公送子》里的窦公。有些丑角是不那么有性格,他的目的本来就不在演性格。丑,就是瞅着。丑是一个哲学的形象,或者是形象化了的哲学。他是一个旁观者,他就是时常要跳到生活之外(戏之外),对人情世态加以批评的。曾见一个名丑演武大郎,在服毒之后,蹲在床上翻了一个吊毛落地,原来一直蹉曲着的两腿骤然伸长了,一直好像系在腰上的短布裙高高地吊在胸脯上,观众哗然大笑了,观众笑什么?笑矮人也会变长,笑:武大郎老兄,你委屈了一辈子,这回可伸开了腰了。这种表演是深刻的、隽永的。有评论家说这脱离了人物,出了戏。对这样的评论家,你能拿他有什么办法呢?

曾看过一出川剧(剧名已忘),两个奸臣吵架,互相骂道:"你混蛋!"——"你混蛋!"帮腔的在一旁唱道:"你两个都混蛋哪……!"布莱希特要求观众是批评者,这个帮腔人实是观众的代表,他不但批评,而且大声地唱出来了。这可是非常突出的间离效果。

为了使戏剧变成剧作家之剧,即诗人之剧,使观众能在较远的距离从平淡的生活中看出其中的抒情性;用一种揶揄的、幽默的、甚至是玩世不恭的态度来观察某些不正常的、被扭曲了的生活,为了提高戏曲的诗意和哲理性,总之,为了使戏曲现代化,研究一下间离效果,我以为是有好处的。

注释

① 本篇原载1981年4月26日《北京戏剧报》。

《贵妃醉酒》是京剧么？[1]

这出戏是梅兰芳先生的杰作,唱的是"四平调",伴奏的乐器是胡琴。它是京剧,这还有问题么？

中国的戏曲分作两大系。一类是曲牌体,如四川高腔,江西的弋阳腔。一类是板腔体,如梆子、京剧。曲牌体是长短句。板腔体字句整齐。七字句,十字句。《贵妃醉酒》是什么体？

"海岛冰轮初转腾；见玉兔,玉兔又转东升。那冰轮离海岛,乾坤分外明。皓月当空。恰便是嫦娥离月宫,奴本嫦娥离月宫。"

这是什么体？

"长空(啊)雁,雁儿飞,哎呀雁儿呀,雁儿并飞腾。闻奴的声音落花阴。这景色撩人人欲醉,不觉来到百花亭。"

这是什么体？

"去也,去也,回宫去也。恼恨李三郎,竟自把奴撇,撇得奴挨长夜。只落得冷清清回宫去也。"

这是什么体？

单看唱词,你会觉得这不是一个京剧的剧本。"皓月当空","长空(啊)雁,雁儿飞,哎呀雁儿呀……"这样的唱腔的

处理，也是一般京剧所没有的。

这是个奇怪而有趣的现象。

《醉酒》本不是京剧。许姬传、朱家溍在《梅兰芳的舞台艺术》里引溥西园、曹心泉说："从前没见过京班演《醉酒》。光绪十二年（一八八六年）七月间，有一位演花旦的汉剧演员吴红喜，艺名叫'月月红'，到北京搭班演唱，第一天就唱《醉酒》。月月红把这出戏唱红了，大家才跟着演唱《醉酒》"。月月红是汉剧演员。他到北京搭班，所搭的当是京班。所唱的当是汉剧，——他不会一进京就改京剧。那么，《醉酒》本是汉剧。

"大家才跟着演唱"，这"大家"里就有路三宝、余玉琴、郭际云等人。路三宝等人看来没有把月月红的剧本和唱腔加以改变——至少，改变不大。路三宝唱的仍然是汉剧。梅先生这出戏是跟路三宝学的。虽然删汰了一些不健康的东西，在艺术上有新的创造。但是路子还是路三宝的路子。梅先生是在京剧舞台上演了一出汉剧。

那么，《醉酒》是不是就是汉剧？

也不是的。

这出戏的历史很长了。在没有京剧以前，甚至没有汉剧以前就有了。

据许姬传、朱家溍考查，清代的曲谱《太古传宗》里有一出《醉杨妃》，唱词和现在的《醉酒》几乎完全相同。《纳书楹曲谱》补遗里也有同样的《醉杨妃》。《纳书楹》成书在乾隆年间，距今二百余年。《太古传宗》编订在康熙年间，距今已经有三百多年。

以上两书都是昆曲曲谱。两书把《醉杨妃》都标为"时剧"。所谓"时剧",多是民间的无名作者的作品。标出来,以示与传奇的大家作品有别。在曲调上也更为自由而委婉。比如现在还常唱的《思凡》,原来也标为"时剧"。时剧与正统的昆曲都是长短句的曲牌体,和昆曲同属一系。演唱"时剧"的,都是昆班。乾隆年间常演《醉杨妃》的"保和部",就是昆剧班子。到后来,"时剧"和昆剧的界限已经泯除。比如《思凡》,现在谁不说它是昆曲呢?

值得注意的是《醉杨妃》的唱词和今天的《贵妃醉酒》几乎完全一样。这是一个很值得深思的问题。

《贵妃醉酒》是一个活化石。它让我们看得到三百多年以前的"时剧"的某些痕迹。

《贵妃醉酒》是从曲牌体过渡到板腔体的过程中的一座桥梁。有人说板腔体源出于曲牌体,是有道理的。

这就奇怪了:一个板腔体的剧种能够原封不动地演出曲牌体的剧本!

月月红、路三宝、梅兰芳他们都没有削足适履,没有删削原来的唱词以迁就汉剧、京剧的唱腔;而是变化唱腔以适应原来的唱词,——也必然保留不少原来曲牌的唱腔。这是一条很重要的经验。

《贵妃醉酒》的唱词和唱腔比起今天的许多京剧还要新鲜、活泼得多。为了京剧形式的推陈出新,我主张可以允许有"返祖"现象,不妨向昆剧、向"时剧"取回一点东西。总有一天,我们会打破曲牌体和板腔体的藩篱,并从民歌中吸取养料,创造出一种新的民族歌剧。

注释

① 本篇原载1981年5月10日《北京戏剧报》,署名"曾岐"。

高英培的相声和埃林·彼林的小说①

埃林·彼林是保加利亚的小说家。我很喜欢他的小说。他的小说大都没有强烈的戏剧性,淡淡的,然而有着深沉的悲愤和爽朗的幽默感。他有一篇《得心应手的打猎》,写的是:三个打兔子的人,打了一天,毫无所获,疲惫不堪,聚会在一家小酒店里发牢骚、诉苦。来了一个他们一伙打猎的第四个人,叫做黄胡子,他举起一只大兔子在空中挥动着。接着,黄胡子就详详细细讲起他打到这只兔子的经过。正讲得起劲,从路旁灌木丛里钻出了一个衣衫褴褛,肩上背着一支老式步枪的庄稼汉来。他手里挥着一只兔子对黄胡子喊道:

"喂,先生,买去吧,连这一只也买下吧!比那一只还便宜些。你给五十个列瓦,这是最后的买卖啦!"

这篇小说和高英培所说的相声《钓鱼》何其相似乃尔!——据说《钓鱼》原是郭启儒说的单口相声,但现在人们听熟了的是高英培的那一段。由此,我想起了许多事。

《钓鱼》,我以为是这几年出现的相声里格调最高的一段。它对社会上那么一种人,爱吹牛的人,讽刺得那样尖刻,但又并不严厉,或者可以说颇有温情。——爱吹牛的不是坏人,他也不害人。它不是穷逗,而有很隽永的幽默,而且很有生活气息。"二他妈,给我烙两张糖饼",如闻其声,如见其人。说实在话,我觉得其刻画入微之处,较之《得心应手的打猎》还更胜一筹。可是,为什么埃林·彼林的作品算是文学,《钓鱼》就不算是文学呢?看来,雅、俗、高、低之别,在人们心中还是根深蒂固的。

为什么没有人写出像《钓鱼》这样十分有趣的小说呢?看来文学作家还有直接为政治服务、写重大题材这样的框框。中国文学需要幽默,不论是黑色的还是别种颜色的。

埃林·彼林和高英培这种不谋而合的相似,是世界文学中很值得注意的现象。今年成立了比较文学研究会,这是值得庆幸的事,这弥补了文学研究的一个空白。我希望有像钱钟书、杨宪益这样的学贯中西的学者,更盼望有熟悉书本文学也熟悉活着的文艺,如戏曲、曲艺的同志参加比较文学的研究。我希望戏曲、曲艺界有人来钻研外国的文学。中国的戏曲、曲艺,完全可以,而且应该从外国文学,特别是现代外国文学中吸取营养。

建议高英培同志读一读埃林·彼林的这篇小说。

注释

① 本篇原载1981年5月31日《北京戏剧报》。

应该争取有思想的年轻一代[①]

——关于戏曲问题的冥想

戏曲(我这里主要说的是京剧)不景气,不上座,观众少,原因究竟何在?我认为,根本的原因是:它太陈旧了。

戏曲的观众老了。说他们老,一是说他们年纪大了,二是说他们的艺术观过于陈旧。中国虽有"高台教化"的说法,但是一般观众(尤其是城市观众)对于真和善的要求都不是太高,他们看戏,往往只是取得一时的美的享受,他们较多注重的是戏曲的形式美(包括唱念做打)。因此,中国戏曲最突出的东西,也就是形式美。相当多的戏曲剧目的一个致命的弱点,是缺乏思想,——能够追上现代思潮的新的思想。戏曲落后于时代,这是无法否认的事实。

戏曲的观众需要更新。老一代的观众快要退出剧场,也快要退出这个世界了。戏曲需要青年观众。

但是青年爱看戏曲的很少。

什么原因?

有人说青年人对戏曲形式不熟悉。有这方面的原因。单是韵白,年轻人就听着不习惯。板腔、曲牌,他们也生疏。但是形式不是那样难于熟悉的。有一个昆曲剧院到北大给学生演了两场,看的青年惊呼:我们祖国还有这样美好的艺

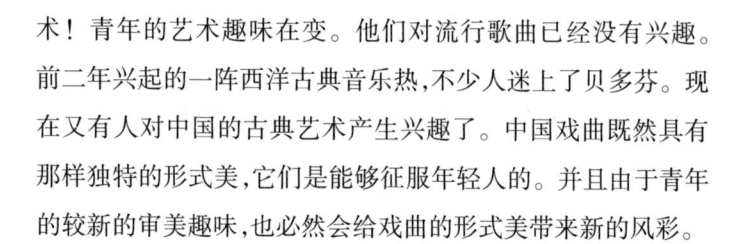

术!青年的艺术趣味在变。他们对流行歌曲已经没有兴趣。前二年兴起的一阵西洋古典音乐热,不少人迷上了贝多芬。现在又有人对中国的古典艺术产生兴趣了。中国戏曲既然具有那样独特的形式美,它们是能够征服年轻人的。并且由于青年的较新的审美趣味,也必然会给戏曲的形式美带来新的风彩。

有人说,因为戏曲的节奏太慢,和现代生活的节奏不合拍,年轻人看起来着急。这也有点道理。但是生活的节奏并不能完全决定艺术的节奏。而且如果仅仅是节奏慢的问题,那么好办得很,把节奏加快就行了。事实上已经有人这样做。去掉废场子、废锣鼓,把慢板的尺寸唱得近似快三眼,不打"慢长锤"……但是这不能解决根本问题。

要争取青年观众,首先要认识青年,研究当代青年的特点。

我们的青年是思索的一代,理智的一代。他们是热情的,敏锐的,同时也是严肃的,深刻的。不少人具有揽辔澄清,以天下为己任的心胸,戏曲应该满足他们的要求。

当然首先应该多演现代戏。这不是那种写好人好事的现代戏。企图在舞台上树立几个可供青年学习的完美的榜样的想法是天真的。青年希望在舞台上看到和他们差不多的人,看到他们自己。写一个改革者不能只是写出他怎样大刀阔斧地整顿好一个企业。青年人从他们切身的感受中,知道事情绝不那样简单。法律面前人人平等,是一个迫切地需要宣传的思想,但是不能只是写出一个具有法制思想的正面人物,写出一个概念。一个企图体现这样思想的人必然会遇到许多从外部和内部来的阻力、压力、痛苦。现代时兴一个词语,叫做

"阵痛"。任何新的事物的诞生,都要经过阵痛。年轻人对这种阵痛最为敏感。他们在看戏的时候,希望体验到这种阵痛,同时,在思索着,和剧中人一起在思索着。没有痛苦,就没有思索。轻松的思索是没有的。而真正的欢乐,也只有通过痛苦的思索才能得到,由痛苦到欢乐的人物性格必然是复杂的,他们的心理结构是多层次的,他的思想是丰富的。从某种意义上说,每个改革者都是一个思想家,或者简单一点说,是个有头脑的人。这对于戏曲说来是有困难的。戏曲一般不能有这样大的思想容量;以"一人一事"为主要方式的戏曲结构也不易表现复杂的性格。这是戏曲改造的一个难题,但又是一个必须克服的难题。否则戏曲将永远是陈旧的。

历史剧的作用不可忽视。中国戏曲长于表现历史题材,这是一种优势。但是大部分戏曲都把历史简单化了。我发现不少青年人对历史产生了浓厚的兴趣。这是很自然的。他们思索着许多问题,他们要了解我们这个民族,这个民族的现状、未来,自然要了解这个民族的性格是怎样形成的,要了解它的昨天。我们多年以来对历史剧的要求多少有一点误解,即使较多看重它们的教诲作用,而比较忽视它的认识作用,因此对许多历史人物的是非功过纠缠不休。其实通过这些历史人物(包括虚构的人物)能够让我们了解那个历史时期,了解我们这个民族的某些特点,某些观念,就很不错了。比如《烂柯山》这出戏,我们不必去议论谁是谁非,不必去同情朱买臣,也不必去同情崔氏。但是我们知道了,并且相信了过去曾经有过那样的事,我们看到"夫荣妻贵"、"从一而终"这样的思想曾经深刻地影响过多少人,影响了朱买臣,也影响了崔氏。朱买臣和崔氏都是这种观念的痛苦的牺牲品。这是我们民族的一个病灶,到现在还时常使我们隐隐作痛。我觉得经过改编的《烂柯山》是能起到这样的作用的,改编者所取的角度是新的,好的。又比如《一捧雪》。我们既不能把莫成当一个"义仆"来歌颂,也不必把他当一个奴才来批判,但是我们知道,并且也相信,过去曾经有过那样的事。不但可以"人替人死",而且在临刑前还要说能替主人一死,乃是大大的喜事,要大笑三声,——这是多么惨痛的笑啊!通过这出戏,可以让我们看到等级观念对人的毒害是多么酷烈,一个奴才的"价值"又是多么的低!如果经过改编的戏,能产生这样的效果,我觉得就很不错了。这样的戏,是能满足青年在理智方面的要求的。我觉得许多老戏,都可以从一个新的角度,用一种新的思想,新的方法重新处理,彻底改造。

我们的青年,是一大批青年思想者。他们要求一个戏,能在思想上给予他们启迪,引起他们思索许多生活中的问题。

因此要求戏曲工作者,首先是编剧,要有思想。我深深感到戏曲编剧最缺乏的是思想。——当然包括我自己在内。

一九八四年九月十三日

注释

① 本篇原载《新剧本》1985年第一期;初收《晚翠文谈》,浙江文艺出版社,1988年3月。

我是怎样和戏曲结缘的[1]

有一位老朋友,三十多年不见,知道我在京剧院工作,很诧异,说:"你本来是写小说的,而且是有点'洋'的,怎么会写起京剧来呢?"我来不及和他详细解释,只是说:"这并不矛盾。"

我的家乡是个小县城,没有什么娱乐。除了过节,到亲戚家参加婚丧庆吊,便是看戏。小时候,只要听见哪里锣鼓响,总要钻进去看一会。

我看过戏的地方很多,给我留下较深的印象的,是两处。

一处是螺蛳坝。坝下有一片空场子。刨出一些深坑,植上粗大的杉篙,铺了木板,上面盖一个席顶,这便是戏台。坝前有几家人家,织芦席的,开茶炉的……门外都有相当宽绰的瓦棚。这些瓦棚里的地面用木板垫高了,摆上长凳,这便是"座"。——不就座的就都站在空地上仰着头看。有一年请来一个比较整齐的戏班子。戏台上点了好几盏雪亮的汽灯,灯光下只见那些簇新的行头,五颜六色,金光闪闪,煞是好看。除了《赵颜借寿》、《八百八军》等开锣吉祥戏,正戏都唱了些什么,我已经模糊了。印象较真切的,是一出《小放牛》，一出《白水滩》。我喜欢《小放牛》的村娘的一身装束，唱词我也大部分能听懂。像"我用手一指，东指西指，南指北指，杨柳树上挂着一个大招牌……""杨柳树上挂着一个大招牌"，到现在我还认为写得很美。这是一幅画，提供了一个春风淡荡的恬静的意境。我常想，我自己的唱词要是能写得像这样，我就满足了。《白水滩》这出戏，我觉别具一种诗意，有一种凄凉的美。十一郎的扮相很美。我写的《大淖记事》里的十一子，和十一郎是有着某种潜在的联系的。可以说，如果我小时候没有看过《白水滩》，就写不出后来的十一子。这个戏班里唱青面虎的花脸是很能摔。他能接连摔好多个"踝子"。每摔一个，台下叫好，他就跳起来摘一个"红封"揣进怀里。——台上横拉了一根铁丝，铁丝上挂了好些包着红纸的"封子"，内装铜钱或银角子。凡演员得一个"好"，就可以跳起来摘一封。另外还有一出，是《九更天》。演《九更天》那天，开戏前即将钉板竖在台口，还要由一个演员把一只活鸡拽（Zhai）在钉板上，以示铁钉的锋利。那是很恐怖的。但我对这出戏兴趣不大，一个老头儿，光着上身，抱了一只钉板在台上滚来滚去，实在说不上美感。但是台下可"炸了窝"了！

另一处是泰山庙。泰山庙供着东岳大帝。这东岳大帝不是别人，是《封神榜》里的黄飞虎。东岳大帝坐北朝南，大殿前有一片很大的砖坪，迎面是一个戏台。戏台很高，台下可以走人。每逢东岳大帝的生日，——我记不清是几月了，泰山庙都要唱戏。约的班子大都是里下河的草台班子，没有名角,行头也很旧。旦角的水袖上常染着洋红水的点子——这是演《杀子报》时的"彩"溅上去的。这些戏班,没有什么准纲准词,常常由演员在台上随意瞎扯。许多戏里都无缘无故出来一个老头,一个老太太,念几句数板,而且总是那几句:

人老了,人老了,
人老先从哪块老?
人老先从头上老:
白头发多,黑头发少。
人老了,人老了,
人老先从哪块老?
人老先从牙齿老,吃不动的多,吃得动的少。
……

他们的京白、韵白都带有很重的里下河口音。而且很多戏里都要跑鸡毛报:两个差人,背了公文卷宗,在台上没完没了地乱跑一气。里下河的草台班子受徽戏影响很大,他们常唱《扫松下书》。这是一出冷戏,一到张广才出来,台下观众就都到一边喝豆腐脑去了。他们又受了海派戏的影响,什么戏都可以来一段"五音联弹"——"催战马,来到沙场,尊声壮士把名扬……"他们每一"期"都要唱几场《杀子报》。唱《杀子报》的那天,看戏是要加钱的,因为戏里的闻(文?)太师要勾金脸。有人是专为看那张金脸才去的。演闻太师的花脸很高大,嗓音也响。他姓颜,观众就叫他颜大花脸。我有一天看见他在后台栏杆后面,勾着脸——那天他勾的是包公,向台下水锅的方向,大声喊叫:"××!打洗脸水!"从他的宏亮的嗓音里,我感觉到草台班子演员的辛酸和满腹不平之气。我一生也忘记不了。

我的大伯父有一架保存得很好的留声机,——我们那里叫做"洋戏",还有一柜子同样保存得很好的唱片。他有时要拿出来听听,——大都是阴天下雨的时候。我一听见留声机响了,就悄悄地走进他的屋里,聚精会神地坐着听。他的唱片里最使我受感动的程砚秋的《金锁记》和杨小楼的《林冲夜奔》。几声小镲,"啊哈!数尽更筹,听残银漏……"杨小楼的高亢脆亮的嗓子,使我感到一种异样的悲凉。

我父亲是个多才多艺的人,他会画画,会刻图章,还会弄乐器。他年轻时曾花了一笔钱到苏州买了好些乐器,除了笙箫管笛、琵琶月琴,连唢呐海笛都有,还有一把拉梆子戏的胡琴。他后来别的乐器都不大玩了,只是拉胡琴。他拉胡琴是"留学生"——跟着留声机唱片拉。他拉,我就跟着学唱。我学会了《坐宫》、《起解·玉堂春》、《汾河湾》、《霸王别姬》……我是唱青衣的,年轻时嗓子很好。

初中,高中,一直到大学一年级时,都唱。西南联大的同学里有一些"票友",有几位唱得很不错的。我们有时在宿舍里拉胡琴唱戏,有一位广东同学,姓郑,一听见我唱,就骂:"丢那妈!猫叫!"

大学二年级以后,我的兴趣转向唱昆曲。在陶重华等先生的倡导下,云南大学成立了一个曲社,参加的都是云大和联大中文系的同学。我们于是"拍"开了曲子。教唱的主要是陶先生,吹笛的是云大历史系的张中和先生。从《琵琶记·南浦》、《拜月记·走雨》开蒙,陆续学会了《游园·惊梦》、《拾画·叫画》、《哭像》、《闻铃》、《扫花》、《三醉》、《思凡》、《折柳·阳关》、《瑶台》、《花报》……大都是生旦戏。偶尔也学两出老生花脸戏,如《弹词》、《山门》、《夜奔》……在曲社的基础上,还时常举行"同期"。参加"同期"的除同学外,还有校内校外的老师、前辈。常与"同期"的,有陶光(重华)。他是唱"冠生"的,《哭像》、《闻铃》均极佳,《三醉》曾受红豆馆主亲传,唱来尤其慷慨淋漓;植物分类学专家吴征镒,他唱老生,实大声宏,能把《弹词》的"九转"一气唱到底,还爱唱《疯僧扫秦》;张中和和他的夫人孙凤竹常唱《折柳·阳关》,极其细腻;生物系的教授崔芝兰(女),她似乎每次都唱《西楼记》;哲学系教授沈有鼎,常唱《拾画》,咬字讲究,有些过分;数学系教授许宝,我们《刺虎》就是他亲授的;我们的系主任罗莘田先生有时也来唱两段;此外,还有当时任航空公司经理的查阜西先生,他兴趣不在唱,而在研究乐律,常带了他自制的十二乐均律的铜管笛子来为人伴奏;还有一位世事洞明,人情练达,童心犹在,风趣非常的老人许茹香,每"期"必到。许家是昆曲世家,他能戏极多,而且"能打各省乡谈",苏州话、扬州话、绍兴话都说得很好。他唱的都是别人不唱的戏,如《花判》、《下山》。他甚至能唱《绣襦记》的《教歌》。还有一位衣履整洁的先生,我忘记他的姓名了。他爱唱《山门》。他是个聋子,唱起来随时跑调,但是张中和先生的笛子居然能随着他一起"跑"!

参加了曲社,我除了学了几出昆曲,还酷爱上吹笛,——我原来就会吹一点。我常在月白风清之夜,坐在联大"昆中北院"的一棵大槐树暴出地面的老树根上,独自吹笛,直至半夜。同学里有人说:"这家伙是个疯子!"

抗战胜利后,联大分校北迁,大家各奔前程,曲社、"同期"也就风流云散了。

一九四九年以后,我就很少唱戏,也很少吹笛子了。

我写京剧,纯属偶然。我在北京市文联当了几年编辑,心里可一直想写东西。那时写东西必需"反映现实",实际上是"写政策",必需"下去",才有东西可写。我整天看稿、编稿、下不去,也就写不成,不免苦闷。那年正好是纪念世界名人吴敬梓,王亚平同志跟我说:"你下不去,就从《儒林外史》里找一个题材编一个戏吧!"我听从了他的建议,就改一出《范进中举》。这个剧本在文化局戏剧科的抽屉里压了很长时间,后来是王昆仑同志发现,介绍给奚啸伯演出了。这个戏还在北京市戏曲会演中得了剧本一等奖。

我当了右派,下放劳动,就是凭我写过一个京剧剧本,经朋友活动,而调到北京京剧院里来的。一晃,已经二十几年了。人的遭遇,常常是不以自己的意志为转移的。

我参加戏曲工作,是有想法的。在有一次齐燕铭同志主持的座谈会上,我曾经说:"我搞京剧,是想来和京剧闹一阵别扭的。"简单地说,我想把京剧变成"新文学"。更直截了当地说:我想把现代思想和某些现代派的表现手法引进到京剧里来。我认为中国的戏曲本来就和西方的现代派有某些相通之处。主要是戏剧观。我认为中国戏曲的戏剧观和布莱希特以后的各流派的戏剧观比较接近。戏就是戏,不是生活。中国的古代戏曲有一些西方现代派的手法(比如《南天门》、《乾坤福寿镜》、《打棍出箱》、《一匹布》……),只是发挥得不够充分。我就是想让它得到更多的发挥。我的《范进中举》的最后一场就运用了一点心理分析。我刻画了范进发疯后的心理状态,从他小时读书、逃学、应考、不中、被奚落,直到中举、做了主考,考别人:"我这个主考最公道,订下章程有一条:年未满五十,一概都不要,本道不取嘴上无毛!……"。我想把传统和革新统一起来,或者照现在流行的话说:在传统与革新之间保持一种能力。

我说了这一番话,可以回答我在本文一开头提到的那位阔别三十多年的老朋友的疑问。

我写京剧,也写小说。或问:你写戏,对写小说有好处么?我觉至少有两点。

一是想好了再写。写戏,得有个总体构思,要想好全剧,想好各场。各场人物的上下场,各场的唱念安排。我写唱词,即使一段长到二十句,我也是每一句都想得能够成诵,才下笔的。这样,这一段唱词才是"整"的,有层次,有起伏,有跌宕,浑然一体。我不习惯于想一句写一句。这样的习惯也影响到我写小说。我写小说也是全篇、各段都想好,腹稿已具,几乎能够背出,然后凝神定气,一气呵成。

前几天,有几位从湖南来的很有才华的青年作家来访问我,他们提出一个问题:"您的小说有一种音乐感,您是否对音乐很有修养?"我说我对音乐的修养一般。如说我的小说有一点音乐感,那可能和我喜欢画两笔国画有关。他们看了我的几幅国画,说:"中国画讲究气韵生动,计白当黑,这和'音乐感'是有关系的。"他们走后,我想:我的小说有"音乐感"么?——我不知道。如果说有,除了我会抹几笔国画,大概和我会唱几句京剧、昆曲,并且写过几个京剧剧本有点关系。有一位评论家曾指出我的小说的语言受了民歌和戏曲的影响,他说得有几分道理。

一九八五年五月二十二日

注释

① 本篇原载《新剧本》1985年第四期;初收《晚翠文谈》,浙江文艺出版社,1988年3月。

关于"样板戏"①

有这么一种说法:"样板戏"跟江青没有什么关系,江青没有做什么,"样板戏"都是别人搞出来的,江青只是"剽窃"了大家("样板团"的全体成员)的劳动成果。我认为这种说法是不科学的,这不符合事实。江青诚然没有亲自动手做过什么,但是"样板戏"确实是她"抓"出来的。她抓的很全面,很具体,很彻底。从剧本选题、分场、推敲唱词、表导演、舞台美术、服装、直至铁梅衣服上的补丁、沙奶奶家门前的柳树,事无巨细,一抓到底,限期完成,不许搪塞违拗。北京京剧团曾将她历次对《沙家浜》的"指示"打印成册,相当厚的一本。我曾经把她的"指示"摘录为卡片,相当厚的一沓(这套卡片后来散失了,其实应当保存下来,这是很好的资料)。江青对"样板戏"确是花了很多"心血"的(不管花的是什么样的"心血"),说江青对"样板戏"没有做过什么事,这是闭着眼睛说瞎话。有人企图把"样板戏"和江青"划清界线",以此作为"样板戏"可以"复出"的理由,我以为是不能成立的。你可以说:"样板戏"还是好的,虽然它是江青抓出来的(假如这种逻辑能够成立),但是不能说"样板戏"与江青无关。

前几年有人著文又谈"样板戏"的功过,似乎"样板戏"还可以一分为二。我以为从总体上看,"样板戏"无功可录,罪莫大焉。不说这是"四人帮"反党夺权的工具(没有那样直接),也不说"八亿人民八出戏",把中国搞成了文化沙漠(这个责任不能由"样板戏"承担),只就"样板戏"的创作方法来看,可以说:其来有因,遗祸无穷。"样板戏"创作的理论根据是:革命的现实主义和革命的浪漫主义相结合(即所谓"两结合"),具体化,即是主题先行和"三突出"。"三突出"是于会泳的发明,即在所有的人物里突出正面人物,在正面人物中突出英雄人物,在英雄人物中突出主要英雄人物。这个阶梯模式的荒谬性过于明显了,以致江青都说:"我没有说过'三突出',我只说过'一突出'。"她所谓"一突出",即突出英雄人物。在这里,不想讨论英雄崇拜的是非,只是我知道江青的"英雄"是地火风雷,全然无惧,七情六欲,一概没有的绝对理想,也绝对虚假的人物。"主题先行"也是于会泳概括出来,上升为理论的,但是这种思想江青原来就有。她十分强调主题,抓一个戏总是从主题入手:主题不能不明确;这个戏的主题是什么;主题要通过人物来表现——也就是说人物是为了表现主题而设置的。她经常从一个抽象的主题出发,想出一个空洞的故事轮廓,叫我们根据这个轮廓去写戏,她曾经叫我们写一个这样的戏:抗日战争时期,从八路军派一个干部,打入草原,发动奴隶,反抗日本侵略者和附逆的王爷。我们为此四下内蒙,作了很多调查,结果是没有这样的事。我们还访问了乌兰夫同志,李井泉同志。李井泉同志(当时是大青山李支队的领导人)说:"我们没有干过那样的事,不干那样的事。"我们回来向于会泳汇报,说:"没有这样的生活",于会泳说了一句名言:"没有这样的生活更好,你们可以海阔天空。""样板戏"多数——尤其是后来的几出戏,就是这样无中生有、"海阔天空"地瞎编出来的。"三突出"、"主题先行"是根本违反艺术创作规律,违反现实主义的规律的。这样的创作方法把"样板戏"带进了一条绝径,也把中国的所有的文艺创作带进了一条绝径。直到现在,这种创作方法的影响还时隐时现,并未消除干净。

从局部看,"样板戏"有没有可以借鉴的经验?我以为是有的。"样板戏"试图解决现代生活和戏曲传统表演程式之间的矛盾,做了一些试验,并且取得了成绩,使京剧表现现代生活成为可能。最初的"样板戏"(《沙家浜》、《红灯记》)的创作者还是想沿着现实主义的路走下去的。他们写了比较口语化的唱词,希望唱词里有点生活气息,人物性格。有些唱词还有点朴素的生活哲理,如《沙家浜》的"人一走,茶就凉",《红灯记》的"穷人的孩子早当家"。到后来就全为空空洞洞的"豪言壮语"所代替了。"样板戏"的唱腔有一些是不好的。有一个老演员听了一出"样板戏"的唱腔,说:"这出戏的唱腔是顺姐的妹妹——别妞(别扭)。"行腔高低,不合规律。多数"样板戏"拼命使高腔,几乎所有大段唱的结尾都是高八度。但是应该承认有些唱腔是很好听的。于会泳在音乐上是有才能的。他吸收地方戏、曲艺的旋律入京戏,是成功的。他所总结的慢板大腔的"三送"(同一旋律,三度移位重复),是很有道理的。他所设计的"家住安源"(《杜鹃山》)确实很哀婉动人。《海港》"喜读了全会的公报"的"二黄宽板",是对京剧唱腔极大的突破。京剧加上西洋音乐,加了配器,有人很反对。但是很多搞京剧音乐的同志,都深感老是"四大件"(京胡、二胡、月琴、三弦)实在太单调了。加配器势在必行。于会泳在这方面是有贡献的,他所设计的幕间音乐与下场的唱腔相协调,这样的音乐自然地引出下面一场戏,不显得"硌生",《智取威虎山》"打虎上山"的幕间曲可为代表。

"样板戏"与"文化大革命"相始终,在中国舞台上驰骋了十年。这是一个畸形现象,一个怪胎。但是我们还是应该深入、客观对它进行一番研究。"大百科全书"、《辞海》都应该收入这个词条。像现在这样,不提它,是不行的。中国现代戏曲史这十年不能是一页白纸。

一九八八年九月三十日

注释

① 本篇原载《文艺研究》1989年第三期;初收《汪曾祺全集》第四卷,北京师范大学出版社,1998年8月。

中国戏曲和小说的血缘关系①

自从布莱希特以后,世界戏剧分作了两大类。一类是戏剧的戏剧,一类是叙事诗式的戏剧。布莱希特带来了戏剧观念的革命。布莱希特的戏剧观可能受了中国戏曲的影响。元杂剧是个很怪的东西。除了全剧一个人唱到底,还把任何生活一概切成四段(四出)。或许,元杂剧的作者认为生活本身就是天然地按照四分法的逻辑进行的,这也许有道理。四是一个神秘的数字。元杂剧的分"出",和十九世纪西方戏剧的分"幕"不尽相同,但有暗合之处(古典西方戏剧大都是四幕)。但是自从传奇兴起,中国的剧作者的戏剧观点、思想方式,发生了很大的变化,同时带来结构方式的变化。传奇的作者意识到生活的连续性、流动性,不能人为地切做四块,于是由大段落改为小段落,由"出"改为"折"。西方古典戏剧的结构像山,中国戏曲的结构像水。这种滔滔不绝的结构自明代至近代一直没有改变。这样的结构更近乎是叙事诗式的,或者更直截了当地说:是小说式的。中国的演义小说改编为戏曲极其方便,因为结构方法相近。

中国戏曲的时空处理极其自由,尤其是空间,空间是随着人走的,一场戏里可以同时表不同的空间(中国剧作家不知道所谓三一律,因此不存在打破三一律的问题)。《打渔杀家》里萧恩去出首告状,被县官吕子秋打了四十大板,轰出了县衙。他的女儿桂英在家里等他,上场唱了四句:

老爹爹清晨起前去出首,
倒叫我桂英儿挂在心头。
将身儿坐至在草堂等候,
等候了爹爹回细问根由。

在每一句之后听到后台的声音:"一十,二十,三十,四十,赶了出去!"这声音表现的是萧恩在公堂上挨打。一个在江那边,一个在江这边,一个在公堂上,一个在家里,这"一十,二十"怎么能听得到?谁听见的?《一匹布》是一出极其特别的、带荒诞性的"玩笑剧"。李天龙的未婚妻死了,丈人有言,等李天龙续娶时,把女儿的四季衣裳和陪嫁银子二百两给他。李天龙家贫,无力娶妻,张古董愿意把妻子沈赛花借给他,好去领取钱物,声明不能过夜。不想李天龙沈赛花被老丈人的儿子强留住下了。张古董一看天晚了,赶往城里,到了瓮城里,两边的城门都关了,憋在瓮城里过了一夜。舞台上一边是老丈人家,李天龙、沈赛花各怀心事;一边是瓮城,张古董一个人心急火燎,咕咕哝哝。奇怪的是两边的事不但同时发生,而且两处人物的心理还能互相感应,又加上一个毫不相干、和张古董同时被关在瓮城里的一个名叫"四合老店"的南方口音的老头儿跟着一块瞎打岔,这场戏遂饶奇趣。这种表现同时发生在不同空间的事件的方法,可以说是对生活的全方位观察。

中国戏曲,不很重视冲突。有一个时期,有一种说法,戏剧就是冲突,没有冲突不成其为戏剧。中国戏曲,从整出看,当然是有冲突的,但是各场并不都有冲突。《牡丹亭·游园》只是写了杜丽娘的一派春情,什么冲突也没有。《长生殿·闻铃·哭象》也只是唐明皇一个人在抒发感情。《琵琶记·吃糠》只是赵五娘因为糠和米的分离联想到她和蔡伯喈的遭际,痛哭了一场。《描容》是一首感人肺腑的抒情诗,赵五娘并没有和什么人冲突。这些著名的折子,在西方的古典戏剧家看来,是很难构成一场戏的。这种不假冲突,直接地抒画人物的心理、感情、情绪的构思,是小说的,非戏剧的。

戏剧是强化的艺术,小说是入微的艺术。戏剧一般是靠大动作刻划人物的,不太注重细节的描写。中国的戏曲强化得尤其厉害。锣鼓是强化的有力的辅助手段。但是中国戏曲又往往能容纳极精微的细节。《打渔杀家》萧恩决定过江杀人,桂英要跟随前去,临出门时,有这样几句对白:"开门哪!""爹爹呀请转!这门还未曾上锁呢。""这门呀!——关也罢,不关也罢!""里面还有许多动用家具呢。""傻孩子呀,门都不要了,要家具则甚哪!""不要了?喂噫……""不省事的冤家呀……!"

从戏剧情节角度看,这几句话可有可无。但是剧作者

(也算是演员)却抓住了这一细节,表现出桂英的不懂事和失路英雄准备弃家出走的悲怆心情,增加了这出戏的悲剧性。

《武家坡》里,薛平贵在窑外述说了往事,王宝钏确信是自己的丈夫回来了,开门相见。

王宝钏(唱)
　　开开窑门重相见,
　　我丈夫哪有五绺髯?
薛平贵(唱)
　　少年子弟江湖走,
　　红粉佳人两鬓斑。
　　三姐不信菱花照,
　　不似当年在彩楼前。
王宝钏(唱)
　　寒窑哪有菱花镜?
薛平贵(白)
　　水盆里面——
王宝钏(接唱)
　　水盆里面照容颜。
(夹白)老了!
(接唱)
　　老了老了真老了,
　　十八年老了我王宝钏!

水盆照影,是一个非常精彩的细节。王宝钏穷得置不起一面镜子,她茹苦含辛,也无心对镜照影。今日在水盆里一照:老了!"十八年老了我王宝钏",千古一哭!

这种"闲中著色",涉笔成情,手法不是戏剧的,是小说的。

有些艺术品类,如电影、话剧,宣布要与文学离婚,是有道理的。这些艺术形式绝对不能成为文学的附庸,对话的奴仆。但是戏曲,问题不同。因为中国戏曲与文学——小说,有割不断的血缘关系。戏曲和文学不是要离婚,而是要复婚。中国戏曲的问题,是表演对于文学太负心了!

一九八九年五月七日

注释

① 本篇原载《人民文学》1989年第八期;初收《汪曾祺小品》,中国人民大学出版社,1992年10月。

马·谭·张·裘·赵[1]
——漫谈他们的演唱艺术

马（连良）、谭（富英）、张（君秋）、裘（盛戎）、赵（燕侠），是北京京剧团的"五大头牌"。我从1961年底参加北京京剧团工作，和他们有一些接触，但都没有很深的交往。我对京剧始终是个"外行"（京剧界把不是唱戏的都叫做"外行"）。看过他们一些戏，但是看看而已，没有做过任何研究。现在所写的，只能是一些片片段段的印象。有些是我所目击的，有些则得之于别人的闲谈，未经核实，未必可靠。好在这不入档案，姑妄言之耳。

描述一个演员的表演是几乎不可能的事。马连良是个雅俗共赏的表演艺术家，很多人都爱看马连良的戏。但是马连良好在哪里，谁也说不清楚。一般都说马连良"潇洒"。马连良曾想写一篇文章：《谈潇洒》，不知写成了没有。我觉得这篇文章是很难写的。"潇洒"是什么？很难捉摸。《辞海》"潇洒"条，注云："洒脱，不拘束"，庶几近之。马连良的"潇洒"，和他在台上极端的松弛是有关系的。马连良天赋条件很好：面形端正，眉目清朗，——眼睛不大，而善于表情，身材好，——高矮胖瘦合适，体格匀称。他的一双脚,照京剧演员的说法,"长得很顺溜"。京剧演员很注意脚。过去唱老生大都包脚,为的是穿上靴子好看。一双脚下膙里咕叽,浑身都不会有精神。他腰腿幼功很好,年轻时唱过《连环套》,唱过《广泰庄》这类的武戏。脚底下干净,清楚。一出台,就给观众一个清爽漂亮的印象,照戏班里的说法:"有人缘儿。"

马连良在作角色准备时是很认真的。一招一式,反复捉摸。他的夫人常说他:"又附了体。"他曾排过一出小型现代戏《年年有余》(与张君秋合演),剧中的老汉是抽旱烟的。他弄了一根旱烟袋,整天在家里摆弄"找感觉"。到了排练场,把在家里捉摸好的身段步位走出来就是,导演不去再提意见,也提不出意见,因为他的设计都挑不出毛病。所以导演排他的戏很省劲。到了演出时,他更是一点负担都没有。《秦香莲》里秦香莲唱了一大段"琵琶词",他扮的王延龄坐在上面听,没有什么"事",本来是很难受的,然而马连良不"空"得慌,他一会捋捋髯口(马连良捋髯口很好看,捋"白满"时用食指和中指轻夹住一绺,缓缓捋到底),一会用眼瞟瞟陈世美,似乎他随时都在戏里,其实他在轻轻给张君秋拍着板!他还有个"毛病",爱在台上跟同台演员小声地聊天。有一次和李多奎聊起来:"二哥,今儿中午吃了什么?包饺子?什么馅儿的?"害得李多奎到该张嘴时忘了词。马连良演戏,可以说是既在戏里,又在戏外。

既在戏里,又在戏外,这是中国戏曲,尤其是京剧表演的一个特点。京剧演员随时要意识到自己的唱念做打,手

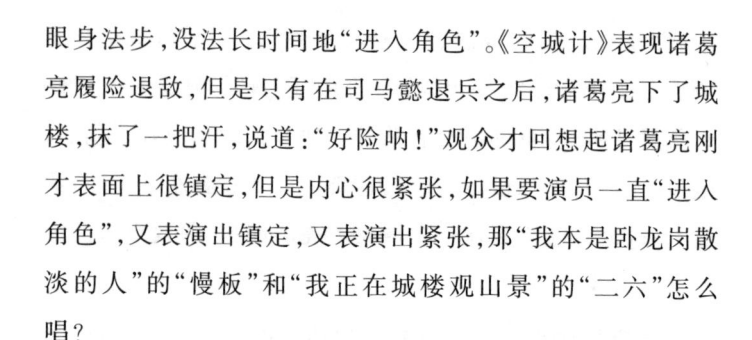

眼身法步,没法长时间地"进入角色"。《空城计》表现诸葛亮履险退敌,但是只有在司马懿退兵之后,诸葛亮下了城楼,抹了一把汗,说道:"好险呐!"观众才回想起诸葛亮刚才表面上很镇定,但是内心很紧张,如果要演员一直"进入角色",又表演出镇定,又表演出紧张,那"我本是卧龙岗散淡的人"的"慢板"和"我正在城楼观山景"的"二六"怎么唱?

有人说中国戏曲注重形式美。有人说只注重形式美,意思是不重视内容。有人说某些演员的表演是"形式主义",这就不大好听了。马连良就曾被某些戏曲评论家说成是"形式主义"。"形式美"也罢,"形式主义"也罢,然而马连良自是马连良,观众爱看,爱其"潇洒"。

马连良不是不演人物。他很注意人物的性格基调。我曾听他说过:"先得弄准了他的'人性':是绵软随和,还是干梗倔犟。"

马连良很注意表演的预示,在用一种手段(唱、念、做)想对观众传达一个重点内容时,先得使观众有预感,有准备,照他们说法是:"先打闪,后打雷。"

马连良的台步很讲究,几乎一个人物一个步法。我看过他的《一捧雪》,"搜杯"一场,莫成三次企图藏杯外逃,都为严府家丁校尉所阻,没有一句词,只是三次上场、退下,三次都是"水底鱼",三个"水底鱼"能走下三个满堂好。不但干净利索,自然应节(不为锣鼓点捆住),而且一次比一次遑急,脚底下表现出不同情绪。王延龄和老薛保走的都是"老步",但是王延龄位高望重,生活优裕,老而不衰;老薛保则是穷忙一生,双腿僵硬了。马连良演《三娘教子》,双膝微弯,横跨着走。这样弯腿弯了一整出戏,是要功夫的!

马连良很知道扬长避短。他年轻时调门很高,能唱《龙虎斗》这样的工字调唢呐二簧。中年后调门降了下来。他高音不好,多在中音区使腔。《赵氏孤儿》鞭打公孙杵臼一场,他不能像余叔岩一样"白虎大堂奉了命","白虎"直拔而上,就垫了一个字:"在白虎",也能"讨俏"。

对编剧艺术,他主张不要多唱。他的一些戏,唱都不多。《甘露寺》只一段"劝千岁",《群英会》主要只是"借风"一段二黄。《审头刺汤》除了两句散板,只有向戚继光唱的一段四平调;《胭脂宝褶》只有一段流水。在讨论新编剧本时他总是说:"这里不用唱,有几句白就行了。"他说:"不该唱而唱,比该唱而不唱,还要叫人难受。"我以为这是至理名言。现在新编的京剧大都唱得太多,而且每唱必长,作者笔下痛快,演员实在吃不消。

马连良在出台以前从来不在后台"吊"一段,他要喊两嗓子。他喊嗓子不像别人都是"啊——咿",而是:"走!"我头一次听到直纳闷:走?走到哪儿去?

马连良知道观众来看戏,不只看他一个人,他要求全团演员都很讲究。他不惜高价,聘请最好的配角。对演员服装要求做到"三白"——白护领、白水袖、白靴底,连龙套都如此(在"私营班社"时,马剧团都发理发费,所有演员上场前必须理发)。他自己的服装都是按身材量制的,面料、绣活都得经他审定。有些盔头是他看了古画,自己捉摸出来的,如《赵氏孤儿》程婴的镂金的透空的员外巾。他很会配颜色。有一回赵燕侠要做服装,特地拉了他去选料子。现在有些剧装厂专给演员定制马派服装。马派服装的确比官中行头穿上要好看得多。

听谭富英听一个"痛快"。谭富英年轻时嗓音"没挡",当时戏曲报刊都说他是"天赋佳喉"。而且,底气充足。一出《定军山》,"敌营打罢得胜的鼓哇呃",一口气,高亮脆爽,游刃有余,不但剧场里"炸了窝",连剧场外拉洋车也一齐叫好,——他的声音一直传到场外。"三次开弓新月样"、"来来来带过爷的马能行",也同样是满堂的采,从来没有"漂"过。——一说京剧唱词不通,都得举出"马能行",然而《定军山》的"马能行"没法改,因为这里有一个很漂亮的花腔,"行"字是"脑后摘音",改了即无此效果。

谭富英什么都快。他走路快。晚年了,我和他一起走,还是赶不上他。台上动作快(动作较小)。《定军山》出场简直是握着刀横蹿出来的。开打也快。"鼻子"、"削头",都快。"四记头"亮相,末锣刚落,他已经抬脚下场了。他的唱,"尺寸"也比别人快。他特别长于唱快板。《战太平》"长街"一场的快板,《斩马谡》见王平的快板都似脱线珍珠一样溅跳而出。快,而字字清晰劲健,没有一个字是"嚼"了的。50年代,"挖掘传统"那阵,我听过一次他久已不演的《硃砂痣》,赞银子一段,"好宝贝!"一句短白,碰板起唱,张嘴就来,真"脆"。

我曾问过一个经验丰富,给很多名角挎过刀,艺术上很有见解的唱二旦的任志秋:"谭富英有什么好?"志秋说:"他像个老生。"我只能承认这是一句很妙的回答,很有道理。唱老生的的确有很多人不像老生。

谭富英为人恬淡豁达。他出科就红,可以说是一帆风顺,但他不和别人争名位高低,不"吃戏醋"。他和裘盛戎合组太平京剧团时就常让盛戎唱大轴,他知道盛戎正是"好时候",很多观众是来听裘盛戎的。盛戎大轴《姚期》,他就在前面来一出《桑园会》(与梁小鸾合演)。这是一出"歇工戏",他也乐得省劲。马连良曾约他合演《战长沙》,他的黄忠,马的关羽。重点当然是关羽,黄忠是个配角,他同意了(这出戏筹备很久,我曾在后台见过制作得极精美的青龙偃月刀,不知因为什么未能排出,如果演出,那是会很好看的)。他曾在《秦香莲》里演过陈世美,在《赵氏孤儿》里演过赵盾。这本来都是"二路"演员的活。

富英有心脏病,到我参加北京京剧团后,就没怎么见他演出。但有时还到剧团来,和大家见见,聊聊。他没有架子,极可亲近。

他重病住院,用的药很贵重。到他病危时,拒绝再用,他说:"这种药留给别人用吧!"重人之生,轻己之死,如此高格,能有几人?

张君秋得天独厚,他的这条嗓子,一时无两:甜,圆,宽,润。他的发声极其科学,主要靠腹呼吸,所谓"丹田之气"。他不使劲地磨擦声带,因此声带不易磨损,耐久,"丁活",长唱不哑。中国音乐学院有一位教师曾经专门研究张君秋的发声方法。——这恐怕是很难的,因为发声是身体全方位的运动。他的气很足。我曾在广和剧场后台就近看他吊嗓子,他唱的时候,颈部两边的肌肉都震得颤动,可见其共鸣量有多大。这样的发声真如浓茶醅酒,味道醇厚。一般旦角发声多薄,近听很亮,但是不能"打远","灌不满堂"。有别的旦角和他同台,一张嘴,就比下去了。

君秋在武汉收徒时曾说:"唱我这派,得能吃。"这不是开玩笑的话。君秋食量甚佳,胃口极好。唱戏的都是"饱吹饿唱",君秋是吃饱了唱。演《玉堂春》,已经化好了妆,还来40个饺子。前面崇公道高叫一声:"苏三走动啊!"他一抹嘴,"苦哇!"就上去了,"忽听得唤苏三……"在武汉,住璇宫饭店,每天晚上鳜鱼氽汤,二斤来重一条,一个人吃得干干净净。他和程砚秋一样,都爱吃炖肘子。

(唱旦角的比君秋还能吃的,大概只有一个程砚秋。他在上海,到南市的老上海饭馆吃饭,"青鱼托肺"——青鱼的内脏,这道菜非常油腻,他一次要两只。在老正兴吃大闸蟹,八只!搞声乐的要能吃,这大概有点道理。)

君秋没有坐过科,是小时在家里请教师学的戏,从小就有一条好嗓子,搭班就红(他是马连良发现的),因此不大注意"身上"。他对学生说:"你学我,学我的唱,别学我的'老斗身子'。"他也不大注意表演。但也不尽然。他的台步不考究,简直无所谓台步,在台上走而已,"大步量"。但是著旗装,穿花盆底,那几步走,真是雍容华贵,仪态万方。我还没有见过一个旦角穿花盆底有他走得那样好看的。我曾仔细看过他的《玉堂春》,发现他还是很会"做戏"的。慢板、二六、流水,每一句的表情都非常细腻,眼神、手势,很有分寸,很美,又很含蓄(一般旦角演玉堂春都嫌轻浮,有的简直把一个沦落风尘但不失天真的少女演成一个荡妇)。跪禀既久,站起来,腿脚麻木了,微蹲着,轻揉两膝,实在是楚楚动人。花盆底脚步,是经过苦练练出来的;《玉堂春》我想一定经过名师指点,一点一点"抠"出来的。功夫不负苦心人。君秋是有表演才能的,只是没有发挥出来。

君秋最初宗梅,又受过程砚秋亲传(程很喜欢他,曾主动给他说过戏,好像是《六月雪》,确否,待查)。后来形成了张派。张派是从梅派发展出来的,这大家都知道。张派腔里有程的东西,也许不大为人注意。

君秋的嗓子有一个很大的特点,非常富于弹性,高低收放,运用自如,特别善于运用"擞"。《秦香莲》的二六,低起,到"我叫叫一声杀了人的天"拨到旦角能唱的最高音,那样高,还能用"擞",宛转回环,美听之至,他又极会换气,常在"眼"上偷换,不露痕迹,因此张派腔听起来缠绵不断,不见棱角。中国画讲究"真气内行",君秋得之。

我和裘盛戎只合作过两个戏,一个《杜鹃山》,一个小戏

《雪花飘》，都是现代戏。

我和盛戎最初认识是和他（还有几个别的人）到天津去看戏，——好像就是《杜鹃山》。演员知道裘盛戎来看戏，都"卯上"了。散了戏，我们到后台给演员道辛苦，盛戎拙于言词，但是他的态度是诚恳的、朴素的，他的谦虚是由衷的谦虚。他是真心实意地来向人家学习来了。回到旅馆的路上，他买了几套煎饼馃子摊鸡蛋，有滋有味地吃起来。他咬着煎饼馃子的样子，表现了很喜悦的怀旧之情和一种天真的童心。盛戎睡得很晚，晚上他一个人盘腿坐在床上抽烟，一边好像想着什么事，有点出神，有点迷迷糊糊的。不知是为什么，我以后总觉得盛戎的许多唱腔、唱法、身段，就是在这么盘腿坐着的时候想出来的。

盛戎的身体早就不大好。他曾经跟我说过："老汪唉，你别看我外面还好，这里面，——都瘘啦②！"搞《雪花飘》的时候，他那几天不舒服，但还是跟着我们一同去体验生活。《雪花飘》是根据浩然同志的小说改编的，写的是一个送公用电话的老人的事。我们去访问了政协礼堂附近的一位送电话的老人。这家只有老两口。老头子60大几了，一脸的白胡茬，还骑着自行车到处送电话。他的老伴很得意地说："头两个月他还骑着二八的车哪，这最近才弄了一辆二六的！"盛戎在这间屋里坐了好大一会，还随着老头子送了一个电话。

《雪花飘》排得很快，一个星期左右，戏就出来了。幕一打开，盛戎唱了四句带点马派味儿的〔散板〕：

打罢了新春六十七哟,
看了五年电话机。
传呼一千八百日,
舒筋活血,强似下棋!

我和导演刘雪涛一听,都觉得"真是这里的事儿!"
《杜鹃山》搞过两次。一次是1964年,一次是1969年,1969年那次我们到湘鄂赣体验了较长期生活。我和盛戎那时都是"控制使用",他的心情自然不大好。那时强调军事化,大家穿了"价拨"的旧军大衣,背着行李,排着队。盛戎也一样,没有一点特殊。他总是默默地跟着队伍走,不大说话,但倒也不是整天愁眉苦脸的。我很能理解他的心情。虽然是"控制使用",但还能"戴罪立功",可以工作,可以演戏。我觉得从那时起,盛戎发生了一点变化,他变得深沉起来。盛戎平常也是个有说有笑的人,有时也爱逗个乐,但从那以后,我就很少见他有笑影了。他好像总是在想什么心事。用一句老戏词说:"满怀心腹事,尽在不言中。"他的这种神气,一直到他死,还深深地留在我的印象里。

那趟体验生活,是够苦的。南方的冬天比北方更难受。不生火,墙壁屋瓦都很单薄。那年的天气也特别,我们在安源过的春节,旧历大年三十,下大雪,同时却又打雷,下雹子,下大雨,一块儿来!盛戎晚上不再穷聊了,他早早就进了被窝。这老兄！他连毛窝都不脱，就这样连着毛窝睡了。但他还是坚持下来了，没有叫一句苦。

和盛戎合作，是非常愉快的。他很少对剧本提意见。他不是不当一回事，没有考虑过，或者提不出意见。盛戎文化不高，他读剧本是有点吃力的。但是他反复地读，盘着腿读。他读着，微微地摇着脑袋。他的目光有时从老花镜上面射出框外。他摇晃着脑袋，有时轻轻地发出一声："唔。"有时甚至拍着大腿，大声喊叫："唔！"

盛戎的领悟、理解能力非常之高。他从来不挑"辙口"，你写什么他唱什么。写《雪花飘》时，我跟他商量，这个戏准备让他唱"一七"，他沉吟着说："哎呀，花脸唱闭口字……"我知道他这是"放傻"，就说："你那《秦香莲》是什么辙？"他笑了："'一七'，好，唱，'一七'！"盛戎十三道辙都响。有一出戏里有一个"灭"字，这是"乜斜"，"乜斜"是很不好唱的，他照样唱得很响，而且很好听。一个演员十三道辙都响，是很难得的。《杜鹃山》有一场"打长工"，他看到被他当作地主奴才的长工身上的累累伤痕，唱道："他遍体伤痕都是豪绅罪证，我怎能在他的旧伤痕上再加新伤痕？"这是一段〔二六〕转〔流水〕，创腔的时候，我在旁边，说："老兄，这两句你不能就这样'数'了过去！唱到'旧伤痕上'，得有个'过程'，就像你当真看到，而且想到一样！"盛戎一听，说："对！您听听，我再给您来来！"他唱到"旧伤痕上"时唱"散"了，下面加了一个弹拨乐器的单音重复的小"垫头"，"登、登、登……"，到"再加新伤痕"再归到原来的"尺寸"，而且唱得很强烈。

当时参加创腔的唐在炘、熊承旭同志都说:"好极了!"1969年本的《杜鹃山》原来有一大段《烤番薯》,写雷刚被困在山上断了粮,杜小山给他送来两个番薯。他把番薯放在篝火堆里烤着,番薯糊了,烤出了香气,他拾起番薯,唱道:"手握番薯全身暖,勾起我多少往事在心间……"他想起"我从小父母双亡讨米要饭,多亏了街坊邻舍问暖嘘寒",他想起"大革命,造了反,几次遇险在深山,每到有急和有难,都是乡亲接济咱。一块番薯掰两半,曾受深恩三十年!……到如今,山上来了毒蛇胆,杀人放火把父老摧残,我稳坐高山不去管,隔岸观火心怎安!……"(这剧本已经写了很多年,我手头无打印的剧本,词句全凭记忆追写,可能不尽准确。)创腔的同志对"一块番薯掰两半"不大理解,怕观众听不懂,盛戎说:"这有什么不好理解的?!'一块番薯掰两半',有他吃的就有我吃的!"他把这两句唱得非常感动人,头一句他"虚"着一点唱,在想象,"曾受深恩","深恩"用极其深沉浑厚的胸音唱出,"三十年"一泻无余,跌宕不已。盛戎的这两句唱到现在还是绕梁三日,使我一想起就激动。这一段在后台被称为"烤白薯",板式用的是〔反二黄〕。花脸唱〔反二黄〕虽非创举,当时还是很少见。盛戎后来得了病,他并不怎么悲观。他大概已经怀疑或者已经知道是癌症了,跟我说:"甭管它是什么,有病咱们瞧病!"他还想唱戏。有一度他的病好了一些,他还是想和我们把《杜鹃山》再搞出来(《杜鹃山》后来又写了一稿)。他为了清静,一个人搬到厢房里住,好看剧本。他死后,我才听他家里人说,他夜里躺在床上看剧本,曾经两次把床头灯的罩子烤着了。他病得很沉重了,有一次还用手在床头到处摸,他的夫人知道他要剧本。剧本不在手边,他的夫人就用报纸卷了一个筒子放在他手里,他这才平静下来。

他病危时,我到医院去看他。他的学生方荣翔引我到他的病床前,轻轻地叫醒他:"先生,有人来看你。"盛戎半睁开眼,荣翔问他:"您还认得吗?"盛戎在枕上微微点了点头,说了一个字:"汪",随即流下了一大滴眼泪。

赵燕侠的发声部位靠前,有点近于评剧的发声。她的嗓音的特点是:清,干净,明亮,脆生。这样的嗓子可以久唱不败。她演的全本《玉堂春》、《白蛇传》都是一人顶到底。唱多少句都不在乎。田汉同志为她的《白蛇传·合钵》一场加写了一大段和孩子哭别的唱词,李慕良设计的汉调二黄,她从从容容就唱完了。《沙家浜》"人一走,茶就凉"的拖腔,十四板,毫不吃力。

赵燕侠的吐字是一绝。她唱戏,可以不打字幕,每个字都很清楚,观众听得明明白白。她的观众多,和这点很有关系。田汉同志曾说:赵燕侠字是字,腔是腔,先把字报出来,再使腔,这有一定道理。都说京剧是"按字行腔",实际情况并非如此。一句大腔,只有头几个音和字的调值是相合或接近的,后面的就不再有什么关系。如果后面的腔还是字音的延长,就会不成腔调。先报字,后行腔,自易清楚。当然"报"字还是唱出来的,不是念出来的。完全念出来的也有。我听谭富英说过,孙菊仙唱《奇冤报》"务农为本颇有家财","务农为本"就完全是用北京话念出来的。这毕竟很少。赵燕侠是先把字唱正了,再运腔,不使腔把字盖了。京剧的吐字还有件很麻烦的事,就是同时存在两个音系:湖广音和北京音。两个音系随时打架。除了言菊朋纯用湖广音,其余演员都是湖广音、北京音并用。余叔岩钻研了一辈子京剧音韵,他的字音其实是乱的。马连良说他字音是"怎么好听怎么来",我看只能如此。赵燕侠的字音基本上是北京音,所以易为观众接受(也有一些字是湖广音,如《白蛇传》的那段汉调。这段唱腔的设计者李慕良是湖南人,难免把他的乡音带进唱腔)。赵燕侠年轻时爱听曲艺,她大概从曲艺里吸收了不少东西,咬字是其一。——北方的曲艺咬字是最清楚的。赵燕侠的吐字清楚,是大家都知道的,但是其中奥秘,还有待研究。

赵燕侠的戏是她的父亲"打"出来的,功底很扎实,腿功尤其好。《大英节烈》扳起朝天蹬,三起三落。"文化大革命"期间,我和她关在一个牛棚内。我们的"棚"在一座小楼上,只能放下一张长桌,几把凳子,我们只能紧挨着围桌而坐。坐在里面的人要出去,外面的就得站起让路。我坐在赵燕侠里面,要出去,说了声"劳驾",请她让一让,这位赵老板没有站起来,腾的一下把一条腿抬过了头顶:"请!"前几年我遇到她,谈起这回事,问她:"您现在还能把腿抬得那样高么?"她笑笑说:"不行了!"我想再练练功,她许还行。

赵燕侠快60了,还能唱,嗓子还那么好。

一九九〇年一月九日

注释

① 本篇原载《文汇月刊》1990年第二期;又载香港《大成》第201期(1990年8月1日出版),题为《北京京剧团五大头牌及其演唱艺术》,文字略有改动;初收《汪曾祺全集》第四卷,北京师范大学出版社,1998年8月。

② 西瓜过熟,瓜瓤败烂,北京话叫做"瘘了"。

写　字[1]

　　写字总是从临帖开始。我比较认真地临过一个时期的帖,是在十多岁的时候,大概是小学五年级、六年级和初中一年级的暑假。我们那里,那样大的孩子"过暑假"的一个主要内容便是读古文和写字。一个暑假,我从祖父读《论语》,每天上午写大、小字各一张,大字写《圭峰碑》,小字写《闲邪公家传》,都是祖父给我选定的。祖父认为我写字用功,奖给了我一块猪肝紫的端砚和十几本旧拓的字帖:我印象最深的是一本褚河南的《圣教序》。这些字帖是一个败落的世家夏家卖出来的。夏家藏帖很多,我的祖父几乎全部买了下来。一个暑假,从一个姓韦的先生学桐城派古文、写字。韦先生是写魏碑的,他让我临的却是《多宝塔》。一个暑假读《古文观止》、唐诗,写《张猛龙》。这是我父亲的主意。他认为得写写魏碑,才能掌握好字的骨力和间架。我写《张猛龙》,用的是一种稻草做的纸——不是解大便用的草纸,很大,有半张报纸那样大,质地较草纸紧密,但是表面相当粗。这种纸市面上看不到卖,不知道父亲是从什么地方买来的。用这种粗纸写魏碑是很合适的,运笔需格外用力。其实不管写什么体的字,都不宜用过于平滑的纸。古

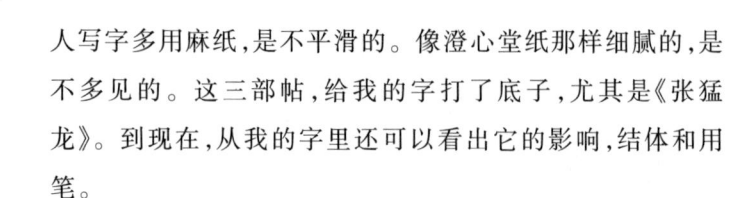

人写字多用麻纸,是不平滑的。像澄心堂纸那样细腻的,是不多见的。这三部帖,给我的字打了底子,尤其是《张猛龙》。到现在,从我的字里还可以看出它的影响,结体和用笔。

　　临帖是很舒服的,可以使人得到平静。初中以后,我就很少有整桩的时间临帖了。读高中时,偶尔临一两张,一曝十寒。二十岁以后,读了大学,极少临帖。曾在昆明一家茶叶店看到一副对联:"静对古碑临黑女,闲吟绝句比红儿"。这副对联的作者真是一个会享福的人。《张黑女》的字我很喜欢,但是没有临过,倒是借得过一本,反反复复,"读"了好多遍。《张黑女》北书而有南意,我以为是从魏碑到二王之间的过渡。这种字体很难把握,五十年来,我还没有见过一个书家写《张黑女》而能得其仿佛的。

　　写字,除了临帖,还需"读帖"。包世臣以为读帖当读真迹,石刻总是形似,失去原书精神,看不出笔意,固也。试读《三希堂法帖·快雪时晴》,再到故宫看看原件,两者比较,相去真不可以道里计。看真迹,可以看出纸、墨、笔之间的关系。尤其是"运墨","纸墨相得",是从拓本上感觉不出来的。但是真迹难得看到,像《快雪时晴》、《奉橘帖》那样稀世国宝,故宫平常也不拿出来展览。隔着一层玻璃,也不便揣摩谛视。求其次,则可看看珂罗版影印的原迹。多细的珂罗版也是有网纹的,印出来的字多浅淡发灰,不如原书的沉着入纸。但是毕竟慰情聊胜无,比石刻拓本要强得多。读影印的《祭侄文》,才知道颜真卿的字是从二王来的,流畅潇洒,并不都像《麻姑仙坛》那样见棱见角的"方笔";看《兴福寺碑》,觉赵子昂的用笔也是很硬的,不像坊刻应酬尺牍那样柔媚。再其次,便只好看看石刻拓本了。不过最好要旧拓。从前旧拓字帖并不很贵,逛琉璃厂,挟两本旧帖回来,不是难事。现在可不得了了!前十年,我到一家专卖碑帖的铺子里,见有一部《淳化阁帖》,我请售货员拿下来看看,售货员站着不动,只说了个价钱。他的意思我明白:你买得起吗?我只好向他道歉:"那就不麻烦你了!"现在比较容易得到的丛帖是北京日报出版社影印的《三希堂法帖》。乾隆本的《三希堂法帖》是浓墨乌金拓。我是不喜欢乌金拓的,太黑,且发亮。北京日报出版社用重磅铜版纸印,更显得油墨堆浮纸面,很"暴"。而且分装四大厚册,很重,展玩极其不便。不过能有一套《三希堂法帖》已属幸事,还有什么话可说呢?

《三希堂法帖》收宋以后的字很多。对于中国书法的发展,一向有两种对立的意见。一种以为中国的书法,一坏于颜真卿,二坏于宋四家。一种以为宋人书是一个重要的突破。宋人宗法二王,而不为二王所囿,用笔洒脱,显出各自的个性和风格。有人一辈子写晋人书体,及读宋人帖,方悟用笔。我觉两种意见都有道理。但是,二王书如清炖鸡汤,宋人书如棒棒鸡。清炖鸡汤是真味,但是吃惯了麻辣的用味,便觉得什么菜都不过瘾。一个人多"读"宋人字,便会终身摆脱不开,明知趣味不高,也没有办法。话又说回来,现在书家中标榜写二王的,有几个能不越雷池一

步的？即便是沈尹默，他的字也明显地看出有米字的影响。

"宋四家"指苏（东坡）、黄（山谷）、米（芾）、蔡。"蔡"本指蔡京，但因蔡京人品不好，遂以蔡襄当之。早就有人提出这个排列次序不公平。就书法成就说，应是蔡、米、苏、黄。我同意，我认为宋人书法，当以蔡京为第一。北京日报出版社《三希堂法帖与书法家小传》（卷二），称蔡京"字势豪健，痛快沉着，严而不拘，逸而不外规矩。比其从兄蔡襄书法，飘逸过之，一时各书家，无出其左右者""……但因人品差，书名不为世人所重。"我以为这评价是公允的。

这里就提出一个多年来缠夹不清的问题：人品和书品的关系。一种很有势力的意见以为，字品即人品，字的风格是人格的体现。为人刚毅正直，其书乃能挺拔有力。典型的代表人物是颜真卿。这不能说是没有道理，但是未免简单化。有些书法家，人品不能算好，但你不能说他的字写得不好，如蔡京，如赵子昂，如董其昌，这该怎么解释？历来就有人贬低他们的书法成就。看来，用道德标准、政治标准代替艺术标准，是古已有之的。看来，中国的书法美学，书法艺术心理学，得用一个新的观点，新的方法来重新开始研究。简单从事，是有害的。

蔡京字的好处是放得开，《与节夫书帖》《与宫使书帖》可以为证。写字放得开并不容易。书家往往于酒后写字，就是因为酒后精神松弛，没有负担，较易放得开。相传王羲之的《兰亭序》是醉后所写。苏东坡说要"酒气拂拂从指间

出",才能写好字,东坡《答钱穆父诗》书后自题是"醉书"。万金跋此帖后云:

  右军兰亭,醉时书也。东坡答钱穆父诗,其后亦题曰醉书,较之常所见帖大相远矣。岂醉者神全,故挥洒纵横,不用意于布置,而得天成之妙欤?不然则兰亭之传何其独盛也如此。

说得是有道理的。接连写几张字,第一张大都不好,矜持拘谨。大概第三四张较好,因为笔放开了。写得太多了,也不好,容易"野"。写一上午字,有一条满意的,就很不错了。有时一张都不好,也很别扭。那就收起笔砚,出去遛个弯儿去。写字本是遣兴,何必自寻烦恼。

          一九九〇年七月十二日

注释

 ① 本篇原载《八小时之外》1990年第十期;初收《塔上随笔》,群众出版社,1993年11月。

关于《沙家浜》[1]

1963年冬天,江青到上海看戏,回北京后带回两个沪剧剧本,一个《芦荡火种》,一个《革命自有后来人》,找了中国京剧院和北京京剧团的负责人去,叫改编成京剧。北京京剧团"认购"了《芦荡火种》。所以选中《芦荡火种》,大概因为主角是旦角,可以让赵燕侠演。《革命自有后来人》,归了中国京剧院,后改编为《红灯记》。

我和肖甲、杨毓珉去改编,住颐和园龙王庙。天已经冷了,颐和园游人稀少,风景萧瑟。连来带去,一个星期,就把剧本改好了。实际写作,只有五天。初稿定名为《地下联络员》,因为这个剧名有点传奇性,可以"叫座"。

经过短时期突击性的排练,要赶在次年元旦上演,已经登了广告。江青知道了,赶到剧场,说这样匆匆忙忙地搞出来,不行!叫把广告撤了。

江青总结了50年代出现过的一批京剧现代戏失败的教训,认为这些戏没有能站住,主要是因为质量不够,不能和传统戏抗衡。江青这个"总结"是对的。后来她把这种思想发展成"十年磨一戏"。一个戏磨到十年,是要把人磨死的。但是戏是要"磨"的。萝卜快了不洗泥,是搞不出好戏的。公平地说,"磨戏"思想有其正确的一面。

决定重排,重写剧本。这次参加执笔的是我和薛恩厚。大概是1964年初春,住广渠门外一个招待所。我记得那几天还下了大雪,我和老薛踏雪到广渠门里一个饭馆里吃过涮羊肉。前后也就是十来天吧,剧本改出来了。二稿恢复了沪剧原名《芦荡火种》。

经过比较细致的排练,江青看了,认为可以请毛主席看了。

毛主席对京剧演现代戏一直是关心的,并提出过一些很中肯的意见,比如:京剧要有大段唱,老是散板、摇板,会把人的胃口唱倒的。这是针对50年代的京剧现代戏而说的。50年代的京剧现代戏确实很少有"上板"的唱,只有一点儿散板摇板,顶多来一段流水、二六。我们在《芦荡火种》里安排了阿庆嫂的大段二黄慢板"风声紧雨意浓天低云暗",就是受了毛主席的启发,才敢这样干的。"风声紧雨意浓"大概是京剧现代戏里第一次出现的慢板。彩排的时候,吴祖光同志坐在我的旁边,说:"这个赵燕侠真能沉得住气!""沉不住气",是50年代搞京剧现代戏的同志普遍的创作心理。后来的现代戏,又走了另一个极端,不用散板摇板。都是上板的唱。不用散板摇板,就成了一朵一朵光秃秃的牡丹。毛主席只是说不要"老是散板摇板",不是说不要散板摇板。

毛主席看了《芦荡火种》,提了几点意见(是江青向薛恩厚、肖甲等人传达的,我是间接知道的):

兵的音乐形象不饱满;

后面要正面打进去,现在后面是闹剧,戏是两截;

改起来不困难,不改,就这样演也可以,戏是好戏;

剧名可叫《沙家浜》,故事都发生在这里。

我认为毛主席的意见都是有道理的,"态度"也很好,并不强加于人。

有些事实需要澄清。

兵的音乐形象不饱满,后面是闹剧,戏是两截,这都是原剧所存在的严重缺点。原剧的结尾是乘胡传奎结婚之机,新四军战士化装成厨师、吹鼓手,混进刁德一的家,开打。厨师念数板,有这样的词句:"烤全羊,烧小猪,样样咱都不含糊。要问什么最拿手,就数小葱拌豆腐!"而且是"怯口",说山东话。吹鼓手只有让乐队的同志上场,吹了一通唢呐。这简直是起哄。改成正面打进去。就可以"走边"("奔袭"),"跟头过城",翻进刁宅后院,可以发挥京剧的特长。毛主席的意见只是从艺术上,从戏的完整性上考虑的,不牵涉到政治。"要突出武装斗争",是江青的任意发挥。把郭建光提到一号人物,阿庆嫂压成二号人物,并提高到"究竟是武装斗争领导地下斗争,还是地下斗争领导武装斗争"这样的原则高度,更是无限上纲,胡搅蛮缠。后来又说彭真要通过这出戏来反对武装斗争,更是莫须有的诬陷。

《沙家浜》这个剧名是毛主席定的,不是江青定的。最初提出《芦荡火种》剧名不妥的,是谭震林。他说那个时候,革命力量已经不是星星之火,已经是燎原之势了。谭震林是江南新四军的领导人,他的话是对的。"芦荡"和"火种",在字面上也矛盾。芦荡里都是水,怎么能保存火种呢?有人以为《沙家浜》是江青取的剧名,并以为《沙家浜》是江青抓出来的。《芦荡火种》和江青的关系不大。一些戏曲史家,戏曲评论家都愿意提《芦荡火种》,不愿意提《沙家浜》,这实在是一种误解。

我们按照江青传达的毛主席的意见,改了第三稿。1965年5月,江青在上海审查通过,并定为"样板","样板戏"这个叫法,是这个时候开始提出来的。

1970年5月,《沙家浜》定本,在《红旗》杂志发表。

很多同志对"样板戏"的"定本"有兴趣,问我是怎样一个情形。是这样的:人民大会堂的一个厅(我记得是安徽厅)。上面摆了一排桌子,坐的是江青、姚文元、叶群(可能还有别的人,我记不清了)。对面一溜长桌,坐着剧团的演员和我。每人面前一个大字的剧本。后面是她的样板团们一群"文艺战士"。由剧团演员一句一句轮流读剧本。读到一定段落,江青说:"这里要改一下。"当时就得改出来。这简直是"庭对"。她听了,说:"可以。"这就算"应对称旨"。这号活儿,没有一点捷才,还真应付不了。

江青在《沙家浜》创作过程中做了一些什么?

我历来反对一种说法:"样板戏"是群众创作的,江青只是剽窃了群众创作成果。这样说不是实事求是的。不管对

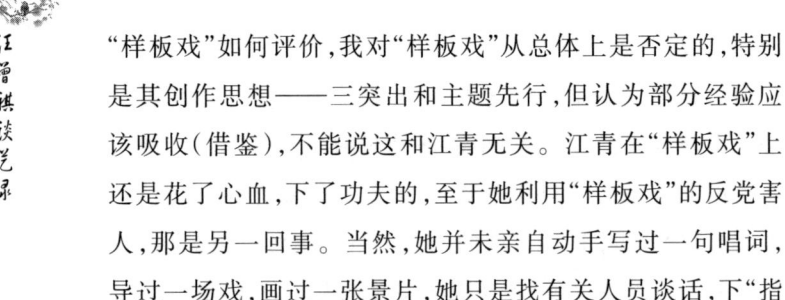

"样板戏"如何评价,我对"样板戏"从总体上是否定的,特别是其创作思想——三突出和主题先行,但认为部分经验应该吸收(借鉴),不能说这和江青无关。江青在"样板戏"上还是花了心血,下了功夫的,至于她利用"样板戏"的反党害人,那是另一回事。当然,她并未亲自动手写过一句唱词,导过一场戏,画过一张景片,她只是找有关人员谈话,下"指示"。

从剧本方面来说,她的"指示"有些是有道理的。比如"智斗"一场,原来只是阿庆嫂和刁德一两个人的"背供"唱,江青提出要把胡传奎拉进矛盾里来,这样不但可以展开三个人之间的心理活动,舞台调度也可以出点新东西,——"智斗"的舞台调度是创造性的。照原剧本那样,阿庆嫂和刁德一斗心眼,胡传奎就只能踱到舞台后面对着湖水抽烟,等于是"挂"起来了。

有些是没有什么道理的。郭建光出场的唱"朝霞映在阳澄湖上"的第二句原来是"芦花白早稻黄绿柳成行",她说这三种植物不是一个季节,说她到苏州一带调查过(天知道她调查了没有)。于是只能改成"芦花放稻谷香岸柳成行",其实还不是一样?沙奶奶的儿子原来叫七龙,她说生七个孩子,太多了!这好办,让沙奶奶少生三个,七龙变成四龙!

有些是没道理的,"风声紧"唱段前原来有一段念白:"一场大雨,湖水陡涨。满天阴云,郁结不散,把一个水国江南压得透不过气来。不久只怕还有更大的风雨呀。亲人们在芦荡里,已经是第五天啦。有什么办法能救亲人出险哪!"这段念白,韵律感较强,是为了便于叫板起唱。江青认为这是"太文的词儿了",于是改成"刁德一出出进进的,胡传奎在里面打牌……"这是大白话,真是一点都不"文"了。这段念白是江青口授的,倒可以算是她的创作。"智斗"一场阿庆嫂大段流水"垒起七星灶"差一点被她砍掉,她说这是"江湖口","江湖口太多了!"我觉很难改,就瞒天过海地保存了下来。

  江青更多的精力用在抓唱腔,抓舞美。唱腔设计出来,试唱之后,要立即将录音送给她,她定要逐段审定的。"朝霞映在阳澄湖上"设计出两种方案,她坐在剧场里听,最后决定用李金泉同志设计的西皮。沙奶奶家门前的那棵柳树,她怎么也不满意,说要江南的垂柳,不要北方的。舞美设计到杭州去写生,回来做了一棵,这才通过。我实在看不出舞台上的柳树是杭州"柳浪闻莺"的,还是北京北海的,只见一棵用灯光照得碧绿透亮(亮得很不正常)的不大的柳树而已。

  我在执笔写《沙家浜》时的一些想法。江青早期抓现代戏时,对剧本不是抓得很紧,我们还有一点创作自由。我的想法很简单。一是想把京剧写得像个京剧。写唱词,要像京剧唱词。京剧唱词基本上是叙述性的,不宜有过多的写景、抒情,而且要通俗。王昆仑同志曾对我说,《文昭关》"一事无成两鬓斑",四句之后,就得是"恨平王无道纲常乱"。我认为很有道理。因此,我写《沙家浜》,在"风声紧雨意浓天低云暗"之后,下一句就是"不由人一阵阵坐立不安"。"不由人一阵阵坐立不安",何等平庸。但是,同志,这是京剧唱词。后来的"样板戏"抒情过多,江青甚至提出"抒情专场",于是满篇豪言壮语。我认为这是对京剧"体制"不了解所造成。再是,我想对京剧语言,进行一点改革,希望唱词能生活化、性格化,并且能突破原来的唱词格律(二二三,三三四)。"垒起七星灶"是个尝试。写这一稿时,这一段写了两个方案,一个是五言的,一个是七言的。我向设计唱腔的李慕良同志说:如果五言的不好安腔,就用七言的。结果李慕良同志选择了五言的,创造了一段五言流水,效果很好。这一段唱词是数学游戏。前面说得天花乱坠,结果是"人一走,茶就凉",是个"零"。前些时见到报上说"人一走,茶就凉"是民间谚语,不是的。

《沙家浜》从写初稿,至今已有27年。从"定稿"到现在,也有21年了。俯仰之间,已为陈迹。但是"样板戏"不能就这样揭过去。这些年的戏曲史不能是几张白页。于是信笔写了一点回忆,供作资料。忆昔执笔编剧,尚在壮年。今年七十一,垂垂老矣,感慨系之。

一九九一年十一月二十二日

注释

① 本篇原载《八小时以外》1992年第六期;初收《汪曾祺全集》第五卷,北京师范大学出版社,1998年8月。

书画自娱[1]

《中国作家》将在封二发作家的画,拿去我的一幅,还要写几句有关"作家画"的话,写了几句诗:

> 我有一好处,平生不整人。写作颇勤快,人间送小温。或时有佳兴,伸纸画芳春。草花随目见,鱼鸟略似真。唯求俗可耐,宁计故为新。只可自怡悦,不堪持赠君。君若亦欢喜,携归尽一樽。

诗很浅显,不须注释,但可申说两句。给人间送一点小小的温暖,这大概可以说是我的写作的态度。我的画画,更是遣兴而已,我很欣赏宋人诗:"四时佳兴与人同"。人活着,就得有点兴致。我不会下棋,不爱打扑克、打麻将,偶尔喝了两杯酒,一时兴起,便裁出一张宣纸,随意画两笔。所画多是"芳春"——对生活的喜悦。我是画花鸟的。所画的花都是平常的花。北京人把这样的花叫"草花"。我是不种花的,只能画我在街头、陌上、公园里看得很熟的花。我没有画过素描,也没有临摹过多少徐青藤、陈白阳,只是"以意为之"。我很欣赏齐白石的话:"太似则媚俗,不似则欺世"。我画鸟,我的女儿称之为"长嘴大眼鸟"。我画得不大像,不是有意求其"不似",实因功夫不到,不能似耳。但我还是希望能"似"的。当代"文人画"多有烟云满纸,力求怪诞者,我不禁要想起齐白石的话,这是不是"欺世"?"说了归齐"(这是北京话),我的画画,自娱而已。"只可自怡悦,不堪持赠君",是照搬了陶弘景的原句。我近曾到永嘉去了一次,游了陶公洞,觉得陶弘景是个很有意思的人,他是道教的重要人物,其思想的基础是老庄,接受了神仙道教影响,又吸取佛教思想,他又是个药物学家,且擅长书法,他留下的诗不多,最著名的是《诏问山中何所有》:

　　山中何所有?岭上多白云。只可自怡悦,不堪持赠君。

一个人一辈子留下这四句诗,也就可以不朽了。我的画,也只是白云一片而已。

一九九二年一月八日

注释

　　① 本篇原载1992年2月1日《新民晚报》;初收《汪曾祺全集》第五卷,北京师范大学出版社,1998年8月。

小议新程派[①]

中国京剧有"四大名旦",各有特点。梅(兰芳)雍容华贵。尚(小云)英姿飒爽。荀(慧生)妩媚玲珑。其中最具风格,与众不同的是程(砚秋)。

程的风格概括起来,可以说是含蓄、深沉比较内在。

程年轻时的戏路子本来是很宽的。除了《汾河湾》《武家坡》这样的青衣戏之外,花旦戏也唱。解放前我看过一张旧报纸,有一版是京剧广告,程砚秋演的竟是《贵妃醉酒》!程砚秋的《醉酒》会是怎么样的呢?和路玉珊、梅兰芳都会有所不同吧。看来一个演员都得有个博采众长、兼收并蓄的阶段,过早的"归宗",只认定一个流派,并无好处。

程砚秋逐渐形成自己的流派,并在旦角中产生很大的影响,有一个时期几乎成了"十旦九程"。

程派的特点不只是千回百转,回肠荡气的唱腔,当然"程腔"是程派的主要特点,程注重人物,注重意境。

一般来说,程的戏不太追求场面热闹,情节曲折。他曾经一个晚上只演一出《贺后骂殿》,这出戏几乎没有情节,只是贺后在金殿上把赵匡义骂了一通,唱了一大段二黄,全剧只有几十分钟。在天蟾舞台那样大的剧场,只唱了那么短的一出戏,只有程砚秋敢这样干!

他的新编戏"私房本戏",《锁麟囊》算是情节比较曲折的。《文姬归汉》情节非常简单,严格说起来,这不是一出戏,是一首诗,一首抒情诗。《祝英台抗婚》是一出清唱剧。《荒山泪》的水袖圆场是一场中国舞蹈。程的水袖功极好,但是他并不追求表面的强烈。不是在那里"耍"水袖,而是在圆场中表现人物,有一种内在的美。

程的剧本,演唱都比较"冷"。《董解元西厢记》说"冷淡清虚最难做",能把戏唱"冷"了,而又使观众得到深深的感染,这是非常不容易的。程砚秋重视"四功五法",但是法在外而功在内,程的功是"内功"。中国字画讲究"元气内敛",程砚秋正是这样。他的艺术是中国戏曲里的太极拳。程的太极拳打得很好,说他的演唱受了太极拳的影响,不是没有道理。

李世济是程砚秋的嫡传弟子,有些戏曾得程的亲授。除了她的嗓音、扮相像程之外,更重要的是她对程的美学观点深有体会,不是亦步亦趋,得其形似。

我有些年没看李世济的戏了,去年看了她一场《六月雪》的《法场》,给我很大的震撼。世济不只在《窦娥冤》的"冤"字上做文章,不只是委委屈屈、涕泗横流,她演的窦娥是一腔悲愤,问天不语,欲哭无泪,是对这个无是非、不公平的世界强烈的抗议。我想这是符合程砚秋塑造这个人物,也是符合关汉卿的悲剧的原意的。我觉得世济的表演艺术达到了一个新的境界。

世济在艺术上是个非常好强的人。她绝不想停留在已有的成就上。她在不断地探索,不断地试验,不断地追求。

对程先生的本子,有的地方,她敢作局部的修改,《祝英台抗婚》原本比较单薄,世济在"哭坟"一场加了大段的反二黄,抚今追昔,不能自已,这就使《抗婚》的感情更加深厚了。《祭塔》的"八大腔"也动了一些地方,在回叙中增感情,避免了京剧行话所说的"倒粪"。

世济在唱腔、唱法上突破得更多一些。这几年世济在程腔的婉转中试用了真声("大嗓")这就更加浑厚,更使人有苍凉感。但是世济的大小嗓结合得很好,泯然无迹,不使人觉得"夹生"。程派一般不走高腔。世济有时却在平腔中拔出一个壁立的高腔,在"哭头"中用得更多一些,鹤唳猿吟,有很强的穿透力,大小嗓、高低腔,交替使用"横看成岭侧成峰,高低远近各不同",这样做使程腔更加丰富了。

对于李世济的这种做法褒贬不一。贬之者曰:这是破坏传统,"欺师灭祖";褒之者曰:这是创造革新,大胆突破,是对"程派"的真正忠实继承。有人称世济的演唱为"新程派"。褒也好,贬也好,反正"新程派"已经成为"既成事实",为很多观众接受,抹杀不了。

世济既已成为"新程派",我希望她继续试验下去,破釜沉舟,义无反顾!

注释

① 本篇原载《大成》第二五五期(1995年2月出版)。